MAREEN KNOTH

BEYOND THE *Horizon*

ROMAN

mtb

1. Auflage 2023

Originalausgabe

Gesetzt aus der Stempel Garamond
von GGP Media GmbH, Pößneck
Druck und Bindung von CPI books GmbH, Leck
Printed in Germany
ISBN 978-3-7457-0398-6
www.harpercollins.de

Klimaneutral
Druckprodukt
ClimatePartner.com/15109-2009-1001

MIX
Papier
FSC® C083411

Die im Buch vorkommenden Personen
sowie die Handlung sind frei erfunden.
Ähnlichkeiten mit real existierenden oder
verstorbenen Menschen wären rein zufällig.

Liebe Leserin, lieber Leser,

die Geschichte enthält Themen, die potenziell triggern können. Deshalb findest du am Ende des Buches eine Triggerwarnung.
Achtung: Die Auflistung der Themen enthält Spoiler für die Handlung.

Wir wünschen dir viel Spaß mit *Beyond the Horizon*,
deine Mareen und dein MIRA Taschenbuchverlag

Für meine Schwester –

danke, dass du immer an mich glaubst!

Don't you want to spread your wings and fly?
Don't you really wanna live your life?
Don't you wanna love before you die?
What are you waiting for?

Chad Kroeger, Ryan Peake, Jacob Kasher, Gordon Sran

PLAYLIST

BRETT KISSEL – My Cowgirl
ADELE – Someone Like You
CARRIE UNDERWOOD – Before He Cheats
ROSA LINN – Snap
AMY MACDONALD – Let's Start A Band
BON JOVI – Blood On Blood
ED SHEERAN – Castle On The Hill
FEARLESS SOUL – Find My Way
LANCE & LINTON, NC CARSON – Best Time's Right Now
SYML – Where's My Love
KALEO – Way Down We Go
ALEX CONDLIFFE, LAMB HANDS – You
TAYLOR SWIFT – Wildest Dreams
ED SHEERAN – Photograph
BON JOVI – We Don't Run
SCORPIONS – Follow Your Heart
NICKELBACK – What Are You Waiting For
RACHEL PLATTEN – Fight Song
BRAINHEART, SIS – Explore The World
ZIGGY ALBERT – Heartbeat
ONEREPUBLIC – Good Life
LEONA LEWIS – A Moment Like This
JOHN LEGEND – All Of Me
THE PITCHER – Together As One

KAPITEL 1

Charlene

Die Tür des Diners öffnete sich mit einem Quietschen. Erschöpft setzte Charlene sich an einen freien Tisch in der Ecke des Raums und griff nach der Speisekarte. Ein verführerischer Duft von gebratenem Fleisch und Frittiertem stieg ihr in die Nase und ließ ihren Magen laut knurren. Sehnsüchtig blickte sie zum Nachbartisch, an dem sich eine Gruppe Jugendlicher über gigantisch große Burger hermachte. Vor ihnen stand eine Platte goldbrauner Fries, bei deren Anblick Charlene das Wasser im Mund zusammenlief. Am liebsten hätte sie sich ebenfalls einen saftigen Burger bestellt. Doch dann dachte sie an den kläglichen Inhalt ihres Geldbeutels und entschied sich schweren Herzens für eine Suppe.

Während sie auf ihr Essen wartete, scrollte sie erneut durch die Startseite der App, in der freie WG-Zimmer aufgelistet wurden, und stellte fest, dass sie alle infrage kommenden Angebote bereits abtelefoniert hatte. Seufzend legte sie ihr Handy zur Seite. Niemand wollte einer jungen Frau, die weder einen Job hatte noch die Miete im Voraus bezahlen konnte, ein Zimmer überlassen.

Entschlossen verdrängte sie die Worst-Case-Szenarien, die über sie hereinzubrechen und ihr jeglichen Optimismus zu rauben drohten, und fixierte den Eingang zur Küche, als könnte sie so das Eintreffen der heiß ersehnten Mahlzeit beschleunigen. Als die Kellnerin ihr endlich das Essen brachte, atmete Charlene erleichtert auf. Die Suppe schmeckte überraschend gut, fachte ihren Hunger jedoch eher an, als ihn zu stillen.

Um nicht in Versuchung zu geraten, sich doch noch einen Burger zu bestellen, suchte sie die Waschräume auf. Dabei blieb ihr Blick an einem Korkbrett hängen, an dem ein unübersichtliches Sammelsurium an bunten Flyern und losen Zetteln befestigt war. Eine handgeschriebene Anzeige auf sonnengelbem Papier, die beinahe vollständig verdeckt wurde, erweckte ihr Interesse. Jemand suchte eine Mitbewohnerin, allerdings gab es weder eine Angabe über die Größe des Raums noch über die monatliche Miete. Bestimmt hatte die Sache einen Haken oder das Zimmer war längst weg. Trotzdem machte sie ein Foto und beschloss, einen letzten Versuch zu wagen, bevor sie in den sauren Apfel beißen und sich für die Nacht in einem günstigen Motel einquartieren musste.

Charlene hatte Glück, denn bereits nach dem zweiten Läuten meldete sich eine sympathisch klingende Frauenstimme, die sie einlud, sich das Zimmer noch am selben Abend anzuschauen. Die Parkplatzsuche gestaltete sich als schwierig, aber so bekam Charlene einen ersten Eindruck von der Gegend. Die belebten Straßen des South Main District von Vancouver vermittelten ihr ein Gefühl von Sicherheit. Hier würde sie in der Menge untertauchen und ihre Vergangenheit hinter sich lassen können.

Als Charlene die richtige Hausnummer gefunden hatte und das moderne Design des Gebäudes mit den bodentiefen Fenstern und geräumigen Balkons betrachtete, schwand ihr Mut. Ein Zimmer in einer solchen Wohnung würde sie sich niemals leisten können. Dennoch drückte sie auf den Klingelknopf, ging am Aufzug vorbei und nahm aus Gewohnheit die Treppe in den fünften Stock.

In der Tür stand eine junge Frau Mitte zwanzig mit dunkler Haut und gelocktem Haar, die ihr freundlich die Hand reichte und sich als Suzanne vorstellte. Sie führte Charlene durch einen hellen Flur in das großzügig geschnittene Wohnzimmer, aus dem fröhliche Country-Musik ertönte.

»Du hörst Brett Kissel? Ich liebe seine älteren Songs, aber mit seiner neuen Single hat er sich selbst übertroffen! Findest du nicht?«, plapperte Charlene drauflos, die sich nur schwer bremsen konnte, wenn es um Musik ging. Suzannes Augen weiteten sich überrascht.

»Absolut! Die Harmonik ist zwar recht schlicht, aber durch die raffinierte Rhythmik und den mitreißenden Text wird man in einen Sog gezogen, dem man nicht entkommen kann.«

»Wusstest du, dass er bereits mit zwölf sein erstes Album veröffentlicht hat?«

»Nein, das wusste ich nicht, aber es freut mich, dass wir den gleichen Musikgeschmack haben.«

Während Suzanne weitere Bands aufzählte, die sie gern hörte, schaute Charlene sich neugierig um. Zu ihrer Linken befand sich eine offene Küche, deren Schränke ganz in Weiß gehalten waren. Auf der naturbelassenen Arbeitsplatte stapelten sich benutzte Teller, dazwischen standen unzählige bunt zusammengewürfelte Becher und leere Gläser. Da das Chaos ein nervöses Kribbeln in ihr auslöste, wandte sie sich dem Wohnbereich zu. Ein gemütliches Sofa in einem warmen Cremeton gruppierte sich mit zwei passenden Sesseln um einen niedrigen Holztisch, auf dem jede Menge Zeitschriften lagen. Von Mode übers Gärtnern bis hin zu trendigem Lifestyle war alles dabei. Vor den Fenstern stand ein massiver Esstisch mit vier Stühlen. An der hinteren Wand entdeckte Charlene ein vollgestopftes Bücherregal. Sie wollte sich gerade die Buchtitel genauer anschauen, als ihr die vielen bunten Schnittblumen auffielen, die überall im Raum verteilt waren.

»Ich arbeite bei *Florence's Flower Paradise* um die Ecke«, erklärte Suzanne, der Charlenes erstaunter Blick nicht entgangen war. »Meine Chefin erlaubt mir, die Sträuße, die sich nicht mehr verkaufen lassen, abends mit nach Hause zu nehmen.« Sie durchquerte den Raum, öffnete die Tür zum Balkon und winkte Charlene mit einer Handbewegung zu sich. Von hier aus bot sich eine spektakuläre Aussicht auf einen Park, in dem zahlreiche Jogger und Spaziergänger unterwegs waren.

Das Badezimmer war mit wunderschönen meerblauen Kacheln gefliest und verfügte neben einer geräumigen Dusche auch über eine Badewanne. Vor dem gekippten Fenster bauschten sich weiße Vorhänge, und es duftete angenehm nach Zitrone.

Suzanne wirkte mit einem Mal nervös, als sie vor der letzten Tür stehen blieb.

»Das wäre dein Zimmer, falls du es haben möchtest. Es ist ziemlich klein, aber ich bin mir sicher, dass es gemütlicher wirkt, wenn du dich erst einmal eingerichtet hast«, druckste sie herum, bevor sie die Tür öffnete.

Charlene spürte Suzannes Anspannung, als sie den Raum betrat, in dem sich ein Bett, ein quadratischer Tisch mit einem Stuhl und ein schmaler Schrank aus schlichtem hellem Holz befanden. Das Fenster, das über die gesamte Schmalseite des Raums ging, zeigte zum Nachbarhaus hinüber. Charlene blickte in ein Wohnzimmer, in dem sich eine vierköpfige Familie vor dem Fernseher versammelt hatte und eine Zeichentrickserie ansah.

»Es sollte ursprünglich ein Hobbyraum werden, aber ich bin viel zu selten zu Hause, als dass es sich lohnen würde, ihn herzurichten. Außerdem habe ich schon bald nach meinem Einzug festgestellt, dass alleine wohnen nichts für mich ist. Deswegen habe ich überall Zettel aufgehängt, aber die bisherigen Bewerberinnen und Bewerber waren nicht so ganz mein Fall. Und da wir uns das Wohnzimmer, Küche und Bad teilen werden, ist es mir wichtig, jemanden zu finden, der mir sympathisch ist.« Charlene strich geistesabwesend über die Tischplatte.

»Was meinst du?« Suzanne, die aus Platzmangel im Türrahmen stehen geblieben war, trommelte unruhig mit den Fingern gegen das Holz.

Sonderlich geräumig war das Zimmer wirklich nicht, eher ein größerer Schuhkarton, aber das Einzige, was Charlene brauchte, war ein sicherer Rückzugsort, wo sie ihre Wunden lecken und sich in Ruhe überlegen konnte, was sie von nun an mit ihrem Leben anfangen wollte.

»Wenn es nicht zu teuer ist, würde ich das Zimmer gerne nehmen. Allerdings müsste ich mir erst einen Job suchen, bevor ich dir die Miete für den laufenden Monat geben kann. Kennst du zufällig jemanden, den ich um einen Job bitten könnte?«, fragte Charlene und folgte Suzanne zurück ins Wohnzimmer.

»Was machst du denn beruflich?« Suzanne deutete mit einer einladenden Geste auf die Couch und holte eine Flasche Wein, eine Karaffe mit Wasser und zwei Gläser aus der Küche. Charlene, die einen klaren Kopf behalten wollte, entschied sich für Wasser.

»Ich bin gelernte Physiotherapeutin und Masseurin, aber ich habe auch schon als Kellnerin, Nanny, Hundesitterin und Ticketkontrolleurin gearbeitet. Parkplatzwächterin war ich auch eine Zeit lang – eine Erfahrung, die ich nicht unbedingt wiederholen möchte.«

»Das musst du auch nicht, denn …« Suzanne legte eine Spannungspause ein und machte es sich ihr gegenüber in einem der Sessel gemütlich. »Mein Bruder hat einen Massagesalon und sucht gerade Verstärkung für sein Team.« Sie legte fragend ihren Kopf schief. »Bist du gut in deinem Job?«

Charlene nickte. Auch wenn ihr Selbstbewusstsein in den letzten Jahren extrem gelitten hatte, war ihr Glaube an ihre beruflichen Fähigkeiten davon verschont geblieben. Sie liebte ihren Job, was ihre Patienten zu spüren schienen, denn sie hatten ihr Tag für Tag versichert, wie wunderbar entspannt sie sich nach der Behandlung fühlten.

»Wie wäre es, wenn ich ihm von dir erzähle und ihn überrede, dich zu einem Kennenlerngespräch und einer Probemassage einzuladen?« Charlene traute ihren Ohren kaum.

»Das würdest du für mich tun?«

»Na klar! Schließlich mache ich damit gleich zwei Menschen glücklich, wenn du wirklich so gut bist, wie du sagst. Und sollte das wider Erwarten nicht klappen, finden wir eine andere Lösung.«

Charlene, der Suzannes offene und unkomplizierte Art auf Anhieb sympathisch gewesen war, fiel ein riesiger Stein vom Herzen.

»Wenn du das Zimmer haben willst, gehört es dir.« Lächelnd streckte Suzanne die Hand aus, die Charlene mit vor Freude klopfendem Herzen ergriff.

KAPITEL 2

Rhys

Das Klingeln seines Handys übertönte das Prasseln des Regens, der gegen die Fensterscheiben schlug. Rhys drehte sich im Bett um und versuchte, das nervige Geräusch zu ignorieren. Doch kaum war es verstummt, begann es kurz darauf von Neuem. Murrend wälzte er sich herum und griff nach seinem Smartphone, das auf dem Nachttisch lag.

»Komm aus den Federn!«, ertönte die Stimme von Henry Dubois aus dem Lautsprecher. »Pascal will um neun Uhr proben.« Ohne auf eine Reaktion zu warten, legte Henry auf, was Rhys zum Schmunzeln brachte. Er beneidete ihren Manager nicht um die Aufgabe, die vier Bandmitglieder pünktlich zusammenzutrommeln, oder dass er damit leben musste, sich den Zorn ihres Sängers und Bandleaders zuzuziehen.

Rhys rekelte sich ein letztes Mal, bevor er die Decke zurückschlug und aufstand. Ein kurzer Blick ins Bad verriet ihm, dass er alleine war. Seine Bekanntschaft musste im Laufe der Nacht gegangen sein. Neben der Kaffeemaschine entdeckte er einen Zettel:

»Vielen Dank für die tolle Nacht! Ruf mich an, wenn du mal wieder Spaß haben willst. Kuss, T.« Darunter stand eine Telefonnummer.

Erleichtert darüber, keine peinliche Frühstückskonversation betreiben zu müssen, knüllte Rhys den Zettel zusammen und warf ihn in den Papierkorb. Im Laufe der Jahre hatte er die Erfahrung gemacht, dass unkomplizierte One-Night-Stands am besten zu seinem unsteten Leben passten. Als Berufsmusiker probte er oft bis in die frühen Morgenstunden oder war monatelang auf Tour. Und bisher hatte er noch keine Frau kennengelernt, die sich auf Dauer damit zufriedengegeben hatte, ihn nur hin und wieder zu sehen und ihn darüber hinaus nicht nur mit seinen Bandkollegen, sondern auch noch mit Hunderttausenden Fans teilen zu müssen.

Ein Blick auf die Uhr trieb ihn zur Eile. Er sprang unter die Dusche und schlüpfte anschließend in Jeans, Shirt und locker geschnürte Lederboots. Dann schnappte er sich seine momentane Lieblingsgitarre, eine Ibanez, die er erst kürzlich auf einer Online-Auktion ersteigert hatte, und machte sich auf zur Tiefgarage.

Als Rhys in der Villa ankam, war noch keiner seiner Bandkollegen eingetroffen. Pascal befand sich laut Henry noch in seiner Suite und verabschiedete sich von seiner Freundin Natalie, die an diesem Tag zu einer dreiwöchigen Konzerttour aufbrechen sollte. Wenn er sie nicht bald gehen ließ, würde sie noch ihren ersten Auftritt verpassen. Rhys musste grinsen, als er an die turbulenten Wochen dachte, in denen Pascal und Natalie zusammengearbeitet hatten. Er hatte gleich bei der ersten Begegnung mit Natalie gewusst, dass sie das Potenzial hatte, seinem ältesten und besten Freund den Kopf zu verdrehen. Niemals würde er vergessen, mit welcher Vehemenz sie Pascal, der versucht hatte, seine Enttäuschung über seine zum Scheitern verurteilte Karriere in Alkohol zu ertränken, den Kopf zurechtgerückt hatte.

Es war schön, zu erleben, wie glücklich Pascal mit ihr war, auch wenn Rhys bedauerte, dass sie nun nicht mehr gemeinsam um die Häuser ziehen würden. Die Zeit der wilden Partys schien ein für alle Mal vorbei zu sein.

Mit einem leisen Seufzen nahm er seine Gitarre zur Hand und spielte den Song, den er am Vortag geschrieben hatte. Die Harmoniefolge hörte sich stimmig an, auch mit der Melodie war er zufrieden, nur der Text wollte ihm noch nicht flüssig über die Lippen kommen. Während er die Gesangslinie ein ums andere Mal wiederholte und dabei verschiedene Textvarianten ausprobierte, vergaß er die Welt um sich herum. Die Musik war sein Ein und Alles.

Schon in seiner Kindheit hatte das gemeinsame Musizieren mit Pascal ihn von familiären Schwierigkeiten oder der Frage, wie sie auf den Straßen von Montreal überleben sollten, ohne einer der rebellierenden Gangs in die Finger zu geraten, abgelenkt. Es war Pascal gewesen, der im Alter von zwölf Jahren beschlossen hatte, Rockmusiker zu werden, um der Armut und dem Elend zu entfliehen, in dem sie aufgewachsen waren. Wobei Pascal es mit seiner drogensüchtigen Mutter und seinem alkoholkranken Vater, der darüber hinaus noch zu Gewaltausbrüchen neigte, wesentlich schlimmer getroffen hatte als Rhys. Seine Familie war zwar arm gewesen, hatte sich aber immer nach Kräften bemüht, das Beste aus ihrem Leben zu machen.

Nachdem ihre Zukunft beschlossene Sache war, hatten sich die Jungs kleinere Aushilfsjobs gesucht und so lange gespart, bis sie sich ihre ersten eigenen Gitarren kaufen konnten. Sie hatten sich selbst das Spielen beigebracht, indem sie ihre Lieblingslieder in Dauerschleife angehört hatten, bis es ihnen gelungen war, die Akkorde zu enträtseln. Und während Pascal seine Liebe für den Gesang entdeckt hatte, war Rhys immer mehr mit seiner Gitarre verschmolzen, die er bald nur noch zum Schlafen weglegte. Solange er Musik machen und gemeinsam mit Pascal und den Jungs auf der Bühne stehen durfte, war seine Welt in Ordnung.

KAPITEL 3

Charlene

Charlene kaute nervös auf ihrer Unterlippe, als die lange Kolonne an Autos vor ihr erneut ins Stocken geriet. Wenn das so weiterging, würde sie es niemals rechtzeitig zur Arbeit schaffen. Ausgerechnet an ihrem ersten Tag musste Luis, Suzannes Bruder und ihr neuer Boss, mit einem Magen-Darm-Infekt flachliegen. Er hatte ihr angeboten, Pascal Girard, den Sänger und Frontman der Band *Renard*, der zu seinen wichtigsten Klienten zählte, darüber zu informieren, dass ein Teil der gebuchten Massagen wegen seiner Erkrankung ausfallen musste. Doch Charlene hatte darauf bestanden, Luis' Sessions zu übernehmen. Sie war an lange und harte Tage gewöhnt. Auch in ihrem früheren Job in einem überbelegten Pflegeheim hatte es an Personal gemangelt, sodass Charlene häufiger Überstunden hatte machen müssen.

Sie wollte Luis von Anfang an beweisen, dass er sich auf sie verlassen konnte. Außerdem brauchte sie den Job dringend und war ihm unendlich dankbar, dass er ihr nach einem einstündigen Vorstellungsgespräch mit einer anschließenden Massagesession eine Chance gegeben und sie auf Probe eingestellt hatte, obwohl sie kein Empfehlungsschreiben vorweisen konnte. Im Kopf wiederholte sie die Regeln, die er ihr eingeschärft hatte: *Mische dich niemals in die Angelegenheiten deiner Klienten ein!*

Vermeide private Beziehungen und wahre stets die angemessene Distanz! Das sollte zu schaffen sein.

Sie stellte die Scheibenwischer des Chevys eine Stufe höher und versuchte, durch die Regenwand das Schild für die Abzweigung auf den Highway 99 zu erkennen, der sie nach West Vancouver bringen würde. Die Ampel vor ihr schaltete auf Rot. Charlene trat stöhnend auf die Bremse. Der Motor gab ein ersticktes Geräusch von sich und erstarb.

»Oh, nein! Bitte nicht!« Hektisch versuchte sie, den Wagen wieder anzulassen, ohne dass sich etwas tat. Die Ampel sprang auf Grün, und sogleich fingen die hinter ihr wartenden Fahrer an zu hupen.

»Lass mich jetzt nicht im Stich!«, flehte sie und drehte erneut am Schlüssel. Vielleicht war es doch keine so gute Idee gewesen, sich einen derart in die Jahre gekommenen Wagen zuzulegen. Aber der Preis war unschlagbar gewesen, und da sie nur wenig Erspartes hatte, war sie das Risiko eingegangen, zumal sie es eilig gehabt hatte, ihrer Heimatstadt den Rücken zu kehren. Nach einem weiteren Stoßgebet sprang der Motor stotternd an. Charlene atmete erleichtert aus. Erst jetzt bemerkte sie, dass sie schwitzte. Sie konnte nur hoffen, dass Pascal Girard, der für seine temperamentvolle und obendrein auch noch launische Art bekannt war, ihr wegen ihrer Verspätung nicht den Kopf abreißen würde.

Charlene schaltete das Radio an in der Hoffnung, dass die Musik sie ablenken würde. Als die elektrisierenden Gitarrenklänge des nächsten Songs das Innere des Wagens erfüllten und nach dem Intro eine rauchige Stimme erscholl, lachte sie laut auf. Es klang sogar in ihren Ohren leicht hysterisch. Natürlich musste der Sender ausgerechnet *Phoenix From The Ashes*, *Renards* aktuellen Hit, spielen, der seit Wochen die Charts anführte.

Suzanne war völlig aus dem Häuschen geraten, als sie erfahren hatte, wo Charlene arbeiten würde. Es war offensichtlich, wie sehr sie für die Band schwärmte und dass sie alles getan hätte, um einmal dem berühmt-berüchtigten Frauenschwarm Pascal Girard gegenüberzustehen. Charlene sah der Begegnung mit ihm und den Mitgliedern seiner Band gelassen entgegen. Nach ihrer letzten Erfahrung brauchte sie dringend Abstand von der Männerwelt und hatte nicht vor, sich ausgerechnet von einem Rockmusiker den Kopf verdrehen zu lassen, zumal sie damit gegen so ziemlich jede von Luis' Regeln verstoßen würde.

Am Tor zur Villa kurbelte Charlene das Fenster herunter, um die Sprechanlage zu betätigen. Eine Windbö peitschte ihr eine Ladung Regen ins Gesicht. Entnervt wischte sie sich die nassen Strähnen von den Wangen. Nachdem sie dem freundlichen Mann von der Security erklärt hatte, wer sie war, und ihren Ausweis vor die Kamera gehalten hatte, rollte das Tor automatisch zur Seite und gab den Weg frei.

Charlene folgte der breiten Auffahrt. Das Grundstück musste riesig sein, denn obwohl sie bereits vor mehreren Minuten den Zugang passiert hatte, war noch immer kein Haus in Sichtweite. Sie war so vom Anblick der beeindruckend hohen Bäume zu beiden Seiten des Weges fasziniert, dass sie von der Zufahrtsstraße abkam und der Wagen auf den durchweichten Grasstreifen geriet. Der Chevy schlingerte leicht, als sie das Lenkrad reflexartig herumriss. Sie hielt an und schloss für einen Moment die Augen, um den Schrecken zu verarbeiten. Auch wenn die letzten Wochen zermürbend und von Stress und Schlafmangel geprägt gewesen waren, konnte sie sich derartige Aussetzer nicht erlauben. Nicht auszudenken, was passiert wäre, wenn sie vor lauter Träumerei gegen einen Baum gefahren wäre oder eines der liebevoll angelegten Blumenbeete zerpflügt hätte! Sie schaltete in den ersten Gang und fuhr konzentriert weiter, den Blick fest auf den Weg gerichtet.

Als die Villa vor ihr auftauchte, klappte Charlene vor Staunen der Mund auf. Zwar hatte Suzanne ihr Fotos von Girards Anwesen gezeigt, doch die konnten nicht einmal annähernd mit der Realität mithalten. Charlene kam sich vor wie in einem Film, als die graue Wolkendecke, die den ganzen Morgen bedrohlich tief über Vancouver gehangen hatte, im perfekten Augenblick aufriss und zarte Sonnenstrahlen auf die gläserne Fassade der mehrstöckigen Villa fielen. Und obwohl sie sich nichts aus protzigen Häusern machte, entwich ihr ein verzücktes Seufzen.

Vor der doppelflügeligen Eingangstür erblickte sie eine Frau und zwei Männer. Einen der beiden erkannte Charlene beim Näherkommen als Pascal Girard. Er hielt eine schlanke Brünette im Arm und gab ihr einen leidenschaftlichen Kuss. Ein Mann im Anzug hielt den beiden einen Regenschirm über die Köpfe und blickte dabei diskret zur Seite, was der Szene eine gewisse Komik verlieh.

Charlene fuhr in einem weiten Halbkreis auf den Vorplatz und parkte ihren Wagen vor dem Ostflügel des Hauses. Obwohl sie sich bemüht hatte, so wenig Aufsehen wie möglich zu erregen, schauten dennoch alle zu ihr hinüber. Das Dröhnen ihres altersschwachen Motors war nur schwer zu überhören.

Dank Suzannes ausführlichen Erklärungen am Vorabend wusste Charlene, dass es sich bei der Frau um Natalie Winter handelte, die ein Großteil der Fans von *Renard* glühend beneidete. Ihr war es gelungen, sich den heiß begehrtesten Junggesellen Kanadas zu angeln, der dafür bekannt gewesen war, keine festen Beziehungen einzugehen. Natalie nickte Charlene freundlich zu. Dann richtete sie ihre Aufmerksamkeit wieder auf Girard und strich ihm zärtlich über die Wange, ehe sie sich dem schwarzen SUV zuwandte, der soeben vorgefahren war. Für einen Moment sah es so aus, als weigerte Girard sich, sie gehen zu lassen. Sein Arm schoss vor, als wollte er nach ihr greifen. Doch dann fuhr er sich stattdessen mit den Fingern durchs Haar und zwang sich zu einem Lächeln, das reichlich verkrampft ausfiel. Der Schirmträger warf Girard einen mitfühlenden Blick zu, ehe er die Tür hinter Natalie schloss. Kurz darauf rollte der Wagen davon.

Charlene wartete noch einen Moment, ehe sie ausstieg und mit zittrigen Knien auf die beiden Männer zuging.

Während Girard weiter dem SUV hinterhersah, klappte der Regenschirmhalter nach einem prüfenden Blick zum Himmel den Schirm zusammen und musterte Charlene durch seine nassen Brillengläser.

Auch er war ihr dank der zahlreichen Interviews, die Suzanne sie zur Vorbereitung auf ihren neuen Job hatte anschauen lassen, bekannt. Es handelte sich um Henry Dubois, den neuernannten Manager von *Renard* und ehemaligen Assistenten Girards. Laut Suzanne hatte es wochenlang Spekulationen gegeben, ob ein *Greenhorn* wie Henry den Anforderungen eines solchen Jobs gewachsen war. Besonders laut sollte Norman Wilson, *Renards* ehemaliger Manager, die Gerüchteküche angefacht und mehrmals vor der Presse betont haben, dass er der Band maximal ein Jahr gebe, bevor sie in die Mittelmäßigkeit abrutschen würde und den Spitzenplatz als eine der weltweit beliebtesten Rockbands abgeben müsste. Charlene zweifelte diese Aussage an, denn bislang schien es für *Renard* mehr als gut zu laufen. Die neuen Songs *Phoenix From The Ashes*, *Beyond The Stars* und *I'll Be The One*, die Pascal für Natalie geschrieben hatte, waren seit ihrem Erscheinen in den Top Ten der Charts und wurden im Radio rauf und runter gespielt. Die Fans hatten sich sofort in Girards romantische Seite verliebt, auch wenn der Großteil der weiblichen Anhänger noch damit beschäftigt war, den Schock zu verdauen, dass der gefeierte Bandleader sein Herz an seine Stimmtrainerin verloren hatte. Als er sich mit einem lauten Seufzen zu ihnen umdrehte, ergriff Dubois das Wort.

»Sie müssen Charlene Hamilton sein, Luis' neue Mitarbeiterin.« Auf Pascals fragenden Blick hin fuhr er fort: »Miss Hamilton ist unsere neue Masseurin.«

»Sie kommen allein?«, wandte sich Girard an Charlene. Bevor sie etwas erwidern konnte, sprang Dubois für sie ein:

»Luis hat sich heute Morgen krankgemeldet und sich vielmals für die Unannehmlichkeiten entschuldigt. Trotz der bedauerlichen Umstände hat er mir versichert, dass wir bei Miss Hamilton in den besten Händen sind.«

»Bitte nennen Sie mich Charlene«, unterbrach sie ihn und versuchte sich an einem einnehmenden Lächeln, das nicht dazu beitragen konnte, Girards angespannte Miene zu besänftigen.

»Wenn Sie längerfristig für mich arbeiten wollen, sollten Sie in Zukunft darauf achten, pünktlich zu sein.« Er warf einen Blick auf ihren Pick-up, worauf sich sein Gesichtsausdruck weiter verfinsterte. »Und parken Sie Ihr *Gefährt* das nächste Mal bei den Garagen. Dort sticht es nicht gleich jedem ins Auge.« Ohne sie noch einmal anzuschauen, drehte er sich um und ging davon. Charlene war zu perplex, um etwas zu erwidern, und starrte ihm wortlos hinterher. Luis hatte anscheinend nicht übertrieben, als er sie vor Girards Launenhaftigkeit gewarnt hatte. Es jedoch am eigenen Leib zu erleben, war eine Erfahrung, auf die sie lieber verzichtet hätte. Dubois zuckte entschuldigend mit den Schultern, ehe er seinem Boss mit eiligen Schritten ins Innere der Villa folgte.

»Du darfst das nicht persönlich nehmen!«, hörte sie eine tiefe Stimme hinter sich, deren weicher Klang ihr Herz für eine Sekunde aus dem Takt brachte. Sie gehörte zu einem Mann, der die Szene von der Eingangshalle aus beobachtet hatte und nun mit einem freundlichen Lächeln auf Charlene zuging. Er hatte ein offenes, sympathisches Gesicht, das von ungebändigten braunen Locken umrahmt wurde. Wenn sie Suzannes Erklärungen richtig in Erinnerung hatte, stand sie Rhys McLeod, dem Gitarristen der Band, gegenüber.

»Willst du damit sagen, dass das sein normaler Umgangston ist?« Charlene hörte selbst, wie irritiert sie klang, und rief sich zur Ordnung. Schließlich war es nicht angebracht, das Verhalten von Luis' wichtigstem Klienten in Gegenwart eines der Bandmitglieder infrage zu stellen.

»Pascal ist kein Freund von überraschenden Veränderungen in seiner Alltagsroutine. Außerdem hat er sich gerade für drei unendlich lange Wochen von Natalie verabschiedet. Ich schätze, das ist der Grund für seine miese Stimmung.« Er sah mit besorgtem Blick zum Westflügel des Hauses, aus dem wütende Gitarrenklänge drangen.

»Komm! Ich zeige dir, wo du arbeitest. Bis Pascal nachher mit seiner Massage dran ist, hat er sich wieder beruhigt.«

»Meinst du?« Charlene wurde bei dem Gedanken, einen wütenden Girard massieren zu müssen, flau im Magen.

»Ganz sicher. Und im Notfall setzt du ihn einfach mit einem gezielten Handgriff außer Gefecht.«

Wider Willen musste Charlene lachen. Rhys lockere Art übte eine beruhigende Wirkung auf sie aus.

Charlene atmete tief durch, nachdem Rhys sie in einen lichtdurchfluteten Raum, in dem eine hochwertige Massageliege bereitstand, geführt und ihr viel Glück gewünscht hatte. Doch ihre Erleichterung hielt nur so lange an, bis sie die Liste mit den heutigen Massagesessions fand. Neben Pascal, den Bandmitgliedern sowie Henry Dubois stand noch ein weiterer Name darauf, der Charlene nichts sagte.

Noch bevor sie sich einen Plan zurechtlegen konnte, wie sie sich am besten für den Tag rüsten sollte, ging die Tür auf und Alex, der Bassist von *Renard*, betrat den Raum. Sein sympathisches Grinsen ließ Charlene aufatmen. Nach einer kurzen Begrüßung wandte sie ihm den Rücken zu, um ihrem ersten Klienten die Möglichkeit zu geben, sich in Ruhe auszuziehen und es sich auf der Liege bequem zu machen.

Um die Mittagszeit knurrte Charlenes Magen so laut, dass er die sphärische Musik, die für eine entspannte Atmosphäre sorgen sollte, übertönte. Doch an eine Pause war nicht zu denken, da sie dem Zeitplan noch immer hoffnungslos hinterherhinkte.

Als Nächster war Girard an der Reihe, und obwohl Charlene ihr Bestes gab, um sich mental auf die zweite Begegnung mit ihm vorzubereiten, zuckte sie zusammen, als die breitschultrige Gestalt des Rocksängers den Türrahmen ausfüllte. Sie rechnete mit einer weiteren Rüge, auch wenn ihr partout kein Grund dafür einfallen wollte, doch zu ihrer Überraschung schlug er einen beinahe freundlichen Tonfall an.

»Rhys besteht darauf, dass ich mich entschuldige, und bedauerlicherweise hatte er noch was gut bei mir.« Er funkelte Charlene an, als sei es ihre Schuld, dass er nun vor ihr zu Kreuze kriechen musste. »Damit eins klar ist: Ich hasse es, zuzugeben, dass ich im Unrecht war.« Er hielt inne und nahm einen tiefen Atemzug. »Allerdings bin ich bereit, einzuräumen, dass ich Ihnen gegenüber vielleicht etwas zu harsch aufgetreten bin.« Charlene, die keinerlei Lust verspürte, Girard von seinen Qualen zu erlösen, sah ihn abwartend an. »Es tut mir leid! Ich hätte Sie vorhin nicht so anfahren dürfen, aber heute ist kein guter Tag.« Sie sah den kurz aufflackernden Schmerz in seinem Blick und hätte beinahe Mitgefühl für ihn empfunden. Anstelle einer Erwiderung beschränkte sie sich auf ein Nicken und deutete mit einer einladenden Geste auf die Liege.

Sie war gerade dabei, sich mit Girards muskulärer Struktur vertraut zu machen und die schlimmsten Verspannungen aufzuspüren, als sie merkte, wie ein Teil seiner Anspannung aus seinem Körper wich. Kurz darauf erfüllte leises Schnarchen den Raum. Ein amüsiertes Grinsen breitete sich auf ihrem Gesicht aus. Vermutlich hatte er in der vergangenen Nacht kaum Schlaf bekommen und die Zeit lieber dafür genutzt, sich ausgiebig von seiner Freundin zu verabschieden. Erleichtert, in Frieden ihrer Arbeit nachgehen zu können, machte sie sich daran, die verhärteten Muskelstränge zu lockern.

Von Henry verlangte sie als Erstes, dass er sein Handy stummschaltete, da es ununterbrochen klingelte. Erst nachdem sie ihm überzeugend erklärt hatte, dass er nach einer kurzen

Entspannungspause seiner Arbeit umso effektiver nachgehen könnte, kam er ihrer Forderung nach und legte es zur Seite.

Martha Fleming, der unbekannte Name auf der Liste, stellte sich als Girards Köchin heraus. Trotz ihrer resoluten Art hatte sie etwas Mütterliches an sich, was sie Charlene gleich sympathisch machte. Es erstaunte sie, dass Girard seinem Personal den Luxus einer Massage zubilligte und vermutlich auch die Kosten übernahm. Sie kümmerte sich zuerst um Marthas Oberarmmuskeln, die wie erwartet gut ausgebildet waren, bevor sie sich ihren Beinen zuwandte, die vom langen Stehen in der Küche ebenfalls eine feste Muskelstruktur aufwiesen. Als Charlene sich Marthas Füßen annahm, entwich der Köchin ein zufriedenes Stöhnen, was Charlene ein Lächeln entlockte. Es machte sie immer ein bisschen stolz, wenn der Stress von ihren Klienten abfiel, wenn Schmerzen nachließen und von Sorgen zerfurchte Stirnen sich im Laufe der Behandlung glätteten. Nicht selten führte die entspannte Atmosphäre zu persönlichen Eingeständnissen, die Charlene selbstverständlich für sich behielt. Luis hatte ihr im Fall von Pascal Girard sogar eine Verschwiegenheitserklärung vorgelegt, die sie ohne zu zögern unterschrieben hatte. Sie hatte die Faszination von Klatsch und Tratsch noch nie nachvollziehen können. Was sollte an Promigeschichten so spannend sein? Vermutlich war mindestens die Hälfte der Berichte frei erfunden. Das beste Beispiel war das fiese Gerücht im letzten Jahr, das bis an die Ostküste Kanadas vorgedrungen war: *Renard* stünde angeblich vor dem Aus. Suzanne hatte ihr das Video gezeigt, in dem Girard mit blutroten Schwingen über die Köpfe der Menge auf die Bühne geschwebt war, um ein Comeback zu feiern, das seinesgleichen suchte.

Nachdem Charlenes Magen zum dritten Mal ein lautes Knurren von sich gegeben hatte, schnalzte Martha missbilligend mit der Zunge.

»Kindchen, haben Sie etwa noch nichts gegessen?« Charlene wollte widersprechen, doch dann fiel ihr Blick auf den unberührten Smoothie, den sie am Morgen in letzter Minute durch den Mixer gejagt hatte, obwohl sie schon spät dran gewesen war.

Sie war einfach kein Morgenmensch. Vor acht aus dem Bett zu kommen, fiel ihr unendlich schwer. Ihr ehemaliger Chef im Pflegeheim hatte darauf Rücksicht genommen und ihr als Erstes Patienten zugeteilt, die in ihrer eigenen Welt lebten und nicht erwarteten, während der Behandlung von ihr unterhalten zu werden. Doch wenn sie nicht riskieren wollte, dass Luis sie direkt wieder feuerte, würde sie wohl an sich arbeiten müssen.

»Es war heute etwas hektisch«, gab Charlene zu und knetete mit ihren Daumen Marthas Waden.

»Ich werde Ihnen eine Kleinigkeit zubereiten«, erklärte die Köchin.

»Das ist doch nicht nötig«, versuchte Charlene zu widersprechen, doch Marthas strenger Blick brachte sie zum Schweigen.

KAPITEL 4

Rhys

Charlene stand mit beiden Händen auf die Massageliege gestützt da, als Rhys den Raum betrat. Obwohl sie ihn zur Begrüßung tapfer anlächelte, erkannte er an ihrer Haltung, dass sie erschöpft war. Wenn er sich richtig erinnerte, war er der Letzte auf der Liste. Beinahe war er versucht, ihr anzubieten, die Massage ausfallen zu lassen, wenn ihm seine Schulter nicht so wehtun würde. Er hatte es in den vergangenen Wochen, wenn nicht eher Jahren, mit dem Gitarrespielen etwas übertrieben.

»Mit den besten Grüßen von Martha!« Charlenes Augen leuchteten beim Anblick des Tellers mit den reich belegten Sandwiches auf. »Sie hat mir aufgetragen, dafür zu sorgen, dass du vor der Behandlung etwas isst, wenn ich nicht riskieren will, dass du während der Massage entkräftet zusammenbrichst.«

Das Aroma des würzigen Käses mischte sich mit dem Geruch von Lavendel, der von einer Duftlampe ausging und zusammen mit der sanften Beleuchtung für eine entspannte Atmosphäre sorgte.

»Was hältst du davon, wenn wir in den Garten gehen?«, schlug Rhys vor und warf einen Blick nach draußen, um sich davon zu überzeugen, dass die Regenpause noch anhielt.

»Du willst mich begleiten?« Charlene zog fragend eine Augenbraue hoch.

»Ich könnte dir Gesellschaft leisten – es sei denn, du willst lieber alleine sein.«

»Bist du sicher, dass deine Fürsorge nicht eher auf der Hoffnung beruht, dass ich diese köstlich belegten Brote mit dir teile?«, neckte sie ihn lächelnd.

Mit gespielter Entrüstung schüttelte er den Kopf. »Es ist erschreckend, wie leicht du mich durchschaust, obwohl wir uns gerade erst kennengelernt haben.«

Er machte eine galante Geste, um ihr den Vortritt zu lassen. Sie durchquerten den Wellnessbereich und liefen am Schwimmbecken vorbei, ehe sie durch eine breite Glastür in den Garten hinaustraten. Anstatt die Terrasse anzusteuern, schlug Rhys einem spontanen Impuls folgend den schmalen Weg ein, der zum Außenpool führte. Dort schnappte er sich zwei Kissen von den Liegestühlen, warf sie auf den Boden und nahm ihr den Teller ab, damit sie sich setzen konnte. Nachdem sie die Sandwiches zurückerobert hatte, ließ er sich ebenfalls auf der gemauerten Umrandung nieder.

Amüsiert beobachtete er, wie sie mit sichtlichem Genuss aß und dabei immer wieder zufriedene Laute ausstieß. Als sie ihm auffordernd den Teller hinhielt, schüttelte er den Kopf. Er wollte sie auf keinen Fall um ihre wohlverdiente Mahlzeit bringen. Sie zögerte kurz, bevor sie nach einem zweiten Sandwich griff und es in Rekordzeit verputzte, als fürchtete sie, jemand könnte es ihr wieder entreißen. Obwohl ihr Blick im Anschluss immer noch sehnsüchtig auf dem Essen ruhte, stellte sie den Teller mit bedauernder Miene neben sich ab.

Rhys beugte sich nach vorne und streckte den Arm aus, um ein Blatt aus dem Pool zu fischen. Dabei streifte er aus Versehen Charlenes Taille. Sie versuchte, seiner Berührung auszuweichen, und wäre beinahe ins Wasser gefallen, hätte Rhys sie nicht in letzter Sekunde festgehalten.

Ihre Blicke trafen sich, und für einen Moment schien die Welt um sie herum stillzustehen. Rhys spürte seinen beschleunigten Herzschlag und wunderte sich über die ungewohnt starke Reaktion, die Charlenes Nähe verursachte. Obwohl er sie gerne noch länger gehalten hätte, löste er seine Finger sanft von ihrem Arm und deutete auf die Sandwiches.

»Bist du sicher, dass du nichts mehr möchtest?«

Sie schüttelte wenig überzeugend den Kopf. Rhys wollte zuerst nachhaken, ließ es dann aber darauf beruhen. Vielleicht täuschte ihn sein Eindruck und sie war tatsächlich schon satt, oder sie gehörte zu den Menschen, die glaubten, permanent auf ihre Figur achten zu müssen. Seiner Meinung nach könnte Charlene ruhig ein paar Kilo mehr vertragen. Sie war ein gutes Stück kleiner als er und schien eine schmale Taille zu haben. Zu schade, dass die weite Kleidung ihre Konturen weitgehend verbarg. Er nahm an, dass sie regelmäßig Sport trieb und zudem auf ihre Gesundheit achtete. Wieso sonst brachte sie sich freiwillig einen Smoothie zur Arbeit mit? Allein der Anblick des grünen Gebräus, das er auf dem Fenstersims im Behandlungsraum erspäht hatte, hatte Rhys mit seiner Vorliebe für Fastfood erschaudern lassen.

»Du bist nicht von hier«, stellte er fest und betrachtete sie von der Seite. »Darf ich raten?« Sie nickte, wenn auch zögerlich. »Toronto?«

»Hört man das so deutlich?« Ihr betont fröhliches Lachen klang angespannt.

Rhys zuckte entschuldigend mit den Schultern. »Wie lange lebst du schon in Vancouver?«

»Erst seit Kurzem.« Charlene nahm einen tiefen Atemzug und ließ dabei ihren Blick durch den gepflegten Garten schweifen.

»Und wie verbringst du deine Zeit, wenn du dich nicht gerade um eine Horde Rockmusiker kümmerst?« Er wollte zu gern mehr über diese zurückhaltende junge Frau wissen, deren rauchblaue Augen eine ungewohnte Faszination auf ihn ausübten. Eine Spur von Unbehagen schlich sich in Charlenes Miene, das sie jedoch gleich mit einem professionellen Lächeln überspielte.

»Wir sollten lieber weitermachen. Nicht dass Monsieur Girard mich dabei erwischt, wie ich mit dir plaudere, anstatt meiner Arbeit nachzugehen.« Anmutig stand sie auf und strebte mit eiligen Schritten auf die Villa zu.

Drinnen betrachtete sie mit sehnsüchtigem Blick das türkisfarben schimmernde Wasser des Indoorschwimmbads.

»Pascal hat sicher nichts dagegen, wenn du nach Feierabend eine Runde schwimmst.«

Ertappt zuckte sie zusammen. »Das kann ich nicht machen.«

»Was spricht dagegen?«

»Es wäre – nicht angemessen.«

Er musste sich bei ihrem erschrockenen Gesichtsausdruck ein Lachen verkneifen. »Pascal ist sehr großzügig, was das körperliche Wohlbefinden seiner Kollegen und Angestellten angeht. Wir dürfen nicht nur den Wellnessbereich nutzen, sondern haben auch einen Personal Trainer, Eric, dessen Sessions jedem offenstehen. Allerdings ist außer Pascal selten jemand verrückt genug, sich das freiwillig anzutun. Er ist ein wahrer Menschenschinder.«

Ihr eindringlicher Blick ging ihm unter die Haut. »Ein wenig Sport würde mir sicher guttun, aber wenn Eric so schlimm ist, wie du sagst, ziehe ich den Pool vor.«

»Wenn du jemanden brauchst, mit dem du dich messen kannst, stehe ich dir jederzeit zur Verfügung.«

»Nettes Angebot – aber ich komme gut alleine zurecht.«

Ihr bestimmter Tonfall ließ Rhys vermuten, dass Charlenes Äußerung sich nicht nur auf das Schwimmen bezog.

Obwohl Rhys sich vorgenommen hatte, die Zeit während der Massage zu nutzen, um noch mehr über Charlene zu erfahren, musste er bereits nach wenigen Minuten einsehen, dass ihm sein Körper einen Strich durch die Rechnung machte. Bei der kräftigen Berührung ihrer Hände schaltete sein Gehirn in den Standby-Modus. Sie spürte zielsicher jede noch so kleine Verspannung auf und kümmerte sich intensiv um seine chronisch verkrampfte Schultermuskulatur, wobei sie der rechten Seite besondere Aufmerksamkeit schenkte, die er beim Spielen immer besonders beanspruchte. Gegen seinen Willen driftete er in einen angenehmen Entspannungszustand ab, in dem er Zeit und Raum vergaß.

Als Charlene die Massage beendet hatte, erhob er sich nur widerwillig. Wenn es nach ihm gegangen wäre, hätten sie noch stundenlang so weitermachen können.

Bei einem leisen Klopfen schauten sie beide zur Tür. Auf Charlenes »Herein« erschien Wesleys breitschultrige Gestalt im Türrahmen. Der Bodyguard schenkte Charlene sein schönstes Lächeln.

»Entschuldigt bitte die Störung. Mein Kollege Tyron und ich hatten uns gefragt, ob du vielleicht noch Zeit für uns erübrigen könntest. Wir haben es leider verpasst, Henry rechtzeitig Bescheid zu geben.«

Rhys sah Charlene an, dass sie am liebsten Nein gesagt hätte, aber sie nickte freundlich und wechselte mit routinierten Handgriffen das Laken.

»Selbstverständlich. Gib mir fünf Minuten, dann bin ich für dich da.«

Nachdem Wesley die Tür hinter sich geschlossen hatte, bedachte Rhys sie mit einem nachdenklichen Blick. »Du musst das nicht tun.«

Charlene sah müde zu ihm auf. »Es ist mein erster Arbeitstag, da kann ich nicht gleich zwei Klienten wegschicken, nur weil sie es versäumt haben, sich in die Liste einzutragen.«

Rhys sah sie ungläubig an. Ihr Boss hatte ihr gleich zu Beginn eine solche Mammutaufgabe aufgebürdet und ihr niemanden als Unterstützung zur Seite gestellt? Da er Luis immer als äußerst zuvorkommend und sehr freundlich erlebt hatte, war ihm vermutlich keine andere Wahl geblieben.

»Wenn du hier überleben willst, solltest du ganz schnell lernen, Nein zu sagen. Sonst kann es dir passieren, dass nicht nur Pascal zwei Sessions am Tag einfordert, sondern dass auch noch andere Lust auf eine zweite Runde bekommen.« Als er Charlenes schockierten Gesichtsausdruck sah, taten ihm seine Worte beinahe leid. Aber es war in ihrem eigenen Interesse, dass sie direkt zu Beginn die Regeln festlegte.

»Vermutlich hast du recht. Ab morgen massiere ich nach Plan«, versprach sie ihm und lächelte ihn dankbar an.

KAPITEL 5

Charlene

Charlene musste drei Mal um den Block fahren, bevor sie einen Parkplatz fand. Dabei sah sie immer wieder nervös in den Rückspiegel, um zu überprüfen, ob ihr jemand folgte. Auch wenn sie wusste, dass sie genug Abstand zwischen sich und ihre Vergangenheit gebracht hatte, war es wie ein Zwang, den sie nicht kontrollieren konnte. Wenigstens hatte ihr Wagen auf dem Rückweg keine Mucken gemacht. Als sie die Treppe zu ihrer Wohnung hinaufschlich, konnte sie nur noch mit Mühe die Augen offen halten.

»Suzanne?«, rief sie, nachdem sie die Tür hinter sich geschlossen und die Schlüssel in die Schale im Flur geworfen hatte, bekam jedoch keine Antwort. Offensichtlich war ihre Mitbewohnerin noch unterwegs.

Sie schob die Tür zu ihrem Zimmer auf und unterdrückte beim Anblick des Chaos, das sich ihr bot, ein lautes Stöhnen. Jetzt bedauerte sie es, dass sie sich bisher noch nicht die Zeit genommen hatte, ihre Kleidung in den Schrank zu räumen, sondern stattdessen den Inhalt ihres Koffers wahllos im Zimmer verteilt hatte. Obwohl das Echo einer allzu vertrauten Stimme sie dazu ermahnte, augenblicklich Ordnung zu schaffen, ließ sie sich mit einem erleichterten Seufzen auf die Matratze fallen.

Als sie sich eine kleine Ewigkeit später auf die Seite rollte, fiel ihr der bunte Blumenstrauß auf, den Suzanne zwischen ihre Schminksachen auf den kleinen Tisch gestellt hatte. An der Vase lehnte eine Karte, auf der in geschwungenen Buchstaben *Willkommen zu Hause* stand.

Charlene spürte, wie Tränen in ihr aufstiegen und gegen ihren Willen ihre Wangen hinabrannen. Sie vergrub das Gesicht im Kissen, bevor ihr Körper von einem heftigen Schluchzen erfasst wurde.

Am nächsten Morgen hätte Charlene den Wecker am liebsten an die Wand geworfen, als er sie nach einer viel zu kurzen Nacht aus dem Tiefschlaf riss. Ein Blick in den Spiegel verriet ihr, dass sie Unmengen an Make-up brauchen würde, um die dunklen Augenringe zu verdecken.

Das laute Röhren des Mixers weckte Suzanne, die verschlafen aus ihrem Zimmer in die Küche schlurfte und mit skeptischer Miene beobachtete, wie Charlene den Smoothie in ihren To-go-Becher umfüllte.

»Puh! Das sieht ekelhaft gesund aus! Was ist da alles drin?«

»Ein halber Apfel, etwas Weizengras, Zitrone, Ingwer, zwei Handvoll Spinat und eine Prise Kurkuma«, antwortete Charlene und band sich fahrig ihr langes Haar zu einem lockeren Dutt zusammen.

»Und das schmeckt?«

Charlene musste sich bei Suzannes misstrauischem Tonfall das Lachen verkneifen.

»Man gewöhnt sich dran. Ein grüner Smoothie auf nüchternen Magen regt nicht nur die Verdauung an, sondern bringt auch den Stoffwechsel auf Touren und stärkt das Immunsystem.«

»Mhm.« Suzanne sah immer noch nicht überzeugt aus. »Ich für meinen Teil halte mich lieber an einen großen Becher schwarzen Kaffee. Solltest du auch mal versuchen, so müde wie du aussiehst.«

Charlene, die nicht darüber reden wollte, dass sie die halbe Nacht wachgelegen und sich Sorgen gemacht hatte, während sie die restliche Zeit von Alpträumen gequält worden war, schüttelte den Kopf, bevor sie sich ein Lächeln abrang und im Laufschritt die Wohnung verließ.

Trotz der kurzen Nacht war es ihr dennoch irgendwie gelungen, halbwegs pünktlich in der Rockstarvilla einzutreffen.

Um die Mittagszeit blitzten einzelne Sonnenstrahlen zwischen den Wolken hindurch, sodass Charlene spontan beschloss, mit ihrem Smoothie nach draußen zu gehen.

Vor der Terrasse blieb sie unschlüssig stehen. Alex saß mit Zac, dem Schlagzeuger, und Jared, dem Keyboarder, am Tisch. Sie diskutierten den Ausgang eines Baseballspiels, während Henry und Pascal über die Termine der nächsten Tour sprachen. Rhys hatte es sich ein wenig abseits auf einem Sofa bequem gemacht. In der Hand hielt er eine Gitarre, bei deren Anblick Charlenes Herz schneller zu schlagen begann. Sie wollte gerade den Rückzug antreten, als er den Kopf hob und sie zu sich winkte.

Erleichtert stellte Charlene fest, dass ihre Anwesenheit niemanden zu stören schien. Rhys probierte eine Reihe von Akkorden aus, bevor er nach einem Bleistift griff und sie in ein Notizbuch schrieb, das aufgeklappt vor ihm lag. Der Einband war abgegriffen, und die Seiten sahen aus, als würden sie sich jeden Moment aus der Bindung lösen. Neugierig versuchte Charlene, die Textschnipsel zu entziffern, die teilweise bereits mit Akkordbezeichnungen versehen waren.

Als Rhys Anstalten machte, sein Instrument neben sich zu legen, schüttelte sie leicht den Kopf.

»Wegen mir musst du nicht aufhören.«

Er zögerte einen Moment, dann griff er erneut in die Saiten. Das Intro entwickelte direkt zu Beginn eine starke Dynamik und verströmte zugleich eine süße Melancholie. Noch bevor Rhys das erste Wort gesungen hatte, ahnte sie, dass es in dem

Song um unerwiderte Liebe oder Verlust ging. Doch als er zu singen anfing, war sie derart von seiner warmen und vollen Stimme eingenommen, dass sie nur wenig vom Text mitbekam. Erst im Refrain gelang es ihr, sich von ihrer Faszination zu lösen und sich auf den Inhalt des Liedes zu konzentrieren. Wie erwartet handelte der Song von Sehnsucht und schmerzlichen Erlebnissen, aber es schien dabei weniger um eine Frau als vielmehr um kostbare Erinnerungen zu gehen, um alte Zeiten, die unwiederbringlich verloren waren. Trotz des tiefgründigen Themas gelang es Rhys, eine hoffnungsvolle Atmosphäre zu schaffen, die seine Dankbarkeit ausdrückte, dass er diese Momente erleben durfte und dass der Schmerz vielmehr zeigte, wie wertvoll sie für ihn waren.

Charlene, die schon immer eine besondere Vorliebe für ausdrucksstarke Lyrics gehabt hatte, blickte ihn bewegt an.

»Wow – das war beeindruckend! Ist das eine von euren neuen Nummern?«

»Nein, das ist nur eines von meinen Liedern.« Rhys fing ihren verständnislosen Blick auf und setzte zu einer Erklärung an: »Pascal schreibt unsere Songs. Sein einzigartiger Stil hat der Band schon viele Preise und Auszeichnungen eingebracht. Bei mir ist das Songwriting nur ein Hobby.«

»Mir gefällt deine Musik, der schwermütige Unterton und die zuversichtliche Grundstimmung, die trotzdem mitschwingt. Dazu der leichte Einschlag in die Countryrichtung, ohne dabei den rockigen Charakter zu verlieren.« Sie biss sich auf die Lippe, als sie seinen überraschten Gesichtsausdruck bemerkte.

»Du scheinst dich mit Musik gut auszukennen. Spielst du auch ein Instrument?«

»Ist schon eine Weile her.«

»Warum hast du aufgehört?«

Sie zuckte mit den Schultern. »Der Job wurde immer anspruchsvoller und dadurch auch zeitintensiver. Ich habe oft Überstunden gemacht und manchmal auch an den Wochenenden gearbeitet. Da war es mir wichtiger, die wenige Zeit, die mir blieb, mit meinem Freund zu verbringen, als in einem muffigen Keller einem unrealistischen Traum hinterherzujagen.« Sie senkte die Stimme. »Abgesehen davon bin ich nicht besonders talentiert.«

Der intensive Blick, mit dem Rhys sie bedachte, brachte sie aus der Fassung.

»Fehlt es dir, Musik zu machen?« Charlene nickte nach kurzem Zögern und nahm überrascht wahr, wie inmitten der Leere, die sich auf einmal in ihrem Inneren ausgebreitet hatte, ein altbekannter Schmerz aufflammte. All das war ihr so vertraut, das Vibrieren der Saiten unter ihren Fingerkuppen, die Energie, die ihren Körper beim Singen durchströmte, das absolute Glücksgefühl, wenn sich die Töne, die ihr seit Tagen durch den Kopf geschwirrt waren, zu einer Melodie formten und ihr die passenden Worte dazu in den Sinn kamen. Verwirrt blickte sie zu ihrem Gegenüber. Wie konnte es sein, dass ihr Gespräch innerhalb weniger Minuten derart persönlich geworden war?

Rhys, der sie genau beobachtet hatte, wirkte mit einem Mal ungewöhnlich ernst.

»Das Leben ist zu kurz, um sich die Dinge zu versagen, die man liebt.« Als ihre Blicke sich trafen, schenkte er ihr ein Lächeln, bei dem seine Augen in einem warmen Goldbraun erstrahlten. »Und unabhängig davon, ob man mit Talent geboren wurde oder sich seine Fähigkeiten erarbeiten muss, verdient jeder Traum eine Chance! Meinst du nicht?«

Seine optimistische Einstellung brachte sie ebenfalls zum Lächeln. »Das klingt, als hättest du länger darüber nachgedacht.«

»Was meinst du, wie oft Pascal und ich uns in den ersten Jahren anhören mussten, dass aus uns nichts werden würde, dass wir aufgeben sollten, dass es hundert andere Bands gäbe, die besser wären als wir? Hätten wir uns damals entmutigen lassen, würden wir heute wahrscheinlich in irgendeinem Job feststecken, den wir nicht von ganzem Herzen lieben.«

Charlene nickte. Ihr war bewusst, dass die Musikbranche ein hartes Pflaster war. »Da hast du vermutlich recht. Was ist mit deinen Träumen?«, wagte sie sich weiter vor. Sie hatte Rhys als offenen und sympathischen Mann kennengelernt, dessen aufmerksame und unkomplizierte Art dafür sorgte, dass sie sich in seiner Nähe wohlfühlte. Diese neue Seite an ihm zu entdecken, die ihn zugleich stark und verletzlich wirken ließ, erregte ihr Interesse. »Wünschst du dir nicht, dass die Menschen deine Songs hören?«

Er stieß ein leises Lachen aus, bei dem ein bitterer Klang mitschwang. »Früher schon, aber dann hatten wir plötzlich diesen Megaerfolg. Es wurde ein riesiger Hype um die Band veranstaltet – allen voran um Pascal. Das Label und unser damaliger Manager waren sich einig, dass seine Musik etwas ganz Besonderes ist. Sie haben sich bewusst dazu entschieden, keine zusätzlichen Songwriter zu engagieren, um den unverwechselbaren Sound von *Renard* nicht zu verwässern.«

»Aber du bist niemand von außerhalb. Du bist Teil der Band und gehörst ebenso zu *Renard* wie Pascal. Ich glaube fest daran, dass eure Fans deine Songs genauso lieben würden – vielleicht sogar mehr.« Seiner Miene war anzusehen, dass ihre Worte ihn nicht überzeugt hatten. »Denk darüber nach!« Sie unterdrückte den Impuls, ihre Hand auf seine zu legen, und nahm stattdessen einen Schluck von ihrem Smoothie. Als der Strohhalm ein schlürfendes Geräusch verursachte, zuckte sie erschrocken zusammen und schielte unauffällig zu Rhys hinüber, aber er schien sich nicht daran zu stören. Die Erkenntnis, wie fest die Schatten der Vergangenheit sie immer noch umfangen hielten, ließ sie trotz der sommerlichen Temperaturen frösteln. Abrupt stand sie auf. Besser, sie machte sich wieder an die Arbeit, ehe sie sich weiter auf zwischenmenschliche Verstrickungen einließ oder noch mehr prekäre Details aus ihrem früheren Leben preisgab. Rhys hatte etwas an sich, das sie alle Vorsicht vergessen ließ, eine Eigenschaft, vor der sie sich hüten musste, wenn sie sich nicht erneut einer unkalkulierbaren Gefahr aussetzen wollte. »Ich geh dann mal wieder rein. Wir sehen uns später.«

Sie spürte seinen Blick auf sich ruhen, als sie mit schnellen Schritten in der Villa verschwand.

KAPITEL 6

Rhys

Rhys legte mit einem lautlosen Stöhnen den Kopf in den Nacken, als Pascal zum sechsten Mal vor der Bridge abbrach.

»So geht das nicht! Wir brauchen im Vorlauf eine größere dynamische Steigerung. Zac, kannst du das Tempo allmählich erhöhen? Dann kommt das Crescendo besser. Jared, pass auf, dass du nicht vorausrennst, und Alex, Sound ist gut, aber übertreib es nicht! Vor dem letzten Refrain nehmen wir Lautstärke und Tempo raus und bauen die Spannung neu auf. Noch mal ab der gleichen Stelle!«

Rhys sah Jared an, dass er kurz davor war, seinem Ärger Luft zu machen, und warf ihm einen beschwichtigenden Blick zu. Protest vonseiten der Band würde lediglich zu unnötigen Diskussionen führen, denn letzten Endes würden sie sich doch Pascals Willen beugen. Rhys konnte nur hoffen, dass sich die Laune seines besten Freundes bald wieder besserte. Seit Natalies Abreise probten sie zwölf Stunden am Tag, oft bis spät in die Nacht hinein. Henry, der immer darauf geachtet hatte, dass Pascal es nicht übertrieb, war so mit den Vorbereitungen für das neue Album und die anschließende Tour beschäftigt, dass er nicht mitbekam, wie die Stimmung in der Band allmählich kippte.

Zac zählte ein. Rhys atmete tief durch, ehe er seine Finger auf die Saiten legte und zu spielen begann. Er orientierte sich an Pascal, der bei diesem Song die zweite Gitarre übernahm, glich seine Lautstärke an und achtete zugleich auf Jared und Alex. Da sie schon seit Jahren in dieser Formation spielten, kannten sie die Stärken und Schwächen der anderen und wussten, wie sie die Balance hielten. Wenn Pascal sie mit seinem Perfektionismus nicht in den Wahnsinn treiben würde, könnten sie sogar Spaß haben.

Obwohl Rhys sein Bestes gab, um zwischen seinen Bandkollegen zu vermitteln, war die Stimmung gegen Abend im Keller. Auch nach unzähligen Wiederholungen ein und desselben Songs war Pascal nicht zufrieden gewesen.

Das Klingeln seines Handys führte zu einem kollektiven Aufatmen. Um diese Zeit rief Natalie an, die kurz vor ihrem Auftritt noch einmal die Stimme ihres Freundes hören wollte.

»Pascal mag ein Genie sein, aber manchmal weiß er nicht, wann es genug ist«, knurrte Jared, der zusammen mit Zac an den Tisch getreten war, um sich eine Flasche Bier aufzumachen.

»Was haltet ihr davon, wenn wir nachher alle gemeinsam zum Training gehen?«, rief Rhys in die Runde und war nicht überrascht, dass sein Vorschlag wenig Begeisterung auslöste.

»Du willst nur erreichen, dass wir uns auf Eric einschießen und darüber vergessen, dass wir eigentlich auf Pascal wütend sind.« Wie immer hatte Alex den Nagel auf den Kopf getroffen.

Rhys machte sich nicht die Mühe, ihm zu widersprechen. »Du musst zugeben, dass die Strategie ziemlich genial ist …«

»Und sie funktioniert leider jedes Mal«, gab Jared zu und nahm sich statt des Biers eine Flasche Wasser. »Es wird uns allen guttun, ein bisschen Dampf abzulassen. Außerdem steht Pascal dann in unserer Schuld, weil wir Erics Aufmerksamkeit von ihm ablenken.«

»Wie bedauerlich, dass ich um diese Uhrzeit meine Massagesession habe«, verkündete Zac mit einem breiten Grinsen.

»Wir könnten Charlene fragen, ob sie Lust hat, mitzumachen.«

»Damit sie weinend zusammenbricht, weil Eric sie zusammenstaucht, und wir uns im Anschluss eine neue Masseurin suchen müssen?« Alex war anzusehen, dass er mit Jareds Vorschlag nicht einverstanden war.

»Hältst du sie für so zerbrechlich?«, hakte Zac nach.

»Zerbrechlich oder nicht, keine Frau hat es verdient, mit Eric trainieren zu müssen. Ihr könnt gern euer Glück versuchen, aber ich glaube nicht, dass sie sich darauf einlässt.«

Nach dem Training tat ihm wie erwartet jeder einzelne Knochen im Körper weh. Auch Pascal schien am Ende seiner Kräfte zu sein, sodass er zur Erleichterung aller beschloss, es für heute mit dem Proben gut sein zu lassen.

Rhys trat an seinen Freund heran, der platt wie ein Käfer auf dem Rücken lag, und streckte ihm die Hand entgegen.

»Kannst du mir erklären, warum ich ihn nicht schon längst gefeuert habe?«, stieß Pascal ächzend hervor und kämpfte sich auf die Beine.

»Weil du drauf stehst, fertiggemacht zu werden«, erwiderte Rhys mit einem Grinsen.

»Fast wie in alten Zeiten. Wir beide gegen den Rest der Welt.« Pascal legte ihm einen Arm um die Schulter, ohne sich daran zu stören, dass Rhys' Shirt vor Schweiß triefte.

Nachdem sie geduscht hatten, verabschiedeten sich Jared, Alex und Zac, die den freien Abend dazu nutzen wollten, feiern zu gehen. Es kam selten genug vor, dass Pascal sie so früh entließ.

Rhys zögerte. Sollte er seine Freunde begleiten oder die Gelegenheit ergreifen und mit Pascal über seine Songs sprechen? Charlenes Worte waren ihm den ganzen Tag über nicht aus dem

Kopf gegangen. Auch wenn er sie erst seit Kurzem kannte, war ihre Meinung ihm wichtig. Sie schien sich mit Musik gut auszukennen und hatte eine erfrischende Art, eingefahrene Strukturen zu hinterfragen, ohne dass er sich bedrängt oder angegriffen fühlte. In all den Jahren hatte er es nie gewagt, die Entscheidung, dass Pascal der alleinige Verfasser ihrer Songs war, anzuzweifeln. Aber was, wenn Charlene recht hatte und ihren Fans seine Songs gefallen würden? Wenn sie eine Bereicherung für die Band wären? War er es seinen Freunden dann nicht schuldig, sie zumindest zur Diskussion zu stellen? Unschlüssig fuhr er sich mit einer Hand durch das noch feuchte Haar. Sollte er Pascal um Rat fragen oder war es egoistisch von ihm, sich derart in den Mittelpunkt zu drängen? War sein Traum, seine eigenen Songs auf der Bühne zu performen, doch nicht so unrealistisch, wie er immer geglaubt hatte?

»Hast du eine Minute für mich?«, fragte er schließlich und wartete, bis ihm sein Freund auffordernd zunickte. »Ich hab an ein paar neuen Songs gearbeitet und würde gern deine Meinung dazu hören.«

Falls Pascal von seiner Bitte überrascht war, ließ er sich nichts anmerken. »Klar! Ich weiß zwar gerade nicht, wo mir der Kopf steht vor lauter Arbeit, aber wir werden schon einen Slot finden, auch wenn Henry mir im Nacken sitzt, weil wir dem Zeitplan dramatisch hinterherhinken.«

Rhys, der wusste, dass die Band bei Pascal immer an erster Stelle stand, lenkte ein. »Es hat keine Eile. Ich habe schließlich kein Label, das mir tagtäglich Druck macht.«

»Hey«, murmelte Pascal und boxte ihn aufmunternd gegen die Schulter, »ich stehe zu meinem Wort. Sobald ich Zeit finde, höre ich sie mir an. Okay?«

»Cool!« Rhys merkte, wie sich bei der Vorstellung, Pascal seine Songs vorzuspielen, ein gespanntes Kribbeln in seinem Körper ausbreitete.

Auf der Heimfahrt rief sich Rhys die unzähligen Male in Erinnerung, die sie zusammen an Pascals Songs gebastelt hatten. Schon als Teenager hatten sie sich nach der Schule an einen ruhigen Ort zurückgezogen und gemeinsam Musik gemacht. Wie oft war Pascal zu ihm gekommen, wenn ihm die passende Harmonie gefehlt, sich eine Melodie für ihn nicht stimmig angefühlt oder er tagelang nach dem perfekten Reim gesucht hatte.

In seinen Träumen hatte er sich manchmal vorgestellt, wie es wäre, wenn sie nur für ein einziges Mal die Rollen tauschen würden. Doch entgegen seiner Wünsche schien die Hierarchie in ihrer Freundschaft klar festgelegt zu sein, und Rhys hatte das nie infrage gestellt. Pascal war der geborene Anführer, während er eher ein Teamplayer war, der seinen Kameraden den Rücken freihielt.

Vielleicht sollte er sich den Ratschlag, den er Charlene gegeben hatte, selbst zu Herzen nehmen. Jetzt, wo Pascal sein Glück gefunden hatte und Rhys sich nicht mehr jede Sekunde Sorgen machen musste, ob sein Freund dem Druck standhielt oder erneut in eine depressive Phase abzurutschen drohte, war es an der Zeit, seine eigenen Träume zu verwirklichen.

KAPITEL 7

Charlene

Als Charlene am nächsten Abend den Schlüssel im Schloss ihres Chevys umdrehte, tat sich nichts. Offenbar hatte die lange Fahrt von Toronto nach Vancouver dem Wagen zu viel abverlangt. Sie versuchte es noch einige Male, bevor sie einsehen musste, dass auch kein gutes Zureden den Motor überzeugen konnte, anzuspringen. Da sie am Morgen mal wieder spät dran gewesen war, hatte sie erneut direkt vor der Villa geparkt und Pascals Vorbehalte gegenüber ihrem Wagen als vorübergehende Nebenwirkung seiner schlechten Laune abgetan.

Seufzend stieg sie aus und öffnete die Motorhaube, auch wenn sie keine Ahnung von Autos hatte.

»Alles klar bei dir?«, fragte Rhys, der mit seinem Gitarrenkoffer in der Hand auf seinen Wagen zuging, einen schwarzen Ford Mustang, dessen schnittiges Design in krassem Gegensatz zu ihrem verbeulten Auto stand.

»Er springt nicht an. Ich fürchte, ich muss ihn über Nacht hier stehen lassen.«

»Soll ich dich mit in die Stadt nehmen?«

Charlene winkte ab. »Mach dir wegen mir keine Umstände. Ich kann den Bus nehmen.«

Rhys verstaute seine Gitarre im Kofferraum und trat einige Schritte auf sie zu. Sein entwaffnendes Lächeln brachte ihr Herz für einen Schlag aus dem Rhythmus. »Das wären keine Umstände. Außerdem verbringe ich gern Zeit mit dir.«

Von seiner Offenheit überrascht ging Charlene ihre Optionen durch. Sie konnte auf Nummer sicher gehen und sein Angebot ausschlagen, oder sie sprang über ihren Schatten und ging das Risiko ein, dass ihre Intuition sie ein weiteres Mal in die Irre führte. Unschlüssig kaute sie auf ihrer Unterlippe. War es denn tatsächlich eine so große Sache, sich von Rhys nach Hause bringen zu lassen? Schließlich ging es nur um eine einfache Autofahrt und nicht um eine Verabredung. Doch wenn sie ganz ehrlich zu sich war, musste sie zugeben, dass sie sich etwas vormachte und in Wirklichkeit mit dem Feuer spielte. Sie mochte Rhys. In seiner Nähe fühlte sie sich wohl. Er gab ihr das Gefühl, sich nicht verstellen zu müssen, sondern genauso akzeptiert zu werden, wie sie war.

Entschlossen klappte sie die Motorhaube wieder zu und nahm ihre Tasche vom Beifahrersitz.

»Wenn das so ist, lasse ich mich gerne von dir in die Stadt fahren.« Sie hörte den flirtenden Unterton in ihrer Stimme und ermahnte sich, es nicht zu übertreiben. Schließlich gab es einen Grund, warum sie sich vorgenommen hatte, es in Bezug auf neue Freundschaften oder gar Beziehungen langsam angehen zu lassen. Und sie durfte auch Luis' Regeln nicht vergessen.

Rhys ging mit ausladenden Schritten zu seinem Auto und hielt ihr galant die Tür auf.

Ein wenig neidisch nahm sie wahr, wie der Motor schnurrend ansprang. Leise Musik erfüllte den Wagen, worauf sie sich entspannt in die weichen Lederpolster sinken ließ.

Die ersten Meilen lauschten sie in einträchtigem Schweigen Adeles ausdrucksstarker Stimme, die wenig überzeugend erklärte, dass es ihr nichts ausmachte, dass ihr Ex-Freund eine andere geheiratet hatte.

Als sie die Lions Gate Bridge überquerten, richtete Charlene sich in ihrem Sitz auf und schaute hinaus auf den Burrard Inlet. Dort, wo vereinzelte Sonnenstrahlen aufs Meer trafen, funkelte das Wasser wie tausend glitzernde Diamanten. Sie hatte den Anblick des Meeres schon immer geliebt. Er vermittelte ihr ein Gefühl von Freiheit und grenzenlosen Möglichkeiten.

»Gefällt dir Vancouver?«, fragte Rhys, dem ihr verzückter Blick aufgefallen war.

»Ich habe ehrlich gesagt noch nicht viel davon gesehen.«

»Das sollten wir bei Gelegenheit ändern.« Charlene öffnete ihren Mund, um seinen Vorschlag höflich abzulehnen, doch dann traf sie der Blick aus seinen tiefbraunen Augen, die im Licht der Abendsonne einen mahagonifarbenen Ton angenommen hatten, und sie vergaß, warum es besser wäre, Rhys nicht zu nahe an sich heranzulassen.

»Ihr scheint im Moment viel zu tun zu haben«, wechselte sie das Thema, um wieder festen Boden unter die Füße zu bekommen.

Rhys zuckte mit den Schultern. »Wir haben eigentlich immer Stress – zurzeit vielleicht ein bisschen mehr als sonst.«

»Und wie läuft es mit Pascal? Wenn man Jared und Zacs Beschwerden glauben kann, nimmt er euch ziemlich hart ran.«

»Er will nur das Beste aus unseren Songs herausholen. Außerdem vermisst er Natalie – auch wenn er das niemals zugeben würde. Sie ist die Erste, für die er tiefere Gefühle empfindet.« Die Wärme in seiner Stimme machte Charlene deutlich, wie sehr Rhys sich für seinen Freund freute. »Vielmehr Sorgen mache ich mir um Henry. Er steht unter einem enormen Druck. Es ist das erste Album und die erste Tour unter seinem Management. Die ganze Musikbranche beobachtet jeden seiner Schritte. Vor allem Norman Wilson, unser früherer Manager, scheint nur darauf zu warten, dass Henry einen Fehler macht, damit er laut herausposaunen kann, dass er sein Scheitern prophezeit hätte. Seit Pascal ihn rausgeworfen hat, lässt er keine Gelegenheit aus, unserem Ruf zu schaden.«

»Aber es läuft doch gut bei euch, oder?«, fragte Charlene und lehnte sich erneut in ihrem Sitz zurück, als sie die Brücke verließen und das dichte Grün des Waldes sie umschloss.

»Wenn man bedenkt, dass wir vor einem Jahr nicht wussten, ob Pascal je wieder mit uns singen können wird, geht es uns fantastisch. Wahrscheinlich sehen wir ihm deshalb auch so viel nach. Er war schon immer ein Perfektionist, und uns ist allen bewusst, dass wir unseren Erfolg zu einem großen Teil seinen hohen Ansprüchen zu verdanken haben, auch wenn er uns damit an unsere Grenzen bringt. Und je weniger Zeit bis zum Albumrelease bleibt, desto schlimmer wird es werden.«

»Willst du damit sagen, dass ich mich auf ein paar Extramassagesessions einstellen soll?«

»Das wäre vermutlich keine schlechte Idee.«

Charlene musterte Rhys verstohlen von der Seite. Ihr fiel nicht zum ersten Mal auf, dass er ein extrem gut aussehender Mann war mit seinen lebhaften Augen, die von ausdrucksstarken Brauen betont wurden, den breiten Wangenknochen und der markanten Kinnpartie, die ein Drei-Tage-Bart zierte. Vor allem aber war es sein offenes und sympathisches Lächeln, das sie am meisten mochte. Trotzdem war es besser, wenn sie Abstand hielt. Sie war nach Vancouver gekommen, um neu anzufangen, und an oberster Stelle stand, dass sie sich Zeit für sich nahm, um herauszufinden, wie sie ihr Leben von nun an gestalten wollte.

»Wie sieht es bei dir aus? Hast du dich in deinem neuen Job gut eingelebt?« Rhys öffnete sein Fenster ein Stück, worauf der Fahrtwind durch seine Locken blies und sie noch mehr durcheinanderbrachte, als sie nach einem anstrengenden Probentag sowieso schon waren.

»Auf jeden Fall wird es mir mit euch so schnell nicht langweilig. Henry erzählt mir ständig von seinen endlosen Aufgabenlisten, die mit jedem Tag länger werden. Er ist der festen Überzeugung, dass er es sich eigentlich gar nicht leisten kann, untätig herumzuliegen, und braucht immer eine Weile, um sich zu entspannen. Im Gegensatz zu Pascal, der einschläft, sobald er sich hingelegt hat. Alex scheint die Behandlung zu genießen und sich über die Auszeit zu freuen, genau wie Zac. Jared hingegen redet pausenlos davon, dass er es kaum abwarten kann, dass ihr endlich wieder auf Tour seid und er jeden Abend feiern und Mädels abschleppen kann.« Rhys versuchte, das Lachen, das aus ihm herausbrach, hinter einem Husten zu verstecken, was ihm jedoch kläglich misslang. »Ist das Tourleben wirklich so aufregend, wie man es sich vorstellt?«, hakte Charlene nach, die ihre Neugier nicht länger zügeln konnte.

Er zögerte einen Moment, bevor er antwortete: »Natürlich hat das Touren seinen Reiz, die Auftritte, die Begeisterung der Fans, die After-Show-Partys. Aber hauptsächlich ist es harte Arbeit. Von uns wird erwartet, dass wir jeden Abend unser Bestes geben. Es interessiert keinen, ob wir in der Nacht davor bis in die Morgenstunden gefeiert haben, ob wir noch mit einem Jetlag kämpfen oder eigentlich lieber längst wieder zu Hause wären. Irgendwann sieht jedes Stadion gleich aus, und es ist einfach ein Job wie jeder andere.«

Charlene legte ihren Kopf leicht schräg. »Netter Versuch! Und jetzt sag mir die Wahrheit!« Obwohl die Musik keinen Platz mehr in ihrem Leben hatte, brannte sie darauf, mehr über Rhys' Leben als Berufsmusiker zu erfahren.

Seine Mundwinkel hoben sich zu einem anerkennenden Lächeln. »Du willst die Wahrheit hören?«

»Im Zweifel immer!«

»Es gibt kein besseres Gefühl, als jeden Abend auf der Bühne zu stehen, und ich würde mein Leben gegen nichts auf der Welt eintauschen wollen.« Zufrieden mit seiner Antwort schaute Charlene wieder nach vorne. Sie hatten den Wald hinter sich gelassen und fuhren auf die ersten Hochhäuser zu.

»Wie kommt es eigentlich, dass Pascal die meisten Entscheidungen trifft? Solltet ihr nicht gleichberechtigt sein?«

»Streng genommen ist es seine Band. Wir sind zwar nach der Schule zusammen nach Vancouver gekommen, aber es war sein Plan, alles hinter sich zu lassen, um Rockmusiker zu werden. Er war derjenige, der einen Probenraum organisiert, eine Band zusammengestellt und die ersten Gigs klargemacht hat. Dank seiner außergewöhnlichen Stimme und seiner mitreißenden Songs ist unser damaliger Manager auf uns aufmerksam geworden, und danach ging es steil bergauf.«

»Dann sind Alex, Jared und Zac erst später dazugekommen?«

Rhys nickte. »Wir haben über die Jahre in unterschiedlichen Formationen gespielt, da die wenigsten auf Dauer mit Pascals Tempo mithalten können. Er ist ein unermüdlicher Workaholic, und wer nicht mitzieht, wird ausgetauscht. Außerdem sind die anderen einige Jahre jünger als Pascal und ich. Sie haben weniger Erfahrung als wir und trauen sich vermutlich deshalb nur selten, offen zu widersprechen. Unser Erfolg ist eng an Pascal geknüpft. Es sind seine Songs, seine Stimme, die die Menschen hören wollen. Der Rest der Band ist eher schmückendes Beiwerk.«

»Ich sehe das anders«, widersprach Charlene und drehte sich zu Rhys. »Es ist wie beim Sport. Ihr seid eine Mannschaft. Pascal ist vielleicht euer Captain, aber alleine kann er das Spiel nicht gewinnen.«

Eine Weile schwiegen sie beide und lauschten Carrie Underwood, die davon sang, wie sie aus Rache loszog, um das Auto ihres Freundes zu demolieren, der sie mit einer anderen betrogen hatte. Charlene liebte den ungebremsten Zorn des Songs und versuchte, sich vorzustellen, wie es wohl wäre, ohne Rücksicht auf Verluste ihren Gefühlen nachzugeben. Aber dafür müsste sie erst einmal den Mut finden, ihrer Intuition zu vertrauen.

KAPITEL 8

Rhys

Rhys atmete tief die salzige Luft ein, während er im Licht der aufgehenden Sonne am Strand entlangjoggte. Der Wind strich über seine erhitzte Haut und vertrieb die Anspannung, die auf ihm lastete. Um diese Uhrzeit war der Kitsilano Beach noch wenig bevölkert, sodass er in Ruhe seinen Gedanken nachhängen konnte.

Bedauerlicherweise hatte Pascal in den letzten Tagen keine Zeit gefunden, sich seine Songs anzuhören, aber Rhys war fest entschlossen, nicht lockerzulassen.

Es war erstaunlich, wie sehr sich seine Perspektive verändert hatte, seit er Charlene kennengelernt hatte. Er liebte die Arbeit mit der Band. Die Jungs waren mehr als gute Freunde, sie waren seine Familie, und er war dankbar und froh, zu *Renard* zu gehören. Dennoch reizte ihn die Aussicht, mehr aus seinem Talent herauszuholen. Er war nicht nur ein ausgezeichneter Gitarrist, sondern auch ein guter Sänger. Und wenn Charlene recht hatte und seine Songs Anklang fanden, könnten sich für ihn ganz neue Möglichkeiten eröffnen.

Bei der Aussicht, Charlene bald wiederzusehen, zog er das Tempo an. Er hatte ihr am Vorabend angeboten, sie abzuholen, und auch wenn sie ihm damit gedroht hatte, dass sie am frühen

Morgen nicht sehr umgänglich wäre, freute er sich auf ihre Gesellschaft.

Bei seinem Auto angekommen, wechselte er sein Shirt und ignorierte die neugierigen Blicke einer Gruppe Teenager, die tuschelnd die Köpfe zusammensteckten und ihre Handykameras in seine Richtung hielten. Bevor sie den Mut fanden, ihn um ein Autogramm oder ein Selfie zu bitten, sprang er in seinen Wagen und fuhr Richtung Süden.

Vor Charlenes Wohnung lenkte er seinen Mustang in eine Parklücke und stieg aus. Da er kein Schild mit dem Namen *Hamilton* fand, klingelte er kurz entschlossen bei *Mitchell.* Charlene hatte ihm am Vorabend erzählt, dass sie mit Luis' Schwester zusammenwohnte und durch sie an den Job gekommen war.

Erst nach dem dritten Klingeln meldete sich eine verschlafene Stimme. Rhys nannte seinen Namen und fragte nach Charlene, worauf die Verbindung unterbrochen wurde. Dann ein erneutes Klicken, gefolgt von den Worten »Sie kommt runter«.

Er vertrieb sich die Zeit, indem er die neusten Nachrichten im Familienchat las. Seine jüngste Schwester Lilly, die vor zwei Jahren nach Vancouver gezogen war, um an der UBC Journalismus zu studieren, hatte ein Foto von sich an der Seite eines jungen Mannes geschickt, worauf ihre Mutter sie sofort mit Fragen bombardiert hatte. Da die Antworten ausgeblieben waren, nahm er an, dass ihre Mom das Warten nicht ausgehalten und Lilly kurzerhand angerufen hatte. Er schickte ihr eine Nachricht, in der er sie fragte, ob sie das Verhör ihrer Mutter gut überstanden hatte, und ihr einen schönen Tag wünschte.

Da Charlene sich immer noch nicht blicken ließ, sprintete er einem spontanen Impuls folgend zur Bäckerei gegenüber und besorgte zwei Coffee to go. Bei seiner Rückkehr stand sie mit grummeliger Miene neben seinem Wagen. Sie hatte die Augen zusammengekniffen, um sie vor dem hellen Morgenlicht zu schützen.

»Guten Morgen, Sonnenschein! Ich hoffe, du hattest eine angenehme Nacht?« Charlene brummte etwas Unverständliches, worauf Rhys sich ein Lachen verkneifen musste. Sie hatte nicht übertrieben, als sie ihm erzählt hatte, dass sie ein Morgenmuffel war, doch irgendwie machte diese Eigenschaft sie ihm nur noch sympathischer.

»Möchtest du Kaffee?«, fragte er und hielt ihr einen der Becher hin. Charlene zögerte kurz, ehe sie ihm das Getränk geradezu aus der Hand riss und mit einem weiteren Brummlaut, der sich mit viel Fantasie als »Danke« interpretieren ließ, in den Wagen stieg.

Da sie nicht in der Stimmung zu sein schien, sich zu unterhalten, schaltete er eine Playlist an und bemerkte, wie sie sich beim satten Klang von Amy Macdonalds Stimme allmählich entspannte. Sie trank in kleinen Schlucken ihren Kaffee, schloss hin und wieder die Augen, und nach einer Weile umspielte sogar ein leichtes Lächeln ihre Lippen. Er spürte, wie sich ein warmes Glücksgefühl in ihm ausbreitete.

Als sie die Villa betraten, kam ihnen Pascal mit schnellen Schritten entgegen.

»Können Sie mir bitte erklären, wieso Ihr Wagen über Nacht auf meinem Vorplatz stand?«, fragte er sichtlich genervt und blieb vor ihnen stehen.

»Er ist gestern nicht angesprungen«, erklärte Rhys, da Charlene nicht den Anschein erweckte, als könnte sie es um diese Uhrzeit mit Pascal aufnehmen. »Warum stört dich das so?«

»Momentan finden hier dauernd Pressetermine statt. Kannst du dir vorstellen, was die Reporter über uns schreiben, wenn sie als Erstes diese Schrottkiste sehen?«

Rhys, der ahnte, dass Charlenes altersschwacher Chevy nicht der alleinige Grund für Pascals schlechte Laune war, klopfte ihm besänftigend auf die Schulter.

»Seit wann kümmert es dich, was andere über dich denken?«

Pascal seufzte. Er schaute von Rhys zu Charlene, dann griff er nach dem Arm seines Freundes und nahm ihn zur Seite. »Wie konntest du zulassen, dass ich mich verliebe?«, fuhr er leiser fort. »Und wieso hat mich keiner gewarnt, dass man dafür schlaflose Nächte in Kauf nehmen muss, in denen einen die Sehnsucht beinahe umbringt?«

Rhys brach in amüsiertes Gelächter aus. »Wieso sollte es dir besser ergehen als dem Rest der Welt?«

Zischend stieß Pascal die Luft aus, ehe er Charlene einen prüfenden Blick zuwarf. »Läuft da was zwischen euch?«

»Wie kommst du denn darauf?«, fragte Rhys irritiert und fuhr sich mit einer Hand durch seine wirren Locken. »Ich habe sie abgeholt, weil sie sonst eine halbe Ewigkeit mit dem Bus unterwegs gewesen wäre.«

»Wenn du das sagst.« Sein lässiges Grinsen unterstrich, wie wenig ihn Rhys' Worte überzeugten. »Beeil dich! Die anderen sind schon da.«

»Was war das denn?«, fragte Charlene, nachdem Pascal im Korridor verschwunden war, der zum Westflügel führte.

»Ach, nichts. Pascal entdeckt nur gerade die Nebenwirkungen des Verliebtseins.«

Charlene kicherte. »Oje! Sollten wir dann nicht besser Mitleid mit ihm haben?«

»Auf keinen Fall! Natalie ist das Beste, was ihm je passiert ist, und sobald sie von ihrer Tour zurückkommt, schwebt er wieder über allen Wolken. Du wirst schon sehen.«

Pascal versammelte seine Band um sich herum und spielte ihnen einen Song vor, an dem er in der vergangenen Nacht gearbeitet hatte. Rhys staunte, was für ein Meisterwerk er in wenigen Stunden geschaffen hatte. Der ergreifende Text, der einen spannenden Kontrast zur provokanten Harmonik schuf, wurde nur noch von der Melodie übertroffen, die eine faszinierende Mischung aus radikalen Sprüngen und ausladenden Bögen bot. Ob seine eigenen Lieder jemals dieses Niveau erreichen würden?

Während der nächsten Stunden probten sie intensiv an dem neuen Song. Pascal hatte eine genaue Vorstellung, wie die Nummer klingen sollte, und schmetterte mehrere Vorschläge von Rhys bezüglich der musikalischen Gestaltung ab, was ihn zunehmend frustrierte. War es schon immer so gewesen, dass die Bandmitglieder so wenig Mitspracherecht hatten, und fiel es ihm erst jetzt auf, weil Charlene das Thema angeschnitten hatte? Es stand außer Frage, dass Pascal einen verdammt guten Job machte, dennoch hätte Rhys es schön gefunden, wenn er die Möglichkeit hätte, sich mehr einzubringen.

Als Henry gegen Mittag dazustieß, staunte er nicht schlecht.

»Wow – das ist ... Mir fehlen die Worte!«

»Eigentlich willst du sagen, dass Pascal in letzter Zeit zwar nur schwer zu ertragen war, wir das aber gerne in Kauf nehmen, solange am Ende solche Songs dabei herauskommen«, mischte Alex sich ein und schlug Pascal anerkennend auf die Schulter.

»So etwas in der Art wollte ich wohl sagen«, stimmte Henry ihm zu.

»Wir machen eine kurze Pause«, verkündete Pascal. Bevor Rhys die Gelegenheit nutzen und ihn auf seine Lieder ansprechen konnte, hatte Henry ihn bereits in Beschlag genommen.

Auch beim gemeinsamen Essen ergab sich keine Gelegenheit, Pascal an sein Versprechen zu erinnern, genauso wenig wie am Nachmittag. Pascal war derart in die Arbeit vertieft, dass es kein anderes Thema für ihn gab.

Um seinen Ärger loszuwerden, beschloss Rhys, an Erics Training teilzunehmen. Er steckte all seine Energie in den Parcours, den Eric für sie aufgebaut hatte. Dass der Trainer Pascal und ihn dabei permanent anschrie, dass sie sich gefälligst mehr anstrengen sollten, kam ihm sehr gelegen. So konnte er seine geballte Wut an dem Sandsack auslassen, bevor er mehrere Serien Liegestütze absolvierte, unermüdlich über Hindernisse in unterschiedlicher Höhe sprang, um sich anschließend die Lunge aus dem Leib zu rennen. Obwohl er danach jeden einzelnen Muskel in seinem Körper spürte, zwang er sich, noch eine halbe Stunde in Rekordzeit durch den Pool zu kraulen, bis es Zeit für seine Massage war.

Charlene sagte nichts, als er müde und abgekämpft den behaglichen Raum betrat, wortlos sein Shirt abstreifte und sich mit einem unterdrückten Stöhnen bäuchlings auf die Liege fallen ließ. Nachdem sie ihm mehrfach mit beiden Händen über den Rücken gestrichen hatte, sog sie scharf die Luft ein.

»Für dich müsste man das Wort *verspannt* neu definieren! Was hast du dir bloß angetan?« Als er weiterhin schwieg, fragte sie: »Willst du darüber reden?« Rhys knurrte etwas Unverständliches, zu mehr war er nicht in der Lage. »Dann versuch jetzt wenigstens, loszulassen! Was auch immer dich quält, dass du glaubst, derart dichtmachen zu müssen – es kann warten.«

Tatsächlich gelang es ihm, die Anspannung ein wenig zu lösen und sich ganz auf Charlenes Berührungen einzulassen, die sich alle Mühe gab, seine malträtierten Muskeln wieder weichzukneten.

»Die Massage hat wesentlich länger gedauert als die vereinbarte Zeit«, bemerkte Rhys, als er auf dem Weg zu seinem Auto sein Handy checkte.

Charlene grinste halb frech, halb verlegen und zuckte mit den Schultern. »Du hattest es nötig.«

»Darf ich dich zum Dank dafür zum Essen einladen?«

»Vielleicht ein anderes Mal. Aber wenn du Zeit hättest, mich nach Hause zu fahren, würde mich das sehr freuen.«

»Klar!« Rhys hielt ihr die Tür auf und steuerte dann auf seinen Mustang zu, der einsam neben Charlenes Chevy auf dem Vorplatz stand.

»Was machst du mit deinem Wagen?«

Sie seufzte. »Er wird hier stehen bleiben müssen, bis Luis mir mein Gehalt überwiesen hat.«

»Wenn du Geld brauchst …«

»Denk nicht mal dran!«, unterbrach Charlene ihn entschieden, worauf Rhys ergeben beide Hände hob.

»Du könntest Tyron bitten, dass er sich deinen Wagen mal anschaut. Er kennt sich gut aus und hätte ihn sicher im Handumdrehen repariert.«

»Das kann ich nicht machen.«

Rhys lachte. »Wie ich ihn einschätze, würdest du ihm damit sogar einen Gefallen tun. Er hat ein Faible für Oldtimer und kann es vermutlich kaum erwarten, deinem Schätzchen unter die Haube schauen zu dürfen.« Charlene kniff zweifelnd die Augen zusammen. »Allerdings solltest du dir gut überlegen, wie viel Geld du noch investieren willst. So wie ich die Sache sehe, wird die Kiste nur noch vom Lack zusammengehalten. Außerdem brauchst du dringend einen Satz neue Reifen.«

Charlene seufzte, dann straffte sie die Schultern. »Das Baby soll alles bekommen, was es braucht.«

»Du hängst an dem guten Stück.«

Sie nickte und schien auf einmal mit ihren Gedanken weit weg zu sein. »Hast du den Chevy schon lange?«

»Erst seit Kurzem.« Als sie seinen verwunderten Blick bemerkte, setzte sie hinzu: »Aber wir haben eine ganz besondere Beziehung.« Rhys hätte zu gerne nachgehakt, aber er ahnte, dass Charlene ihm die Antwort schuldig bleiben würde, und ließ es darauf beruhen. Er würde warten, bis sie so weit war, sich ihm anzuvertrauen.

KAPITEL 9

Charlene

Ein Lächeln glitt über Charlenes Züge, als sie Rhys am nächsten Morgen erblickte, wie er lässig an seinen Mustang gelehnt auf sie wartete und ihr erwartungsvoll entgegensah. Da sie um diese Uhrzeit nur schwer ein Wort herausbrachte, hielt sie ihm stumm einen Smoothie hin, den sie ihm zubereitet hatte. Er legte misstrauisch den Kopf schief und nahm den Becher widerwillig entgegen.

»Falls ich als Gegenleistung für deine liebreizende Gesellschaft diese grüne Giftbrühe trinken muss, solltest du doch in Erwägung ziehen, den Bus zu nehmen.«

Mit einem tiefen Atemzug ließ Charlene sich in den weichen Ledersitz fallen. »Es schmeckt besser, als es aussieht. Außerdem ist es gesund.«

Rhys nahm einen kleinen Schluck, bevor er angewidert den Kopf schüttelte und das Getränk in die Mittelkonsole stellte. »Ich verstehe nicht, wie du das trinken kannst. Was spricht gegen Kaffee?«

»Kaffee entzieht dem Körper Wasser. Kein guter Start in den Tag.« Ihr brummiger Tonfall schien Rhys nicht abzuschrecken, denn er lächelte sie belustigt an.

»Das schien dich gestern nicht gestört zu haben.«

»Gestern war … eine Ausnahme.«

»Aha!« Sein Lächeln wurde noch eine Spur breiter. »Dann fassen wir mal zusammen: Du liebst Kaffee, trinkst aber lieber pürierten Kohl, weil es angeblich gesund ist. Und als wäre das nicht schon schlimm genug, versuchst du auch noch, deine Mitmenschen zu missionieren.«

»Ich wollte dir nur etwas Gutes tun! Und jetzt fahr bitte los, bevor Pascal mich feuert, weil ich mal wieder zu spät bin.«

Gehorsam ließ er den Motor an und steuerte sein Auto aus der Parklücke. Als sie auf den Highway bogen, spielte er eine seiner Playlists ab und pfiff fröhlich mit.

»Wie kann man um diese Zeit so gut gelaunt sein?«, murrte sie, klappte die Sonnenblende herunter, obwohl der Himmel wolkenverhangen war, und rutschte tiefer in ihren Sitz.

»Soll ich dir mein Geheimrezept für einen optimalen Start in den Tag verraten?«

Charlene seufzte schicksalsergeben und sparte sich die Antwort, da sie ahnte, dass er sich sowieso nicht aufhalten lassen würde.

»Ein ausgiebiger Lauf, vorzugsweise am Strand, ein leckerer Bagel vom besten Bäcker der Stadt und ein großer Becher kolumbianischer Kaffee mit einem Schuss Milch.«

»Was finden bloß alle so toll daran, am Morgen sinnlos durch die Gegend zu rennen?«

Wäre Charlene etwas wacher gewesen, hätte sein verblüffter Gesichtsausdruck sie zum Lachen gebracht.

»Und ich hätte geschworen, dass du ebenfalls joggst.«

»Wie kommst du denn dadrauf?«

»Trotz deiner weiten Kleidung sieht man, dass du schlank und muskulös bist.« Charlene hatte Mühe, unter seinen Worten nicht zusammenzuzucken. »Außerdem verrät dich dein Gang.«

»Du hast recht«, gab sie zu. »Ich bin früher gelaufen, aber ich habe es an jedem einzelnen Tag gehasst!« Charlene bereute ihren Ausbruch, noch bevor sie Rhys' betroffene Miene sah.

»Warum hast du es dann gemacht? Nein, lass mich raten! Weil es gesund ist?«

Als sie daraufhin abwehrend die Arme vor der Brust verschränkte, wurde sein Blick sanfter. »Gibt es denn einen Sport, den du magst?«

»Skaten«, antwortete sie, ohne lange darüber nachzudenken, und war selbst überrascht von ihrer impulsiven Reaktion. Normalerweise war sie vorsichtiger und überlegte genau, bevor sie etwas von sich erzählte. »Früher habe ich es geliebt, zu skaten.« Wie hatte sie das nur vergessen können? Sie konnte sich noch genau an ihren dreizehnten Geburtstag erinnern, als sie ihre ersten Inlineskates geschenkt bekommen hatte.

»Und was ist daran so anders?«, fragte Rhys. Er schien ehrlich interessiert zu sein. Charlene richtete ihren Blick schwärmerisch auf die Silhouette der North Shore Mountains, die vor ihnen aufragten.

»Einfach alles! Die Geschwindigkeit, der Wind auf der Haut, das Gefühl unbändiger Freiheit und dass du einfach allem davonlaufen kannst, dem Stress, dem Druck, den Erwartungen, die andere an dich stellen.«

Für eine Sekunde fürchtete Charlene, zu viel preisgegeben zu haben, aber Rhys nickte nur und vertiefte das Thema nicht weiter, wofür sie ihm unendlich dankbar war.

Am Abend tat ihr alles weh, ihre Beine, ihr Rücken und vor allem ihre Daumen. Sie sehnte den Tag herbei, an dem Luis endlich seinen Teil der Massagesessions übernehmen würde. Es ging ihm zwar schon wieder besser, sodass er in seinem Salon nach dem Rechten sehen konnte, doch fit genug, um den ganzen Tag an der Liege zu stehen, war er noch nicht. Dazu kam, dass weitere seiner Angestellten dem fiesen Virus zum Opfer gefallen waren und er ihr wegen akuten Personalmangels keine Unterstützung schicken konnte.

Als sie den Behandlungsraum verließ, fiel ihr Blick auf das

türkis schimmernde Wasser des Pools. Wie herrlich wäre es, nach diesem anstrengenden Tag eine Runde zu schwimmen! Allerdings wäre es durch und durch unprofessionell. Auf der anderen Seite hatte ihr nicht nur Rhys, sondern inzwischen auch Henry mehrfach versichert, dass sie sich nicht nur mittags am Büfett bedienen durfte, sondern auch den Sportbereich nutzen und mit vorheriger Ankündigung sogar an Erics Mördertraining teilnehmen konnte, wovor Rhys sie allerdings nachdrücklich gewarnt hatte.

Sie beschloss, es zu wagen, zumal Pascal sowieso schon sauer auf sie war, weil ihr *Ungetüm von einem Gefährt*, wie er sich heute ausgedrückt hatte, immer noch vor seinem Anwesen parkte. Bevor sie darüber nachdenken konnte, was er erst sagen würde, wenn er sie in seinem Pool vorfände, verschwand sie in einem der Umkleideräume. Sie bediente sich an den offenen Regalen, in denen Handtücher, Badekleidung, diverse Seifen, Shampoos und Duschgels bereitstanden, und bewunderte, während sie sich umzog, die Vielfalt an exotischen Pflanzen, die den gesamten Wellnessbereich in eine grüne Oase verzauberten.

Charlene entschied sich für einen weit geschnittenen Badeanzug, der ihre Oberweite dennoch nur knapp bedeckte. Sie hatte als Teenager jeden Abend ein Stoßgebet ans Universum gesandt, dass ihr Busen bitte aufhören möge zu wachsen. Ihre Mutter hatte sie ausgelacht und ihr versichert, dass sie so zumindest niemals Probleme haben würde, einen Mann zu finden. Eine ihrer vielen nutzlosen Lebensweisheiten.

Als sie den Umkleideraum verließ, war immer noch alles ruhig. Auf Zehenspitzen schlich sie zum Pool, obwohl sie wusste, dass sie sich albern verhielt. Mit einem Kopfsprung tauchte sie ins kühle Nass und atmete innerlich auf, als das Wasser ihren Körper umschloss und herrliche Ruhe sie umgab. Sie machte ein paar kräftige Züge und hatte schon bald einen Rhythmus gefunden. Schwimmen war ihr nach Skaten die zweitliebste Sportart.

Eigentlich schwamm sie lieber in natürlichen Gewässern, auch wenn man dafür hartgesotten sein musste, denn die Wassertemperaturen erreichten auch im Hochsommer gerade mal zwanzig Grad. Vielleicht würde sie beim nächsten Mal den Außenpool testen. So wie sie Pascal einschätzte, ließ er es sich nicht nehmen, das Wasser auf eine angenehme Temperatur zu heizen.

Erst als sie spürte, dass die Anspannung allmählich von ihr abfiel, verlangsamte sie ihr Tempo und schwamm noch ein paar gemütliche Bahnen, bevor sie sich den Luxus einer der Regenwaldduschen mit integriertem Soundsystem gönnte. Sie musste schmunzeln, als sie auf keinem der vorprogrammierten Kanäle einen Best-of-Mix von *Renard* fand. Sie hätte es Pascal zugetraut, dass er sich selbst und seinen Gästen den Genuss seines musikalischen Könnens auch beim Duschen nicht vorenthalten wollte. Am Ende schätzte sie ihn doch falsch ein, und sein teils etwas ruppiges Auftreten lag tatsächlich nur an der Abwesenheit seiner Freundin, was Charlene irgendwie süß fand. Von dem Bandleader einer international gefeierten Rockband hätte sie eher erwartet, dass er direkt nach ihrer Abreise eine große Party schmiss und froh war, für kurze Zeit seine Freiheit zurückgewonnen zu haben. Umso erfreulicher, dass Pascal ihrer klischeehaften Vorstellung von einem Profimusiker nicht entsprach.

Charlene machte sich nicht die Mühe, ihr Haar zu föhnen, sondern ließ es zum Trocknen offen über ihren Rücken fallen.

Rhys, der vor der Villa auf sie wartete, strahlte sie erfreut an.

»Wie ich sehe, hast du deine Bedenken überwunden und die Vorzüge der Rockstarvilla genutzt.«

»Kannst du das bitte nicht so laut herumposaunen?«, zischte sie und warf ihm einen vorwurfsvollen Blick zu, worauf Rhys lachte.

»Ich habe dir doch gesagt, dass keiner etwas dagegen hat, und wenn doch, kannst du demjenigen gerne ausrichten, dass ich gesagt hätte, dass du tun und lassen kannst, was du willst. Bist du nun beruhigt?« Charlene betrachtete ihn immer noch misstrauisch. Irgendetwas an seinem Gesichtsausdruck war merkwürdig. Er schaute sie so seltsam an – beinahe verträumt.

»Du solltest dein Haar häufiger offen tragen.«

Eine eisige Kälte breitete sich in ihrer Brust aus, während eine Flut von Erinnerungen auf sie einstürmte. Charlene drängte sie mit aller Macht zurück, indem sie die Augen für einen Moment schloss und sich zwang, tief durchzuatmen. Dann blickte sie Rhys fest in die Augen.

»Wie ich meine Haare trage, entscheide ganz alleine ich! Ebenso wie ich mich kleide, was ich esse oder trinke oder welche Sportart ich mache.«

Offensichtlich überrascht von ihrem harschen Tonfall hob er ergeben beide Hände. »Das sollte ein Kompliment sein. Tut mir leid, wenn es falsch rüberkam.«

Charlene schüttelte irritiert den Kopf. War es tatsächlich so einfach? Eine deutliche Ansage, und die Sache war geklärt?

Bevor sie länger darüber nachdenken konnte, nickte Rhys zu ihrem Chevy hinüber. »Wenn du magst, kannst du heute mit deinem eigenen Wagen nach Hause fahren. Tyron hat ihn wieder hinbekommen. Für den Fall, dass du Pascal noch ein bisschen ärgern willst, biete ich dir gerne weiterhin meine Dienste als Chauffeur an. Ob du es glaubst oder nicht, ich habe mich irgendwie an deine Gesellschaft gewöhnt. Vor allem am Morgen bist du eine besonders angenehme Beifahrerin – so ausgeglichen und gut gelaunt.« Sein scherzhafter Tonfall trug leider nicht dazu bei, Charlene zu beruhigen.

»Du hast Tyron gebeten, mein Auto zu reparieren, ohne das mit mir abzusprechen?«, war das Erste, das ihr in den Sinn kam.

»Ich dachte nicht, dass du …«

»Ganz genau. Du hast nicht nachgedacht.« Sie stieß verärgert die Luft aus, bevor sie sich mit einem Seufzen gegen die Motorhaube lehnte und etwas leiser hinzufügte: »Ich kann ihn nicht bezahlen – und Suzanne schulde ich immer noch die Miete.«

»Hey!« Rhys stellte sich vor sie und strich ihr sanft über den Arm, worauf sich die feinen Härchen auf ihrer Haut aufstellten. »Tyron will kein Geld dafür haben.«

»Ich kann doch nicht einen Wildfremden mein Auto reparieren lassen. Wenigstens das Geld für die Ersatzteile schulde ich ihm.«

»Das habe ich übernommen«, gestand Rhys und hatte den Anstand, wenigstens ein klein wenig schuldbewusst dreinzuschauen.

»Glaubst du, das macht es besser?« Sie straffte die Schultern und stieß sich vom Wagen ab, worauf er einen Schritt zurückwich.

»Ich werde es dir zurückzahlen, jeden einzelnen Cent – sobald ich kann.«

Seine Miene wurde eine Spur sanfter. »Lass dir Zeit! Und mach dir bitte wegen des Geldes keine Gedanken. Du baust dir hier ein neues Leben auf und bist dabei ganz auf dich gestellt. Da ist es doch selbstverständlich, dass ich dir unter die Arme greife.«

»Ich weiß, dass du es gut meinst, aber für mich ist es wichtig, dass ich das alleine schaffe. Verstehst du? Ich will niemandem etwas schulden und auch nicht auf die Hilfe anderer angewiesen sein. Es ist mein Leben, und ich entscheide, wann und von wem ich meinen Wagen reparieren lasse. Klar?«

Charlene hätte mit allem gerechnet, aber nicht mit dem offenen Blick, mit dem Rhys sie nun betrachtete und in dem sie weder Wut noch Belustigung oder gar Mitleid entdecken konnte. Er versuchte nicht, sich zu rechtfertigen, und machte ihr auch keine Vorhaltungen, dass sie derart klar ihre Grenzen absteckte.

»Ich weiß nicht, welche Erfahrungen du in der Vergangenheit gemacht hast, dass du glaubst, alles alleine bewältigen zu müssen. In meiner Welt sind Freunde dazu da, sich gegenseitig zu helfen. Und falls du fürchtest, dass ich dir irgendwann daraus einen Strick drehen könnte, dann irrst du dich. Ich möchte einfach nur dein Freund sein – und gute Freunde kann man meiner Erfahrung nach nie genug haben.« Er schlenderte lässig zu seinem Auto, während Charlene ihm fassungslos nachstarrte.

Als er die Tür seines Wagens öffnete, blickte er sie über das Dach hinweg an. »Ich verspreche dir, dass ich mich in Zukunft nicht mehr einmischen werde, aber solltest du mich brauchen, bin ich für dich da.«

KAPITEL 10

Rhys

Auch wenn es ihm schwerfiel, es zuzugeben, er vermisste Charlene. Es war die Wahrheit gewesen, als er ihr gesagt hatte, dass er nur ihr Freund sein wollte. Dennoch übte ihre Kratzbürstigkeit eine ungewollte Faszination auf ihn aus.

Sie sahen sich zwar nach wie vor bei den täglichen Massagesessions, doch während der Behandlung verspürte Rhys wenig Verlangen, sich zu unterhalten, da er vollkommen damit beschäftigt war, ihre Berührungen zu genießen. Im Anschluss wartete meist schon einer seiner Bandkollegen darauf, sich von Charlenes Massagekünsten verwöhnen zu lassen, sodass ihm eigentlich nur die Mittagspause blieb. Zugleich war das die beste Gelegenheit, Pascal an sein Versprechen zu erinnern. Rhys hoffte immer noch, seinen Freund dazu zu bringen, sich trotz des zunehmenden Drucks kurz Zeit für ihn und seine Musik zu nehmen.

Nachdem Rhys auch in den darauffolgenden Tagen keine Möglichkeit gefunden hatte, Pascal seine Songs vorzuspielen, schnappte er sich kurz entschlossen seine Gitarre und passte ihn ab, als dieser nach seiner täglichen Sportsession bei Eric aus der Dusche kam. Pascal wirkte überrascht, als Rhys sich vor ihm aufbaute und sich sein Instrument umhängte.

»Willst du mir ein Ständchen bringen?«, scherzte er.

»Gib mir fünf Minuten deiner Zeit! Mehr verlange ich nicht.«

»Findest du nicht, dass wir es im Probenraum wesentlich bequemer hätten?«

»Ich möchte nicht riskieren, dass wir Henry begegnen und er dich wieder in ein Gespräch verwickelt.« Rhys sah ihn mit entschlossener Miene an. Er würde sich weder wegschicken noch auf einen späteren Zeitpunkt vertrösten lassen.

»Hartnäckig bist du – und zufällig mag ich Ehrgeiz und Zielstrebigkeit.«

»Dachte ich mir«, knurrte Rhys. Dann griff er in die Saiten und begann mit dem Vorspiel zu *Straight And Strong*, einem Up-Tempo-Song, der von ihren Zeiten auf Tour handelte. Wenn ein Tag in den anderen überging, eine Bühne die vorherige ersetzte und die Menschen im Publikum zu einer unbekannten Masse an Gesichtern verschwammen, die Band aber dennoch ihren Weg ging, weil es das war, was sie tun wollten, das, wofür sie brannten. Pascal, der sich während seiner Performance angezogen hatte, öffnete den Mund, um etwas zu sagen, doch Rhys stimmte schon die nächste Nummer an. Er spielte eine gefühlvolle Ballade, die er zu einer Zeit geschrieben hatte, als er in einer seiner kurzzeitig andauernden Beziehungen gesteckt hatte. Es war ihm wichtig, zu zeigen, dass er beides draufhatte – kraftvolle Lieder ebenso wie emotional bewegende Stücke.

Nachdem er geendet hatte, nickte ihm sein Freund aufmunternd zu. »Das ist gutes Material, noch nicht ganz ausgefeilt an einigen Stellen, aber die Songs haben durchaus Potenzial.«

Rhys stieß die Luft aus und merkte erst währenddessen, dass er sie aus Angst vor Pascals Urteil angehalten hatte. Er hielt viel auf die Meinung seines Bandleaders und besten Freundes, der ein untrügliches Gespür dafür hatte, ob ein Song Erfolg versprechend war oder zu floppen drohte. Während Rhys noch damit beschäftigt war, seine Freude über das Lob zu genießen, machte Pascal Anstalten, den Wellnessbereich zu verlassen.

»Wann setzen wir uns zusammen, damit ich dir meine anderen Songs vorspielen kann?«

Seufzend hielt Pascal inne. »Du weißt doch, wie mein Zeitplan momentan aussieht. Wieso fragst du nicht Alex, ob er mit dir an deinen Liedern arbeitet?«

»Ich bin davon ausgegangen, dass du mitentscheiden willst, welche meiner Songs wir ins Programm aufnehmen.« Als Pascal nicht reagierte, fuhr Rhys fort: »Um sie mit aufs Album zu nehmen, ist die Zeit wohl zu knapp, aber um ein paar Nummern im Tourprogramm unterzubringen, müssten wir lediglich …«

»Ich fürchte, du hast mich falsch verstanden«, unterbrach ihn Pascal. »Mir gefällt deine Musik. Du bist ein talentierter Songschreiber, ein außergewöhnlicher Gitarrist und ein guter Sänger, aber das bedeutet nicht, dass wir deine Songs mit der Band spielen werden.«

»Warum nicht?«, war alles, was Rhys hervorbrachte. Pascals Worte und vor allem sein unnachgiebiger Tonfall hatten sich einem Dolchstoß gleich in seine Brust gebohrt.

»Zum einen, weil du einen ganz anderen Stil hast – und das ist auch gut so. Es gibt bestimmt Leute, die auf gefühlsbetonten Countryrock stehen. Aber die Fans von *Renard* erwarten reine, qualitativ hochwertige Rockmusik. Außerdem glaube ich nicht, dass das Label mit einem zweiten Songschreiber einverstanden wäre.«

»Wir könnten sie zumindest fragen.«

Pascal stieß einen tiefen Seufzer aus. »Das könnten wir, aber ich halte den Zeitpunkt für falsch. Wir haben uns erst vor wenigen Monaten von Norman Wilson getrennt, dem erfolgreichsten Musikmanager Kanadas, und haben unsere Karriere einem vollkommen unerfahrenen Jungspund in die Hände gelegt. Henry ist zwar überaus ehrgeizig, aber er muss sich seine Kontakte erst aufbauen, ebenso wie das Vertrauen der Veranstalter. Dazu kommen die Gerüchte über meine Stimmkrise, die zwar vorläufig entkräftet wurden, aber dennoch im Raum stehen. Es wäre momentan ein zu großes Risiko. Das verstehst du doch, oder?«

Rhys nickte. Er wusste, dass Pascal recht hatte, trotzdem stieß es ihm bitter auf, dass er derjenige sein sollte, der unter den Umständen zu leiden hatte. »Du schließt es also nicht völlig aus, meine Songs jemals auf die Bühne zu bringen?«

Pascal trat zu ihm und legte ihm einen Arm um die Schulter. »Natürlich nicht. Aber lass uns das neue Album rausbringen und sehen, wie die Tour läuft. Einverstanden?«

»Das heißt, wir reden in einem Jahr weiter«, murmelte Rhys, doch Pascal hörte ihn nicht mehr, denn er hatte den Umkleideraum bereits verlassen.

Rhys gab sich alle Mühe, nicht enttäuscht zu sein, aber seine Gedanken kreisten unaufhörlich um Pascals Entscheidung, die es ihm schwer machte, optimistisch zu bleiben. Zwar konnte er die Zeit nutzen, um weitere Songs zu schreiben und an den bereits geschriebenen zu feilen, aber er hatte Feuer gefangen und brannte darauf, seine Lieder mit der Welt zu teilen. Er wollte kein weiteres Jahr warten. Und wer wusste schon, ob Pascal in zwölf Monaten bereit sein würde, seine Lieder ins Programm aufzunehmen?

Als er in den Korridor zum Wellnessbereich einbog, hörte er leisen Gesang. Eine weibliche Stimme interpretierte eines ihrer Lieder, allerdings in einer so stark abgewandelten Version, dass er genau hinhören musste, um *I'll Tear You Down Until You Cry* zu erkennen, den Song, mit dem Pascal im vergangenen Jahr am meisten zu kämpfen gehabt hatte. Neugierig ging er näher und fand Charlene im Behandlungsraum vor, die mit schwungvollen Bewegungen das Laken wechselte, neue Handtücher bereitlegte und dabei vor sich hin sang. Sie hatte keine schöne Stimme im eigentlichen Sinne. Sie war vielmehr rau und kantig, ein überraschender Gegensatz zu ihrer weichen und nachgiebigen Sprechstimme, die höchstens einmal an Schärfe gewann, wenn sie ihm ihre Ansichten darlegte.

Als sie ihn bemerkte, klappte sie erschrocken den Mund zu. Er musste einen seltsamen Anblick bieten, wie er in der Tür stand und sie mit verzücktem Gesichtsausdruck beobachtete.

»Es tut mir leid! Ich dachte, ich wäre alleine, und irgendwie ist es ansteckend, wenn man den ganzen Tag von Musik umgeben ist«, plapperte sie drauflos.

»In diesem Haus muss sich niemand dafür entschuldigen, dass er singt. Interessante Interpretation! Du solltest sie bei Gelegenheit Pascal vortragen.«

Charlene wurde leicht blass um die Nase und senkte den Kopf. »Ich wollte nicht ... Es war wirklich nicht meine Absicht ...«

Rhys trat nahe an sie ran und hob ihr Kinn an, bis sich ihre Blicke trafen. »Du hast eine unglaubliche Stimme! Es wäre geradezu ein Verbrechen, sie uns vorzuenthalten.«

Sie schaute ihm prüfend in die Augen, als könnte sie so erkennen, ob er die Wahrheit sagte.

»Was ist mit dir? Du siehst ziemlich fertig aus.«

Er seufzte laut. Eigentlich hatte er keine Lust, zuzugeben, dass es ihm nicht gelungen war, Pascal von seinen Songs zu begeistern. Das würde nur dazu führen, dass er die Situation erneut durchlebte. Allerdings freute es ihn, dass Charlene ihn mittlerweile so gut kannte, dass sie bemerkte, wenn es ihm nicht gut ging, und sich die Mühe machte, nachzufragen. Also erzählte er ihr die Kurzfassung.

Sie schwieg eine Weile, bevor sie ihn eindringlich ansah.

»Warum schreibst du Songs?«

»Weil es mir Spaß macht?« Worauf wollte sie hinaus?

»Und damit sich andere an deinen Liedern erfreuen. Richtig?« Er nickte. »Dann solltest du genau das tun. Sobald du die Entscheidung getroffen hast, deine Musik in die Welt hinauszutragen, werden sich Gelegenheiten ergeben und Türen öffnen, an denen du normalerweise vorbeigelaufen wärst, ohne sie überhaupt zu sehen.« Ihre Zuversicht und ihr Vertrauen gaben ihm neuen Mut.

»Wie wäre es, wenn ich dich zum Essen einlade und wir das Thema vertiefen?«

Charlene legte zweifelnd den Kopf schräg. »Ich fühle mich geschmeichelt, dass du auf meine Meinung Wert legst, aber ich halte es für keine gute Idee, mich auf ein Date mit dir einzulassen.«

»Ach, es geht um ein Date? Ich dachte eigentlich an ein einfaches Essen, aber wenn du gerne eine offizielle Verabredung mit mir hättest, könnte ich mich dazu überreden lassen.« Rhys musste schwer an sich halten, um bei ihrem peinlich berührten Gesichtsausdruck nicht zu lachen.

»Das wollte ich damit nicht sagen! Ich meine, ich habe keinerlei Absichten, was dich betrifft.«

Im Nachhinein tat es ihm leid, dass seine Worte, die er im Spaß geäußert hatte, weil sie ihm eine perfekte Vorlage geboten hatte, sie derart verunsichert hatten.

»Absicht oder nicht«, half er ihr aus der Verlegenheit, »meine Einladung steht, und solltest du irgendwann einmal Lust haben, etwas zusammen zu unternehmen, dann sag Bescheid.«

KAPITEL 11

Charlene

Als Charlene die Tür zur Wohnung aufschloss, wehte ein verführerischer Duft aus der Küche zu ihr herüber.

»Du kommst gerade richtig!«, rief Suzanne ihr zu. »Die Lasagne ist in zwei Minuten fertig. Könntest du den Tisch auf dem Balkon decken?« Charlene, die prinzipiell versuchte, nach achtzehn Uhr auf Kohlenhydrate zu verzichten, zögerte, ehe sie sich entschloss, an diesem Abend eine Ausnahme zu machen. Rhys' Worte, dass man nie genug gute Freunde haben konnte, hatten sich in ihrem Gehirn eingebrannt. Da sie sonst immer direkt wie ein Stein ins Bett gefallen war, hatte sich noch keine Gelegenheit ergeben, sich länger mit ihrer neuen Mitbewohnerin zu unterhalten, geschweige denn sich mit ihr anzufreunden.

Nachdem Suzanne die Lasagne auf den Tisch gestellt und ihnen beiden eine großzügige Portion aufgetan hatte, ließ sie sich mit einem zufriedenen Seufzen auf den Stuhl fallen.

»Freu dich nicht zu früh! Dass ich koche, passiert ungefähr einmal im Schaltjahr, und das ist auch das einzige Gericht, das ich kann. Aber dafür schmeckt es unglaublich gut!«

Charlene, die Suzannes ungeduldigen Blick auf sich spürte, nahm die Gabel zur Hand und probierte. Genießerisch schloss sie die Augen und fragte sich im gleichen Moment, wann sie das letzte Mal etwas derart Leckeres gegessen hatte.

»Ich wusste es!«, triumphierte Suzanne, die ihren Gesichtsausdruck richtig gedeutet hatte. »Meiner Lasagne hat noch nie jemand widerstehen können.«

Charlene brauchte all ihre Willensstärke, um ihre Portion nicht in Rekordgeschwindigkeit in sich hineinzustopfen. Sie aß mit dem größten Genuss und war froh, dass Suzanne sich nicht daran zu stören schien, dass sie nichts zur Unterhaltung beitrug. Ihre Mitbewohnerin erzählte von ihrem Tag im Blumenladen, dessen Höhepunkt der Besuch eines unglaublich süßen Kunden gewesen war. Er kaufte jeden Mittwoch einen Strauß verschiedenfarbiger Rosen, und Suzanne hoffte aus ganzem Herzen, dass er für seine Mutter und nicht für seine Freundin war. Charlene brachte ihre Schwärmerei gegen ihren Willen zum Lächeln.

Nach dem Essen erbot sie sich, den Abwasch zu übernehmen, doch Suzanne bedeutete ihr mit einer Geste, es sich auf der Outdoorcouch gemütlich zu machen. Unruhig sah Charlene zwischen dem Geschirr und dem einladenden Möbelstück hin und her.

»Der Abwasch läuft uns nicht weg, aber ein entspannter Abend, an dem wir beide Zeit haben, kommt vielleicht so schnell nicht wieder.«

Charlene versuchte, ihr schlechtes Gewissen zu ignorieren, und setzte sich zu ihr.

»Bevor ich es vergesse …«, begann Suzanne und sprang auf. Sie verschwand nach drinnen und kam wenig später mit einem Umschlag zurück, den sie Charlene in die Hand drückte.

»Mein Bruder war heute Mittag bei mir im Laden. Er hat mit Henry gesprochen, um ihm zu sagen, dass er ab morgen wieder einsatzfähig ist. Dabei hat er erfahren, dass alle – einschließlich Pascal Girard – mit deinen Diensten überaus zufrieden sind, worauf er sich entschlossen hat, dir einen Vorschuss auf dein Gehalt plus einen kleinen Bonus zu zahlen und dir morgen freizugeben.«

Charlene spähte in den Umschlag und riss ungläubig die Augen auf. Das war wesentlich mehr, als sie mit Luis vereinbart hatte.

»Und wie es der Zufall will, werde ich morgen nicht im Laden gebraucht und kann mit dir shoppen gehen. Na, was sagst du?«

Obwohl Suzannes Freude ansteckend war, schüttelte Charlene bedauernd den Kopf. »Das geht nicht! Ich schulde dir noch die Miete. Außerdem musste mein Wagen repariert werden, und Rhys hat das Geld für die Ersatzteile vorgestreckt.« Suzanne schnalzte missbilligend mit der Zunge. »Ich will dir nicht zu nahe treten, aber was du momentan am dringendsten brauchst, sind neue Klamotten. Du kannst unmöglich länger in diesen zeltartigen Shirts und übergroßen Hosen herumlaufen.«

Charlene zuckte bei ihren Worten zusammen, was Suzannes aufmerksamem Blick nicht entging. »Du hast so eine tolle Figur! Ich verstehe nicht, warum du jeden Morgen grüne Smoothies trinkst, wenn du deinen Körper dann versteckst.« Ein unangenehmes Schweigen breitete sich zwischen ihnen aus, wovon sich Suzanne allerdings nicht beirren ließ. »Du musst nicht mit mir darüber reden, wenn du nicht willst. Aber ich würde dir raten, dass du Rhys noch eine Weile auf sein Geld warten lässt und dich erst mal um dich kümmerst. Und wegen der Miete brauchst du dir auch keine Sorgen zu machen. Du kannst mir das Geld später geben.«

»Das kann ich nicht! Es wäre nicht richtig«, brachte Charlene schließlich flüsternd hervor.

Suzanne richtete ihren Blick nachdenklich auf die hohen Bäume der Grünanlage, deren Zweige im lauen Wind sanft hin und her schwangen. »Wie wäre es, wenn du uns erst mal einen Teil zurückzahlst und du dir mit dem Rest ein paar Basics kaufst? Ich kenne einige gut sortierte Second-Hand-Läden. Dort finden wir bestimmt tolle Schnäppchen, und du bräuchtest kein schlechtes Gewissen zu haben.«

Da Charlene kein Gegenargument einfiel, nickte sie, worauf Suzanne begeistert in die Hände klatschte. »Perfekt! Und dabei musst du mir dann erzählen, was dich nach Vancouver verschlagen hat, warum du bloß so wenige Sachen besitzt und was du mit dem Rest deines Lebens vorhast.« Beim Anblick von Charlenes erschrockener Miene prustete Suzanne los. »Okay, ich sehe ein, dass wir noch nicht gut genug befreundet sind, um die ganz großen Fragen zu klären. Dann erzähle ich dir eben solange etwas aus meinem turbulenten Leben, während du dir in Ruhe Gedanken machst, ob du mir vertrauen kannst. Einverstanden?«

Charlene nickte erneut und dieses Mal aus voller Überzeugung. Sie mochte Suzannes offene und hilfsbereite Art und freute sich darauf, ihren ersten freien Tag gemeinsam mit ihr zu verbringen.

Obwohl Charlene nicht arbeiten musste, zwang sie sich am nächsten Morgen in aller Frühe aus den Federn, um das Chaos in der Küche zu beseitigen. Dabei bemühte sie sich, möglichst leise zu sein, um Suzanne nicht zu wecken, die am Vorabend spontan noch ausgegangen und erst weit nach Mitternacht zurückgekommen war. Da die Wohnung über keine Spülmaschine verfügte, füllte sie das Becken mit heißem Wasser und stellte die verkrustete Auflaufform und die schmutzigen Teller zum Einweichen hinein, ehe sie duschen ging.

Suzanne riss erstaunt die Augen auf, als sie zwei Stunden später die blitzsaubere Küche betrat.

»Oh, wow! Du hast schon alles aufgeräumt. Wenn du gewartet hättest, hätte ich dir geholfen«, brachte sie gähnend hervor und schenkte sich einen großen Becher Kaffee ein, den Charlene für sie aufgesetzt hatte. Als sie den Mixer anstellte, kniff ihre Mitbewohnerin leidend die Augen zusammen und drehte den Kopf weg.

»Ich hätte gestern doch an meinem Vorsatz festhalten und nicht mehr als zwei Drinks bestellen sollen.« Seufzend setzte sie sich an den Tisch und beobachtete, wie Charlene ihr Getränk in einen To-go-Becher füllte und ihn zu ihrer Handtasche stellte.

»Ich verstehe wirklich nicht, wie du das trinken kannst!« Sie machte Anstalten, ihren Kopf zu schütteln, ließ es aber sofort wieder bleiben und massierte sich mit einer Hand die Schläfe.

»Wenn es dir nicht gut geht, können wir den Einkaufsbummel auch verschieben«, schlug Charlene vor.

»Das könnte dir so passen! Gib mir zehn Minuten, dann können wir los!«

Suzanne sollte recht behalten. Als sie aus der Dusche kam, war sie wie ausgewechselt. Sie schleppte Charlene in unzählige kleine Läden, die eine große Auswahl an Second-Hand-Kleidung anboten. Aus Gewohnheit griff Charlene nach weiten Oberteilen in gedeckten Naturtönen, die Suzanne ihr jedoch gleich wieder aus der Hand nahm und durch figurbetonte Pullover und eng anliegende Shirts in leuchtenden Farben ersetzte. Charlene wollte protestieren, erkannte allerdings schnell, dass sie gegen Suzanne keine Chance hatte. Sie würde so lange auf sie einreden, bis sie wenigstens ein paar der Teile anprobiert hatte.

Im Spiegel blickte Charlene eine Fremde entgegen, die ihr auf irritierende Weise vertraut war. Irgendwo in dieser zutiefst verunsicherten Frau erkannte sie das junge Mädchen, das sie einst gewesen war, das aus vollem Halse gelacht, sich jeden Nachmittag mit ihren Freundinnen getroffen und dem die Musik alles bedeutet hatte. Das sich niemals hätte vorschreiben lassen, wie sie ihr Leben zu führen hatte, und das von der einen großen romantischen Liebe geträumt hatte, ohne zu ahnen, welch stille Qualen eine Beziehung mit sich bringen konnte.

Wortlos nahm sie Blusen, Tops und Pullover entgegen und probierte auch einige Jeans, obwohl ihr die zum Arbeiten zu unbequem waren. Doch auch da wusste Suzanne Rat und reichte ihr eine Auswahl an farbenfrohen Baumwollhosen. Als

Suzanne ihr ein schwarzes Top mit gewagtem Ausschnitt hinhielt, verschränkte Charlene die Arme unter der Brust.

»So etwas kann ich unmöglich anziehen. Das ist viel zu freizügig …«

»… und damit perfekt für ein erstes Date.«

»Wie kommst du darauf, dass ich auf ein Date gehen will?«

Suzanne musterte sie mit gerunzelter Stirn. »Du bist jung, hübsch und Single – wieso solltest du dich nicht verabreden wollen?«

Charlene biss sich auf die Unterlippe, bevor sie Suzanne das Oberteil abnahm und den Vorhang hinter sich zuzog.

Drei Stunden später schlenderten die beiden mit unzähligen Papiertüten beladen die Robson Street entlang und beschlossen, eine Kleinigkeit essen zu gehen. Charlene, die keinerlei Lust verspürte, ihren Smoothie zu trinken, bestellte sich kurzerhand ein überbackenes Käsesandwich, das sie mit großem Appetit aß, wobei Suzanne sie amüsiert beobachtete.

»Was hältst du davon, wenn wir noch zum Friseur gehen und uns ein paar Strähnchen gönnen? Oder zur Maniküre?«

Charlene fühlte sich so entspannt wie schon lange nicht mehr. Daher nickte sie bloß und ließ sich von Suzanne zu ihrem Lieblingsfriseur schleppen. Die nette Friseurin hielt ihr die Farbpalette hin und fragte sie, ob sie Highlights oder dunkle Akzente bevorzugte.

»Ich hätte gerne einen neuen Haarschnitt.«

»Selbstverständlich. Soll ich Ihnen die Spitzen schneiden?«

Charlene blickte in den Spiegel, betrachtete das neue pinkfarbene Shirt, das sie gleich angelassen hatte, und fasste einen Entschluss.

»Ich dachte eher an eine Kurzhaarfrisur. Wie wäre es mit einem Pixie Cut?«

Die Friseurin schnappte erschrocken nach Luft. »Das wäre eine extreme Veränderung. Sind Sie sicher, dass Sie diesen Schritt wagen wollen? Sie haben so wunderschönes, langes Haar, noch dazu vollkommen gesund. Es würde Jahre dauern, bis es nachgewachsen wäre.«

»Schneiden Sie es ab!«, verlangte Charlene, die sich mit jedem Wort selbstbewusster fühlte. Die Angestellte blickte hilflos zu ihrer Chefin, die daraufhin den Empfangstresen verließ und zu ihnen herüberkam.

»Die Kundin wünscht eine Kurzhaarfrisur«, brachte sie gerade noch hervor, bevor sie einen Schritt zurücktrat und sich Luft zufächelte, als wäre die Temperatur im Raum soeben ins Unerträgliche angestiegen.

»Du machst keine halben Sachen, was?«, mischte sich Suzanne ein. »Ich will dir nicht reinreden, aber jede andere Frau würde ihre Seele gegen deine Haare eintauschen.«

Charlene drehte sich im Sessel um und blickte ihrer neuen Freundin fest in die Augen. »Ich war mir selten so sicher.«

Erschöpft, aber zufrieden kehrten die beiden Frauen am Abend in ihre Wohnung zurück. Sie waren noch in einem Möbelhaus gewesen und hatten einen Teppich, eine Unmenge an Kissen in unterschiedlichen Blautönen und eine helle Tagesdecke gekauft. Und obwohl Sommer war, hatte Suzanne ein paar Lichterketten mitgenommen, weil sie ihrer Meinung nach jeden Raum gemütlich machten, und sei er auch noch so klein.

Nachdem sie Charlenes Zimmer dekoriert hatten, nickte Suzanne zufrieden. »Viel besser! Auch wenn es mir immer noch unbegreiflich ist, wie man so wenig Sachen haben kann.«

»Ich mag Minimalismus. Außerdem fühle ich mich so ungebundener.«

»Willst du mir damit sagen, dass ich jederzeit damit rechnen muss, dass du deine Koffer packst und weiterziehst?« Trotz Suzannes scherzhaftem Tonfall spürte Charlene ihre Anspannung.

»In nächster Zeit habe ich nicht vor, Vancouver wieder zu verlassen.«

Suzanne stieß ein erleichtertes Lachen aus. »Jetzt fehlen nur noch ein Strauß frischer Blumen – und das hier!«

Sie zog eine Kordel mit kleinen silbernen Klammern hervor und spannte sie mit zwei Reißzwecken quer über die Wand, an der Charlenes Bett stand. Als diese verständnislos auf die Konstruktion schaute, setzte Suzanne hinzu: »Daran kannst du Fotos aufhängen, vielleicht von deiner Familie oder deinen Freunden.«

Charlenes Miene war wie versteinert. Es gelang ihr nur mit Mühe, die Tränen in Schach zu halten, die in ihr aufstiegen. Suzanne, die erkannte, dass ihr Geschenk keine Begeisterung hervorrief, legte Charlene vorsichtig einen Arm um die Schulter.

»Wenn du keine Fotos mitgebracht hast, ist das okay. Dann machen wir einfach neue! Du wirst sehen, dass hier im Nu Dutzende Erinnerungen an schöne Erlebnisse hängen werden, auf denen du mit deinen neuen Freunden …« Das Vibrieren ihres Handys unterbrach sie. Sie nahm es aus der Hosentasche und warf einen Blick auf das Display.

»Oh Mann! Ich habe gar nicht auf die Zeit geachtet. Wir haben heute Abend Bandprobe, und die Mädels fragen, wo ich stecke.«

»Du bist in einer Band?«, fragte Charlene, die unendlich dankbar über den spontanen Themenwechsel war. »Wie heißt sie?«

Suzanne verdrehte peinlich berührt die Augen. »Wir nennen uns die *Cherry Blossom Girls*.«

Charlene gab sich alle Mühe, ein Grinsen zu unterdrücken. »Das klingt – nett«, antwortete sie diplomatisch.

»Linda hat den Namen ausgesucht. Sie ist die Romantikerin von uns dreien. Ihre Lieblingsserie ist Bridgerton – das sagt schon viel über sie aus, findest du nicht? Und da unser erster Auftritt im Rahmen des alljährlichen Kirschblütenfestivals stattgefunden hat, fand sie, es sei eine schöne Erinnerung an unsere Wurzeln.«

»Und ihr konntet sie nicht davon abbringen?«, hakte Charlene nach, die sich nicht vorstellen konnte, als *Kirschblütenmädchen* aufzutreten.

»Kyra war für *Devil's Daughters*. Da war *Cherry Blossom Girls* eindeutig das kleinere Übel.«

»Seid ihr nur zu dritt?«

Suzanne nickte. »Ich spiele Gitarre und singe, Linda spielt Bass und Kyra Schlagzeug. Hey, warum kommst du nicht einfach mit? Dann lernst du die Mädels gleich kennen. Sie sind wirklich toll, auch wenn sie auf den ersten Blick gegensätzlicher nicht sein könnten: Kyra ist Anhängerin des Gothic-Looks, und Linda hat eine Vorliebe für Rüschen und Flechtfrisuren.«

»Ich bin ziemlich erledigt. Vielleicht ein anderes Mal.« Charlene hörte selbst, wie wenig überzeugend ihre Ausrede klang, aber zum Glück hatte Suzanne es zu eilig, um sich darüber Gedanken zu machen. Sie verschwand in ihrem Zimmer und verließ kurz darauf mit ihrem Gitarrenkoffer die Wohnung.

Charlene atmete tief durch und verdrängte entschlossen die Erinnerungen an einen muffigen Keller, das Lachen ihrer Bandkolleginnen, die zugleich ihre engsten Freundinnen gewesen waren, und die Freude, die sie bei den gemeinsamen Proben und Auftritten empfunden hatte. All das gehörte der Vergangenheit an, und sie war nicht nach Vancouver gekommen, um ihre früheren Fehler zu wiederholen.

KAPITEL 12

Rhys

Fasziniert beobachtete Rhys, wie Charlene in der Mittagspause zum Büfett ging, nach einem Teller griff und sich eine Portion von Marthas berühmtem Curry nahm. Anschließend schlenderte sie leise vor sich hin summend zu ihnen an den Tisch und setzte sich neben ihn.

Jared stand vor Staunen der Mund offen. »Du siehst irgendwie anders aus. Sind das neue Klamotten? Und was zum Teufel hast du mit deinen Haaren gemacht? Sie waren so lang und jetzt sind sie … verdammt kurz!«

»Scharfsinnig erkannt!«, witzelte Zac.

»Wenn Frauen sich die Haare abschneiden, ist das meistens ein Statement«, warf Alex in die Runde.

»Ich finde, dein neuer Look steht dir sehr gut«, mischte Rhys sich ein, der spürte, dass es Charlene nicht gefiel, im Mittelpunkt der Aufmerksamkeit zu stehen. Er war froh, dass sie sich zu ihnen gesetzt hatte, statt ihren Smoothie alleine zu trinken, und wollte nicht riskieren, dass sie ihren Entschluss bereute.

»Danke«, entgegnete sie leise und schenkte ihm ein scheues Lächeln, das sein Herz schneller schlagen ließ, wie er verwundert feststellte.

»Seid ihr dann so weit? Pascal möchte weitermachen!«, rief Henry von der Terrassentür und klatschte in die Hände. Er wirkte, als wäre er bereit, sie auch gegen ihren Willen in die Villa zu scheuchen, sollten sie sich nicht umgehend in Bewegung setzen. Rhys erhob sich stöhnend, als Charlene nach seinem Arm griff und ihm mit der anderen Hand einen Umschlag zuschob. Er schaute sie fragend an.

»Eine Anzahlung für die Ersatzteile, die du für mich bezahlt hast.« Rhys warf einen Blick hinein und legte ihn zurück auf den Tisch.

»Das ist zu viel.«

»Im Gegenteil – es ist nicht einmal annähernd genug. Ich habe mich informiert, und für die Summe, die du mir genannt hast, bekommt man auf keinen Fall einen neuen Keilriemen plus einen Satz neuer Zündkerzen, Bremsbeläge und einen neuen Anlasser. Soll ich weitermachen?«

Rhys hielt ihrem entschlossenen Blick stand, bis ihm bewusst wurde, dass Charlene nicht nachgeben würde. Halb resigniert, halb bewundernd lächelte er sie an. »Du kannst ganz schön stur sein, wenn du dir etwas in den Kopf gesetzt hast. Warum lässt du mich dir nicht helfen?« Bevor sie ihm antworten konnte, fuhr er fort: »Ich weiß, dass du bestens alleine zurechtkommst, das musst du mir nicht beweisen.«

Charlene schwieg eine Weile, bevor sie erwiderte: »Vielleicht muss ich es *mir* beweisen.« Rhys sah den Schmerz, der über ihr Gesicht huschte, und schluckte seine Widerworte herunter. So schwer es ihm fiel, so wenig für sie tun zu dürfen, umso mehr imponierte ihm ihr Wunsch nach Unabhängigkeit. Sie schien genau zu wissen, was sie brauchte, und auch wenn er ihr gern die ein oder andere Sorge abgenommen hätte, würde er respektieren, dass sie es aus eigener Kraft schaffen wollte. Mit einem unterdrückten Seufzen griff er nach dem Umschlag und steckte ihn mit dem Vorsatz ein, sie bei nächster Gelegenheit mit einem kleinen Geschenk zu überraschen.

»Noch einmal – und diesmal bitte mit voller Konzentration! Take vier!« Pascal gab Ian, dem Tontechniker, ein Zeichen, der daraufhin die Aufnahme startete. Zac und Alex begannen mit dem Intro. Rhys setzte vier Takte später ein, während Jared erst bei der Wiederholung der ersten acht Takte dazukam. Pascal atmete entspannt ein, bevor er seine Lippen öffnete und der tiefe Klang seiner unverwechselbaren Stimme den Raum erfüllte. Rhys hatte das Gefühl, als würden sie zu einer Einheit verschmelzen. Er verlor sich im satten Sound der Band und gab sich ganz der Musik hin. In der zweiten Strophe variierte er leicht, setzte ein paar harmonische Akzente, die eine vibrierende Spannung zum Melodieverlauf erzeugten, während er sich in den Zwischenspielen komplett fallen ließ und seiner Intuition vertraute.

Nachdem der letzte Akkord verklungen war und Ian ihnen mit erhobenem Daumen zu verstehen gegeben hatte, dass er die Aufnahme gestoppt hatte, fuhr Pascal zu ihm herum. »Kannst du mir bitte verraten, was das sollte? Wie kommst du dazu, eigenmächtig die Harmonien zu verändern?«

Rhys blickte ihn verwundert an. »Das hat dich doch noch nie gestört.«

»Hast du nicht gemerkt, dass dadurch die Gesangsstimme total ins Abseits geraten ist?«

»Mir hat die Variante gefallen. Und was die Balance angeht, können wir das immer noch beim Abmischen korrigieren«, brachte Alex sich ein.

Pascal sah wenig überzeugt aus. »Ich würde den Song gern so aufnehmen, wie ich ihn geschrieben habe. Noch mal von vorne!«

Rhys schluckte seine Widerworte hinunter, obwohl es ihm gegen den Strich ging, dass Pascal derart auf seiner Meinung bestand. Ihm war die Harmonie innerhalb der Band schon immer wichtiger gewesen als sein eigener musikalischer Ehrgeiz. Abgesehen davon war der Take aufgenommen, und vielleicht würde

Pascal zu einem späteren Zeitpunkt einsehen, dass die kleinen Veränderungen, die Rhys sich erlaubt hatte, den Song durchaus bereicherten. Es wäre nicht das erste Mal, dass er im Nachhinein einlenkte.

Es dauerte weitere acht Takes, bis Pascal zufrieden war. Henry hatte sich in der Zwischenzeit in Begleitung des Musikproduzenten ihres Labels zu Ian in die Tonkabine gesetzt und eine Weile zugehört, bevor sie Pascal zugenickt hatten und wieder gegangen waren.

Für das nächste Lied stellte eine der Tontechnikerinnen ein Gesangsmikro vor Rhys auf, da er im Refrain die zweite Stimme sang. Nachdem Pascal allen noch einmal erklärt hatte, worauf es ihm bei dem Song ankam, gab Ian ihnen sein Okay. Diesmal begann Rhys zusammen mit Alex und Zac das Intro, während Jared gemeinsam mit Pascal bei der ersten Strophe einstieg. Rhys konzentrierte sich auf den Beat des Schlagzeugs, behielt aber auch die anderen im Ohr. Als der Refrain kam, brachte er seinen Mund nah ans Mikro und setzte zusammen mit Pascal ein. Pascal hatte die Angewohnheit, den Rhythmus bei jedem Durchgang zu variieren, sodass Rhys sich höllisch konzentrieren musste, um sich ihm anzupassen. Aber da sie schon seit ihrer Schulzeit gemeinsam Musik machten, hatte er diese Fähigkeit inzwischen perfektioniert. Es fühlte sich an, als wüsste er bereits im Voraus, was Pascal tun würde.

Bei der dritten Wiederholung des Refrains ließ Rhys seinen Einsatz vorüberziehen und imitierte Pascals Stimme mit einem halben Takt Verzögerung. Der Effekt war sogar noch großartiger, als er es sich vorgestellt hatte. Jareds Lippen öffneten sich zu einem lautlosen Lachen. Er griff mit vollem Körpereinsatz in die Tasten und nutzte das Zwischenspiel, um das Thema zu variieren, wobei er die Melodie beinahe bis zur Unkenntlichkeit umspielte, was der Gesamtwirkung jedoch keinen Abbruch tat.

Als der letzte Ton verklungen war, trat Pascal vom Mikro zurück und wartete, bis Ian die Aufnahme beendet hatte. »Nicht schlecht, Jared! Das lassen wir so!« Er näherte sich Rhys. »Ich weiß nicht, was dein Problem ist, dass du dich heute dermaßen in den Vordergrund drängen musst!«

»Also, ich fand's gut!«, stellte Zac fest, der sich sonst aus derartigen Diskussionen raushielt.

»Ja, es klang total stark! Rhys' Stimme kontrastiert super mit deiner! Du bist das Feuer, und Rhys ist die kühlende Welle, die es zu löschen versucht.« Rhys wusste Jareds Einsatz zu schätzen, sah jedoch, dass er damit nur das Gegenteil erreichte, denn Pascals Miene verdüsterte sich zusehends.

»Wir verlieren durch derartige Diskussionen nur unnötig Zeit.«

»Mir ist bewusst, dass wir unter enormem Druck stehen«, versuchte Rhys Pascal zu beruhigen. »Aber es wäre schön, wenn wir anderen uns ebenfalls einbringen dürften, ohne dass gleich die Stimmung kippt.«

»Ach, jetzt bin ich der Böse? Wer sitzt stundenlang mit Henry zusammen und arbeitet den Time Table mit dem Label aus? Wir haben gerade mal sechs Songs, die halbwegs vorzeigbar sind. Das heißt, uns fehlen noch mindestens zwanzig, wenn wir davon ausgehen, dass nur jeder zweite es aufs Album schafft, und das ist schon optimistisch gedacht. Glaubst du wirklich, dass wir uns den Luxus erlauben können, dass jeder sich einbringen kann? Entweder ihr vertraut darauf, dass ich weiß, wie meine Songs am besten rüberkommen – oder wir lassen es!« Pascal schaute herausfordernd in die Runde, worauf die anderen stumm nickten.

Rhys verspürte einen dumpfen Kopfschmerz, als er es sich auf der Massageliege bequem machte, und schloss mit einem erleichterten Seufzen die Augen. Schon während der vergangenen Tage hatte Charlene ihm geraten, sich etwas mehr Ruhe zu gönnen, da sein Rücken unnachgiebig wie ein Brett wäre. Sie schaltete leise Musik ein, bevor sie sich neben ihn stellte und mit ihren Händen großflächig über seinen Rücken strich, um die Durchblutung anzuregen. Er hörte das vertraute Klicken der Ölflasche und spürte wenig später die warme Flüssigkeit, die sie mit kreisenden Bewegungen auf seiner Haut verteilte.

»Laut Jared ist es heute nicht so gut gelaufen«, eröffnete sie entgegen ihrem sonstigen einvernehmlichen Schweigen das Gespräch. Rhys brummte etwas Unverständliches, da er keine Lust hatte, ihr von der deprimierenden Atmosphäre während der Aufnahmesession zu erzählen. »Ich dachte, Pascal ist dein bester Freund. Warum geht er nicht mehr auf dich ein?« Als er immer noch nichts erwiderte, seufzte sie. »Du musst nicht darüber reden, wenn du nicht willst. Ich finde es nur nicht fair, dass er dir nicht die Chance gibt, zu zeigen, was du kannst. Jared meinte, deine Variante im letzten Refrain sei genial gewesen und Pascal hätte sie dir nur weggenommen, weil er Angst hat, du könntest ihm die Show stehlen. Was ist das denn für eine Einstellung? Natürlich treffen in einer Band Menschen zusammen, die es lieben, zu performen, die gerne im Rampenlicht stehen, aber dabei sollte es immer um die Musik gehen und nicht um die Bedürfnisse des Einzelnen.« Ihre Hände hatten während ihrer Rede die Muskelverhärtungen in seiner Schulter mit einer solchen Vehemenz bearbeitet, dass Rhys die Luft anhielt. Sofort hielt Charlene inne.

»Oje! Es tut mir leid! Niemals über den Schmerz hinaus massieren! Das lernt man in der ersten Woche der Ausbildung. Ich sollte mich besser auf meinen eigenen Job konzentrieren und mich nicht in eure Angelegenheiten einmischen.« Rhys atmete auf, als ihre Hände zu seiner anderen Schulter wechselten und diese wesentlich sanfter behandelten. »Verrätst du mir, warum du dir das gefallen lässt?«

Sein Stöhnen hallte dumpf von den Wänden wieder. Anscheinend würde sie keine Ruhe geben, ehe er ihr nicht geantwortet hatte.

»So einfach ist das nicht. Wir haben nicht nur diese Band zusammen aufgebaut, sondern uns auch beigestanden, als wir in Montreal buchstäblich ums Überleben gekämpft haben.« Charlene stockte bei seinen Worten der Atem. »In unserem Viertel hatten die Jungs auf der Straße das Sagen. Wenn du nicht der richtigen Gang angehört hast oder den falschen Leuten in die Arme gelaufen bist, konnte das übel enden. Ich bin mehr als einmal brutal zusammengeschlagen worden, aber immer war es Pascal, der sich vor mich gestellt und den anderen erklärt hat, dass sie erst an ihm vorbeimüssten, wenn sie an mich ranwollten.«

»Und ich wette, du hast das Gleiche für ihn getan.« Da Rhys nichts erwiderte, fuhr Charlene fort: »Eure Vergangenheit mag euch zusammengeschweißt haben, aber ihr habt all das hinter euch gelassen. Ihr habt euch ein tolles Leben aufgebaut, doch dazu gehört auch, dass jeder sich voll einbringen darf, ohne sich dafür rechtfertigen zu müssen oder gar den Mund verboten zu bekommen. Wenn Pascal wirklich dein Freund ist, sollte er die Größe besitzen, dich aus seinem Schatten heraustreten zu lassen, ohne Angst zu haben, du könntest ihn überflügeln. Er sollte das Beste für dich wollen.«

Rhys, der instinktiv für Pascal Partei ergreifen wollte, schluckte seine Erwiderung herunter. Obwohl er nach wie vor anderer Ansicht war als Charlene, hatten ihn ihre Worte nachdenklich gestimmt. Sollte er mehr für sich einstehen und Pascal dazu bringen, ihm mehr Raum zu lassen? Oder würde er damit ihre langjährige Freundschaft und die Balance innerhalb der Band gefährden? Das Letzte, was er wollte, war Streit mit seinen Jungs, aber konnte er weiter sein Talent unterdrücken, nur damit Pascal sich nicht von ihm bedroht fühlte?

KAPITEL 13

Charlene

Zu Beginn ihrer dritten Woche kam Luis zurück. Charlene war unendlich erleichtert, einen Teil der Massagen an ihn abgeben zu dürfen. Es war ein gutes Gefühl, ihn an den Vormittagen im Nebenraum zu wissen, auch wenn sie es bedauerte, dass sie dadurch Rhys nicht mehr jeden Tag sah. Sie hatten zwar während der Behandlungen nie viel geredet, außer wenn es offensichtlich war, dass ihn etwas bedrückte und Charlenes Helfersyndrom mit ihr durchgegangen war. Obwohl sie es sich nicht eingestehen wollte, fühlte sie sich in seiner Gegenwart zunehmend wohler. Seine positive Einstellung und die Angewohnheit, jeder Situation etwas Gutes abgewinnen zu wollen, beeindruckten sie zutiefst. Rhys klagte nie von sich aus, auch wenn sie ahnte, dass er häufiger Anlass dafür gehabt hätte, während die anderen sich ständig über die endlos dauernden Proben oder Pascals perfektionistischen Wahn beschwerten.

Je näher das Release des neuen Albums und damit der Start der Tour rückte, die zuerst quer durch Kanada und im Anschluss durch die USA und Europa gehen sollte, desto angespannter wurde die Stimmung. Pascal probte tagsüber mit der Band, während er nachts unermüdlich an neuen Songs schrieb. Charlene hatte versucht, mit ihm über die Notwendigkeit von

Schlaf zu sprechen, aber er hatte nur gelacht und erwidert, dass er dafür keine Zeit hätte.

Auch Henry wirkte von Tag zu Tag gehetzter. Es fiel ihm zunehmend schwerer, sein Handy aus der Hand zu legen, doch Charlene bestand darauf, dass er sich wenigstens diese kurze Ruhepause gönnte. Er nutzte die Zeit der Massage nach wie vor, um ihr von den tausend unerledigten Dingen zu erzählen, die auf ihn warteten. Charlene spürte den Druck, der auf ihm lastete. Sie bemühte sich, ihm verständlich zu machen, dass er dringend lernen musste, zwischendurch herunterzukommen, da es der Band nicht helfen würde, wenn er vor der Tour zusammenklappte. Als sie ihm vorschlug, einen Assistenten einzustellen, hielt er kurzzeitig in seinem Redefluss inne, nur um dann umso heftiger zu widersprechen. Niemand könnte seine Arbeit so gut erledigen wie er selbst. Es hätte schon immer stressige Phasen gegeben, und auch diese würde vorübergehen.

Charlene hatte an der Vehemenz, mit der er ihren Vorschlag abgewehrt hatte, erkannt, dass sie instinktiv die Wurzel des Problems erfasst hatte, ahnte jedoch, dass Henry noch nicht bereit war, einen Teil der Verantwortung abzugeben.

Nachdem Luis sich am frühen Nachmittag verabschiedet hatte, beschloss Charlene, sich eine Kleinigkeit zu essen zu holen. Am Pool traf sie auf Rhys, der ins Gitarrenspiel vertieft war. Sie setzte sich mit einem Teller Salat, zu dem sie sich außer der Reihe einen Bagel genehmigt hatte, zu ihm und lauschte seinem Song. Er handelte von einem Mann, der sich auf eine Reise um die Welt begab, um sich selbst zu finden, nur um am Ende festzustellen, dass sein Zuhause in seinem Herzen lag. Charlene rührten seine Worte, die zwar schlicht, dafür aber umso eindringlicher waren. Seinen Texten fehlte die aufrührerische Dramatik, die Pascals Lyrics ausmachten und für die seine Fans ihn feierten, doch genau diese Schlichtheit gefiel ihr besonders gut. Rhys erzählte auf seine eigene feinfühlige Art von den Dingen, die ihn tief in seinem Innersten bewegten.

Während sie aß, spielte er ein ums andere Mal den Refrain und tüftelte an einer zweiten Stimme herum, schien jedoch nicht zufrieden zu sein. Seufzend sah er zu ihr auf.

»Ich komme an dieser Stelle seit Tagen nicht weiter. Es klingt einfach nicht so, wie ich es mir wünsche – wobei genau das wahrscheinlich der Punkt ist. Ich habe keine konkrete Vorstellung vom Zusammenklang.« Er wollte frustriert seine Gitarre weglegen, als Charlene ihre Hand auf seinen Arm legte.

»Spiel's noch mal und sing dabei die Melodie!«

Rhys warf ihr einen fragenden Blick zu, bevor er resigniert seufzte und das Instrument wieder auf seinem Schoß platzierte. Beim ersten Durchgang hörte Charlene die meiste Zeit über zu, summte nur gelegentlich ein paar einzelne Töne. Bei der Wiederholung wurde sie mutiger, und als Rhys zum dritten Mal mit dem Refrain begann, sang sie mit. Sie hielt dabei die Augen geschlossen, um sich ganz auf die Musik einlassen zu können. Ihr Herzschlag beschleunigte sich, sie spürte die Energie, die durch ihren Körper strömte, genoss das Gefühl, eins zu sein, eins mit der Musik, eins mit Rhys. Oh mein Gott! Wie hatte sie nur vergessen können, wie wundervoll es war, gemeinsam mit anderen zu musizieren? Sie spürte förmlich, wie ihre Seele aufatmete, weil sie ihr ihr Lebenselixier nicht länger vorenthielt. Leicht außer Atem öffnete sie die Augen und begegnete Rhys' strahlendem Blick.

»Das war unglaublich!«, stieß er hervor, wobei ein wissendes Lächeln auf seinen Lippen lag.

Charlene, die nur langsam aus ihrem Glückstaumel erwachte, musterte ihn skeptisch. »Das war ein Trick! Du hast gar keine zweite Stimme gesucht, du wolltest, dass ich …« Sie stockte, suchte nach den richtigen Worten.

»Ich wollte, dass du dich daran erinnerst, wie sehr du es liebst zu singen.« Abrupt stand sie auf. Dabei umklammerte sie den halbvollen Teller so fest, dass ihre Fingerknöchel weiß hervortraten.

»Ich weiß deine Bemühungen zu schätzen, aber du bist nicht für mich verantwortlich, und ich wäre dir sehr dankbar, wenn du dich nicht weiter ungefragt in mein Leben einmischen würdest.«

Sie spürte Tränen in sich aufsteigen und versuchte, den Schmerz zu ignorieren, der in ihr aufgewallt war und ihr die Luft zum Atmen nahm. Es fiel ihr so schwer, Vertrauen zu fassen. Und nun hatte sie der einzige Mensch, bei dem sie sich hätte vorstellen können, ein wenig von ihrer Angst und Vorsicht loszulassen, derart hintergangen. Es war ihre Entscheidung, ob sie sang oder nicht. Niemals wieder würde sie zulassen, dass jemand ihr Vorschriften machte. Diese Zeiten lagen ein für alle Mal hinter ihr!

Langsam löste sich der Druck, der ihren Brustkorb gefesselt hatte, und zurück blieb nur das beunruhigende Gefühl, etwas unendlich Kostbares für immer verloren zu haben.

Die nächsten Tage ging sie Rhys, so gut sie konnte, aus dem Weg und hüllte sich während der Massagesessions in Schweigen. Auch wenn sie tief in ihrem Inneren wusste, dass er es nur gut gemeint hatte, würde sie ihm nicht erlauben, dass er sie manipulierte!

Als sie am Samstagabend die Villa verließ, war der Vorplatz bis auf Rhys' Mustang leer. Pascal hatte früher Schluss gemacht, da er in Ruhe an einem Song arbeiten wollte. Offenbar hatten die Jungs die Gelegenheit ergriffen, um in die Stadt zu fahren. Ob Rhys bei Pascal war und ihm beim Komponieren half? Oder hatte er bei Martha in der Küche Unterschlupf gesucht und versuchte gerade, sie zu überreden, ihm etwas Leckeres zu kochen? Er hatte oft genug betont, wie sehr er ihr Essen liebte und dass kein Koch der Welt mit ihr mithalten konnte. Vielleicht war er auch joggen. Oder nutzte er die Gunst der Stunde und sprach noch einmal mit Pascal über seine Songs?

Sie schüttelte entschlossen den Kopf, als könnte sie so die unerwünschten Gedanken daraus vertreiben. Rhys war nur ein Klient, und es ging sie nichts an, wie er seine Freizeit verbrachte. Als sie die Tür ihres Chevys öffnete, fiel ihr Blick auf den Beifahrersitz, auf dem eine große Schachtel stand. Neugierig schwang sie sich hinters Lenkrad, klappte den Deckel auf und hielt vor Erstaunen den Atem an. Im Karton lagen ein paar nagelneue Skates. Zwischen einem hellgrauen Helm und pinkfarbenen Knieschonern fand sie einen Zettel.

»Es tut mir leid! Ich hätte mich nicht einmischen sollen – wieder Freunde?«

Ohne ihr Zutun hoben sich ihre Lippen zu einem breiten Lächeln. Dieser verrückte Kerl! Obwohl sie am liebsten weiter sauer auf ihn gewesen wäre, spürte sie, wie ihr Herz erwartungsvoll in ihrer Brust schlug. Ihr ganzer Körper drängte danach, die Skates anzuziehen und loszulaufen.

Ein Klopfen an der Scheibe ließ sie hochfahren. Neben ihr stand Tyron, der sie mit einer kreisenden Bewegung seines Zeigefingers bat, das Fenster herunterzukurbeln.

»Macht der Wagen wieder Probleme?«

Charlene konnte nicht anders, als ihn dankbar anzustrahlen. »Nein, es ist alles in Ordnung. Seit du ihn repariert hast, läuft er einwandfrei.«

Tyron freute sich sichtlich über das Lob, auch wenn er Charlene bei seiner letzten Massage ausdrücklich davor gewarnt hatte, dass er augenblicklich den Raum verlassen würde, wenn sie nicht aufhörte, sich ständig bei ihm zu bedanken. Er hatte ihr anvertraut, dass er genau dieses Modell als ersten Wagen hatte haben wollen, aber leider nicht die finanziellen Mittel gehabt hatte, seinen Traum zu verwirklichen. Im Lauf der Jahre hatten sich seine Vorlieben zwar geändert, aber durch ihr Auto war ihm wieder bewusst geworden, welche Schönheit in den alten Modellen steckte. Charlene hatte seine Erklärung mit einer hochgezogenen Augenbraue quittiert, die Tyron bedauerlicherweise nicht hatte sehen können. Der Wagen mochte vieles sein: laut, praktisch, kalt, weil die Heizung so gut wie nie funktionierte – aber schön?

»Das freut mich! Genieß deinen freien Abend!«

Charlene wollte gerade den Motor starten, als sie Rhys aus der Villa kommen sah. Kurz entschlossen stieg sie wieder aus und ging auf ihn zu. Er sah ihr mit unsicherer Miene entgegen.

»Deine Taktik, mir etwas zu schenken, damit ich nicht mehr sauer auf dich bin, ist nicht gerade originell.« Sie hielt kurz inne, da sie es ihm nicht zu leicht machen wollte. »Aber ich muss zugeben, dass sie in diesem Fall funktioniert hat.«

Ein vorsichtiges Lächeln breitete sich auf seinem Gesicht aus. »Dann freust du dich?«

»Du hättest kein besseres Geschenk finden können! Am liebsten würde ich sie gleich ausprobieren.« Erleichtert stieß er die angehaltene Luft aus.

»Was hält dich davon ab?«

»Ich kenne keine gute Strecke.«

Rhys dachte einen Moment nach. »Du könntest den Seawall entlangfahren. Er führt einmal um den Stanley Park. Am besten parkst du am Prospect Point. Wenn du die erste Abzweigung nach der Lions Gate Bridge nimmst, kommst du direkt auf den Stanley Park Drive, der dich zum nächsten Parkplatz bringt. Kannst du gar nicht verfehlen.« Als sie nicht gleich antwortete, fügte er hinzu: »Wenn du möchtest, begleite ich dich.«

»Hast du Angst, dass ich im Stanley Park verloren gehen könnte?«, neckte sie ihn, worauf er sich mit den Fingern durchs Haar fuhr, wie er es oft tat, wenn er sich seine Worte bewusst zurechtlegte.

»Ich bin der Älteste von sechs Geschwistern, da bleibt das nicht aus.«

»Du kannst gerne mitkommen – unter einer Bedingung: Wir fahren in meinem Tempo!«

Auf seinem Gesicht breitete sich ein unwiderstehliches Lächeln aus. »Soll das eine Herausforderung sein?«

Sie grinste zurück. »Wenn du es so sehen willst.«

»Gib mir fünf Minuten!«

Charlene wartete, bis Rhys seine Sachen aus dem Mustang in einen Jeep umgeladen hatte, und beobachtete dann, wie er die Sitze umklappte und ein Mountainbike hineinhob. Raffinierter Schachzug, das musste sie ihm lassen.

Rhys fuhr ihr voraus. Der Parkplatz war tatsächlich leicht zu finden, dennoch war Charlene froh, dass Rhys sie begleitete. Nachdem sie den Motor ausgeschaltet hatte, schnappte sie sich die Skates, schlüpfte hinein, nahm Helm und Schoner aus der Schachtel und fuhr anschließend zu Rhys hinüber, der bereits sein Rad ausgeladen hatte und ihr erwartungsvoll entgegensah.

»Das nenne ich mogeln«, hielt sie ihm in gespieltem Missfallen vor.

»Und ich nenne es *wissen, wo die eigenen Stärken liegen.*«

»Touché!« Charlene kämpfte gegen ein Grinsen an, während sie sich die Schoner überzog und den Helm aufsetzte. In der Zwischenzeit hatte Rhys sich auf den Sattel geschwungen und deutete einen Weg entlang, der laut der Schilder zum Prospect Point Lighthouse führte. Seite an Seite setzten sie sich in Bewegung.

Rhys hatte die perfekte Strecke ausgesucht. Sie führte direkt am Meer entlang mit Blick auf die Berge, hinter denen allmählich die Sonne unterging. Charlene jubelte innerlich, als sie den Wind auf ihrer Haut spürte. Die unmittelbare Nähe des Waldes strahlte eine herrliche Ruhe aus. Zum Glück waren nur noch wenige Menschen unterwegs, sodass sie in vollem Tempo fahren konnte. Obwohl sie in den letzten Wochen nicht dazu gekommen war, Sport zu treiben, und ihre Muskeln bei der ungewohnten Belastung protestierten, holte sie alles aus sich heraus. Sie sah sich nicht um, um sich zu vergewissern, dass Rhys mit ihr mithielt, sondern gab sich ganz dem Rausch der Geschwindigkeit hin. Es fühlte sich an, als liefe sie um ihr Leben – und in gewisser Weise war es auch so.

Erst als die Skyline von Vancouver City vor ihr auftauchte, wurde sie langsamer und schaute sich um. Erfreut stellte sie fest, dass Rhys direkt hinter ihr war und sich nicht von ihr hatte abhängen lassen. Da es inzwischen dämmerte, spiegelten sich die Lichter der Hochhäuser im dunklen Wasser der English Bay, was die Szenerie trotz des städtischen Ambientes überraschend romantisch wirken ließ. Auch der Lost Lagoon erschien Charlene wie ein Stück unberührter Natur trotz seiner Nähe zur City. Der Yachthafen hingegen präsentierte sich in seiner ganzen exklusiven Pracht, ebenso wie der Canada Place, das Kongresszentrum, das in Form eines Schiffes gebaut war, wie Rhys ihr erklärte, als er ihren interessierten Blick bemerkte. Der Seawall war breit genug, dass sie nebeneinander fahren konnten, und auch wenn sie sich die meiste Zeit über nicht unterhielten, genoss Charlene seine Nähe. Ab und zu schaute sie möglichst unauffällig zu ihm hinüber. Er saß entspannt auf seinem Bike und schien mit sich und der Welt zufrieden zu sein. Charlene, in deren Adern noch immer das Adrenalin pulsierte, fühlte sich auf eine Art zu ihm hingezogen, die sie eigentlich beunruhigen sollte. Stattdessen fühlte sie sich das erste Mal, seit sie in Toronto losgefahren war, vollkommen frei und glücklich.

Beim Umrunden der südöstlichen Spitze der Halbinsel passierten sie einen weiteren Leuchtturm, dessen quadratischer Umriss sich deutlich von den Lichtern von North Vancouver auf der gegenüberliegenden Seite des Burrard Inlets abhob.

Als die Lions Gate Bridge in Sicht kam, blickte sie Rhys herausfordernd an: »Bereit für einen Endspurt?« Ohne auf seine Antwort zu warten, preschte sie mit weit nach vorne gebeugtem Oberkörper los. Sie mobilisierte ihre letzten Kraftreserven, bis sie den Leuchtturm passiert hatte und das Tempo allmählich drosselte. Es erstaunte sie nicht, dass Rhys problemlos mitgehalten hatte. Außer Atem schauten sie zu der beleuchteten Brücke, die bei Dunkelheit einen spektakulären Anblick bot. Charlene spürte ihr Herz überdeutlich, das in rasendem Tempo gegen ihre Rippen schlug, und sie hätte nicht sagen können, ob es eine Folge des Wettrennens war oder an Rhys' überwältigender Präsenz lag. Denn obwohl er ein Stück entfernt angehalten hatte, spürte sie seine Nähe wie eine schützende Umarmung.

Am Jeep angekommen, zog er mit einem zufriedenen Lächeln den Helm ab. »Man könnte meinen, du hättest jede Menge Spaß gehabt.«

»Und wie!« Ihr ausgelassenes Lachen hallte laut durch die Dunkelheit. Und mit einem Mal erinnerte sich Charlene, dass sie früher genauso gelacht hatte, tief aus dem Bauch, ohne sich zurückzuhalten. »Mir war gar nicht bewusst, wie sehr ich das Skaten vermisst habe. Danke, Rhys! Du bist …« Sie zögerte, unsicher, wie sie ihre Gefühle in Worte fassen sollte. »Du bist wirklich ein guter Freund.« Ein leichtes Zittern durchlief ihren Körper, als er den Abstand zwischen ihnen überbrückte und ihre Hand nahm. Seine Finger schlossen sich kraftvoll und zärtlich zugleich um ihre. Sie waren sich so nahe, dass sie seinen Atem spürte, der sanft über ihre Haut strich. Die Wärme in seinem Blick verursachte ein Kribbeln in ihrem Magen, das sie all ihre Ängste und schlechten Erfahrungen der Vergangenheit beinahe vergessen ließ.

»Es ist schön, dich so glücklich zu sehen.« Er trat noch einen Schritt näher auf sie zu, sodass ihre Nasen nur wenige Zentimeter voneinander entfernt waren. Statt zurückzuweichen, lehnte sie sich leicht gegen ihn, nahm die kräftige Muskulatur unter seinem Shirt wahr und schloss erwartungsvoll die Augen. Doch statt der Berührung seiner Lippen auf ihren spürte sie seine Fingerspitzen, die ihr eine freche Haarsträhne hinters Ohr strichen und dabei eine flammende Spur auf ihrer Haut hinterließen. Mit einem leisen Seufzen, in dem sowohl Lust als auch ein Hauch von Enttäuschung mitschwangen, öffnete sie die Augen wieder, um im warmen Bernsteingold seines aufmerksamen Blicks zu versinken. Darin glaubte sie die gleiche unterdrückte Leidenschaft zu erkennen, die auch in ihr tobte.

Atemlos beobachtete sie, wie er seine Hand ein Stück senkte und mit seinem Finger quälend langsam ihre Unterlippe entlangfuhr, worauf das Kribbeln stärker wurde und sich wie eine Flutwelle in ihrem ganzen Körper ausbreitete.

»Würdest du mit mir ausgehen?« Seine Stimme klang ungewohnt heiser.

Charlene zögerte, ehe sie auf eine Ausrede zurückgriff, obwohl sie am liebsten alle Bedenken über Bord geworfen und zugestimmt hätte. Auch wenn sie es besser wissen sollte, würde sie zu gern mehr Zeit mit Rhys verbringen.

»Das ist keine gute Idee. Immerhin arbeite ich für euch.«

Bei seinem intensiven Blick wurden ihre Knie weich. »Ist das der einzige Grund?«

Sie musste sich zu einem Nicken zwingen und ihre Lippen fest aufeinanderpressen, um ihm nicht aus einer spontanen Laune heraus die ganze hässliche Wahrheit anzuvertrauen.

»Überleg's dir! Ich kann warten.«

Es bereitete Charlene beinahe körperliche Schmerzen, sich von Rhys zu lösen. Als sie zu ihrem Chevy hinüberrollte, versuchte sie, den wilden Aufruhr lang vergessener Gefühle zu besänftigen, musste jedoch einsehen, dass ihre Bemühungen zum Scheitern verurteilt waren. Rhys hatte einen Tsunami in ihr ausgelöst, dem sie nicht entkommen konnte. Und zu ihrer großen Verwunderung war sie sich nicht einmal sicher, ob sie das überhaupt noch wollte.

KAPITEL 14

Rhys

Der nächste Tag begann früh und verlangte den Musikern ein hohes Maß an Konzentration ab. Erst am Abend gestand Pascal ihnen eine längere Pause zu. Während er sich zum Training aufmachte und die anderen etwas essen gingen, blieb Rhys alleine im Probenraum zurück, um an dem Song weiterzuarbeiten, den er am Vortag Charlene vorgesungen hatte. Beim Gedanken an sie schlug sein Herz schneller.

Er war am Morgen mit einem prickelnden Glücksgefühl aufgewacht, das ihn durch den Tag begleitet hatte. Es wunderte ihn, dass er vor Energie nur so sprühte, obwohl er eigentlich todmüde hätte sein müssen. Statt zu schlafen, hatte er nämlich die halbe Nacht wachgelegen und versucht zu begreifen, was zum Teufel gestern zwischen ihnen geschehen war.

Charlene hatte etwas an sich, das ihn faszinierte. Sosehr er sich auch bemühte, es gelang ihm nicht, sie zu durchschauen. Auf der einen Seite war sie mutig genug, alleine in einer uralten Klapperkiste, die jeden Moment stehen bleiben konnte, das Land zu durchqueren, aber dann berief sie sich auf ihren Job, wenn er sie bat, mit ihm auszugehen. Nach dem gestrigen Abend war er sich sicher, dass auch sie die gegenseitige Anziehung wahrgenommen hatte, die weit über eine Freundschaft hinausging.

Wie gerne hätte er der Versuchung nachgegeben und sie geküsst, aber es war ihm schmerzlich bewusst, dass Charlene keine Frau für eine lockere Affäre war. Und solange er keine ernsthaften Absichten verfolgte, sollte er gewisse Grenzen nicht überschreiten. Das bedeutete jedoch nicht, dass er bereit war, auf ihre Gesellschaft zu verzichten. Vielleicht konnte er ihr die Stadt und die nähere Umgebung zeigen. Der Seawall war nur eine von vielen Attraktionen, die Vancouver zu bieten hatte, und es hatte ihm so viel Freude bereitet, zu sehen, mit welcher Begeisterung und Neugier Charlene die neue Umgebung erkundet hatte.

»Hey Mann, was ist das für eine Nummer, die du da spielst?«, riss Alex' Stimme ihn aus seinen Gedanken.

»Nur ein Song, an dem ich gerade arbeite.«

Er trat einen Schritt näher an Rhys heran. »Lass mal hören!«

Rhys warf einen kurzen Blick auf seine Notizen, obwohl er die Akkorde im Schlaf hätte spielen können, dann begann er mit dem Intro. Während er die erste Strophe sang, betraten Jared und Zac den Probenraum und hielten in ihrer Unterhaltung inne. Alex hatte sich indessen sein Instrument umgehängt und improvisierte eine Basslinie, die Rhys ein Lächeln entlockte. Jared ging ebenfalls zu seinem Keyboard, und nachdem Rhys einmal den Refrain vorgespielt hatte, fiel er ein, genau wie Zac, der längst an seinem Schlagzeug saß und den Rhythmus verstärkte. Ein unbändiges Glücksgefühl stieg in Rhys auf. Er liebte es, mit anderen gemeinsam zu musizieren – besonders mit den Jungs aus seiner Band. Sie kannten sich gegenseitig so gut, dass sie sich hauptsächlich mit Blicken verständigten und nur selten Absprachen benötigten. Und da es sich dieses Mal um seine eigene Musik handelte, trommelte sein Herz umso heftiger in seiner Brust. Es war wundervoll, sich komplett fallen zu lassen, nicht nachdenken, keinen Ansprüchen genügen zu müssen, sondern einfach Musik um der Musik willen machen zu dürfen. Er spürte, wie sich seine Schultern merklich entspannten und der Druck der vergangenen Wochen von ihm abfiel. Sein Lächeln wurde noch breiter, als er die gelösten Gesichter seiner Freunde sah und erkannte, dass es ihnen ähnlich ging.

Erst als der letzte Akkord verklungen war, bemerkte Rhys, dass die Stimmung im Raum gekippt war. Irritiert sah er sich um und entdeckte Pascal, der sie mit finsterer Miene betrachtete. Instinktiv wollte er sich entschuldigen, bevor Pascal etwas sagen konnte, aber dann presste er seine Lippen fest aufeinander. Schließlich hatten sie nichts Falsches getan! Leider schien Pascal das anders zu sehen.

»Könnt ihr mir erklären, was das soll? Anstatt die Übergänge zu proben, die immer noch nicht sitzen, oder an euren Solostellen zu arbeiten, spielt ihr zum Spaß irgendeine unbekannte Nummer? Ist euch immer noch nicht klar, dass uns die Zeit davonläuft?«

Rhys, der Pascal schon sein Leben lang kannte, sah die Anspannung und Erschöpfung, die er hinter seiner Wut zu verbergen suchte.

»Wir hatten nur ein bisschen Spaß – das ist alles!«, erklärte Jared.

»Ach so, Spaß hattet ihr! Das freut mich für euch! Nur können wir es uns nicht erlauben, uns zu amüsieren!«

»Außerdem war das nicht irgendeine unbekannte Nummer, sondern einer von Rhys' Songs«, ergriff Alex für ihn Partei.

»Wollen wir nicht noch ein paar seiner Lieder anspielen, um zu sehen, ob einer davon ins Programm passt? Wäre doch cool, wenn wir unser Repertoire auf diese Weise erweitern könnten«, schlug Zac vor und blickte zu Pascal. »Dann läge nicht die ganze Verantwortung für das neue Album bei dir.«

Pascals Gesichtsausdruck wurde noch verschlossener. Ehe er etwas erwidern konnte, mischte Jared sich erneut ein. »Warum bist du eigentlich so dagegen, dass Rhys sich musikalisch einbringt? Er ist doch einer von uns!«

Rhys ahnte, wie viel Mühe es Pascal kostete, die Fassung zu wahren. Dennoch trafen ihn seine nächsten Worte unvorbereitet.

»Falls du meinst, dass du nur die anderen auf deine Seite bringen musst, damit ihr mich überstimmen könnt, hast du dich getäuscht.« Pascal fuhr sich erregt mit der Hand durchs Haar und schritt unruhig auf und ab, ehe er wieder stehen blieb und Rhys mit unnachgiebigem Blick fixierte. »Ich kann nicht fassen, dass du mir derart in den Rücken fällst!«

»Jetzt komm mal wieder runter! Niemand fällt dir in den Rücken oder will dich hintergehen!«

»Halt dich da raus, Jared! Das ist eine Sache zwischen Rhys und mir!«, fuhr Pascal ihn an, ohne dabei den Blick von Rhys abzuwenden. »Ich habe dir meine Meinung zu dem Thema klar mitgeteilt, und gerade du solltest am besten wissen, dass ich niemand bin, der sich manipulieren lässt. Also steck deine Energie lieber in etwas Sinnvolles, statt in meiner Abwesenheit eine Meuterei anzuzetteln.«

»Wir haben ein bisschen zusammen gejammt – mehr nicht«, stellte Rhys klar. »Manchmal braucht man einfach eine Auszeit!«

Pascal seufzte tief. »Weißt du, wie dringend ich eine Pause nötig hätte? Aber Fakt ist, dass ich mir keine erlauben kann. Ich kämpfe Tag und Nacht für das Fortbestehen der Band, und ich würde mir sehr wünschen, dass ihr mich dabei unterstützt.«

»Das tun wir, aber nicht jeder ist so ein Workaholic wie du. Und du würdest dir selbst einen großen Gefallen tun, wenn du aufhören würdest, dich in irgendwelchen absurden Verschwörungstheorien zu verrennen!«

Nach der Probe durchquerte Rhys mit entschlossenen Schritten die Eingangshalle, wo er beinahe mit Charlene zusammenstieß, die auf dem Weg zu ihrem Wagen war.

»Was ist denn mit dir los? Du siehst ziemlich sauer aus!«

Rhys, den es noch immer schmerzte, dass sein Freund angenommen hatte, er würde ihn bewusst hintergehen, verlangsamte seinen Schritt. »Die Probe war – anstrengend.«

»Ist was passiert?«, hakte sie nach, worauf er seine Kiefer fest aufeinanderpresste, da er keine Lust hatte, ihr von der Auseinandersetzung mit Pascal zu erzählen. »Gib mir deine Schlüssel!« Fordernd streckte sie die Hand aus.

»Was?«

»Du bist ganz offensichtlich nicht in der Verfassung, selbst zu fahren.« Rhys stieß schnaubend die Luft aus, wovon sich Charlene jedoch nicht beeindrucken ließ. »Entweder du gibst mir deine Schlüssel, und ich fahre dich, wohin du möchtest, oder du steigst bei mir ein – deine Entscheidung!«

»Wir nehmen auf keinen Fall deinen Chevy, der jeden Moment liegen bleiben kann.«

»Traust du etwa Tyrons Reparaturkünsten nicht?«

»Sagen wir einfach, ich hatte genug Ärger für einen Abend.« Charlene wackelte auffordernd mit ihren Fingern. Er warf einen Blick auf die verbeulte Karosserie ihres Chevys und zögerte.

»Falls es dich beruhigt: Er sah schon so aus, als ich ihn gekauft habe.« Rhys schüttelte ungläubig den Kopf und warf Charlene seinen Schlüssel zu, den sie geschickt auffing.

Nervös beobachtete er, wie sie hinter dem Steuer Platz nahm und Sitz und Spiegel einstellte. Als sie seinen Blick bemerkte, schlich sich ein Lächeln auf ihre Lippen. »Entspann dich! Deinem Baby wird nichts passieren.«

Vorsichtig tippte sie das Gaspedal an und stieß ein fröhliches Lachen aus, als der Wagen daraufhin einen Satz machte. »Wow – die Kiste hat definitiv Feuer unter der Haube!« Wäre er in besserer Stimmung gewesen, hätte ihn ihre spürbare Begeisterung bestimmt amüsiert, aber so ließ er nur erschöpft den Kopf gegen die Lehne sinken und schloss die Augen.

»Also, wo soll's hingehen?«

»Fahr in die City!«

Rhys war Charlene dankbar, dass sie auf der Fahrt nicht weiter in ihn drang. Er lotste sie vom Highway zu seiner Wohnung und öffnete per Fernsteuerung den Eingang zur Tiefgarage.

Nachdem Charlene den Wagen geparkt hatte, nahmen sie den Aufzug ins Erdgeschoss, durchquerten die Lobby und gelangten durch die gläserne Eingangstür wieder nach draußen.

»Soll ich dir ein Taxi rufen?«, fragte er und machte Anstalten, nach seinem Handy zu greifen, als er ihre Hand auf seinem Arm spürte.

»Was hast du jetzt vor?«

»Ich suche mir eine Kneipe und genehmige mir ein paar Drinks, um diesen beschissenen Tag zu vergessen.«

»Was dagegen, wenn ich mitkomme?«

Er stieß ein schweres Seufzen aus. »Sei mir nicht böse, aber ich bin momentan keine gute Gesellschaft. Es war nett von dir, dass du mich nach Hause gefahren hast.« Er wollte erneut sein Smartphone aus der Hosentasche ziehen, als ihr selbstbewusstes und zugleich leicht provokantes Lächeln ihn innehalten ließ.

»Du wolltest doch gestern mit mir ausgehen! Das ist deine Chance!« Rhys hätte beinahe laut gelacht. Diese Frau war einfach unglaublich! Doch so gern er auch mit ihr Zeit verbrachte, an diesem Abend brauchte er jede Menge starken Alkohol, in dem er seine trüben Gedanken ertränken konnte. Und das Letzte, was er wollte, war, dass Charlene ihn betrunken erlebte.

»Ein anderes Mal!«, erwiderte er und spürte ein leises Bedauern, sobald die Worte seinen Mund verlassen hatten.

»Und wenn ich einfach nur neben dir sitze und du dich nicht mit mir unterhalten musst?«

»Charlene, versteh mich doch!«, fuhr er sie heftiger an als beabsichtigt. »Ich bin nicht in der Verfassung …« Er stockte, weil er selbst nicht so recht wusste, was er eigentlich sagen wollte. Sie hielt seinem aufgewühlten Blick gelassen stand.

»Seit ich nach Vancouver gekommen bin, warst du für mich da. Es wäre schön, wenn du zulassen könntest, dass ich das Gleiche für dich tue.« Sie grinste ihn schief an. »Und warst du es nicht, der gesagt hat, dass man nie genug gute Freunde haben kann?« Als er nichts erwiderte, überbrückte sie den Abstand zwischen ihnen und griff nach seiner Hand. »Willst du, dass ich nach Hause fahre?«

Rhys schaute ihr ins Gesicht, bemerkte die winzigen Sommersprossen auf ihrer Nase und ihren Wangen, das leuchtende Seegrün ihrer Augen und das entschlossen nach vorn gereckte Kinn. Resigniert zuckte er mit den Schultern, worauf sich ihr Griff um seine Finger verstärkte, als wollte sie ihm damit zeigen, dass er sich richtig entschieden hatte.

Rhys lief eine Weile ziellos durch die Straßen, bis sich seine Wut ein wenig gelegt hatte. Charlene, die immer noch seine Hand hielt, blieb schweigend an seiner Seite. Als er ihr die Tür zu einer Bar aufhielt, trat sie ohne zu zögern ein. Zu spät fiel ihm auf, dass er eine schlechte Wahl getroffen hatte, denn der Laden war mit allerhand Erinnerungen verknüpft. Erinnerungen an unzählige Abende, die er mit Pascal hier gewesen war, zu einer Zeit, bevor sie berühmt geworden waren und Pascals Auftauchen in der Öffentlichkeit nach wenigen Minuten zu einem Fanauflauf geführt hatte. Er folgte Charlene zu einem kleinen Tisch im hinteren Teil der Bar und fragte sie, was sie trinken wollte, ehe er sich zur Bar durchkämpfte, um eine Cola für sie und einen Whiskey für sich zu bestellen.

Der Laden war gerammelt voll – nicht ungewöhnlich für einen Sonntagabend. Charlene hielt Wort: Sie saß schweigend neben ihm und begnügte sich damit, ab und zu von ihrem Getränk zu nippen und die anderen Barbesucher zu beobachten. Ob sie sich Geschichten zu ihnen ausdachte oder Vermutungen anstellte, in welcher Beziehung sie zueinander standen? Zu gern hätte Rhys gewusst, was in ihrem Kopf vor sich ging, aber dafür hätte er den Mund aufmachen müssen, wozu er sich nach diesem beschissenen Tag nicht in der Lage fühlte.

Nach dem zweiten Drink ließ seine Anspannung allmählich nach. Er sah, dass Charlene ihn aus dem Augenwinkel musterte. Und auf einmal wurde er von einer Welle der Zuneigung ergriffen für diese Frau, die ihren freien Abend dafür opferte, schweigend neben ihm in einer Bar zu sitzen und ihm Gesellschaft zu leisten. Erst jetzt wurde ihm bewusst, dass er genau das gebraucht hatte – vorbehaltlosen Beistand, nachdem ihm sein bester Freund unterstellt hatte, ihn hintergehen zu wollen. Ein geradezu lächerlicher Vorwurf, wenn man genauer darüber nachdachte. Schließlich hatte Rhys keine Sekunde gezögert, als Pascal ihn nach ihrem Highschoolabschluss gefragt hatte, ob er mit ihm nach Vancouver kommen wollte. Er hatte seine Familie zurückgelassen, weil er instinktiv gespürt hatte, dass sein Freund ohne ihn auf die schiefe Bahn geraten könnte. In den letzten Jahren hatte es mehr als eine Gelegenheit gegeben, bei der Rhys ihn von den wirklich dummen Ideen abgehalten hatte. Wie konnte er ihm da unterstellen, er würde die anderen aus der Band gegen ihn aufbringen wollen?

Seufzend griff er nach seinem Glas und stellte fest, dass es leer war. Er wandte sich Charlene zu, um sie zu fragen, ob sie noch etwas trinken wollte, aber sie winkte ab und machte sich an seiner Stelle auf den Weg zur Bar.

Statt eines weiteren Whiskeys kam sie mit zwei Flaschen Bier zurück. Nachdem sie einen Schluck genommen hatte, sagte sie gerade laut genug, dass er es hören konnte:

»Was auch immer zwischen euch vorgefallen ist, ihr werdet das wieder hinkriegen.« Rhys schüttelte nachdenklich den Kopf, worauf sie ihn sachte mit der Schulter anstupste. »Ihr seid schon so lange befreundet.«

»Eben«, war alles, was er hervorbrachte, bevor er ebenfalls einen tiefen Schluck trank. Nach dem Whiskey schmeckte das Bier schal. Er schaute abermals zu Charlene und wartete, bis sie seinen Blick erwiderte.

»Was sind für dich die Grundvoraussetzungen einer echten Freundschaft?«

Sie senkte den Kopf und begann, am Etikett ihrer Bierflasche herumzuspielen. Ihr Schweigen dauerte so lange, dass Rhys schon nicht mehr mit einer Antwort rechnete.

»In einer perfekten Welt führt man sich gegenseitig seine Stärken vor Augen, statt dem anderen seine Schwächen vorzuhalten. Man ist füreinander da und ermutigt sich gegenseitig, Dinge zu wagen, die man sich niemals hätte vorstellen können.« Rhys schluckte. Genau diese Art von Freundschaft verband ihn mit Pascal.

»Ich stimme dir zu – aber du hast etwas Entscheidendes vergessen: Ehrlichkeit. Gegenseitiges Vertrauen kann nur entstehen, wenn die Basis dafür Ehrlichkeit ist.« Und genau deswegen tat es so verdammt weh, dass Pascal ihm unterstellte, gegen ihn zu arbeiten. Sollte er nach all den Jahren, in denen Rhys ihn bedingungslos unterstützt hatte, nicht gelernt haben, dass er niemals etwas tun würde, was ihm oder der Band schaden würde? Sein tiefempfundenes Seufzen ging im erwartungsvollen Applaus unter. Rhys sah auf und erblickte einen jungen Mann mit schulterlangen strähnigen Haaren, der soeben eine improvisierte Bühne betrat und mit einem breiten Lächeln nach dem Mikro griff.

»Herzlich willkommen zur Open-Mic-Night! Jeder, der Lust hat, kann nach vorne kommen und einen Song zum Besten geben. Eine Bitte noch ans Publikum: Seid fair! Es kostet eine Menge Mut, sich vor euch wilde Meute zu stellen!« Erneut ertönte Applaus, als der Angestellte die Bühne verließ und einem jungen Mädchen das Mikro in die Hand drückte. Rhys erkannte nach den ersten Takten Alicia Keys' *This Girl Is On Fire* und war beeindruckt, wie selbstbewusst die Sängerin diese anspruchsvolle Nummer performte. Der Applaus war ohrenbetäubend. Nach ihr kam ein Mann in Rhys' Alter, der sich für einen Song von Guns n' Roses entschied. Auch wenn die höheren Töne außerhalb seiner Möglichkeiten lagen, fand er eine in sich stimmige Version, die dem Lied seinen eigenen Stempel aufdrückte.

Auch die nach ihm folgenden Sängerinnen und Sänger wussten, was sie taten, wodurch die Stimmung in der Bar immer höhere Wellen schlug. Jeder, der die Bühne erklomm, wurde mit frenetischem Applaus gefeiert, noch bevor er den ersten Ton von sich gegeben hatte. Charlene, die eine weitere Runde Bier geholt und ihnen außerdem noch zwei Shots mitgebracht hatte, beobachtete das Geschehen mit leuchtenden Augen.

Als ein Typ, der sich selbst auf seiner Gitarre begleitet hatte, die Bühne verließ, stand Rhys kurz entschlossen auf. Vielleicht war der Abend doch noch nicht ganz verloren.

KAPITEL 15

Charlene

Ungläubig beobachtete Charlene, wie Rhys zu dem Sänger ging, der eben eine recht eigene Interpretation von Ed Sheerans »Photograph« abgeliefert hatte, und ihn in ein Gespräch verwickelte. Kurz darauf drückte der Typ Rhys seine Gitarre in die Hand. Mit einem selbstbewussten Grinsen sprang Rhys auf die Bühne. Er trat nahe ans Mikro heran, und kurz darauf erklang das Intro des Songs, an dem er an Charlenes erstem Tag in der Rockstarvilla gearbeitet hatte. Sie staunte, wie viel ausgefeilter das Lied inzwischen klang. Rhys musste einiges an Zeit hineingesteckt haben, um es zu perfektionieren. Er war noch nicht beim Refrain angekommen, als leises Gemurmel einsetzte. Charlene schnappte einzelne Worte auf. Anscheinend begriffen die Menschen um sie herum allmählich, wen sie da vor sich hatten.

Nachdem Rhys den letzten Akkord hatte ausklingen lassen, brachen begeisterter Applaus und laute Jubelschreie über ihn herein. Er verbeugte sich lächelnd, aber das Publikum war nicht bereit, ihn gehen zu lassen, sondern verlangte nach einer Zugabe. Rhys suchte ihren Blick und zuckte entschuldigend mit den Achseln, worauf Charlene ihm aufmunternd zunickte. Selbst auf die Entfernung konnte sie spüren, wie sehr er in seiner

Musik aufging und wie gut es ihm tat, endlich die verdiente Anerkennung dafür zu bekommen.

Nach der fünften Nummer versuchte er erneut, die Bühne zu verlassen, doch die Zuschauer in den ersten Reihen bildeten eine Mauer und leisteten hartnäckigen Widerstand, worauf er lachend beide Arme hob und zurück zum Mikrofon ging.

»Okay, Leute, noch ein letzter Song, aber den singe ich nur, wenn meine liebreizende Begleitung sich bereit erklärt, mitzusingen.« Auffordernd blickte er zu Charlene. Ihr Herz begann von einer Sekunde auf die andere in mörderischem Tempo gegen ihre Rippen zu schlagen. Auf der einen Seite hatte sie sich schon den ganzen Abend nichts Sehnlicheres gewünscht, als sich auf die Bühne zu stellen und zu singen, andererseits fürchtete sie die Reaktion des Publikums. Sie hörte nur zu deutlich die Worte ihres Ex-Freundes, der ihr auf wenig einfühlsame Weise klargemacht hatte, dass es für alle Beteiligten besser wäre, wenn sie der Musik ein für alle Mal den Rücken kehren würde. Er hatte ihr mehr als einmal gesagt, dass ihre Stimme einen unangenehm schrillen Beiklang hätte, der ihm durch Mark und Bein ginge. Sie wollte gerade den Kopf schütteln, als der Mann vom Nebentisch sie sanft am Arm nahm, geduldig wartete, bis sie aufgestanden war, und sie dann mit einem aufmunternden Grinsen nach vorne schob. Die Menschen, die eben noch eine undurchdringliche Mauer gebildet hatten, machten ihr bereitwillig Platz, und ehe sie begriff, was vorging, fand sie sich neben Rhys auf der Bühne wieder. Der junge Mann, der die Veranstaltung anmoderiert hatte, baute ein zweites Mikrofon vor ihr auf und winkte einen Kellner heran. Dieser drückte ihr einen weiteren Shot in die Hand, den Charlene ohne zu zögern hinunterkippte, was ihr einen belustigten Blick von Rhys einbrachte. Der harte Alkohol brannte höllisch in ihrer Kehle, sodass sie ein Husten unterdrücken musste.

»Bereit?«, fragte er über das Toben der Menge hinweg. Charlene blickte in die erwartungsvollen Gesichter. Vor Unsicherheit wurden ihre Knie weich und ihr Hals ganz trocken. Rhys, der zu erkennen schien, was in ihr vorging, zog sie einen Schritt vom Mikrofon weg und ignorierte die ungeduldigen Rufe der Menge, als wären nur sie beide in der Bar.

»Ob dir etwas gelingt oder nicht, entscheidest allein du! Entweder zeigst du den Menschen, was für eine hammergeile Stimme du hast, oder du setzt dich wieder und hörst in Ruhe zu. Es liegt ganz bei dir.«

Charlene, deren Herz immer noch wie verrückt hämmerte, blickte in Rhys' vertrauensvolle Augen, und mit einem Mal wusste sie, dass sie es schaffen konnte. Wenn er ihr zutraute, diesen Song an seiner Seite zu performen, dann würde sie es tun – nicht weil er sie darum bat, sondern weil sie es wollte, weil jede einzelne Faser in ihrem Körper danach schrie, endlich wieder auf einer Bühne stehen und singen zu dürfen. Sie nickte ihm zu, trat einen Schritt nach vorn und schloss ihre Finger um den Mikrofonständer. Sofort durchströmte sie ein vertrautes Gefühl von Sicherheit. Dann blendete sie alles um sich herum aus und konzentrierte sich einzig und allein auf die Gitarrenklänge und Rhys' melodische Stimme. Als der Refrain erklang, drängte sie die Zweifel, die sich in ihrem Kopf breitmachen wollten, entschlossen zurück, holte tief Luft und stimmte mit ein. Die ersten Töne klangen noch etwas zittrig, doch dann gab Charlene jegliche Zurückhaltung auf und genoss den Moment. Es war unglaublich, wie harmonisch sich ihre Stimmen ineinanderfügten. Im Zwischenspiel siegte ihr Übermut und sie begann, frei zu improvisieren. Rhys stieg sofort mit ein und reagierte auf jede Tonfolge, mit der sie ihn herausforderte. Sie ergänzten sich perfekt, was das Publikum offenbar genauso sah, wie der frenetische Applaus am Ende des Songs bewies. Durch Charlenes Adern rauschte pures Adrenalin. Sie hätte sich am liebsten in Rhys' Arme geworfen, dessen atemberaubendes Lächeln auf einmal einem ungewohnt ernsten Gesichtsausdruck gewichen war. Er nahm die Gitarre ab, griff nach ihrer Hand und winkte mit der anderen der Menge zu, während sie bereits die Bühne verließen. Im Vorbeigehen drückte er einem der Kellner ein paar Scheine in die Hand. Dann steuerte er zielsicher eine Tür an, die zu den Personalräumen führte. Sobald sie durch den Hinterausgang ins Freie gelangt waren, rannten sie los. Charlene verstand nicht, was los war. Erst als sie die Rufe aufgeregter Frauenstimmen hörte, begriff sie, dass Rhys schnell verschwinden wollte, um seinen Fans zu entgehen.

Sie liefen, bis sie das Ufer des False Creek erreicht hatten. Außer Atem machte Charlene sich von ihm los und beugte sich nach vorne, wobei ihr ein leicht hysterisches Lachen entwich. Ihr Herz raste, und sie hätte nicht sagen können, ob es an dem schnellen Spurt oder der unerwarteten Wendung lag, die der Abend genommen hatte.

»Ich glaube, wir haben sie abgehängt.« Sie blickte zu ihm auf und stellte neidisch fest, dass ihm keinerlei Anstrengung anzumerken war. Vielleicht sollte sie doch in Erwägung ziehen, gelegentlich an Erics Mördertraining teilzunehmen. »Woher hast du gewusst …«

»Dass die Meute sich jeden Moment auf mich stürzen würde? Jahrelange Erfahrung.« Sein Grinsen hatte etwas Spitzbübisches, was ihn jünger wirken ließ. Charlene konnte sich gut vorstellen, wie er mit Anfang zwanzig die Bühnen gerockt und dabei bestimmt das ein oder andere Mädchenherz gebrochen hatte.

»Ich kann immer noch nicht glauben, dass ich gerade öffentlich gesungen habe«, brachte sie kopfschüttelnd hervor und ging näher ans Ufer heran.

»Und? Was war das für ein Gefühl?«

Sie spürte, wie sich ihre Mundwinkel von ganz allein zu einem breiten Lächeln hoben. »Das beste Gefühl der Welt!«

»Besser als Skaten?«, neckte er sie.

»Auf jeden Fall!« Sie zögerte, doch dann entschied sie sich, ihre Ängste nicht länger zu verstecken. »Danke, dass du an mich geglaubt hast!«

»Ich wusste, dass du es kannst.« Obwohl seine geflüsterten Worte ihr durch und durch gingen, konnte sie sich nicht verkneifen, ihn mit skeptisch erhobener Augenbraue anzusehen, worauf er zu lachen begann. »Es war offensichtlich! Du hast dieses gewisse Auftrittsfunkeln in den Augen!«

Nun war sie es, die lachte. »Auftrittsfunkeln?«

Er nickte. »Das haben nur Menschen, die es lieben, auf der Bühne zu stehen.«

»Wenn du das sagst. Aber das war eine einmalige Ausnahme! Komm ja nicht noch mal auf die Idee, mich zu dir ins Rampenlicht zu zerren!«

»Soweit ich mich erinnere, bist du freiwillig zu mir gekommen. Und so wie du strahlst, scheint es dir verdammt viel Spaß gemacht zu haben.«

»Das hat es! Mir war gar nicht klar, wie sehr ich es vermisst habe, auf der Bühne zu stehen.«

Eine Weile lauschten sie schweigend den Geräuschen des Wassers, das leise gegen die Uferbefestigung schwappte. Charlene war froh, dass Rhys nicht weiter nachfragte und ihr Zeit gab, die Flut an überwältigenden Gefühlen zu verarbeiten.

»Ich habe zu danken«, knüpfte er nach einer Weile an ihr Gespräch an. »Ohne dich würde ich jetzt vermutlich betrunken unter irgendeinem Tisch liegen.«

Charlene gab sich Mühe, möglichst lässig mit den Schultern zu zucken. »Dafür sind Freunde da.«

Der Blick, mit dem er sie daraufhin bedachte und der ihr Innerstes zum Beben brachte, strafte ihre Worte Lügen. Denn eines war sicher: Was auch immer das zwischen ihnen war, ging weit über bloße Freundschaft hinaus, und sie würde sich selbst etwas vormachen, wenn sie die gegenseitige Faszination, die sie zueinander hinzog, noch länger verleugnete.

KAPITEL 16

Rhys

Das Klingeln seines Handys riss Rhys aus dem Schlaf. Nach einem Blick auf seinen Wecker hätte er sich am liebsten das Kissen über den Kopf gezogen und weitergeschlafen, doch das nervtötende Geräusch hörte einfach nicht auf. Stöhnend nahm er den Anruf an. Es war Henry.

»Rhys, mach, dass du herkommst! Wir haben ein Problem!«

»Freundlich wie immer«, murmelte Rhys und schleppte sich unter die Dusche, bevor er in seine Jeans schlüpfte und sich ein Shirt überzog. Er war gerade im Begriff, sich in den Verkehr Richtung Norden einzufädeln, als ihm einfiel, dass Charlenes Chevy noch an der Villa stand. Er überlegte kurz, ob er sie abholen sollte, entschied sich jedoch dagegen. Sie wäre bestimmt wenig erfreut, wenn er um diese Uhrzeit an ihrer Tür klingeln würde. Außerdem hatte Henrys Tonfall durchblicken lassen, dass es eilig war. Kurz entschlossen schrieb er ihr eine Nachricht, dass sie sich ein Taxi nehmen sollte, für das er aufkommen würde. Er konnte nur hoffen, dass sie sich darauf einließ und nicht der Ansicht war, den Bus nehmen zu müssen, um ihm nichts schuldig zu sein.

In der Eingangshalle traf er auf Wesley, der mit einer Kopfbewegung zum Meetingraum wies. Allmählich bekam Rhys ein mulmiges Gefühl, das sich verstärkte, als er die düsteren Mienen von Pascal und Henry sah, deren Blicke auf die Leinwand gerichtet waren, auf der neben zahlreichen Videobeiträgen diverse Artikel bekannter Klatschmagazine prangten. Auf den Fotos war er zu sehen, wie er mit der geliehenen Gitarre seine Songs performte. Auf einem davon stand Charlene an seiner Seite. Bevor er etwas sagen konnte, begann Henry vorzulesen:

»*Gitarrist von* Renard *heizt dem Publikum so richtig ein! Mit einer Reihe unbekannter Songs bringt Rhys McLeod, der Gitarrist der berühmten Rockband* Renard, *die Bar zum Kochen. Wie kann es sein, dass Pascal Girard ein derartiges Ausnahmetalent in seinen Reihen hat und seine Fans nichts davon wissen?* Oder hier: *Bereitet sich Rhys McLeod auf eine Solokarriere vor? Kam es zu einem Bruch mit seinem besten Freund und Bandleader Pascal Girard?* Soll ich weiterlesen?« Rhys schüttelte stumm den Kopf. »Kannst du dir vorstellen, was das für uns bedeutet? Ich gebe alles, um euer nächstes Album zu planen und die Tour zu organisieren und zu promoten. Dabei muss ich mich tagtäglich gegen Vorurteile und Intrigen innerhalb der Branche zur Wehr setzen. Und als wäre das nicht schon Herausforderung genug, hast du nichts Besseres zu tun, als in die nächstbeste Kneipe zu gehen und einen Skandal zu provozieren!«

Rhys hatte Henry noch niemals so außer sich erlebt. Normalerweise meisterte er jede Krise mit ruhiger Entschlossenheit, aber offensichtlich hatten die letzten Wochen auch bei ihm Spuren hinterlassen. Er öffnete den Mund, um sich zu verteidigen, als Pascal ihm zuvorkam.

»Ich kann nicht glauben, dass du so egoistisch bist und aus einer Laune heraus alles zerstörst, was ich in den letzten fünfzehn Jahren aufgebaut habe.«

»Du meinst sicher, was *wir* in den letzten fünfzehn Jahren aufgebaut haben.« Rhys staunte selbst, wie gefasst er klang. »Wir sind zusammen nach Vancouver gegangen und haben die Band gegründet.«

Pascals Augen verengten sich. »Wer hat den Probenraum organisiert, Castings veranstaltet und sich die Hacken abgelaufen, um jemanden zu finden, der bereit war, uns auftreten zu lassen?«

»Das warst du. Aber vergiss nicht, dass ich in der Zeit gearbeitet habe, um unsere Miete aufzubringen und nebenbei noch meine Familie finanziell zu unterstützen, die ich deinetwegen zurückgelassen habe!«

»Ich habe dich nicht dazu gezwungen, mit mir zu kommen.«

Rhys schluckte. »Nein, das hast du nicht. Aber wir wissen beide, dass du die ersten Monate nicht überlebt hättest, wenn ich dir nicht immer wieder den Arsch gerettet hätte. Ohne mich hättest du nicht mal eine Band, weil niemand auf Dauer deinen perfektionistischen Ansprüchen genügen kann! Mir hast du es zu verdanken, dass die Jungs das alles seit Jahren mitmachen.« Es tat unglaublich gut, die Worte laut auszusprechen, die er in den vergangenen Jahren unzählige Male gedacht, jedoch nie über seine Lippen gebracht hatte.

Henry sah aus, als wollte er etwas sagen, doch Pascal kam ihm zuvor. »Wenn es dich derart stresst, gemeinsam mit mir Musik zu machen, dann solltest du vielleicht wirklich über eine Solokarriere nachdenken. Spätestens dann wirst du erkennen, wie schwer es ist, die Spitze der Charts zu erreichen und sich dort über Jahre zu halten.«

Rhys starrte seinen Freund ungläubig an. »Ist das dein Ernst?«

»Ich will nicht derjenige sein, der deinem Glück im Wege steht. Außerdem tut uns beiden eine Auszeit vielleicht ganz gut.«

Die kühle Gefasstheit, mit der Pascal ihm vorschlug, seinen eigenen Weg zu gehen, traf Rhys härter, als wenn er wutschnaubend auf ihn losgegangen wäre.

»Du wirfst mich raus?«

Pascal schüttelte energisch den Kopf, wich dabei jedoch seinem Blick aus. »Natürlich nicht, aber wir sind in letzter Zeit häufiger aneinandergeraten, und das kostet uns wertvolle Zeit. Zeit, die wir im Moment nicht haben.«

»Und das neue Album? Die Tour?« Seine Stimme war kaum mehr als ein heiseres Krächzen, so sehr setzte ihm dieses Gespräch zu.

»Ich finde jemanden, der so lange für dich übernimmt. Überleg dir in Ruhe, wie es für dich weitergehen soll, ob du auch in Zukunft ein Mitglied von *Renard* sein oder lieber dein eigenes Ding machen willst.«

Rhys wurde von einer Welle widersprüchlicher Gefühle überrollt: Fassungslosigkeit, Neugier, ein Hauch von Erleichterung, dominiert von nackter Panik. Wie konnte Pascal ihn fortschicken? Lag ihm so wenig an ihm? Oder tat er es, gerade weil ihm etwas an ihm lag? Sollte es für ihn tatsächlich das Beste sein, auf eigenen Beinen zu stehen? Aber wie sollte er ohne die Band Musik machen? Die Jungs waren sein Leben, seine Familie! Niemals konnte er all das zurücklassen!

Henrys Stimme brachte ihn zurück ins Hier und Jetzt. »Übrigens hat Norman Wilson heute früh direkt ein Statement abgegeben, dass er dich mit offenen Armen empfängt, falls du eine Solokarriere planst.«

Der scherzhafte Tonfall, in dem er ihren ehemaligen Manager erwähnte, sollte wohl die arktische Stimmung aufbrechen, die im Raum herrschte, doch Rhys konnte nicht darüber lachen.

Er warf seinem besten Freund einen letzten Blick zu in der Hoffnung, er könnte es sich noch einmal anders überlegen, doch er wurde enttäuscht. Mit hängenden Schultern wandte er sich ab. Wenn er noch länger blieb, würde er vermutlich einknicken und ihn bitten, alles zu vergessen und ihn wieder in seine alte Rolle schlüpfen zu lassen: der zwar begabte, aber für immer in seinem Schatten stehende Gitarrist, der allzeit bereit war, die Wogen zu glätten, aber niemals genug wert sein würde, um ebenbürtig an Pascals Seite zu stehen.

Wie in Trance lief er in den Westflügel, verstaute seine Gitarren in ihren Koffern, stöpselte sein Paddelboard und seinen Verstärker aus und packte sein restliches technisches Equipment ein.

Mit jeweils einem Gitarrenkoffer in der Hand ging er zu seinem Wagen, verstaute sie im Kofferraum und parkte anschließend den Mustang direkt vor dem Eingang. Innerhalb weniger Minuten hatte er den Rest seiner Sachen eingeladen. Während der ganzen Aktion war sein Gehirn wie in eine Art Nebel gehüllt. Nachdenken würde er zu Hause. Für den Moment wollte er einfach nur noch weg – weg von Pascal und Henry, die ihn einfach aufgaben, auch wenn sie es so hingedreht hatten, dass es angeblich nur zu seinem Besten geschah.

Als er den Wagen starten wollte, sah er Henry aus der Villa kommen, der offenbar vorhatte, sich von ihm zu verabschieden. Er war kurz versucht, sich anzuhören, was er zu sagen hatte, entschied sich dann jedoch dagegen. Ohne einen Blick in den Rückspiegel zu werfen, gab er Gas und fuhr mit rasendem Herzen die Auffahrt hinunter.

KAPITEL 17

Charlene

Das Licht war zu grell, die Musik, die aus dem Wohnzimmer zu ihr drang, zu laut und ihr Körper noch nicht bereit, sich zu bewegen. Mit halb geschlossenen Augen schlurfte Charlene in die Küche, griff blind nach einem Glas und füllte es mit Wasser. Aus dem Augenwinkel sah sie Suzanne am Esstisch sitzen. Sie hielt ihr Handy in der Hand und winkte sie mit der anderen zu sich heran.

»Ich weiß, dass man dich vor zwölf besser nicht ansprechen sollte, aber das musst du dir anschauen!« Sie wartete ungeduldig, bis Charlene sich neben sie gesetzt hatte, dann hielt sie ihr das Smartphone hin und spielte ein Video ab.

Charlene riss überrascht die Augen auf, als sie die kleine Bühne der Bar erblickte, in der sie gestern den Abend verbracht hatten. Es dauerte einige weitere Sekunden, bis sie sich selbst in der jungen Frau mit der modischen Kurzhaarfrisur erkannte, die voller Leidenschaft und Hingabe sang und die Welt um sich herum vergessen zu haben schien. Charlene spürte, wie Panik in ihr hochkroch.

Wieso war ein Video von ihrem Auftritt im Netz? Ihre Hände begannen zu zittern. Sie beeilte sich, ihr Glas abzustellen, und scrollte durch die Videobeschreibung. Erleichtert stellte sie fest, dass nirgendwo ihr Name stand.

»Kannst du mir bitte verraten, wie es dazu gekommen ist, dass du mit Rhys McLeod aufgetreten bist? Und wieso hast du mir nie erzählt, dass du so eine hammerkrasse Stimme hast?«

Sie sah Suzannes verwunderten Blick, hörte den verletzten Tonfall. Doch bevor sie sich mit den Gefühlen ihrer Mitbewohnerin befassen konnte, musste sie herausfinden, ob es noch andere Videos oder Artikel über den gestrigen Abend gab und ob einer der Fans oder Journalisten ihren Namen in Erfahrung gebracht hatte. Sie rief die Suchmaschine auf und gab *Charlene Hamilton* ein. Es wurden unzählige Ergebnisse aufgeführt, aber keines davon hatte mit ihr zu tun. Sie fügte *Vancouver* hinzu. Dann versuchte sie es in Kombination mit *Rhys McLeod*. Zu ihm gab es jede Menge Artikel, und als sie las, welchen Aufruhr ihr spontaner Auftritt verursacht hatte, krampfte sich ihr Magen zusammen.

»Ich muss Rhys anrufen«, flüsterte sie tonlos und sprang auf. Die Angst, die sie fest umklammert hielt, verlieh ihr ungewohnte Energie. Sie wühlte in ihrer Tasche auf der Suche nach ihrem Handy und schaltete es ein. Es zeigte eine Nachricht von Rhys an, in der er schrieb, dass er auf dem Weg zur Villa war und sie sich ein Taxi nehmen sollte.

In Windeseile sprang sie unter die Dusche und verzichtete darauf, sich einen Smoothie zu machen.

»Wir reden heute Abend, versprochen!«, rief sie Suzanne zu, als sie mit feuchten Haaren aus der Wohnung stürmte.

Die Taxifahrt kam ihr ewig vor, obwohl der Wagen nur knapp fünfzehn Minuten später vor der Villa hielt. Luis erwartete sie in ihrem Behandlungsraum und blickte ihr mit verärgerter Miene entgegen.

»Kannst du mir verraten, was du dir dabei gedacht hast?«, fuhr er sie an, ehe sie die Gelegenheit hatte, ihn zu begrüßen. »Du verkehrst privat mit einem Klienten, was dazu führt, dass er die Band verlässt und Pascal damit in so tiefe Verzweiflung stürzt, dass er sogar auf seine Massage verzichtet?« Erst jetzt nahm Charlene die wütenden Gitarrenklänge wahr, die aus dem Westflügel zu ihnen herüberschallten.

»Rhys hat die Band verlassen?«

»Ihm ist ja kaum etwas anderes übrig geblieben, nachdem Pascal ihm nahegelegt hat, dass er sich erst einmal darüber klar werden soll, was er eigentlich will. Aber darum geht es hier nicht! Ist dir bewusst, dass du so ziemlich jede meiner Regeln gebrochen hast? Mische dich niemals in die Angelegenheiten deiner Klienten ein! Vermeide private Beziehungen und wahre stets die angemessene Distanz! Das habe ich dir bei deinem Vorstellungsgespräch erklärt, und falls du das vergessen haben solltest, steht es auch noch mal in deinem Vertrag. Was meinst du, was passiert, wenn sich die beiden nicht wieder versöhnen und Pascal deinen Spontanauftritt als Bekenntnis interpretiert, dass du auf Rhys' Seite stehst? Er könnte mir kündigen, und wenn sich das herumspricht, kann ich meinen Laden dichtmachen!« Charlene, die während seiner Rede in sich zusammengeschrumpft war, schaute betreten zu Boden. »Solltest du erneut meine Anweisungen missachten, wird das Konsequenzen haben!« Sie nickte, worauf Luis zur Tür ging, sich dort jedoch noch einmal zu ihr umdrehte. »Ein guter Rat: Geh Pascal aus dem Weg! Er ist im Moment nicht sonderlich gut auf dich zu sprechen.«

Nachdem Luis gegangen war, sank Charlene erschöpft auf dem Hocker zusammen. Die Panik meldete sich erneut. Am liebsten hätte sie ihre Siebensachen gepackt und Vancouver umgehend verlassen. Aber vorher musste sie wissen, ob mit Rhys alles in Ordnung war. Sie griff nach ihrem Handy und tippte auf seine Nummer, doch er ging nicht ran. Als die Mailbox ansprang, legte sie auf.

Fieberhaft überlegte sie, was sie tun konnte, um den angerichteten Schaden zu begrenzen. Ob sie zu Henry gehen konnte, um ihn zu bitten, das Video von ihrem gemeinsamen Auftritt aus dem Netz nehmen zu lassen? Konnte sie ihn fragen, für wie wahrscheinlich er es hielt, dass ihr Name herauskam? Allerdings würde sie ihm dann erklären müssen, warum sie auf keinen Fall wollte, dass bekannt wurde, dass sie sich in Vancouver aufhielt. Würde sich überhaupt jemand für sie interessieren oder waren alle damit beschäftigt, sich zu fragen, was aus der beliebtesten Rockband Kanadas wurde, jetzt wo Rhys die Band verlassen hatte?

Vielleicht machte sie sich auch vollkommen unnötig verrückt. Es konnte genauso gut sein, dass Rhys und Pascal nur eine etwas heftigere Auseinandersetzung gehabt hatten und in wenigen Tagen alles wieder beim Alten wäre, oder nicht?

Aber was würde passieren, wenn Rhys nicht zurückkehrte? War sie dann dafür verantwortlich, dass es zu einem Bruch zwischen ihm und Pascal gekommen war? Immerhin hatte sie ihm geraten, Pascal seine Songs vorzuspielen, hatte ihn ermutigt, an sich zu glauben und seinen eigenen Weg zu suchen. Mit einem Stöhnen ließ sie ihren Kopf in die Hände sinken und hatte Mühe, die Tränen zurückzudrängen. Das war alles zu viel!

Sie hätte niemals mit Rhys in diese Bar gehen dürfen! Das widersprach nicht nur Luis' Regeln, sondern auch ihren eigenen, nach denen sie sich geschworen hatte vorerst zu leben. Außerdem hätte sie nicht diese Bühne betreten sollen! Was hatte sie sich nur dabei gedacht? Sie war selbst schuld, wenn …

Ein Räuspern riss sie aus ihren Gedanken. Ruckartig blickte sie auf. Martha stand im Türrahmen und betrachtete sie mit gerunzelter Stirn.

»Ach, Kindchen! Was für ein grauenhafter Tag!« Ohne darauf zu warten, dass Charlene sich abwandte, um ihr die übliche Privatsphäre zu geben, zog sie sich aus und ließ sich mit einem Seufzen auf der Liege nieder.

»Ich kenne Pascal und Rhys nun schon seit beinahe sieben Jahren, aber ich schwöre dir, eine derartige Auseinandersetzung hat es in der ganzen Zeit noch nie gegeben. Der arme Junge ist vollkommen fertig!«

Mit dem *armen Jungen* war offensichtlich Pascal gemeint. Charlene presste ihre Lippen fest aufeinander, um sich nicht zu einem Kommentar hinreißen zu lassen. *Mische dich niemals in die Angelegenheiten deiner Klienten ein!*, hallten Luis' Worte in ihr nach. Aber dachte irgendjemand in diesem Haus daran, wie Rhys sich fühlen musste?

»Ich verstehe nicht, wieso Rhys ausgerechnet jetzt seinen Ehrgeiz entdecken muss, wo Pascal so viel um die Ohren hat und ihm zudem noch die Abwesenheit von Natalie zu schaffen macht! So eine herzensgute Person!« Charlene spürte, wie Martha sich bei dem Gedanken an Pascals Freundin entspannte. »Er hat es ihr am Anfang wirklich nicht leicht gemacht, aber sie hat sich nicht kleinkriegen lassen. Eines sage ich dir: Wenn Natalie da gewesen wäre, wäre es niemals so weit gekommen.« Ein erneutes Seufzen entfuhr ihr, bevor sie ihre Nackenmuskulatur anspannte. »Die zwei sind solche Kindsköpfe! Dass Pascal erst mal abblockt, wenn jemand versucht, die vertrauten Strukturen zu verändern, war vorauszusehen, aber dass Rhys nicht einlenkt, überrascht mich. Er weiß doch, wie Pascal ist! Wir können nur hoffen, dass er es sich anders überlegt und seine eigenen Pläne noch eine Weile zurückstellt. Aber selbst dann ist unklar, ob Pascal ihn wieder aufnimmt. Er tut sich sehr schwer damit, jemandem zu vertrauen, und sieht Rhys' Bemühungen, sich in den Vordergrund zu drängen, vermutlich als potenzielle Gefahr für das erfolgreiche Fortbestehen der Band an.«

»Das heißt, Sie glauben nicht, dass Pascal erkennt, was er an seinem Freund hat, und ihn bittet zurückzukommen?«

Ihr Lachen hallte hohl von den Wänden wider. »Es kommt bedauerlicherweise höchst selten vor, dass Pascal Girard sich eingesteht, dass er einen Fehler gemacht hat.«

Der Tag stellte Charlenes Geduld auf eine harte Probe. Es kostete sie all ihre Kraft, nicht für Rhys Partei zu ergreifen. Jeder schien ihm die Schuld an der Situation zu geben. Und auch wenn

Charlene einsah, dass sein spontaner Auftritt am Vorabend etwas unüberlegt war, konnte sie nicht nachvollziehen, wieso alle automatisch davon ausgingen, dass Pascal im Recht war und Rhys sich falsch verhalten hatte. Nur Alex hielt sich mit seinem Urteil zurück. Er war als Einziger der Ansicht, dass man immer erst beide Seiten gehört haben müsste, bevor man sich eine Meinung bilden sollte. Aber in einem waren sie sich einig:

Rhys hatte mit seinem Wunsch nach Selbstverwirklichung nicht nur das neue Album und die Tour gefährdet, sondern auch die Zukunft der Band aufs Spiel gesetzt.

Henry kam als Letzter zur Massage. Er war den ganzen Tag damit beschäftigt gewesen, die Journalisten zu beschwichtigen, die sich mit wilden Spekulationen gegenseitig überboten. Das Label hatte Rede und Antwort von ihm verlangt, ebenso wie die Veranstalter, die befürchteten, dass die Tour abgesagt werden könnte.

Und als wäre das nicht schon Belastung genug, hatte Henry im Nachhinein von Jared erfahren, dass es bereits im Vorfeld Spannungen zwischen Pascal und Rhys gegeben hatte. Er machte sich heftige Vorwürfe, weil er nichts davon mitbekommen hatte. Es wäre seine Aufgabe gewesen, Streitigkeiten unter den Bandmitgliedern zu schlichten, aber er war so mit seinen Listen beschäftigt gewesen, dass er nicht bemerkt hatte, was sich direkt vor seinen Augen abgespielt hatte.

Charlene, die sich nicht sicher war, ob die Auseinandersetzung durch Henrys Eingreifen hätte verhindert werden können, gab ihr Bestes, um ihn zu beruhigen, aber der Manager hatte sich bereits zu tief in Selbstvorurteile verstrickt und war nicht in der Lage, davon abzulassen.

Da Rhys immer noch nicht an sein Handy ging, beschloss Charlene, auf dem Heimweg bei ihm vorbeizufahren. Schon von Weitem sah sie die Pressemeute, die sein Haus umlagerte. Abrupt bog sie ab, was die Fahrerin hinter ihr dazu brachte, empört zu hupen. Erst nachdem sie zu Hause angekommen war, beruhigte sich ihr Herzschlag allmählich wieder. Das hätte ihr gerade noch gefehlt, dass jemand sie im Auto erkannte, ein Foto von ihr machte und am Ende doch noch herauskam, wer sie war.

Sie schlug mit der flachen Hand gegen das Lenkrad und stieß einen Fluch aus. Warum ignorierte Rhys ihre Anrufe? Bestimmt warf er ihr vor, dass er durch ihr Eingreifen überhaupt erst in diese Lage gekommen war. Spielte er mit dem Gedanken, sich bei Pascal zu entschuldigen? Oder ertränkte er seinen Kummer in Whiskey, wie er es gestern Abend geplant hatte? Die Ungewissheit trieb Charlene beinahe in den Wahnsinn.

Suzanne saß im Wohnzimmer auf der Couch und blickte ihr entgegen, als sie die Wohnung betrat.

»Wow! Wenn du dich so fühlst, wie du aussiehst, musst du einen ziemlich beschissenen Tag gehabt haben!«

Charlene, der die Energie fehlte, etwas Schlagfertiges zu erwidern, hätte sich am liebsten in ihrem Zimmer verkrochen und die Decke über den Kopf gezogen, doch sie wusste, dass sie ihrer Freundin ein paar Antworten schuldete. Und so, wie sie Suzanne einschätzte, würde sie auch nicht eher Ruhe geben, bis ihre Neugier befriedigt war. Da sie keine internen Informationen weitergeben durfte, erzählte sie lediglich, dass sie nach der Arbeit mit Rhys etwas trinken gegangen war, in der Bar eine Open-Mic-Night stattgefunden hatte und sie sich spontan entschlossen hatten, mitzumachen.

Sie sah an Suzannes skeptischem Blick, dass sie vermutete, dass weit mehr hinter der Geschichte steckte, als Charlene bereit war zuzugeben, aber sie ließ sie überraschenderweise damit durchkommen.

Auf ihre Fragen, ob es wahr wäre, dass Rhys und Pascal sich bis aufs Blut gestritten hätten und Pascal ihn daraufhin rausgeworfen hatte oder ob Rhys die Band von sich aus verlassen habe, schüttelte Charlene den Kopf.

»Du bist genauso eine üble Geheimniskrämerin wie mein Bruder. Er hat sich ebenfalls geweigert, mir zu verraten, was zwischen den beiden wirklich vorgefallen ist«, murrte sie, und Charlene war froh, wenigstens etwas richtig gemacht zu haben.

»Reden wir über dich!« Suzanne richtete ihre Aufmerksamkeit auf ihre Mitbewohnerin, der bei ihrem entschlossenen Blick angst und bange wurde. »Wieso hast du nicht gesagt, dass du singen kannst, als ich dir von unserer Band erzählt habe?« Charlene, die genau dieses Thema gefürchtet hatte, zuckte mit den Schultern, als wäre es keine große Sache. »Im Netz kursieren unzählige Gerüchte, wer die blonde Frau mit der Wahnsinnsstimme ist. Die Theorien gehen von Rhys' heimlicher Freundin über eine zufällige Barbekanntschaft bis hin zu seiner potenziellen neuen Gesangspartnerin.«

Eisige Kälte kroch in Charlene hoch. Sie packte Suzannes Hände und blickte ihr fest in die Augen. »Du darfst niemandem verraten, wer ich bin und dass du mich kennst! Versprich mir das!« Ihre Eindringlichkeit schien Suzanne Angst zu machen. Sie versuchte, ihre Hände freizubekommen, doch Charlene gab nicht nach.

»Aua! Ja, ich verspreche es dir, aber deswegen musst du mir noch lange nicht meine Finger zerquetschen!«

Das Läuten an der Tür ließ Charlene zusammenzucken. Panisch sprang sie auf und schaute sich hektisch um. Das Blut rauschte durch ihre Adern – gleichzeitig zitterte sie am ganzen Leib. Jetzt war alles zu spät. Er hatte sie gefunden. Sie wusste es, spürte es in ihrem tiefsten Innern. Suzanne, die Charlenes Reaktion offenbar für Paranoia hielt, schüttelte lachend den Kopf.

»Kein Grund zur Aufregung! Das ist nur der Pizzabote.« Sie wollte zur Tür gehen, doch Charlene stellte sich ihr in den Weg.

»Du darfst nicht aufmachen! Wir wissen nicht, wer das ist!« Suzanne runzelte irritiert die Stirn, bevor sie an ihr vorbeiging und die Sprechanlage aktivierte.

Charlene schaffte es indessen nicht, sich zu rühren. Bewegungslos stand sie da und lauschte auf die sich nähernden Schritte. Erst als der Duft von gebackenem Käse und Oregano zu ihr herüberwehte, löste sie sich aus ihrer Erstarrung.

»Willst du mitessen?«, fragte Suzanne, die es sich wieder auf der Couch gemütlich machte und den Karton aufklappte. »Ich habe extra eine große Pizza bestellt, weil ich mir gedacht habe, dass dein Tag bestimmt stressig war.« Charlene schaffte es, den Kopf zu schütteln. Sie wollte sich gerade in ihr Zimmer zurückziehen, als Suzanne sie aufhielt.

»Hast du geglaubt, das wären Reporter, oder warum bist du gerade so ausgetickt? Stellen sie dir auch schon nach, jetzt wo du ebenfalls eine kleine Berühmtheit bist?«

»Nein, ich …« Charlene zögerte. Sie war noch immer nicht in der Lage, über ihre Vergangenheit zu sprechen. »Ich mag einfach keinen unangemeldeten Besuch. Das ist alles.« Sie wusste selbst, wie lahm ihre Ausrede klingen musste. Suzanne hielt sie inzwischen vermutlich für reichlich durchgeknallt. Wieder machte sie Anstalten, das Wohnzimmer zu verlassen, doch Suzanne war noch nicht fertig mit ihr.

»Moment! Du hast mir immer noch nicht verraten, wo du so singen gelernt hast.«

Seufzend hielt sie in der Bewegung inne und schloss kurz die Augen, bevor sie sich zu ihrer Mitbewohnerin umwandte. »Ich war früher in einer Band, aber das ist lange her.«

»Warum hast du aufgehört?«, stellte sie die gleiche Frage wie Rhys – die Frage, die jeden zu interessieren schien und die der Grund war, warum Charlene ihr früheres Hobby nie von sich aus erwähnte.

»Weil es mir keinen Spaß mehr gemacht hat«, log sie und fühlte sich sofort schlecht, weil sie nicht den Mut hatte, offen über ihre Gefühle zu reden. Suzanne war immer nett zu ihr gewesen und verdiente eine ehrliche Antwort, nur leider tat die Wahrheit zu sehr weh. Und Charlene war noch nicht bereit, sich mit den Gründen für ihre damalige Entscheidung auseinanderzusetzen. Denn dann hätte sie sich selbst eingestehen müssen, dass sie sich geirrt hatte und sie allein dafür verantwortlich war, wie ihr Leben sich entwickelt hatte.

»Davon ist auf dem Video aber nichts zu spüren. Du siehst überglücklich aus, als wärst du dafür geboren worden, auf der Bühne zu stehen.« Suzannes offensichtliche Bewunderung war Balsam für Charlenes verletztes Herz. Dennoch winkte sie ab.

»Ich habe einen anstrengenden Job, da bleibt keine Zeit für eine Band.«

»Blödsinn! Das Leben darf nicht nur aus Arbeit bestehen. Wo bliebe denn da der Spaß?«, widersprach Suzanne und biss herzhaft in ein großes Pizzastück, von dem der Käse hinablief. Charlenes Magen knurrte protestierend, worauf Suzanne sie kritisch musterte. »Hast du heute überhaupt schon was gegessen?« Als Charlene den Kopf schüttelte, klopfte sie neben sich auf das Polster.

Nachdem sie ihrer Einladung gefolgt war, hielt Suzanne ihr den Karton hin und wartete, bis sie sich ein Stück genommen hatte.

»Ich kann verstehen, dass dich das Ganze mitnimmt, aber es ist niemandem geholfen, wenn du in Hungerstreik trittst. Irgendwie werden die Jungs eine Lösung finden, und so lange solltest du gut auf dich achten. Mein Bruder bringt mich um, wenn ich zulasse, dass, ich zitiere, die beste Masseurin, die er je hatte, an Entkräftung zusammenbricht.«

Charlene kaute und schluckte, bevor sie erwiderte: »Luis ist gerade nicht besonders gut auf mich zu sprechen.«

Ihre Augen weiteten sich überrascht. »Weil du mit Rhys McLeod ausgegangen bist? Ha! Ich möchte mal sehen, wie Luis Nein sagt, wenn Taylor Swift ihn zu einem Drink eingeladen hätte.«

»Aber er ist ein Klient, und die Regeln besagen …«

»Ach, pfeif auf die Regeln! Ich kann meinen Bruder zwar verstehen, aber ganz ehrlich: Wäre ich an deiner Stelle gewesen, hätte ich alles dafür gegeben, um einmal neben Rhys McLeod auf der Bühne zu stehen! Wobei ich nicht den Eindruck erwecken möchte, als wäre ich wählerisch – Pascal, Jared, Alex oder Zac wären auch eine akzeptable Alternative.«

Wäre die Situation nicht so ernst gewesen, hätte Suzannes schwärmerischer Gesichtsausdruck Charlene zum Lachen gebracht. Sie hatte schon am Abend vor ihrem ersten Arbeitstag, als Suzanne sich zusammen mit ihr unzählige Videos und Interviews über die Band angeschaut hatte, bemerkt, wie sehr sie auf *Renard* und deren Musik stand. Sie mochte sich gar nicht vorstellen, wie Suzanne und die vielen anderen Fans reagieren würden, wenn die Band tatsächlich auseinanderbrach.

KAPITEL 18

Rhys

»Wie bist du an den Journalisten vorbeigekommen?«, fragte Rhys verblüfft, als er seiner kleinen Schwester die Tür öffnete, die einen vollgepackten Rucksack auf den Schultern trug. Mit einem theatralischen Seufzen setzte sie ihn auf dem Boden ab.

»Ich habe ihnen gesagt, dass die Gefahr besteht, dass du dich von deiner einhundert Quadratmeter großen Dachterrasse stürzt, und ich mein Möglichstes tun werde, um dich davon abzuhalten.« Lilly konnte sich ein Grinsen nicht verkneifen, als sie sah, dass Rhys bei ihren Worten kurz das Herz stehen geblieben war.

»Das hast du nicht gesagt!«

»Natürlich nicht! Ich habe mich durch den Hintereingang hereingeschlichen.«

»Dich hat doch niemand gesehen, oder?«

Lilly schenkte ihm einen empörten Blick. »Hältst du mich für eine Anfängerin?«

»Und was führt dich her?« Er hörte selbst, dass er nicht besonders nett klang. »Hat Mom dich geschickt?«

Ihr Gesichtsausdruck wurde bei der Erwähnung ihrer Mutter etwas sanfter. »Sie macht sich eben Sorgen um dich – wie wir alle.«

»Und ihr seid der Ansicht, deine Anwesenheit ändert etwas an meinem Gemütszustand?«

»Zumindest achte ich darauf, dass du dich nicht ausschließlich von Fastfood ernährst.« Sie blickte vielsagend auf den Rucksack, worauf Rhys sich in Bewegung setzte und den Einkauf in die Küche trug. Während er die Sachen im Kühlschrank verstaute, nahm Lilly an der Theke Platz, die die Küche vom Wohnbereich trennte. Seit seine Schwester in Vancouver studierte, schaute sie ab und an bei ihm vorbei. Sie hatten sich schon als Kinder sehr nahegestanden. Obwohl Rhys oft die Rolle seiner Eltern hatte übernehmen müssen, wenn sie bei der Arbeit waren, vergötterte Lilly ihren großen Bruder. Und auch Rhys hatte das *Küken*, wie er sie liebevoll nannte, ganz besonders ins Herz geschlossen. Während seine anderen Geschwister ihren Platz im Leben schon gefunden hatten, genoss sie ihre Freiheit in vollen Zügen und probierte ständig etwas Neues aus. Alle aus der Familie waren mächtig stolz auf sie, da sie die Erste war, die ein College besuchte, was ohne Rhys' großzügige finanzielle Unterstützung nicht möglich gewesen wäre.

»Erzählst du mir, was passiert ist?«, fragte sie, nachdem er zwei Flaschen Limonade geholt hatte.

»Das ist eine etwas längere Geschichte.«

»Ich habe heute nichts mehr vor.« Sie nahm ihm eine Flasche ab und ging hinüber zur Couch. Rhys, der wusste, dass seine Schwester nicht eher gehen würde, bis er ihr anvertraut hatte, was zwischen Pascal und ihm vorgefallen war, entschied sich, es schnell hinter sich zu bringen.

»Ich habe Pascal vorgeschlagen, ein paar meiner Lieder mit ins Programm zu nehmen, aber er war dagegen. Und nach dem Skandal gestern hält er es für das Beste, wenn wir eine Pause einlegen.«

»Dann stimmt es, was in den Klatschblättern steht? Du hast die Band wirklich verlassen?« Rhys nickte. »Wow!« Lilly stieß die angehaltene Luft aus, ehe sie ihn mit ihrem Röntgenblick scannte. »Und wie kommt es, dass du plötzlich in einer x-beliebigen Bar auf die Bühne steigst und deine Lieder mit der Öffentlichkeit teilst? Ich dachte, du komponierst nur zum Spaß?«

Er fuhr sich mit einer Hand durch das Lockenwirrwarr auf seinem Kopf. »Das war ja auch so, aber Charlene fand meine Songs gut. Sie hat mich ermutigt, sie Pascal vorzuspielen, und meinte, sie würden unser Repertoire erweitern und dass unsere Fans sich über frischen Wind freuen würden.«

Lillys Lippen umspielte ein wissendes Lächeln. »Charlene ist die hübsche Blonde, mit der du zusammen gesungen hast.« Auch wenn sie es nicht als Frage formuliert hatte, nickte er. »Dann will ich nur noch eins wissen: Wie kommt es, dass du auf sie hörst und auf uns nicht? Wir sagen dir schon seit Jahren, dass deine Songs der Wahnsinn sind und du damit auf die Bühne gehen sollst!«

Verlegen fing Rhys mit einem Finger die Wassertropfen auf, die an der Flasche herunterperlten. »Ihr seid meine Familie. Ihr müsst das sagen.« Ihr Schnauben verriet ihm, was sie von seiner Aussage hielt.

»Weißt du, was ich glaube? Dass Pascal es einfach nicht gepasst hat, dass er Konkurrenz bekommt, noch dazu aus den eigenen Reihen, und er dir deshalb diese Auszeit vorgeschlagen hat.«

»So war es nicht! Er will mir die Chance geben, herauszufinden, was ich wirklich möchte«, wehrte Rhys ab, doch Lillys strenger Gesichtsausdruck brachte ihn zum Schweigen.

»Du hast schon immer den Kopf für ihn hingehalten, aber es wird Zeit, dass du endlich die Flügel ausbreitest und selber fliegst. Das finden Mom und Dad übrigens auch. Und Elena hat gesagt, dass sie nie wieder mit dir redet, wenn du den Schwanz einziehst und zu ihm zurückgehst.«

Rhys musste bei dem Gedanken an seine anderthalb Jahre jüngere Schwester grinsen. Sie war verheiratet und hatte drei kleine Jungs, die nichts als Unsinn im Kopf hatten. Da brauchte es eine Menge Durchsetzungsvermögen, um die täglichen Katastrophen abzuwenden, und wenn Elena mit Sanktionen drohte, dann nahm man sie lieber ernst.

»So weit wird es nicht kommen. Außerdem bin ich sicher, dass Pascal sich in ein paar Tagen wieder beruhigt hat und einsieht, dass seine Reaktion überzogen war.«

»Du glaubst, er meldet sich von sich aus bei dir und bittet dich, zurückzukommen?« Rhys wurde flau im Magen, als er ihren ungläubigen Gesichtsausdruck sah.

»Er braucht mich«, gab er leise zurück.

»Ich bezweifle, dass Pascal klar ist, wie viel du in den letzten Jahren für ihn getan hast. Er mag ein fantastischer Musiker sein, aber was das Zwischenmenschliche angeht, verhält er sich manchmal ziemlich egoistisch. Ich frage mich ehrlich gesagt schon seit Langem, wie du es all die Jahre mit ihm ausgehalten hast.«

»Du tust ihm unrecht. Bestimmt wird er bald erkennen, dass er ohne mich aufgeschmissen ist, und bei mir auf der Matte stehen.«

»Oder er engagiert einfach einen anderen Gitarristen, den er nach seiner Pfeife tanzen lassen kann.«

Rhys stellte die Flasche auf dem Glastisch ab und lehnte sich mit einem Seufzen auf dem Sofa zurück. »Vielleicht temporär, aber niemals auf Dauer. *Renard* ist unsere Band. Wir haben sie zusammen aufgebaut.«

Lilly legte den Kopf schräg und schien mit sich zu ringen, ob sie die nächsten Worte laut aussprechen sollte.

»Bist du dir da wirklich sicher?«

Lillys Worte hallten noch lange in Rhys nach und dämpften seine Zuversicht. Er wurde von Tag zu Tag unruhiger, da er seine Wohnung nicht verlassen konnte, ohne der Journalistenmeute in die Arme zu laufen, die immer noch vor seinem Haus campierte. Sein Handy hatte er direkt wieder abgeschaltet, nachdem er gesehen hatte, wie viele unbekannte Nummern versucht hatten, sich mit ihm in Verbindung zu setzen. Allein Norman Wilson hatte ihm fünf Nachrichten hinterlassen. Rhys konnte nicht glauben, dass ihr ehemaliger Manager es wagte, an ihn heranzutreten, nachdem er Pascal und damit die gesamte Band belogen und hintergangen hatte. Auch Charlene hatte ihn Dutzende Male angerufen – nur von Pascal fehlte jedes Lebenszeichen. Rhys wusste, dass sein Freund stur sein konnte, und es war auch schon häufiger vorgekommen, dass sie sich gestritten hatten. Doch dieses Mal war es anders. Rhys konnte nicht einfach darüber hinwegsehen, dass Pascal nicht bereit war, ihn als gleichwertigen Musiker anzuerkennen. Jetzt musste er für sich eine Antwort auf die Frage finden, ob er unter diesen Umständen weiter mit ihm arbeiten wollte.

Was würde er tun, wenn Lilly mit ihrer Vermutung richtiglag und Pascal nicht auf ihn zukam? Wie würde sein Leben künftig ablaufen, wenn er nicht mehr Teil von *Renard* war? Allein der Gedanke genügte, um Rhys in Panik zu versetzen. Er konnte nur hoffen, dass sie eine Lösung fanden, wie auch immer diese aussehen mochte – und für alle Fälle brauchte er einen Plan B!

KAPITEL 19

Charlene

Charlene wischte sich die nassen Strähnen aus der Stirn. Der kurze Weg durch den Regen bis zur Haltestelle hatte ausgereicht, um sie bis auf die Haut zu durchnässen. Da ihr Wagen am Vorabend wieder mal nicht angesprungen war, hatte sie keine andere Wahl gehabt, als auf die öffentlichen Verkehrsmittel auszuweichen. Leider bedeutete das auch, dass sie am Morgen in aller Frühe hatte aufstehen müssen, weil zu spät zu kommen momentan keine Option darstellte. Pascal hatte sie mit recht deutlichen Worten wissen lassen, was er von ihrem Spontanauftritt mit seinem ehemaligen Gitarristen hielt.

Außer Atem trat sie vor das Tor und drückte auf den Knopf für die Sprechanlage. Ihr blieben fünf Minuten. Wenn sie die Einfahrt hochrannte, könnte sie es gerade noch pünktlich schaffen. Allein die Vorstellung, sich um diese Uhrzeit derart anstrengen zu müssen, trieb ihr den Schweiß auf die Stirn.

Sie hatte gerade ein Drittel des Anstiegs hinter sich gebracht, als ihr ein schwarzer SUV entgegenkam, der geschickt in drei Zügen wendete, bevor er neben ihr zum Stehen kam. Tyron saß am Steuer und grinste sie an.

»Du bist meine Rettung!«, stieß Charlene hervor, nachdem sie auf dem Beifahrersitz Platz genommen hatte.

»Ich dachte mir, ich hole dich lieber ab, bevor du wieder zu spät kommst. Pascal hat heute Morgen deinen Wagen in der Garage gesehen und war nicht gerade begeistert.« Charlene schaute ihn verblüfft an. Sie hatte ihren Chevy wie immer vor der Villa geparkt. Tyron, der ihren verwirrten Gesichtsausdruck richtig deutete, setzte hinzu: »Ich habe ihn gestern Abend zusammen mit Wes in die Garage gebracht. Wir können uns alle denken, dass Pascal gerade nicht besonders gut auf dich zu sprechen ist. Leider wollte er heute Morgen eine Spritztour machen und ist dezent ausgeflippt, als er dein Auto zwischen seinem Lamborghini und der Corvette hat stehen sehen.«

Charlene, die bei Tyrons Erzählung blass geworden war, konnte nicht mehr an sich halten. »Ihr habt meinen Chevy zwischen seine Prachtschlitten geparkt? Was habt ihr euch bloß dabei gedacht?«

Tyron strich zerknirscht über das Lenkrad. »Na ja, ich weiß doch, dass du den Wagen brauchst, und da wollte ich nach Feierabend noch ein wenig daran herumschrauben – und das hätte ich ja wohl schlecht direkt vor der Villa tun können.«

Charlene stand vor Überraschung der Mund offen.

»Jedenfalls läuft dein Schätzchen wieder wie geschmiert«, durchbrach er die aufgekommene Stille.

»Danke, Tyron! Ich weiß nicht, was ich ohne dich machen würde!«

»Du tust schon genug! Seit du mich regelmäßig massierst, habe ich keine Nackenschmerzen mehr. Außerdem vergisst du, dass dein Chevy mein Traumauto ist. Solltest du jemals daran denken, ihn zu verkaufen …«

Sie unterbrach ihn lachend. »Daher weht also der Wind! Aber ich muss dich leider enttäuschen. Mein Baby gehört zu mir. Ist das klar?«

Tyron, der sich bei ihrer Anspielung auf den Film *Dirty Dancing* das Grinsen nicht verkneifen konnte, bemühte sich um einen ernsten Gesichtsausdruck, ehe er nickte.

Zu ihrer großen Verwunderung erschien Henry an diesem Vormittag nicht allein. Er kam in Begleitung eines jungen Mannes, der sich Charlene als Paul vorstellte. Während Henry sein Hemd auszog, versorgte er Paul mit einer Liste an Aufgaben und scheuchte ihn schließlich mit der Ermahnung, sich umgehend an die Arbeit zu machen, aus dem Raum. Auf Charlenes fragenden Blick hin ließ Henry sich seufzend auf die Liege sinken.

»Ich sage es nur ungern, aber du hattest recht. Wenn ich früher auf dich gehört und einen Assistenten eingestellt hätte, wäre es vielleicht niemals so weit gekommen.«

Charlene war bewusst, dass sie sich eigentlich dringend heraushalten sollte, doch sie konnte ihre Neugier nicht länger zügeln. »Weißt du, was Pascal jetzt vorhat?«

Ein erneutes Seufzen war die Antwort. »Er arbeitet Tag und Nacht an seinen Songs. Ich vermute, dass er darauf wartet, dass Rhys zurückkehrt.«

»Und was passiert, wenn Rhys dieses Mal nicht derjenige ist, der nachgibt?«

»Ich glaube nicht, dass Pascal sich darüber bereits Gedanken gemacht hat. Aber falls Rhys sich nicht von sich aus meldet, wird er früher oder später einen neuen Gitarristen einstellen. Die Proben müssen weitergehen.«

Charlene schnappte erschrocken nach Luft. »Das kann er ihm nicht antun!«

Henry versuchte, ein Stöhnen zu unterdrücken, als Charlene seinen unteren Rücken bearbeitete, der seit dem Skandal besonders verkrampft war. »Für Pascal steht der Erfolg der Band immer an erster Stelle. Wenn Rhys meint, sein eigenes Ding durchziehen zu müssen, bleibt Pascal keine andere Wahl.«

Da Charlene es am Morgen nicht mehr geschafft hatte, sich einen Smoothie zuzubereiten, nahm sie ihren Mut zusammen und gesellte sich zu den anderen auf die Terrasse. Der Regen hatte vor einer Weile aufgehört und zarten Sonnenstrahlen Platz gemacht, die sich tapfer ihren Weg durch die graue Wolkendecke erkämpften. Pascal, der sie in den letzten Tagen mit Missachtung gestraft hatte, sah kurz zu ihr auf, bevor er sich wieder Henry zuwandte.

Sie war gerade dabei, sich etwas von dem Couscoussalat auf ihren Teller zu häufen, als eine schlanke Rothaarige die Terrasse betrat und beide Arme in die Luft warf.

»Überraschung!«

Hinter ihr erschien eine zierliche Brünette, die Charlene als Natalie Winter wiedererkannte. Während die Rothaarige ihren Auftritt zu genießen schien, ging Natalie schnurstracks auf Pascal zu, der aufgesprungen war und sie in seine Arme riss. Verlegen wandte Charlene den Blick ab, als die beiden in einem leidenschaftlichen und definitiv nicht jugendfreien Kuss versanken. Den Jungs schien es ähnlich zu gehen. Sie standen grinsend auf und scharten sich um Natalies Begleiterin. Anscheinend handelte es sich um Amy, Natalies Freundin, die mit ihr auf Tour gewesen war. Während Charlene noch überlegte, wie sie möglichst unauffällig an den beiden Verliebten vorbeigehen könnte, nahm Pascal Natalie auf seine Arme und trug sie unter Jubel und anzüglichen Pfiffen in die Villa.

Jared war der Erste, der aussprach, was alle anderen zu denken schienen: »Jetzt wird alles wieder gut!«

Amy stemmte beide Fäuste in die Hüften, nahm ihre Sonnenbrille ab und kniff die Augen zusammen. »Bevor wir eine große Wiedersehensparty feiern, verratet ihr mir erst mal, was passiert ist! Kaum ist Natalie drei Wochen auf Tour, geht bei euch alles den Bach runter, wenn man den Zeitungsberichten glauben kann! Pascal wollte nicht mit ihr darüber sprechen, angeblich um ihre Konzentration nicht zu stören. Und da klar war, dass die beiden sowieso erst mal anderweitig beschäftigt sein werden, habe ich mir gedacht, dass ich besser mitkomme und nach dem Rechten sehe. Also, was ist mit Rhys?«

Charlene, die keine Lust hatte, sich die Geschichte schon wieder anzuhören, schnappte sich ihren Teller und zog sich in den Garten zurück. Als sie außer Hörweite war, setzte sie sich auf eine steinerne Bank, holte ihr Handy hervor und rief Rhys' Nummer auf. Zu ihrer großen Überraschung ging er nach dem zweiten Klingeln ran.

»Hey«, stieß sie aus und merkte selbst, wie atemlos sie sich anhörte.

»Charlene.« Der Klang seiner Stimme rief ein warmes Kribbeln in ihrem Magen hervor. Erst jetzt wurde ihr bewusst, wie sehr sie ihn in den vergangenen Tagen vermisst hatte.

»Wie geht es dir?«

Er zögerte kurz. »Ganz okay. Und dir?« Das war typisch für Rhys: Die Welt konnte über ihm zusammenbrechen, und er machte sich Sorgen, ob mit ihr alles in Ordnung war. »Hast du den Presserummel gut verkraftet?« Charlene zwang sich zu einem Lachen, das reichlich gekünstelt ausfiel.

»Da sich alle Sorgen darum machen, wie es ohne dich weitergehen wird, hat sich zum Glück niemand für mich interessiert.« Schweigen breitete sich in der Leitung aus, und Charlene hätte sich für ihre unbedachten Worte ohrfeigen können.

»Wenigstens etwas Gutes. Trotzdem – wenn ich irgendetwas für dich tun kann, lass es mich wissen.«

Sie schloss für eine Sekunde ihre Augen, ehe sie einen Entschluss traf, von dem sie wusste, dass er sie ihren Job kosten konnte. »Warum ich anrufe …«

»Du wolltest dich nicht nur vergewissern, dass ich noch unter den Lebenden weile?«, versuchte er sich an einem Scherz, der ziemlich gezwungen wirkte.

»Luis lässt fragen, ob du unsere Dienste weiter in Anspruch nehmen möchtest.«

Rhys stieß einen überraschten Laut aus. »Wow – das ist sehr großzügig von ihm! Ich weiß ja, dass er Monate im Voraus ausgebucht ist.«

»Wenn du willst, könnte ich bei dir vorbeikommen. Allerdings erst abends, nachdem ich hier fertig bin.« Sie hielt die Luft an, während Rhys sich ihr Angebot durch den Kopf gehen ließ.

»Bist du sicher, dass dir das nicht zu viel wird?«

»Seit wir zu zweit sind, habe ich deutlich weniger zu tun.«

Charlene konnte nur hoffen, dass Rhys sich nicht mit Luis in Verbindung setzen würde, um ihm für sein angebliches Entgegenkommen zu danken. Das musste sie um jeden Preis verhindern, aber darum würde sie sich später kümmern.

»Wenn es dir wirklich nichts ausmacht, würde ich mich freuen, wenn du heute Abend vorbeikommen könntest. Ich kann ein bisschen Entspannung gut gebrauchen. Aber park bitte auf der Rückseite des Hauses. Ich lasse dich durch die Hintertür rein. Es ist in unser beider Interesse, wenn die Presse nicht mitbekommt, dass du mich spätabends besuchst. Wie ich die Journalisten kenne, interessiert es sie wenig, dass das ein berufliches Treffen ist. Vermutlich hätten sie uns in null Komma nichts eine heiße Liebesaffäre angedichtet!«

Die Vorstellung ließ Charlene erschaudern. Das Letzte, was sie brauchen konnte, war, erneut in den Mittelpunkt des Interesses zu geraten. Sie beeilte sich, das Gespräch zu beenden, und steckte ihr Handy weg. Dann warf sie einen Blick auf ihren Salat und merkte, dass ihr der Appetit vergangen war.

Wie konnte sie so leichtsinnig sein, Rhys anzubieten, ihn weiterhin zu massieren? Immerhin hatte sie wahnsinniges Glück gehabt, dass die Presse sich nicht genug für sie interessiert hatte, um ihren Namen herauszufinden. Und da hatte sie nichts Besseres zu tun, als sich direkt wieder in Gefahr zu begeben? Sie musste dringend lernen, ihre Impulsivität unter Kontrolle zu bekommen! Auf der anderen Seite war es eher unwahrscheinlich, dass jemand sie dabei beobachtete, wie sie das Haus, in dem Rhys wohnte, durch den Hintereingang betrat, sie dann noch als seine Gesangspartnerin erkannte und eins und eins zusammenzählte, oder?

Auch wenn Charlene wusste, dass es dumm und gefährlich war, was sie vorhatte, schlug ihr Herz beim Gedanken, Rhys am Abend wiederzusehen, schneller. Doch zeigte das nicht umso deutlicher, dass sie gut daran getan hätte, sich von ihm fernzuhalten?

Als sie am Abend in einer Seitenstraße parkte und auf den unscheinbaren Eingang zulief, brach ihr Herz jeden Geschwindigkeitsrekord. Noch bevor sie klopfen konnte, schwang die Tür auf. Rhys winkte sie hinein, ehe er nach allen Seiten spähte, um sich zu vergewissern, dass niemand sie gesehen hatte. Er grinste verschmitzt, als Charlene den großen Hut und die Sonnenbrille abnahm, hinter der sie sich versteckt hatte.

»Schicke Verkleidung!«

»Ich wollte auf Nummer sicher gehen.« Er stieg ihr voran die Treppe hoch in den dritten Stock. Sein Loft erstreckte sich über zwei Etagen und war nur spärlich möbliert. Charlene mochte den Mix aus nüchternem Fabrikcharme und einladender Gemütlichkeit, die das bequeme Sofa in Beige- und Brauntönen, die mannshohen Pflanzen und vollen Bücherregale verbreiteten.

»Möchtest du etwas trinken? Ich kann zwar nicht mit einem Smoothie dienen …«

»Ein Glas Wasser reicht völlig, danke.«

Während Rhys zum Kühlschrank ging, studierte Charlene die Buchrücken. Sie entdeckte Biografien berühmter Rockgitarristen, Musiker und Schauspieler neben Reiseberichten und Sachbüchern zu den unterschiedlichsten Themen. Außerdem schien Rhys eine Vorliebe für düstere Thriller zu haben.

An der breiten Fensterfront führte eine Tür auf die Dachterrasse hinaus. Neugierig betrachtete sie die Sofalandschaft, den XXL-Grill, die exotischen Pflanzen und Lampions, die träge im Wind hin und her schwangen.

»Möchtest du rausgehen?«, hörte sie Rhys' Stimme dicht neben sich. Obwohl sie nichts lieber getan hätte, als sich zu ihm zu setzen und ihn zu fragen, wie es ihm in den letzten Tagen ergangen war, schüttelte sie den Kopf.

»Es ist besser, wenn wir gleich anfangen.«

»Natürlich«, erwiderte er und ging hinüber zum Esstisch, auf dem er eine dünne Matte ausgebreitet hatte. »Ich habe heute eine Massageliege bestellt. Bis sie geliefert wird, müssen wir improvisieren. Alternativ könnten wir in mein Schlafzimmer gehen, aber ich denke, dass es für dich einfacher ist, wenn ich höher liege.«

Charlene musste sich beim Anblick von Rhys' Bemühungen ein Grinsen verkneifen. Es war rührend, wie viel Gedanken er sich um sie gemacht hatte.

»Fürs Erste sollte es gehen.«

Sie steckte den Wärmebehälter für das Öl an den Strom und nutzte die Zeit, bis er sein Shirt ausgezogen und sich auf den Tisch gelegt hatte, um ihre Finger zu lockern. Als sie seine verspannte Schultermuskulatur ertastete, schüttelte sie mitfühlend den Kopf. Kein Wunder, dass er sich auf die Massage gefreut hatte. Er musste ziemliche Schmerzen haben. Rhys gab sich ganz ihren Berührungen hin, und obwohl Charlene tausend Fragen auf der Zunge brannten, hüllte sie sich in Schweigen.

Erst nachdem sie die Massage beendet und Rhys sich wieder angezogen hatte, traute sie sich, die entspannte Stille zu durchbrechen.

»Gönn dir etwas Ruhe! Du warst ziemlich verspannt.«

»Ich werde mein Bestes geben«, entgegnete er und begleitete sie zur Tür.

»Wenn ich irgendetwas für dich tun kann …«

»Das ist lieb von dir, aber im Moment kann ich nur abwarten und hoffen, dass sich die Lage bald wieder beruhigt.« Charlene biss sich auf die Unterlippe, was er sofort bemerkte. »Alles in Ordnung?«

»Ich werde das Gefühl nicht los, dass es meine Schuld ist«, platzte sie heraus. »Wenn ich dich nicht dazu ermutigt hätte,

Pascal deine Songs vorzuspielen, wäre es nie so weit gekommen.«

Der Ausdruck in seinen Augen verdüsterte sich. »Das darfst du nicht einmal denken! Früher oder später hätte ich das Thema sowieso angesprochen. Außerdem bin ich froh, dass ich dank dir den Mut hatte, mich aus meiner Komfortzone zu wagen. Es war höchste Zeit, für mich und meine Songs einzustehen. Und wenn Pascal nicht damit umgehen kann, werde ich einen anderen Weg finden. Möglichkeiten gibt es genug.«

Charlene schaute blinzelnd zu ihm auf. »Dann bist du mir nicht böse?«

»Wie kommst du denn darauf?«, fragte er ehrlich erstaunt.

»Du hast dich nach unserem Auftritt nicht mehr gemeldet, und da wusste ich nicht, ob du vielleicht bereust, dass ich dich in die Bar begleitet und mit dir gesungen habe.«

Rhys nahm sanft ihr Kinn in die Hand, als sie Anstalten machte, den Kopf zu senken. »Der Auftritt mit dir war einer der besten Momente in meinem Leben! Ich hatte jede Menge Spaß und bereue keine Sekunde! Der Grund, warum ich nicht zurückgerufen habe, war, dass mein Handy in einer Tour geklingelt hat und ich mir erst mal darüber klar werden musste, was ich will.«

»Und jetzt weißt du es?« Lachend ließ er sie los und fuhr sich mit einer Hand durch seine Locken.

»Sagen wir, ich weiß zumindest, was ich nicht will.«

»Du wirst nicht zu Pascal gehen und ihn um eine Aussprache bitten.«

Seine Gesichtszüge verhärteten sich, dennoch hielt er ihrem Blick stand. »Nein, das werde ich nicht tun.« Sie sah den Schmerz in seinen Augen und hätte am liebsten eine Hand ausgestreckt, um ihm über die Wange zu streichen, aber das würde die Situation nur noch verkomplizieren.

»Morgen um die gleiche Zeit?«, fragte sie stattdessen. Als er nickte, machte ihr Herz einen kleinen Sprung.

Charlene konnte nur staunen, welchen Einfluss Natalies Anwesenheit auf die Atmosphäre in der Villa hatte. Fröhliches Lachen hallte durch die Räume, die Schritte waren mit einem Mal beschwingter und die Musiker insgesamt entspannter, was Charlene die Arbeit enorm erleichterte.

Pascal war wesentlich ausgeglichener, geradezu überschwänglich. Als er Charlene fragte, ob ihr Wagen wieder lief oder ob sie sich den Jeep für eine Weile ausleihen wollte, konnte sie ihn nur mit offenem Mund anstarren.

Die Proben endeten zu einer annehmbaren Zeit und dauerten nicht mehr bis mitten in die Nacht, sodass die Bandmitglieder ausgeschlafen und gut gelaunt zur Massage kamen und insgesamt weniger Grund hatten, sich zu beklagen.

Während der Mittagspause wurde lebhaft diskutiert und laut gescherzt, was hauptsächlich an Amys ausgelassener Art lag. Sie genoss es sichtlich, im Mittelpunkt der Aufmerksamkeit zu stehen, und zog jeden mit ihrer umwerfenden Ausstrahlung in den Bann. Neidisch beobachtete Charlene ihr selbstbewusstes Auftreten. Es war erstaunlich, wie leicht es ihr fiel, mit der Band und vor allem mit Pascal umzugehen. Im Gegensatz zu ihr würde sie sich bestimmt nicht von ihm einschüchtern lassen, sondern schien immer eine passende Entgegnung parat zu haben.

Als Henry dicht gefolgt von Paul nach draußen trat, sah Natalie auf, wobei ein erfreutes Lächeln ihre Lippen umspielte.

»Henry, wie schön, dass ihr kommt. Ihr habt bestimmt Hunger. Holt euch etwas zu essen und setzt euch zu uns.« Charlene beobachtete, wie Henry den Mund aufklappte, um etwas zu sagen, ihn dann aber wieder schloss. Er nickte Paul knapp zu, der daraufhin Tablet, Handy und diverse Unterlagen ablegte und zum Büfett stürzte, als hätte er Angst, sein Boss könnte es sich anders überlegen.

Charlene war sehr gespannt, Natalie, die sich am Nachmittag für eine Massage eingetragen hatte, näher kennenzulernen, und gleichzeitig fürchtete sie die Begegnung. Wie sollte sie reagieren, wenn sie ihr Vorhaltungen machte? Schließlich war sie an dem Streit zwischen Pascal und Rhys nicht ganz unbeteiligt.

Doch ihre Befürchtungen waren umsonst gewesen, denn Natalie legte sich nach einer freundlichen Begrüßung auf die Liege, schloss die Augen und genoss die Massage. Bis auf eine leichte Verspannung im Nackenbereich konnte Charlene keine Auffälligkeiten erspüren. Natalies Körper war nicht nur gut trainiert, sondern auch überdurchschnittlich gut gedehnt. Falls sie sich ebenfalls Sorgen um die Zukunft der Band machte, wovon Charlene ausging, wirkte sich das zumindest nicht negativ auf ihre Muskulatur aus.

Nach der Massage seufzte Natalie zufrieden und streckte sich ausgiebig. »Das war wunderbar! Vielen Dank!« Charlene erwiderte ihr Lächeln. Sie sah, wie Natalie nach dem richtigen Einstieg suchte, und wappnete sich für die Worte, die nun kommen mussten.

»Versteh mich bitte nicht falsch. Es liegt mir fern, mich in Pascals Angelegenheiten einzumischen. Aber wenn er sich von einem Tag auf den anderen mit seinem besten Freund überwirft, mit dem er seit Kindertagen wie Pech und Schwefel zusammengehalten hat, würde ich schon gerne wissen, was vorgefallen ist. Leider ist Pascal diesbezüglich nicht sehr auskunftsfreudig, und ich könnte mir vorstellen, dass du in deiner Position so einiges mitbekommst.« Charlene bemühte sich um eine neutrale Miene, während sie die benutzten Handtücher zusammenfaltete. »Du warst an dem Abend mit ihm zusammen. Was hat ihn dazu gebracht, auf diese Bühne zu steigen?«

Am liebsten hätte Charlene Natalie die ganze Geschichte erzählt: dass Rhys seinen besten Freund und Bandleader um eine Chance gebeten hatte und dass Pascal nicht bereit gewesen war, sie ihm zu geben. Doch sie ahnte, dass sie nicht in der Lage wäre, dabei sachlich zu bleiben. Daher setzte sie ein entschuldigendes Lächeln auf und verkniff sich jeglichen Kommentar.

Natalie seufzte. »Ich weiß aus eigener Erfahrung, dass es

nicht immer einfach ist, mit einem Perfektionisten wie Pascal zusammenzuarbeiten. Und ich kann verstehen, dass du dich lieber raushalten möchtest. Hoffentlich habe ich dich mit meiner Frage nicht in Verlegenheit gebracht.«

Leichtfüßig ging Natalie zu ihrer Kleidung und zog sich wieder an. Gerade als sie den Raum verlassen wollte, gab Charlene sich einen Ruck.

»Warum fragst du ihn nicht selbst?« Einen Versuch war es wert, auch wenn sie nicht damit rechnete, dass Pascals Freundin sich für Rhys' Version der Geschichte interessierte. Umso überraschter war sie, als Natalie ihr ein breites Lächeln schenkte.

»Keine Sorge – das werde ich tun!«

Charlene sah sich noch ein letztes Mal im Raum um. Sie hatte sich angewöhnt, am Abend alles für den nächsten Tag vorzubereiten. Denn auch wenn sie nach getaner Arbeit müde war, fiel ihr das Aufräumen um diese Zeit leichter als am frühen Morgen – von ihrer Neigung zur Unpünktlichkeit gar nicht zu reden!

»Charlene! Gut, dass du noch da bist«, hörte sie Zac, der sich gemeinsam mit Jared auf sie zu schleppte.

»Was ist denn mit euch passiert? Nein, lasst mich raten! Ihr wart bei Eric!«

Die beiden nickten und sahen aus, als würden sie jeden Moment zusammenbrechen.

»Wir wollten dich fragen, ob du dir Zeit für zwei weitere Sessions nehmen könntest. Uns tut jeder einzelne Muskel weh.«

Charlene war kurz davor, einzuwilligen, als ihr Rhys' Worte wieder in den Sinn kamen. Er hatte ihr geraten, frühzeitig zu lernen, Nein zu sagen, wenn sie nicht bis Mitternacht arbeiten wollte.

»Warum geht ihr nicht eine Runde schwimmen und legt euch danach in die Sauna? Sanfte Bewegung und anschließende Wärme werden euch guttun. Wir sehen uns morgen zu den vereinbarten Terminen.« Sie konnte selbst kaum glauben, wie leicht ihr die Worte über die Lippen gekommen waren.

»Dein Ernst?«, fragte Jared und sah sie perplex an.

»Mein voller Ernst. Wenn ihr eine zweite Massagesession wollt, müsst ihr euch an Henry wenden. Er bespricht das dann mit Luis. Ich habe jetzt Feierabend. Wenn ihr mich also bitte entschuldigt ...« Beschwingten Schrittes ging sie an den beiden vorbei und konnte förmlich spüren, wie sich ihre ungläubigen Blicke in ihren Rücken bohrten, aber das war es wert gewesen. Sie hatte sich für sich eingesetzt, indem sie auf ihre eigenen Bedürfnisse geachtet hatte – und es fühlte sich großartig an!

Ihr Hochgefühl verflog, als sie Rhys' Apartment betrat. Obwohl er sich alle Mühe gab, so zu tun, als ginge es ihm gut, spürte sie dennoch, wie niedergeschlagen und entmutigt er war. Dafür musste sie nicht einmal den Grad seiner Verspannungen ertasten. Er wollte zu der Massageliege gehen, die vor ein paar Tagen geliefert worden war, doch Charlene schlug die entgegengesetzte Richtung ein und winkte ihn zu sich auf die Couch. Mit fragendem Blick folgte er ihr.

Nachdem sie sich eine Weile über das Wetter und den Verkehr unterhalten hatten, entschied sich Charlene, auf ihre Intuition zu vertrauen, die ihr sagte, dass Rhys ihre Hilfe benötigte. Auch wenn es nicht zu ihren Aufgaben gehörte, ihre Klienten bei ihren Problemen zu beraten, konnte sie nicht länger mitansehen, wie sehr Rhys unter dem Streit mit Pascal und der Trennung von der Band litt. Und wenn sie ganz ehrlich zu sich war, bedeutete er ihr längst weit mehr, als für ein rein berufliches Verhältnis angemessen gewesen wäre. Rhys war ihr Freund. Und es zerriss ihr das Herz, zu sehen, wie er sich darum bemühte, den Eindruck zu erwecken, er hätte alles im Griff, und kläglich scheiterte.

»Wie geht es dir wirklich?« Sie hoffte, dass er an ihrem Tonfall erkannte, dass es sich nicht nur um eine Höflichkeitsfloskel handelte, sondern dass es sie ehrlich interessierte, was in ihm vorging.

Rhys nahm sich so lange mit der Antwort Zeit, dass sie schon befürchtete, er würde sie ihr schuldig bleiben. Als er den Kopf hob und ihre Blicke sich kreuzten, traf sie der Schmerz in seinen Augen bis ins Mark.

»Er wird nicht anrufen, und er wird auch nicht kommen«, war alles, was er sagte, und Charlene wusste sofort, von wem er sprach. Da sie von Anfang an nicht damit gerechnet hatte, dass Pascal auf Rhys zugehen würde, lag ihr direkt eine entsprechende Erwiderung auf der Zunge. Doch dann presste sie die Lippen zusammen, als ihr klar wurde, dass Rhys die Situation anders beurteilt hatte und sich der Hoffnung hingegeben haben musste, dass alles wieder gut werden würde und er nur abzuwarten brauchte.

»Ich habe versucht, an meinen Liedern zu arbeiten, aber es fühlt sich so falsch an: Die Harmonik klingt gewollt, die Melodien hat es in der Form schon tausend Mal gegeben, und die Texte sind einfältig und naiv. Ich kann mir nicht vorstellen, dass sich jemand dafür interessiert.«

Charlene atmete tief ein und langsam wieder aus. »Du weißt, dass das nicht stimmt.« Sie straffte die Schultern und blickte ihm tief in die Augen, als könnte sie damit bewirken, dass ihre Worte ihn erreichten. »So wie ich das sehe, hast du drei Möglichkeiten: Entweder sitzt du weiter hier rum und bemitleidest dich, oder du gehst zu Pascal und versuchst, die Sache mit ihm zu klären. Oder du ziehst dein eigenes Ding durch.« Da Rhys den Kopf sinken ließ und schweigend auf die Musikzeitschriften starrte, die auf dem Couchtisch herumlagen, fuhr sie fort: »Aber bevor du eine Entscheidung triffst, solltest du dich fragen, was dir wichtiger ist: Willst du weiter Teil von *Renard* sein, Pascals Songs spielen und ab und an die zweite Stimme singen, oder …« Sie legte eine Pause ein und wartete, bis Rhys sie anschaute und sie sicher sein konnte, dass sie seine volle Aufmerksamkeit hatte. »Willst du deine eigenen Lieder auf die Bühne bringen und schauen, wie das läuft?« Die Unentschlossenheit in seinem Blick verriet ihr alles, was sie wissen musste. »Mit anderen Worten: Willst du deine neu gewonnene Freiheit nutzen oder gibst du auf, bevor du überhaupt angefangen hast, über deinen Horizont hinauszublicken?«

Sie konnte förmlich sehen, wie die Gedanken durch seinen Kopf wirbelten und sein Inneres in Aufruhr versetzten.

»Du meinst, ich soll es versuchen?«

»Es ist deine Entscheidung«, erwiderte sie schulterzuckend. »Aber ich fürchte, wenn du es nicht tust, wirst du dich immer fragen, was gewesen wäre, wenn du den Mut gehabt hättest, für dich und deine Musik einzustehen. Es wird bestimmt nicht leicht werden, und es wird Tage geben, an denen du dir wünschst, du hättest den einfacheren Weg gewählt und wärst Teil der Band geblieben.« Etwas leiser fuhr sie fort: »Aber ich bin mir sicher, wenn du es schaffst, deinen Traum aus eigener Kraft zu verwirklichen, wird das Gefühl überwältigend sein!«

KAPITEL 20

Rhys

Rhys fragte sich, ob Charlene nur Vermutungen anstellte oder ob sie aus eigener Erfahrung sprach. Ihr leidenschaftlicher Tonfall ließ ihn Letzteres vermuten.

»Okay«, sagte er schließlich. »Ich mach's!« Hätte er noch Zweifel gehabt, ob er die richtige Entscheidung getroffen hatte, wären sie vom Leuchten in ihren Augen weggefegt worden. »Aber bevor du dich zu sehr freust, lass mich dir sagen, dass du ebenfalls in der Sache mit drinsteckst – ob du willst oder nicht.«

Der Glanz in ihrem Blick verschwand und wurde von einer misstrauischen Miene ersetzt.

»Ich werde nicht mit dir zusammen auftreten!« Ihre vor der Brust verschränkten Arme und das trotzig erhobene Kinn brachten Rhys zum Schmunzeln. Er spürte direkt, wie sich die Anspannung der letzten Tage ein wenig löste.

»Das musst du auch nicht, wenn du nicht willst. Obwohl ich mir durchaus vorstellen könnte …«

»Vergiss es!«

Er hob ergeben die Hände. »Okay, deine Entscheidung! Aber wenn du schon nicht an meiner Seite singen möchtest, könntest du mir anderweitig helfen.«

»Etwas genauer, bitte!«, forderte sie ihn auf. Sie sah aus, als würde sie jeden Moment aufspringen und die Wohnung verlassen, wenn ihr sein Vorschlag nicht gefiel.

»Ich bräuchte jemanden, mit dem ich meine Songs durchgehen kann, jemanden, dem ich vertraue, der sich mit Musik auskennt und der mir beisteht, wenn mir die Sache über den Kopf wächst.«

Charlene atmete erleichtert auf. »Du meinst eine Freundin, die dich unterstützt und bei Bedarf aufbaut?« Er nickte und wartete gespannt auf ihre Reaktion. »Ich weiß nicht, ob ich dir eine so große Hilfe sein kann, aber es würde mir auf jeden Fall Spaß machen.«

»Heißt das, du bist dabei?« Ihr Lächeln ließ sein Herz schneller schlagen. »Dann lass uns gleich loslegen! Wir brauchen einen Plan und eine gute Strategie. «

»Moment!« Charlene stand auf und lief zur Theke hinüber, wo sie sich ein paar lose Blätter und einen Stift schnappte. Auf das oberste Blatt schrieb sie in Großbuchstaben *RHYS' SOLO-KARRIERE.*

»Zuerst sollten wir uns eine Übersicht über deine Songs verschaffen: Wie viele sind fertig? An welchen Liedern muss noch gefeilt werden? Und welche sind gerade in Arbeit?« Während sie sprach, zeichnete sie eine Tabelle für die aufgezählten Kategorien, bevor sie das Blatt zur Seite legte und sich ein neues nahm. »Du brauchst ein Ziel, auf das du hinarbeiten kannst. Wie wäre es mit einem Konzert? Dann stellt sich die Frage, wo du auftreten willst. Muss es gleich ein Stadion oder eine Konzerthalle sein oder reicht dir auch erst mal eine Bar oder ein Club? Wen kennst du? Wer schuldet dir eventuell noch einen Gefallen?« Rhys runzelte irritiert die Stirn. »Na ja, es könnte sein, dass Pascal dir Schwierigkeiten macht, wenn er mitbekommt, dass du es ernst meinst.« Er wollte widersprechen, doch dann hielt er inne. Tatsache war, dass er nicht wusste, wie Pascal reagieren würde. Vor einer Woche hätte er selbst noch jedem glaubhaft versichert, dass er niemals die Band verlassen würde.

»Das große Ziel ist natürlich dein Debütalbum.«

»Natürlich.« Er lehnte sich auf dem Sofa zurück und erfreute sich an dem Eifer, mit dem Charlene seine Karriere plante.

»Dafür brauchst du ein Label. Auch hier wäre eine Liste der Musikproduzenten, die du kennst und schätzt, hilfreich. Und du solltest dir Gedanken machen, ob du dich von einem Management vertreten lassen möchtest.«

Bei dem Thema spürte Rhys einen Stich in der Brust. Ihm war zwar bewusst, dass er jemanden brauchte, der seine Interessen vertrat und seine Entwicklung als Musiker im Auge behielt, wenn er erfolgreich sein wollte, dennoch war ihm auch klar, dass ein eigener Manager die Trennung von *Renard* offiziell machen würde. Und noch war er nicht bereit, die Hoffnung ganz aufzugeben. Er nahm Charlene den Stift aus der Hand und malte ein Fragezeichen hinter den Punkt *Management.*

Mit einem zufriedenen Grinsen überreichte sie ihm die Zettelsammlung. »Jetzt weißt du, was du die nächste Zeit zu tun hast.« Er verkniff es sich, seine Hand an die Stirn zu legen und vor ihr zu salutieren. Am liebsten hätte er sie in seine Arme gezogen, um sich bei ihr zu bedanken, doch er ahnte, dass er dadurch eventuell eine Grenze überschreiten würde. Daher begnügte er sich damit, ihr sein strahlendstes Lächeln zu schenken. Es war das erste Mal seit seinem Weggang aus der Villa, dass er so etwas wie Hoffnung verspürte. Vielleicht würde sein Leben nicht so verlaufen, wie er es ursprünglich geplant hatte, aber das musste nicht zwangsläufig bedeuten, dass es schlechter sein würde.

Das Läuten der Türklingel riss Rhys am nächsten Morgen aus seiner Konzentration. Gähnend legte er die Gitarre aus der Hand und warf einen Blick auf sein Handy. Es war kurz nach acht. Er hatte zwar am Rande mitbekommen, dass es draußen bereits hell geworden war, dennoch war er so in seine Musik vertieft gewesen, dass er keinen Gedanken daran verschwendet hatte, schlafen zu gehen. Nachdem er einen Blick auf das Bild der Überwachungskamera geworfen hatte, unterdrückte er ein Seufzen und aktivierte den Türöffner. Während sein Besuch zu ihm nach oben kam, nutzte er die Zeit, um sich Wasser ins Gesicht zu spritzen, um wenigstens einen halbwegs präsentablen Eindruck zu machen. Doch die Mühe hätte er sich sparen können, denn Natalies Miene wechselte bei seinem Anblick von erfreut zu besorgt, ehe sie die Tüte mit Backwaren auf der Kommode abstellte und ihn zur Begrüßung umarmte.

»Ich hab dir deine Lieblingsbagels mitgebracht, und du siehst aus, als könntest du einen Kaffee vertragen. Oder besser noch eine Mütze voll Schlaf.«

»Falls du hier bist, um mich zu bitten, meinen Platz in der Band wieder einzunehmen, hast du den Weg in die Stadt umsonst gemacht«, kam Rhys direkt zum Punkt. Natalie, die die zweiflügelige Tür zur Dachterrasse geöffnet hatte, um frische Luft hereinzulassen, drehte sich überrascht zu ihm um.

»Ich bin nicht gekommen, um dich um etwas zu bitten, sondern um zu sehen, wie es dir geht und ob ich etwas für dich tun kann.« Rhys schüttelte den Kopf, als könnte er auf diese Weise sein Gehirn dazu bringen, seine Gedanken zu sortieren. Natürlich würde Natalie für Pascal nicht die Vermittlerin spielen. Aber war es so abwegig, zu glauben, dass sie auf seiner Seite stand und seine Version der Ereignisse, wie immer sie lauten mochte, als die Wahrheit ansah?

»Weiß er, dass du bei mir bist?«

»Ich habe ihm gesagt, dass ich in die Stadt fahre, um seinen besten Freund zu besuchen.«

Rhys brannte darauf, zu erfahren, was Pascal ihr über den Streit erzählt hatte, doch er sah ein, dass es keine gute Strategie war, gleich mit der Tür ins Haus zu fallen. Nachdem er einen Kräutertee für Natalie und einen Kaffee für sich gekocht hatte, trat er hinaus auf die Dachterrasse, wo sie es sich in der Zwischenzeit im Lotussitz gemütlich gemacht hatte. Er wusste, wie gern sie draußen war, und musste lächeln, als er sah, dass sie die Augen geschlossen hatte und ihr Gesicht den imaginären Sonnenstrahlen entgegenhielt.

Als er sich gesetzt hatte, wandte sie sich ihm zu. »Wie geht es dir?« Es war keine zwölf Stunden her, dass Charlene ihm die gleiche Frage gestellt hatte, doch dieses Mal hatte er eine Antwort.

»Ich komme zurecht.«

»Davon bin ich ausgegangen. Und wie es scheint, musst du diese schwierige Zeit auch nicht alleine durchstehen.« Rhys wusste im ersten Moment nicht, worauf sie anspielte, doch dann fiel ihm die Massageliege ein, die er am Vorabend nicht wieder weggeräumt hatte und auf der noch immer die benutzten Handtücher von der gestrigen Behandlung lagen. »Sag mir nur eins: Warum jetzt?«

»Du meinst, wieso es all die Jahre für mich okay war, in seinem Schatten zu stehen, und weshalb es mir auf einmal nicht mehr genügt?« Er atmete laut aus und nahm dann einen Schluck von seinem Kaffee, um Zeit zu gewinnen. »Vermutlich, weil zum ersten Mal in meinem Leben alle um mich herum zufrieden und glücklich sind.« Als er ihren verständnislosen Blick sah, erkannte er, dass er weiter ausholen musste. »Ich habe mich schon als kleiner Junge häufig um andere gekümmert. Um meine Geschwister, während meine Eltern arbeiten waren; um Pascal, wenn er sich mit einer der Gangs angelegt hatte oder mal wieder auf der Flucht vor seinem Alten war und nicht wusste, wo er hinkonnte. Als ich acht war, habe ich mir mit kleinen Botengängen etwas dazuverdient, um meine Eltern ein wenig zu entlasten. Während wir die Band aufgebaut haben, habe ich nebenbei als Barmann gearbeitet und nach meiner Schicht Fabrikhallen und Büros geputzt. Irgendwann hatten wir genug Geld, dass ich meinem Vater zu seiner eigenen Kfz-Werkstatt verhelfen konnte und meinen Geschwistern zu einer Ausbildung. Lilly, meine jüngste Schwester, geht hier in Vancouver aufs College. Und Pascal hat endlich seinen Weg gefunden. Ich habe ihn noch nie so glücklich erlebt wie mit dir.« Ein Lächeln huschte über Natalies Gesicht. »Und da habe ich mich gefragt, was ich eigentlich will. Ich schreibe schon seit über zehn Jahren Songs, und noch nicht ein einziger hat es auf die Bühne geschafft, geschweige denn auf ein Album.«

»Aber meinst du nicht, dass sich das verbinden ließe? Was spricht dagegen, dass ihr deine Lieder mit der Band spielt?«

Rhys schloss die Hände um seinen Kaffeebecher, als könnte die Wärme des Getränks die Kälte in seinem Inneren vertreiben. »Pascal findet, dass meine Songs nicht zum Stil von *Renard* passen, und er ist sich unsicher, wie das Label auf einen weiteren Songschreiber reagiert. Er wollte zuerst das neue Album rausbringen und im Anschluss die Tour beenden, bevor wir erneut über die Möglichkeit sprechen, meine Songs mit ins Programm zu nehmen.«

»Das wären weitere zwei Jahre, die du dich in Geduld üben müsstest«, überlegte Natalie und nahm einen Schluck von ihrem Tee.

»Die Zeit wäre nicht das einzige Problem – aber wer garantiert mir, dass Pascal in zwei Jahren anders darüber denkt? Glaub mir, das Letzte, was ich wollte, war ein Streit mit ihm. Er ist nicht nur mein bester Freund, er ist wie ein Bruder für mich. Nur würde ich mir wünschen, dass er sich ein bisschen mehr für mich und meine Bedürfnisse interessiert. Es ging bisher die meiste Zeit um ihn und die Band, aber zu einer Freundschaft auf Augenhöhe gehören zwei.«

»Ich verstehe«, sagte Natalie und erhob sich. »Ich werde mit ihm reden, aber ich kann dir nichts versprechen.«

»Danke, Natalie. Du bist die Beste.«

»Immer gern – und wenn du etwas brauchst, Feedback oder ein Stimmcoaching, dann sag mir Bescheid. Du bist nicht nur

Pascals Freund, sondern auch meiner – vergiss das nicht! Und richte Charlene aus, dass sie sich gut um dich kümmern soll.«

»Wir haben über dreißig Songs zusammen, die bereit sind, der Welt präsentiert zu werden«, verkündete Charlene am Abend und klatschte begeistert in die Hände. »Jetzt müssen wir nur noch einen Termin festlegen und eine Location finden. Hast du dir Gedanken gemacht, wo du gerne auftreten möchtest?«

Rhys legte seine Gitarre weg und nahm sich ein Wasser aus dem Kühlschrank. Es war bereits nach Mitternacht, und obwohl er Charlenes Eifer und ihre Begeisterung zu schätzen wusste, machte er sich Sorgen. Sie sah schon die ganze Woche über ungewohnt blass aus und zuckte bei jedem unerwarteten Geräusch zusammen. Als er sie darauf angesprochen hatte, hatte sie ihm versichert, dass alles in bester Ordnung wäre, was ihn nur noch mehr davon überzeugt hatte, dass es etwas gab, das sie ihm nicht erzählte.

»Wollen wir langsam Schluss machen? Du siehst müde aus, und ich will nicht schuld sein, wenn du entkräftet über dem Massagetisch zusammenbrichst.«

»Du übertreibst«, wiegelte sie ab. »Ich habe die letzten Nächte einfach nicht gut geschlafen.«

»Gibt es dafür einen Grund?«

Ihr Lachen war eine Spur zu hoch, um echt zu sein. »Wer weiß – vielleicht ist Vollmond.«

»Wenn du Geldsorgen hast …«

»Das ist es nicht.«

»Apropos Geld. Luis hat mir bisher noch keine Rechnung geschickt.«

»Da musst du dir keine Sorgen machen«, antwortete sie eine Spur zu eifrig. »Morla, die für das Finanzielle zuständig ist, braucht immer ewig für die Abrechnungen.«

Rhys maß sie mit einem eindringlichen Blick. »Luis weiß nicht, dass du nach der Arbeit zu mir kommst, oder?« Er sah, wie ihre Miene gefror und sie in sich zusammensackte, als hätte sie mit einem Mal keine Kraft mehr, sich aufrecht zu halten. Mit gesenktem Blick schüttelte sie den Kopf. »Hast du Ärger bekommen wegen der Sache mit dem Auftritt?«

»Halb so schlimm«, murmelte sie, schaffte es aber nicht, ihm dabei in die Augen zu sehen.

»Was hat Luis gesagt?« Er war mit zwei Schritten bei ihr und setzte sich zu ihr aufs Sofa. »Charlene – rede mit mir!«

»Kein privater Kontakt zu Klienten, nicht in Privatangelegenheiten einmischen …«

»Und wenn er herausfindet, dass du dich nicht daran hältst, wirft er dich raus.« Er lehnte sich mit einem schweren Seufzen zurück. »Ich kann nicht zulassen, dass du meinetwegen deinen Job riskierst.« Nun sah sie doch zu ihm auf. Ihre Augen schimmerten verdächtig.

»Ich komme gern zu dir. Es macht mir Spaß, mit dir an deinen Songs zu arbeiten, und ich freue mich, dass ich dir helfen kann und dass dir meine Meinung wichtig ist.«

»Natürlich ist sie das«, versicherte er ihr, da er die Unsicherheit in ihrer Stimme wahrnahm. »Aber nicht, wenn der Preis dafür deine finanzielle Existenzgrundlage ist. Lass uns warten, bis sich die Situation entspannt hat. Natalie will mit Pascal reden, und vielleicht …«

Charlene legte Rhys eine Hand auf den Arm. »Ich glaube nicht, dass Pascal seine Meinung ändern wird.« Sie schenkte ihm ein tapferes Lächeln. »Aber wer weiß, vielleicht hat Natalie ein Ass im Ärmel, und falls nicht, wirst du dir einfach eine eigene Fangemeinde aufbauen, indem du sie alle bei deinem ersten Konzert umhaust!«

»Guter Plan! Trotzdem möchte ich nicht, dass du meinetwegen Ärger bekommst.« Charlene wollte widersprechen, doch Rhys legte einen Finger auf ihre Lippen und spürte, wie sie unter seiner Berührung erschauerte. Es kostete ihn all seine Kraft, seine Hand zurückzuziehen.

»Es wird keiner mitbekommen.«

»Natalie weiß es, und es ist nur eine Frage der Zeit, bis deine Mitbewohnerin dich fragt, wo du deine Abende verbringst.«

Eine leichte Röte überzog ihre Wangen. »Suzanne weiß es auch.«

»Und sie verrät es nicht ihrem Bruder?« Er konnte spüren, dass ihm die Skepsis ins Gesicht geschrieben stand.

»Sie findet, dass ich mich amüsieren soll und dass man nicht jeden Tag die Chance hat, einen so verdammt gut aussehenden …« Charlene, die eben erst zu bemerken schien, was sie gesagt hatte, biss sich ertappt auf die Lippen.

»Sprich ruhig weiter!« Rhys konnte sich nur mit Mühe das Lachen verkneifen, während sie sich umsah, als suchte sie nach einer Möglichkeit, unauffällig im Erdboden zu verschwinden.

»Dass es gut für mich ist, wenn ich Freunde finde.« Ohne nachzudenken, nahm er ihre Hand und verschränkte seine Finger mit ihren.

»Du scheinst eine sehr schlaue Mitbewohnerin zu haben.« Das zaghafte Lächeln, das ihre Lippen bei seiner Bemerkung umspielte, wärmte sein Herz. »Trotzdem sollten wir unsere abendlichen Massagesessions erst einmal aussetzen. Vancouver ist ein Dorf, und früher oder später kommt raus, dass du mich besuchst.« Als er die Verzweiflung in ihrem Blick sah, fragte er sich, ob er die richtige Entscheidung getroffen hatte. Das Letzte, was er beabsichtigte, war, ihr wehzutun, doch ebenso wenig wollte er für ihre permanente Übermüdung verantwortlich sein oder der Auslöser für einen weiteren Konflikt mit Luis oder Pascal. Er kannte seinen ehemals besten Freund gut genug, um zu wissen, dass er nicht begeistert gewesen war, Charlene an seiner Seite auf der Bühne zu sehen, und konnte sich seine Reaktion darauf lebhaft vorstellen. Ihre Knie zitterten leicht, als sie sich von der Couch erhob und zur Tür ging.

»Versprich mir, dass du dich meldest, wenn du Hilfe brauchst oder ich dich bei irgendetwas unterstützen kann.«

Da Rhys sie nicht anlügen wollte, sagte er nichts. Er war es gewohnt, allein zurechtzukommen, und würde niemanden in Schwierigkeiten bringen, der ihm etwas bedeutete. Seine Finger zuckten, als er den Impuls verspürte, seine Hand an ihre Wange zu legen. Doch er riss sich zusammen. Schweigend liefen sie das Treppenhaus hinunter zum Hintereingang. Am liebsten hätte er sie zum Abschied umarmt, fürchtete jedoch, sie dann nicht mehr gehen lassen zu können, wenn sie ihm erst einmal so nahe war. Stattdessen hielt er ihr die Tür auf, durch die sie, ohne sich noch einmal zu ihm umzudrehen, ins Dunkel der Nacht verschwand. Rhys wartete, bis er den knatternden Motor des Chevys hörte und sicher sein konnte, dass sie unbeschadet zu ihrem Auto gelangt war, bevor er die Tür hinter sich schloss und sich mit dem Rücken dagegenlehnte. Er wusste, dass er das Richtige getan hatte. Blieb nur die Frage, warum es sich dann so verflucht falsch anfühlte.

KAPITEL 21

Charlene

»Du hast fünf Minuten, um deine Schlabberklamotten gegen Jeans und T-Shirt zu tauschen und dir etwas Farbe ins Gesicht zu pinseln.«

»Das ist lieb gemeint, Suzanne, aber mir ist heute Abend nicht nach Ausgehen.«

Charlene spürte den prüfenden Blick ihrer Mitbewohnerin und zog die Schultern hoch.

»Seit einer Woche läufst du mit dieser Trauermiene herum. Du schläfst schlecht, isst kaum was und zuckst jedes Mal zusammen, wenn dein Handy vibriert oder es an der Tür klingelt.« Ertappt sah Charlene zu ihr auf. Ihr war nicht bewusst gewesen, dass Suzanne sie so genau beobachtet hatte. »Es ist okay, wenn du mir nicht sagen willst, was mit dir los ist, aber du kannst nicht erwarten, dass ich tatenlos zusehe, wie du in eine Depression versinkst.«

»Du übertreibst!«

»Kann sein, aber es wird Zeit, dass du mal wieder unter Leute kommst. Deshalb habe ich beschlossen, dass du mich zu unserer Bandprobe begleitest.«

»Suzanne, ich habe dir doch schon gesagt, dass ich …«

»Spar dir deine Widerworte und sieh es als gute Tat des Tages an. Ich bin es leid, nach jeder Probe heiser zu sein, weil meine

Stimme der Belastung nicht standhält. Dass ich singe, sollte immer nur vorübergehend sein, aber bisher haben wir noch niemanden gefunden, der zu uns passt. Und ich sage ja auch nicht, dass du übermorgen mit uns auftreten sollst, aber du könntest mich ein wenig entlasten – zumindest bei den Proben. Bitte!«

Charlene, die bei dem Gedanken daran, wieder ein Mikro in Händen zu halten, ein aufgeregtes Kribbeln verspürte, versuchte, sich zu erinnern, warum es eine ganz schlechte Idee war, auf Suzannes Vorschlag einzugehen. Doch als sie den flehentlichen Ausdruck in ihren Augen sah, konnte sie nicht anders, als nachzugeben.

»Na gut – eine Probe! Aber danach lässt du mich damit in Ruhe!« Suzanne jubelte los und hüpfte vor Freude um sie herum.

»Das wird so ein Spaß! Ich sag noch schnell den Mädels Bescheid, dass du mitkommst. Die werden vielleicht staunen, wenn sie deine Stimme hören. Ich kann es gar nicht erwarten, ihre Gesichter zu sehen …«

Bevor Suzanne noch weiter ihr Loblied singen konnte, flüchtete Charlene sich in ihr Zimmer, um sich umzuziehen.

Die Probe fand in einem fensterlosen, quadratischen Raum statt, der mit einem billigen Teppich ausgelegt war. Die Betonwände zierten bunte Graffitis.

Die anderen waren bereits da, als Charlene und Suzanne eintrafen. Kyra, die ganz in Schwarz gekleidet war und ihre Augen mit dunklem Eyeliner umrandet hatte, saß hinter dem Schlagzeug und veranstaltete ein Höllenspektakel. Zur Begrüßung nickte sie Charlene kurz zu. Linda hingegen strahlte bei ihrem Anblick über das ganze Gesicht. Sie legte ihren Bass in den Koffer und kam mit ausgebreiteten Armen auf sie zu. Statt Charlenes Hand zu ergreifen, die sie ihr entgegengestreckt hatte, zog sie sie direkt in eine Umarmung. Sie musste Mitte zwanzig sein, wirkte jedoch mit dem geflochtenen Haar und der zartrosa Rüschenbluse wesentlich jünger.

»Es ist so schön, dich endlich kennenzulernen!«, rief sie über den Schlagzeugsound hinweg. »Suzanne hat uns schon viel von dir erzählt.« Charlene warf ihrer Mitbewohnerin einen fragenden Blick zu, aber die war gerade damit beschäftigt, Kyra so lange finster anzustarren, bis sie von den Drums abließ und stattdessen die Sticks spielerisch durch ihre Finger wirbeln ließ.

»Wir haben uns das Video angesehen! Deine Stimme ist unglaublich! Das findet sogar Kyra, und sie ist normalerweise nicht so leicht zu beeindrucken.«

Charlene musterte die unnahbar wirkende Gothiclady, die bei Lindas Bemerkung keine Miene verzog.

»Wollt ihr noch länger rumquatschen, oder fangen wir endlich an, Musik zu machen?«, blaffte sie in die Runde.

»Da drüben liegt ein zweites Mikro. Oder sollen wir dir unsere Songs erst mal vorspielen?«, fragte Linda eifrig, was Kyra mit einem genervten Augenrollen quittierte.

»Ich bin nur zum Zuhören mitgekommen und habe nicht vor …« Bevor Charlene ihren Satz beenden konnte, fiel Suzanne ihr ins Wort.

»Das werden wir dann sehen. Am besten setzt du dich da drüben aufs Sofa, und falls du Lust bekommst, mitzusingen, schnappst du dir das Mikro. Alles klar?« Charlene unterdrückte ein Seufzen. Manchmal ging ihr Suzannes Hartnäckigkeit ziemlich auf die Nerven. Sie ließ sich in die durchgesessenen Polster fallen und lehnte den Kopf zurück. Warum zum Teufel hatte sie sich nur darauf eingelassen? Sie hätte so schön … einen weiteren Abend auf ihr Handy starren und sich wünschen können, dass Rhys sich meldete. Oder sie wäre wieder die halbe Nacht vor dem Fenster auf und ab gelaufen, weil sie fürchtete, dass ihre Vergangenheit sie einholte. Oder hätte sie versuchen sollen zu schlafen in der Hoffnung, dass ihre Alpträume sie verschonten und nicht erneut in die schlimmste Zeit ihres Lebens zurückversetzten? Da war ein Abend in einem Probenraum vielleicht gar keine so schlechte Alternative.

Als die drei Frauen mit der ersten Nummer begannen, horchte Charlene auf. Suzanne ließ sich von Kyra das Tempo vorgeben, bevor sie mit einem achttaktigen Intro begann und anschließend die erste Strophe sang. Sie hatte eine erstaunlich sanfte Stimme. Die Musik war eine gewagte Mischung aus Country und Pop mit einem rockigen Unterton. Bei den Lyrics konnte Charlene eindeutig zuordnen, welche Texte Linda geschrieben hatte und welche von Kyra stammten. Der krasse Gegensatz von naturverbundenen, verträumten Balladen und gesellschaftskritischen Uptempo-Songs, in denen eine unbändige Wut und Frustration mitschwangen, überraschte Charlene. Und obwohl die Stücke kaum unterschiedlicher hätten sein können, harmonierten sie auf faszinierende Weise miteinander.

Beim dritten Song hatte Suzanne, deren Stimme man die Anstrengung im Lauf der Probe immer deutlicher anhörte, Schwierigkeiten mit den hohen Tönen, worauf sie das Lied einen Ganzton nach unten transponierten. Doch nun brachte es laut Kyra nicht mehr die richtige Energie rüber. Linda schlug vor, dass Suzanne die Melodie abänderte, aber auch damit war keine der drei zufrieden.

Charlene, die sich immer häufiger dabei ertappte, dass sie leise mitsang, öffnete ihren Mund: »Und wie wäre es, wenn du den Refrain eine Terz tiefer beginnst und den Spitzenton stufenweise angehst, anstatt ihn anzuspringen, und ihn nur einen Takt hältst?« Sie sang Suzanne ihre Variante vor, die daraufhin zustimmend nickte.

»Das könnte funktionieren. Lasst es uns noch mal versuchen!«

Kyra zählte ein, Suzanne begann zu spielen, fand jedoch den neuen Anfangston nicht und brach nach zwei Takten ab. Nachdem Charlene ihr die Line noch einmal vorgesungen hatte, wiederholten sie das Zwischenspiel, doch dieses Mal verpasste Suzanne ihren Einsatz. Genervt stieß Kyra die Luft aus.

»Jetzt reiß dich mal zusammen! Das kann doch nicht so schwer sein!«

»Hey, bleib entspannt! Wir machen es einfach noch mal«, beschwichtigte Linda und lächelte ihre Bandkolleginnen aufmunternd an.

Doch auch nach drei weiteren Wiederholungen war es Suzanne nicht gelungen, sich auf den neuen Melodieverlauf einzulassen.

»Okay, das reicht! Lasst uns für heute Schluss machen!«, beschloss Kyra und schickte sich an, hinter dem Schlagzeug hervorzukommen.

»Einen Versuch noch!«, hörte Charlene sich sagen, die die geknickte Miene ihrer Mitbewohnerin nicht ertrug. Als das Zwischenspiel erneut erklang, stand Charlene auf und stellte sich neben Suzanne ans Mikro. Mit ihrer Hilfe gelang der Einstieg ohne Probleme. Suzanne strahlte und bat Charlene, noch einmal mitzusingen, damit sich die variierte Melodie besser einprägte. Linda hatte in der Zwischenzeit das zweite Mikrofon angeschlossen und drückte es Charlene in die Hand, die es reflexartig ergriff. Nach zwei weiteren Durchgängen wollte Charlene sich wieder zurückziehen, doch als sie merkte, dass Suzanne erneut mit den Tönen kämpfte, sang sie weiter. Ihre Augen schlossen sich von alleine, und sie spürte den rasenden Beats nach, die ihr Brustbein zum Vibrieren brachten, nahm den vollen Bandklang in sich auf und wünschte sich, sie hätte ihre Gitarre bei sich. Aber auch nur zu singen, war ein großartiges Gefühl! Ihr ganzer Körper stand unter Strom, und obwohl sie seit Tagen kaum geschlafen hatte, fühlte sie sich endlich wieder lebendig. Ihre Gedanken kehrten zu dem Auftritt mit Rhys zurück. Sie hatten zwar nur ein Lied gesungen, aber das waren die mit Abstand besten vier Minuten ihres Lebens gewesen. Am Rande bekam sie mit, dass Suzanne und Linda im Zwischenspiel in die Originaltonart wechselten und statt der Bridge den Refrain wiederholten. Sie atmete tief ein und gab sich ganz der Musik hin. Es war, als würde ihre Stimme die selbst auferlegten

Fesseln abstreifen. Aus Spaß sprang Charlene in die ursprüngliche Melodie zurück und sang übermütig noch eine Terz drüber. Sie spürte, wie ihr wild klopfendes Herz das Blut durch die Adern pumpte, wie ihre Muskeln sich vor Freude anspannten und ihr Körper von purer Lebenslust geflutet wurde. Der Schlusston strömte wie von selbst aus ihrem Mund. Entspannt hielt sie ihn über die ganze Kadenz hinweg und beendete ihn erst, nachdem der letzte Akkord längst verklungen war. Atemlos öffnete sie ihre Augen und bemerkte, dass die anderen sie mit einem breiten Grinsen beobachteten. Charlene schaute verblüfft von Kyra zu Linda, bevor sie sich Suzanne zuwandte, deren triumphierender Blick sie wachrüttelte.

»Das habt ihr geplant!«, war alles, was sie hervorbrachte, ehe Linda zu kichern anfing.

»Und es hat funktioniert!«

»Wir hatten ja die Hoffnung, dass dir das Zuhören irgendwann zu blöd wird und du dir von alleine das Mikro schnappst, aber du hast erstaunlich lange durchgehalten.« Charlene konnte nicht glauben, dass Suzanne sie derart an der Nase herumgeführt hatte.

»Dann hattest du gar keine Probleme, den Ton zu finden?«

»Natürlich nicht!«, kam es von Kyra, die aufstand und sich neben Linda stellte. »Wie sieht's aus? Hättest du Lust, ab und zu mit uns zu proben?«

»Völlig unverbindlich«, versicherte Suzanne, die zu fürchten schien, dass Charlene direkt wieder dichtmachte.

»Wir haben momentan sowieso keine Auftritte und spielen nur für uns – zum Spaß«, sagte Linda und zupfte an den Saiten ihres Basses.

Charlene wollte ablehnen. Aber dann sah sie in die erwartungsvollen Gesichter und spürte dem Adrenalin nach, das noch immer durch ihren Körper rauschte, erinnerte sich an das Gefühl von grenzenloser Freiheit, das sie beim Singen ergriffen hatte. Sie nickte, bevor ihr Verstand sich einschalten konnte.

»Wir können es versuchen – probeweise. Und keine Auftritte!«, verlangte sie und schaute den dreien fest in die Augen, um sicherzustellen, dass sie ihre Bedingungen akzeptierten.

»Willkommen bei den Cherry Blossom Girls!«, jubelte Linda, die Charlenes Einwände offenbar wenig beeindruckten. »Von nun an bist du die vierte Kirschblüte!« Kyra und Suzanne verdrehten die Augen, doch auf Charlenes Gesicht machte sich ein strahlendes Lächeln breit.

Es war nach elf, als die vier Frauen den Probenraum verließen und spontan beschlossen, noch etwas trinken zu gehen. Charlene ließ sich von der Freude und Euphorie der anderen anstecken und legte kein Veto ein, als Linda und Suzanne sich bei ihr einhakten und sie mit in einen Club schleppten.

Charlene wollte sich wie immer eine Cola bestellen, doch Kyra, die die erste Runde spendierte, sah sie mit hochgezogenen Brauen an.

»Sicher?«, rief sie, um die laute Musik zu übertönen.

»Bring mir einen Cosmopolitan mit!« Diesen Drink hatte sie während ihrer Ausbildung immer auf Partys getrunken, und da sie sich an diesem Abend sowieso schon über all ihre selbst auferlegten Regeln hinweggesetzt hatte, konnte sie sich ebenso gut ihr früheres Lieblingsgetränk gönnen.

Während Kyra sich zur Bar durchschlug, setzten sie sich an einen Tisch im hinteren Teil des Clubs, wo es etwas ruhiger war.

»Wie habt ihr euch eigentlich kennengelernt?«, wandte sich Charlene an Linda und Suzanne, die sich daraufhin angrinsten.

»Willst du erzählen oder soll ich?«, fragte Suzanne.

»Wir kennen uns aus der Highschool«, fing Linda an. »Eine Musiklehrerin hat uns dazu verdonnert, eine Band zu bilden, weil sie eine musikalische Untermalung für ihr Theaterstück gebraucht hat, eine trashige Version von *Romeo und Julia*.«

»Linda wollte zuerst gar nicht mitmachen, weil sie viel lieber die Julia gespielt hätte.«

»Oh ja, das stimmt! Ich wäre eine großartige Julia gewesen. Außerdem hätte ich viel besser zu Shaun Jamison als Romeo gepasst als Missy Roberts!«

»Und Kyra sollte mitmachen, weil Miss Pritchard der Meinung war, dass Schlagzeugspielen ihr helfen würde, ihre Aggressionen zu bewältigen.«

»Hat es nicht!«, warf Kyra ein und stellte das Tablett mit den Cocktails auf dem Tisch ab. »Dafür habe ich diese zwei Streberinnen kennengelernt, ohne die ich vermutlich nie den Abschluss geschafft hätte.«

Während Suzanne, Kyra und Linda über alte Zeiten sprachen, nippte Charlene an ihrem Drink und erinnerte sich an die vielen lustigen Abende mit ihren Bandmädels. Sie waren damals nicht glücklich gewesen, als Charlene von einem Tag auf den anderen verkündet hatte, dass sie mit der Musik aufhören würde. Es war nicht fair gewesen, sie einfach so hängen zu lassen. Suzanne, die Charlenes Stimmungsumschwung mitbekommen haben musste, deutete zur Tanzfläche und zerrte an ihrem Arm, worauf diese einen weiteren Schluck von ihrem Getränk nahm, bevor sie den anderen ins Gedränge folgte.

Eine kleine Ewigkeit später war Charlene leicht schwindelig von der ungewohnten Menge an Alkohol, die sie im Laufe des Abends zu sich genommen hatte, und schwamm auf einer Welle der Euphorie. Sie konnte sich nicht erinnern, wann sie das letzte Mal so viel Spaß gehabt hatte. Zuerst die Probe und dann das hemmungslose Tanzen, bei dem sie voll aus sich herausgehen konnte.

Zwischen Kyra und Linda herrschte eine auffällig knisternde Spannung, die Charlene bereits während der Probe wahrgenommen hatte. Obwohl sie sich die ganze Zeit über zu ignorieren schienen, huschten ihre Blicke immer wieder zu der anderen hinüber. Die Atmosphäre zwischen ihnen war so eindeutig, dass niemand sich traute, eine von ihnen anzusprechen. Als der DJ eine ruhige Ballade auflegte, schien Linda all ihren Mut zusammenzunehmen und zog Kyra in eine enge Umarmung.

Suzanne hatte alle Angebote freundlich abgelehnt, als sie gemerkt hatte, dass Charlene sich unwohl fühlte, sobald ihr jemand zu nahe kam.

Als Charlene sich in die Schlange vor den Waschräumen einreihte, nutzte sie die Gelegenheit, um ihr Handy zu checken. Wie gerne hätte sie jemandem erzählt, dass sie einen fantastischen Abend hatte, aber ihr fiel niemand ein. Ihre Mutter interessierte sich nur für ihre eigenen Probleme, und von ihren Freunden hatte sie sich vor langer Zeit abgewandt. Der Einzige, der nachvollziehen konnte, wie sie sich fühlte, war Rhys. Kurz entschlossen öffnete sie ihre Kontakte und tippte auf seine Nummer. Sie spürte ihr Herz, das mit einem Mal hart gegen ihre Rippen schlug. Es klingelte, als ihr einfiel, dass es mitten in der Nacht war und er sicherlich längst schlief. Sie wollte gerade auflegen, als die Mailbox ansprang.

»Hi, hier ist Rhys. Hinterlasst eine Nachricht!«

Beim vertrauten Klang seiner Stimme lief ein Schauer durch ihren erhitzten Körper. Kurz entschlossen schlug sie alle Bedenken in den Wind. Und obwohl sie befürchtete, dass es keine gute Idee war, folgte sie der Aufforderung.

KAPITEL 22

Rhys

Die ersten Sonnenstrahlen schienen in sein Loft, als Rhys seine Gitarre aus der Hand legte und sich müde über die Wange strich, wobei ihm auffiel, dass er seinen Bart mal wieder auf eine annehmbare Länge kürzen könnte. Lilly war am Vorabend bei ihm gewesen. Er hatte ihr seine Songs vorgespielt und mit ihr an den Texten gebastelt. Doch im Gegensatz zu Charlene, die sofort erkannte, wenn eine Nummer an einer Stelle nicht rundlief, und meistens auch direkt eine Idee hatte, fand seine kleine Schwester alles, was er schrieb, einfach nur großartig. Zwar schmeichelte das seinem Ego, brachte ihn bedauerlicherweise aber keinen Schritt weiter.

Obwohl er wusste, dass es klüger wäre, sich eine Mütze voll Schlaf zu gönnen, bereitete er sich einen extrastarken Kaffee zu und nahm ihn mit auf die Terrasse. Die kühle Morgenluft tat gut. Er atmete ein paar Mal tief durch, bevor er den ersten Schluck trank. Als er die Wirkung des Koffeins spürte, fühlte er sich gleich wieder etwas wacher. Er griff nach seinem Handy, das auf lautlos gestellt war, seit Lilly ihm geschrieben hatte, dass sie wohlbehalten im Wohnheim angekommen war, und seufzte. Dutzende verpasste Anrufe, zig E-Mails und noch mehr Nachrichten von Freunden und Bekannten, die wissen wollten, was an den Gerüchten dran war, die seit Tagen von der Presse angeheizt wurden.

Er sah, dass Henry mehrmals versucht hatte, ihn zu erreichen, doch Rhys war noch nicht bereit, sich mit der Entscheidung, die er getroffen hatte, näher auseinanderzusetzen. Fürchtete er, dass Henry versuchen würde, ihn weichzuklopfen, und er nachgab? Oder war genau das Gegenteil der Fall? Hatte er Angst, dass Henry ihm ausrichten würde, dass er von nun an nicht mehr gebraucht wurde?

Als er Charlenes Nummer unter den verpassten Anrufen sah, runzelte er die Stirn. Der Anruf war um zwei Uhr achtundzwanzig eingegangen. Hoffentlich war ihr nichts zugestoßen. War sie etwa mit ihrem Chevy liegen geblieben und hatte ihn um Hilfe bitten wollen? Er rief seine Mailbox auf und trommelte ungeduldig mit den Fingern gegen das Geländer, während die automatische Stimme ihm die Daten des verpassten Anrufs mitteilte. Als endlich Charlenes Stimme erklang, hielt Rhys unbewusst den Atem an. Im Hintergrund hörte er laute Musik und Stimmengewirr. Offenbar war sie am Vorabend ausgegangen.

»Hey Rhys, ich habe gerade mit Suzannes Band geprobt. Es war unglaublich! Ich hatte total vergessen, wie sehr ich es liebe, liebe, liebe, zu singen!«

Ihre offensichtliche Begeisterung zauberte ein Lächeln auf seine Lippen. Sie schien einen tollen Abend gehabt zu haben.

»Obwohl, vergessen stimmt nicht so ganz. Eigentlich weiß ich das seit unserem Auftritt. Ich vermisse die Musik, ich vermisse mein früheres Leben und – ich vermisse dich!« Rhys stieß hörbar die Luft aus. Damit hatte er nicht gerechnet. Charlene war eher der zurückhaltende Typ, der wenig von sich preisgab. Dass sie plötzlich derart offen über ihre Gefühle sprach, berührte ihn. Sie hörte sich nicht betrunken an, dennoch konnte er sich vorstellen, dass der ein oder andere Drink sie ermutigt hatte, ihn anzurufen.

»Ich hoffe, es geht dir gut. Ruf mich an, wenn du magst. Ich hab nachgedacht: Eigentlich bist du gar kein Klient mehr, weder Luis' noch meiner – also kann uns auch keiner verbieten, uns zu sehen. Und am allerwenigsten Pascal, der lässt sich nämlich selbst auch nichts sagen. Es wäre schön, wenn wir wieder Freunde sein könnten. Du hast selbst gesagt, dass man nie genug gute Freunde haben kann.«

Ihre Abschiedsworte gingen im Stimmengewirr unter, das im Hintergrund lauter geworden war. Rhys schaute perplex auf sein Handy. Er hatte sich selbst schon mehrfach gefragt, ob seine Entscheidung, den Kontakt zu Charlene abzubrechen, nicht ein wenig überzogen gewesen war. Aber jedes Mal, wenn er zu seinem Handy hatte greifen wollen, um sie anzurufen, hatte er gezögert. Er konnte sie nicht wissentlich der Gefahr aussetzen, ihren Job zu verlieren, und da er nicht einschätzen konnte, wie Pascal reagierte, wenn er erfuhr, dass seine Masseurin privat mit ihm verkehrte, hatte er dem Drang widerstanden. Andererseits war Charlene neu in der Stadt. Sie hatte sich schwergetan, sich auf ihn einzulassen, und er wusste, dass sie in Vancouver noch kaum Leute kannte. War es da nicht ebenso grausam, sie von heute auf morgen einfach fallen zu lassen?

Ein Blick auf die Uhr verriet ihm, dass ihm noch genug Zeit blieb, eine Entscheidung zu fällen, da Charlene kaum vor Mittag aufstehen würde, nachdem sie bis in die frühen Morgenstunden gefeiert hatte.

Er wollte gerade wieder reingehen, um seine Mails zu checken, als sein Handy klingelte. Der Name auf dem Display ließ ihn in seiner Bewegung innehalten. Mit zitternden Fingern nahm er das Gespräch entgegen.

»Hey«, eröffnete er das Gespräch und hörte kurz darauf ein zurückhaltendes »Hi« in der Leitung, ehe sich unangenehmes Schweigen ausbreitete. Und obwohl Rhys fieberhaft nach einem unverfänglichen Thema suchte, fiel ihm nichts ein, das er sagen konnte, um die unüberwindbar scheinende Kluft zwischen ihm und seinem besten Freund zu überbrücken.

Er nahm ein tiefes Seufzen wahr, dann ein entschlossenes Einatmen. »Es gibt etwas, über das ich mit dir reden muss.« Weiteres Schweigen, bevor Rhys sich einen Ruck gab.

»Okay. Fang an!«

»Ich habe jemanden gefunden, der den Gitarrenpart übernimmt.«

Rhys widerstand der Versuchung, sich auf eines der Sofas zu setzen. Irgendwie hatte er das Gefühl, dieses Gespräch aufrecht stehend hinter sich bringen zu müssen, obwohl Pascals Worte ihn beinahe in die Knie zwangen.

»Henry hat für morgen einen Interviewtermin ausgemacht, bei dem ich …«, er zögerte, »… unsere Trennung öffentlich bekannt gebe.« Erneutes Seufzen. »Wir haben uns darauf geeinigt, dass wir der Presse gegenüber sagen, dass du dich momentan auf andere Dinge konzentrieren möchtest und wir dich deshalb vorübergehend freistellen. Ist das in deinem Sinn?« Rhys hatte Mühe, den Kloß herunterzuschlucken, der sich in seiner Kehle gebildet hatte. »Du kannst bei dem Treffen auch dabei sein, wenn du möchtest.« Rhys schüttelte instinktiv den Kopf, wurde sich dann aber bewusst, dass Pascal seine Reaktion nicht sehen konnte.

»Ich bin überzeugt, dass du dein Statement glaubhaft rüberbringen wirst.« Ihm lag noch ein »So wie immer« auf der Zunge, doch er schaffte es nicht, dazu beizutragen, die Atmosphäre aufzulockern. Alles an dem Gespräch fühlte sich fremd und falsch an. Seit wann konnten Pascal und er nicht mehr offen miteinander reden? Warum hatte er das Gefühl, sich genau überlegen zu müssen, was er sagte? Warum musste er plötzlich fürchten, dass eine unbedachte Äußerung zum endgültigen Bruch in ihrer Freundschaft führen könnte? Wenn sie das überhaupt noch waren … Verhielten sich Freunde so?

»Bist du dir ganz sicher, dass du das willst?« Zum ersten Mal schwang ein Hauch Verletzlichkeit in Pascals Stimme mit, der Rhys dazu brachte, seinen Schutzschild zu senken.

»Du hast die richtige Entscheidung getroffen.« Es fiel ihm nicht leicht, die Einsicht, zu der er sich nur schwer hatte durchringen können, mit Pascal zu teilen. »Es wird Zeit, dass ich lerne, auf eigenen Beinen zu stehen, wenn ich herausfinden will, was ich mit meiner Musik erreichen kann. Du wusstest, dass ich alleine niemals die Kraft gehabt hätte, die Band zu verlassen.« Sein Schweigen bestätigte Rhys in seiner Vermutung, dass Pascal zwar impulsiv gehandelt, dabei jedoch auch sein Wohl im Sinn gehabt hatte.

»Ich wünsche dir alles Gute.«

»Was ist mit euch? Kommt ihr zurecht?«

Pascals raues Lachen versetzte Rhys in frühere Zeiten zurück. »Als ob wir uns jemals unterkriegen lassen würden! Auch wenn es ohne dich nicht dasselbe ist.«

Ein Klicken in der Leitung verriet Rhys, dass Pascal das Gespräch beendet hatte.

Obwohl er sein Bestes gab, sich während der nächsten Tage beschäftigt zu halten, quälte ihn die Frage, ob er sich das Interview, das am Abend ausgestrahlt werden würde, anschauen sollte. Musste er sich das antun oder durfte er so egoistisch sein und sich dem Schmerz entziehen, den das Ganze unweigerlich mit sich bringen würde?

Letztendlich war er zu der Entscheidung gekommen, dass es vernünftiger war, sich der Realität zu stellen. Vom heutigen Abend an würden alle wissen, dass er nicht länger zu *Renard* gehörte. Vielleicht ließ sich das Unvorstellbare ja leichter begreifen, wenn er mitbekam, wie Pascal es vor der ganzen Welt laut aussprach.

Mit einem doppelten Whiskey setzte er sich aufs Sofa und schaltete den Flachbildfernseher ein. Der Moderator deutete gerade auf einen Bildschirm hinter sich, worauf die Kamera näher heranfuhr, bis Pascal und ein Journalist von der *Vancouver Sun* das Bild füllten. Rhys erkannte am Mobiliar, dass das Gespräch in einem der Salons in der Villa stattgefunden hatte.

»Gerüchten zufolge ist es zu einem heftigen Zerwürfnis innerhalb der Band gekommen. Können Sie das bestätigen?«, richtete der Reporter seine Frage an Pascal, der mit ernstem Gesichtsausdruck in die Kamera schaute.

»Von einem Zerwürfnis kann keine Rede sein. Wir haben uns in gegenseitigem Einverständnis vorübergehend von unserem Gitarristen, Rhys McLeod, getrennt.« Obwohl Pascal sich genau an die Absprache hielt, schnürte Rhys die kühle Distanziertheit, mit der Pascal die Neuigkeit verkündete, die Luft ab.

»Zwischen Ihnen beiden besteht eine ganz besondere Beziehung. Sie kennen sich seit Ihrer frühesten Kindheit, sind zusammen zur Schule gegangen, haben *Renard* gemeinsam gegründet und aufgebaut. Wie kommt es, dass Sie nun getrennte Wege gehen?«

»Rhys ist mein bester und ältester Freund. Wenn er etwas Freiraum braucht, um sich musikalisch entfalten zu können, werde ich alles tun, um ihn dabei bestmöglich zu unterstützen.«

»Auch wenn dabei die Zukunft von *Renard* auf dem Spiel steht?«

Rhys beobachtete, wie Pascals Miene für den Bruchteil einer Sekunde versteinerte, ehe er seine Lippen zu einem selbstbewussten Lächeln verzog.

»Wie Ihnen bekannt sein dürfte, war Rhys immer ein wichtiger Teil der Band und hat unseren Werdegang und vor allem unsere musikalische Entwicklung entscheidend mitgeprägt. Dennoch heißen wir nicht umsonst *Renard*, und solange ich die Band anführe, werden wir nicht untergehen.«

Es fiel Rhys schwer, dem weiteren Verlauf des Gesprächs zu folgen. Pascals Worte ließen ihn nicht los. Sie würden auch ohne ihn weitermachen. Eine Weile wären die Fans vielleicht traurig, dass ein anderer den Gitarrenpart übernahm, aber dann würden sie sich wieder auf das konzentrieren, was sie wirklich interessierte, und das war Pascal. Seine Lieder, seine Message, seine Stimme, seine Ausstrahlung, die er nicht zuletzt seinem guten Aussehen zu verdanken hatte. Pascal war *Renard*, und der Erfolg der Band war eng mit ihm verknüpft. Rhys hingegen war austauschbar wie jeder andere der Musiker. Und auch wenn diese Erkenntnis an sich für ihn nicht neu war, hatte er die bittere Wahrheit noch nie so klar vor sich gesehen. Er hätte es niemals geschafft, sich innerhalb der Band einen Namen zu machen – die einzige Möglichkeit war, sich alleine durchzuschlagen und sich auf seine eigenen Fähigkeiten zu verlassen.

KAPITEL 23

Charlene

Charlene hatte innerlich geflucht, als Luis' Anruf sie am Morgen unsanft aus dem Schlaf gerissen hatte. Noch schlimmer war allerdings die Nachricht, dass sie in der Villa gebraucht wurde und nicht wie geplant den Tag mit Rhys verbringen konnte. Sie hatte sich darauf gefreut, ihm bei den weiteren Konzertvorbereitungen zu helfen und ihn gegebenenfalls aufzumuntern, falls ihm das Interview vom Vorabend zu schaffen machen sollte. Sie hatte sich die Sendung gemeinsam mit Suzanne angesehen, die mit versteinertem Gesichtsausdruck neben ihr auf dem Sofa gesessen und in regelmäßigen Abständen ungläubig den Kopf geschüttelt hatte.

Im Halbschlaf polterte sie ins Bad und stellte sich todesmutig unter die eiskalte Dusche. Als sie wenig später zwar etwas wacher, dafür aber umso schlechter gelaunt den gemeinsamen Wohnbereich betrat, musste sie schmunzeln, als Suzanne ihr ihren Becher hinhielt.

»Keine Garantie, dass es schmeckt! Ich habe einfach alles an Obst und Gemüse in den Mixer geschmissen, was ich gefunden habe.«

»Du bist ein Schatz!«, murmelte Charlene und drückte ihr einen Kuss auf die Wange.

Sie bemerkte gleich die gedrückte Stimmung, als sie die Villa betrat. Das offizielle Statement Pascals, das weltweit hohe Wellen geschlagen hatte, schien den Musikern noch einmal in schonungsloser Deutlichkeit vor Augen geführt zu haben, dass Rhys tatsächlich gegangen war und in naher Zukunft auch nicht zu ihnen zurückkehren würde. Sogar Martha, die so schnell nichts aus der Ruhe bringen konnte, hüllte sich während der Massage in Schweigen, das lediglich von einer Reihe tiefer Seufzer unterbrochen wurde, die Charlene zeigten, wie sehr auch die Köchin Rhys' Weggang beschäftigte.

Am Abend machte sie sich nicht wie sonst die Mühe, den Raum aufzuräumen, sondern lief direkt zu ihrem Chevy. Da Rhys den ganzen Tag über weder auf ihre Nachrichten noch auf ihre Anrufe reagiert hatte, wollte sie zu ihm fahren, um sich zu vergewissern, dass es ihm gut ging.

Da sie nicht gleich einen Parkplatz fand, blieb ihr nichts anderes übrig, als mehrmals um den Block zu fahren, wobei ihr beim Blick in den Rückspiegel ein grauer Dodge auffiel, der ihr in einigem Abstand folgte. Offenbar war sie nicht die Einzige, die eine Parklücke suchte.

Nachdem sie drei Straßen weiter endlich fündig geworden war, steuerte sie den Hintereingang an, weil sie nach wie vor nicht riskieren wollte, von irgendjemandem gesehen zu werden. Überraschenderweise war die Tür nicht verschlossen.

Vor Rhys' Wohnung im dritten Stock wartete sie einen Moment, dass sich ihr Herzschlag wieder beruhigte. Sie musste jedoch bald einsehen, dass ihr erhöhter Puls nichts mit den Treppen zu tun hatte, sondern allein auf die Aufregung, Rhys gleich wiederzusehen, zurückzuführen war. Vielleicht hätte sie doch vorher anrufen sollen. Was würde er von ihr denken, wenn sie spät am Abend unangekündigt bei ihm auftauchte? Entschlossen vertrieb sie ihre Zweifel, straffte die Schultern und klopfte an. Als sich die Tür öffnete, klappte ihr vor Erstaunen der Mund auf.

Vor ihr stand Amy. Sie trug nichts außer einem Shirt, das ihr eindeutig ein paar Nummern zu groß war und aller Wahrscheinlichkeit nach Rhys gehörte.

»Ja?«, fragte Amy, doch dann schien sie zu erkennen, wen sie vor sich hatte, und trat einen Schritt zurück. »Rhys, du hast Besuch!« Obwohl Charlene am liebsten weggerannt wäre, zwang sie ihre Füße vorwärts, bis sie mitten im Wohnzimmer stand. Rhys lag auf der Couch. Wenigstens war er vollständig angezogen. Bei ihrem Anblick sprang er auf.

»Charlene! Ich wollte dich noch zurückrufen, aber dann kam Amy und hat ihr Bestes gegeben, um mich auf andere Gedanken zu bringen.«

Charlene zog bei seinen Worten eine Augenbraue nach oben. Sie konnte sich nur allzu gut vorstellen, wie Amy ihn von seinen Sorgen abgelenkt hatte. Als Rhys ihren Blick sah, ruderte er sofort zurück. »Nicht was du denkst! Amy hat nur ... also, wir ...«

»Ich wollte nur schauen, ob es dir gut geht. Aber da du nicht alleine bist, kann ich auch ein anderes Mal wiederkommen«, unterbrach Charlene seinen hilflosen Versuch, ihr die Situation zu erklären. Sie hörte selbst, wie zickig sie klang.

Amy, die sie neugierig beobachtet hatte, schlenderte grinsend an ihnen vorbei. »Am besten klärt ihr das untereinander. Ich bin solange im Bad.«

Nachdem sie die Tür hinter sich geschlossen hatte, strich sich Charlene über die Stirn. »Es tut mir so leid! Ich wollte euch nicht stören. Wenn ich gewusst hätte, dass du Besuch hast, wäre ich nie ...«

»Amy ist nur eine Freundin«, fiel Rhys ihr ins Wort und ging mit schnellen Schritten auf sie zu.

»Und warum hat sie dann dein T-Shirt an und sonst nichts?« Sein perplexer Blick brachte sie für eine Sekunde aus dem Konzept. Dann erfüllte sein amüsiertes Lachen den Raum.

»Du bist eifersüchtig!« Charlene konnte sich gerade noch davon abhalten, empört die Fäuste in die Hüften zu stemmen.

»Das bin ich nicht! Was würdest du denn denken, wenn du mich besuchst und dir ein anderer Mann halbnackt die Tür aufmachen würde?«

Rhys kriegte sich nur mit Mühe wieder ein. »Ich habe Amy mein Shirt gegeben, weil sie sich vorhin mit Käsesauce bekleckert hat. Und darunter ist sie keinesfalls nackt, sondern trägt Shorts, nur sind die so kurz, dass man sie nicht sieht.«

Bevor Charlene etwas erwidern konnte, ging die Tür zum Badezimmer wieder auf. Amy hatte Rhys' Oberteil seitlich zusammengeknotet. Ihre Shorts waren in der Tat so knapp geschnitten, dass sie kaum als solche zu bezeichnen waren. Neidvoll musste Charlene zugeben, dass sie Amy ausgezeichnet standen und ihre langen Beine perfekt in Szene setzten. Zu Charlenes Verwunderung verharrte Rhys' Blick aber auf ihr, selbst als Amy näher kam und ihm einen Kuss auf die Wange gab.

»Ruf mich an, wenn du wieder mal Ablenkung brauchst, okay?«

»Das mach ich. Danke, dass du vorbeigeschaut hast.«

»Jederzeit.«

Mit einem dankbaren Lächeln sah Rhys ihr nach, während sie mit schwingenden Hüften das Apartment verließ. Charlene, die immer noch nicht so recht einschätzen konnte, in welchem Verhältnis Amy und Rhys zueinander standen, knetete nervös ihre Finger.

»Wie gesagt, ich bin nur gekommen, um zu schauen, wie es dir geht. Und da du offensichtlich nicht dabei bist, dich in Alkohol zu ertränken oder aus dem Fenster zu stürzen, kann ich jetzt wieder gehen.«

Ehe sie sich abwenden konnte, griff Rhys nach ihrer Hand. Sie schaute überrascht auf, und als ihre Blicke sich trafen, spürte sie, wie sich etwas in ihrem Inneren sehnsuchtsvoll zusammenzog.

»Ich würde dir gerne was zeigen.« Charlene, die tapfer versuchte, mit der Achterbahnfahrt ihrer Gefühle klarzukommen, schaffte es irgendwie, zu nicken. Rhys' Miene erhellte sich, was das Flattern in ihrer Magengegend nur noch verstärkte.

Um der Presse zu entgehen, schlug Rhys vor, dass sie ihren Wagen nahmen. Er dirigierte sie durch die Straßen der City und wies sie bereits nach wenigen Minuten an, einen Parkplatz anzusteuern. Charlene war einen Moment irritiert und fragte sich, warum sie das Auto genommen hatten, wenn sich das Ziel ganz in der Nähe befand, aber als Rhys eine Sonnenbrille aufsetzte und den Kragen seiner Jacke hochschlug, verstand sie seine Beweggründe. Immerhin gingen bereits den ganzen Tag über Fotos von ihm durch die Medien. Er nahm sie bei der Hand und zog sie an einer Schlange von Menschen vorbei auf zwei Türsteher zu, die ihn ohne Nachfragen durchwinkten.

Sobald sie den Vorraum betreten hatten, wurde der laute Protest der Wartenden draußen von lauter Musik im Inneren abgelöst. Rhys steckte seine Sonnenbrille wieder ein und führte Charlene an den Tanzenden vorbei eine geschwungene Treppe hoch. Dort kontrollierte ein weiterer Security den Eingang des VIP-Bereichs, in dem sich einige Auserwählte hinter einer blank polierten Glasscheibe unterhielten und dabei auf das Treiben der Menge hinuntersahen. Bei ihrem Erscheinen hielten die meisten in ihren Gesprächen inne und blickten interessiert zu ihnen herüber. Da Rhys jedoch eine abweisende Miene aufsetzte und direkt einen Tisch in der gegenüberliegenden Ecke des Raumes ansteuerte, wagte niemand, ihn anzusprechen.

Eine in schlichtem Schwarz gekleidete Bedienung erschien wie aus dem Nichts und nahm ihre Bestellung auf. Charlene setzte sich aufrecht hin und ließ ihren Blick durch den riesigen Raum schweifen. Das Gebäude musste früher einmal eine Fabrikhalle gewesen sein, und der jetzige Besitzer hatte die frei liegenden Rohre und das in die Jahre gekommene Mauerwerk geschickt in das moderne Design integriert. Auf einer Bühne stand ein DJ, der die Menge zum Kochen brachte.

»Was meinst du?«, fragte Rhys und blickte sie erwartungsvoll an.

»Es ist nett hier. Man kann feiern, wird selbst aber nur gesehen, wenn man es darauf anlegt. Perfekt für jemanden wie dich, der gerne unter Leuten sein möchte, gleichzeitig jedoch keinen Fanauflauf riskieren will.«

Die Bedienung kehrte mit ihren Getränken zurück. Rhys nahm ihr die Bierflaschen ab und steckte ihr einen Geldschein zu.

»Ist Xavier da?« Die junge Frau, deren offenes, platinblondes Haar bis zur Hüfte reichte, zögerte kurz, ehe sie nickte. »Richte ihm bitte aus, dass ich ihn sprechen möchte.«

Als sie wieder allein waren, beobachtete Rhys schweigend die brodelnde Masse unter ihnen. Er schien tief in Gedanken versunken zu sein, sodass Charlene, der noch immer nicht ganz klar war, warum er sie hierhergebracht hatte, wartete, bis er seine Gedanken mit ihr teilte.

»Hier haben Pascal und ich unser erstes großes Konzert gegeben. In den Innenraum passen etwa zweitausend Leute. Hältst du das für zu ambitioniert?«

Sie brauchte einige Sekunden, bis sie verstand, worauf er hinauswollte. »Du willst hier dein Debütkonzert geben?« Als Rhys nickte, betrachtete sie die Bühne und die sich daran anschließende Tanzfläche mit anderen Augen. Sie selbst hätte eher eine Bar oder einen kleineren Club für Rhys' ersten Auftritt vorgeschlagen, aber es erstaunte sie nicht, dass er in größeren Dimensionen dachte.

»Es ist perfekt!«, erwiderte sie und sah, wie seine Augen bei ihren Worten zu strahlen begannen. Es freute sie, dass er so viel Wert auf ihre Meinung legte.

Bevor er weiter ausholen konnte, kehrte die Bedienung zurück und gab ihnen ein Zeichen, ihr zu folgen. Sie verließen den VIP-Bereich durch eine zweite Tür und liefen einen Korridor entlang, an dessen Wänden Fotos von zahlreichen Bands hingen.

Vor einer Doppeltür blieb die junge Frau stehen und verabschiedete sich mit einem freundlichen Lächeln.

Rhys betrat den Raum, ohne anzuklopfen. Das Zimmer war ebenso wie der VIP-Bereich mit dunklen Marmorfliesen ausgestattet, die größtenteils von einem bordeauxfarbenen Teppich bedeckt wurden. Die stilvollen Wandleuchten tauchten das hochwertige Mobiliar in warmes Licht. Ein dunkelhäutiger Mann, der bei ihrem Eintreten an einem wuchtigen Schreibtisch gesessen hatte, erhob sich und ging mit ausgebreiteten Armen auf sie zu.

»Rhys, mein Lieber, was für eine Freude, dich zu sehen! Und wer ist deine hübsche Begleitung?«

»Xavier, darf ich dir Charlene Hamilton vorstellen? Sie ist ebenfalls Musikerin.«

»Sehr erfreut.«

Während die beiden Männer sich umarmten, sah Charlene sich Xavier genauer an. Sie schätzte ihn auf Ende vierzig. Sein maßgeschneiderter Anzug unterstrich seine imposante Statur, und die grauen Strähnen, die sein schwarzes Haar durchzogen, verstärkten seine charismatische Ausstrahlung. Xavier reichte Charlene die Hand, ehe er auf ein breites Ledersofa deutete.

»Setzt euch bitte! Darf ich euch etwas zu trinken anbieten?«

»Hast du noch diesen hervorragenden Single-Malt-Whiskey?«

»Du meinst den Glengyle, Jahrgang 1999?« Xavier ging zu einer dunklen Anrichte, auf der eine beachtliche Sammlung an Spirituosen stand, nahm drei Gläser und schenkte ihnen großzügig ein. Charlene wartete, bis er ihr das Getränk gereicht und sich in einen der Sessel gesetzt hatte. Dann schnupperte sie neugierig an der bernsteinfarbenen Flüssigkeit. Ein torfiger Geruch schlug ihr entgegen. Sie nahm einen Schluck und spürte der wohligen Wärme nach, die sich daraufhin zuerst in ihrem Hals und dann in ihrem Magen ausbreitete.

Die Männer tranken ebenfalls und nickten sich genießerisch zu.

»Was führt dich zu mir?«, kam Xavier direkt zum Punkt.

»Ich nehme an, du hast davon gehört, dass Pascal und ich uns dazu entschieden haben, für eine Weile getrennte Wege zu gehen.«

»Die ganze Stadt spricht von nichts anderem, und lass mich dir sagen, dass es niemanden gibt, der das mehr bedauert als ich. Immerhin kenne ich euch schon seit euren Anfängen und weiß, wie hart ihr gearbeitet habt, um dahin zu kommen, wo ihr heute seid.« Ein sanftes Lächeln umspielte seine vollen Lippen. »Ich werde nie vergessen, wie Pascal Abend für Abend bei mir aufgekreuzt und mir so lange auf die Nerven gegangen ist, bis ich eingewilligt habe, euch spielen zu lassen. Und ich habe es an keinem einzigen Tag bereut.« Er ließ seinen Blick gedankenverloren durch den Raum schweifen. »Seitdem gebe ich auch immer mal wieder Newcomern eine Chance. Schließlich weiß man nie, ob nicht vielleicht der nächste *Renard* vor einem steht.« Sein dröhnendes Lachen hallte von den Wänden wider und sorgte dafür, dass Charlene sich entspannte. Xaviers gradlinige Art war ihr von Anfang an sympathisch gewesen.

»Und genau deshalb bin ich hier, um dich zu fragen, ob du mein erstes Solokonzert ausrichten willst.«

Charlene hielt gespannt den Atem an. Einerseits freute sie sich, dass Rhys sich endlich dazu entschlossen hatte, konkrete Schritte zu unternehmen, andererseits fürchtete sie, dass eine Ablehnung ihn hart treffen würde. Der Clubbesitzer fixierte ihn, als wollte er prüfen, wie ernst es ihm mit seiner Bitte war.

»Da du selbst zu mir kommst, gehe ich davon aus, dass du noch kein Management hast, das dich vertritt?« Rhys schüttelte den Kopf. Xavier lehnte sich in seinem Sessel zurück. Charlene konnte an seiner Miene nicht ablesen, was in ihm vorging. »Du weißt, was du da von mir verlangst. Wenn ich mich auf deine Seite schlage und Pascal das missfallen sollte, kann mich das teuer zu stehen kommen.«

Es fiel Charlene schwer, sich nicht ins Gespräch einzumischen. Würde es von nun an immer so sein, dass die Leute zuerst daran dachten, wie Pascal reagieren würde, bevor sie in Erwägung zogen, Rhys eine Chance zu geben?

»Xavier«, setzte Rhys an, »ich bin hier, weil du einer meiner ältesten Freunde bist und dieser Club für mich eine besondere Bedeutung hat. Aber wenn du dich damit nicht wohlfühlst, will ich auf keinen Fall …«

»Das habe ich nicht gesagt. Außerdem bin ich dafür bekannt, meine Entscheidungen nicht von der Meinung anderer abhängig zu machen.« Er fixierte eines der Fotos an der Wand, auf dem Charlene bei näherem Hinsehen Pascal und Rhys in jüngeren Jahren erkannte. Den schweißnassen Gesichtern nach zu urteilen musste das Bild direkt nach einem Auftritt entstanden sein. Sie hatten einander die Arme um die Schultern gelegt und strahlten glücklich in die Kamera.

»Und wie hast du dir das vorgestellt?«, brachte Xaviers Stimme sie in die Gegenwart zurück. »Willst du allein spielen oder wirst du dir eine Band suchen?«

»Nur ich.« Xavier gab einen nachdenklichen Laut von sich und schlug lässig die Beine übereinander.

»Dann planst du also eine Solokarriere? Und du hast dir das gut überlegt? Was machst du, wenn Pascal morgen vor deiner Tür steht und dich bittet, zu ihm zurückzukommen?«

Rhys blickte ihm fest in die Augen, als könnte er so die Wirkung seiner Worte verstärken. »Du weißt, dass ich nicht zu dir gekommen wäre, wenn ich es nicht ernst meinen würde.«

Charlene war derart von Rhys' Entschlossenheit gefesselt, dass sie ihm alles geben würde, egal worum er sie gebeten hätte. Xavier hingegen hob in aller Ruhe sein Glas und nahm einen großzügigen Schluck. Es dauerte weitere qualvolle Sekunden, die Charlene wie Stunden vorkamen, bevor er sich vorbeugte und Rhys seine Hand entgegenstreckte.

»Ich stehe in deiner Schuld«, sagte Rhys und schlug ein. Ihm war die Erleichterung deutlich anzumerken. Charlene wäre am liebsten aufgesprungen und hätte Xavier versichert, dass er seine

Entscheidung nicht bereuen würde, hielt sich jedoch zurück. Der Clubbesitzer machte eine abwehrende Handbewegung.

»Du hast mir in all den Jahren so viele hervorragende Bands vermittelt, durch die sich mein Laden zu der Top-Location entwickelt hat, dass vielmehr ich in deiner Schuld stehe«, erwiderte er und erhob sich. Rhys und Charlene standen ebenfalls auf. Die beiden Männer umarmten sich zum Abschied.

»Danke, Xavier. Ich hoffe, du weißt, was es mir bedeutet, dass du mich auf deiner Bühne spielen lässt.«

»Nicht der Rede wert. Lass uns morgen einen Termin ausmachen, damit wir die Details klären können.«

Xavier begleitete sie zur Tür. Rhys wählte dieses Mal die andere Richtung. Der Korridor endete an einer Treppe, die ins Erdgeschoss führte. Kurz darauf standen sie im Freien.

Rhys atmete tief durch. Dann grinste er sie siegessicher an, ehe er sie an der Taille packte und mit einem triumphierenden Jubelschrei herumwirbelte. Sie spürte den kräftigen Griff seiner Hände durch den dünnen Stoff ihres Oberteils und ließ sich von der Welle der Freude mitreißen. Auch wenn sie zum positiven Ausgang des Gesprächs nichts beigetragen hatte, bedeutete es ihr viel, dass Rhys sie zur Unterstützung mitgenommen hatte.

»Ich kann nicht glauben, dass Xavier tatsächlich Ja gesagt hat!«, rief Rhys, nachdem er Charlene wieder auf dem Boden abgestellt hatte. Seine unmittelbare Nähe brachte ihre Sinne durcheinander und machte es ihr schwer, einen klaren Gedanken zu fassen. Ihr Shirt war an einer Seite nach oben gerutscht, sodass seine Finger auf ihrer bloßen Haut lagen. Ihr verräterischer Körper sehnte sich nach mehr – mehr von seinen Berührungen, mehr vom unverwechselbaren Geruch seiner Haut, mehr von dem berauschenden Gefühl der Sicherheit, das sie in seiner Gegenwart empfand. Doch Charlene zwang sich, all ihre verfügbare Willensstärke aufzubringen, um sich aus seinem Griff zu befreien. Verlegen räusperte sie sich.

»Wenn du mich fragst, ist das eine Win-Win-Situation«, stieß sie atemlos hervor. »Er bekommt einen exzellenten Musiker und dazu die Ehre, ihn als Erster präsentieren zu dürfen.«

»So wie du das sagst, klingt es tatsächlich nach einer tollen Chance für uns beide.« Wie selbstverständlich griff er nach ihrer Hand, was Charlenes Herz noch mehr in Aufruhr versetzte. Am Auto angekommen, wollte sie sich von ihm lösen, damit sie einsteigen konnte, als er innehielt. »Danke, dass du heute Abend mitgekommen bist.«

»War mir ein Vergnügen!« Er ging einen Schritt auf sie zu und legte eine Hand auf das Autodach. Charlene lehnte sich gegen das kühle Blech ihres Chevys und hob den Kopf, um ihn weiter anschauen zu können. Hitze breitete sich in ihrem Körper aus. Sie spürte seinen Atem auf ihren Lippen und versuchte, das Schrillen ihrer inneren Alarmglocke zu ignorieren. Rhys neigte ganz langsam seinen Kopf, als wollte er ihr die Chance geben, ihn aufzuhalten. Ihre Lider flatterten, und sie war sich überdeutlich bewusst, wie sehr sich jede einzelne Faser ihres Körpers nach ihm verzehrte. Die Anziehung war so stark, dass sie sich am liebsten in seine Arme geworfen und alle Erfahrungen, die sie zur Vorsicht mahnten, vergessen hätte. Doch ehe seine Lippen die ihren berühren konnten, hob sie eine Hand und legte sie auf seine Brust. Sie konnte seinen beschleunigten Herzschlag unter dem weichen Stoff seines Hemds fühlen und war froh, dass ihre Nähe ihn ebenfalls nicht kaltzulassen schien.

»Charlene, ich ...«, begann er, doch sie schüttelte den Kopf. Sie war noch nicht bereit, eine Entscheidung zu treffen, auch wenn sie tief in ihrem Inneren ahnte, dass sie Rhys in den vergangenen Wochen schon viel zu nahe an sich herangelassen hatte. Es war nicht fair von ihr, falsche Hoffnungen in ihm zu wecken. Der verletzliche Ausdruck in seinen Augen tat ihr in der Seele weh. Sie durfte nicht zulassen, dass ihre Unentschlossenheit ausgerechnet dem Menschen Schmerz zufügte, der ihr von Anfang an nur Freundlichkeit entgegengebracht hatte, auch wenn ihr Verhalten ihm gegenüber nur schwer nachvollziehbar war.

»Ich weiß nicht, ob ich schon bereit bin, mich auf etwas Neues einzulassen«, antwortete sie mit zitternder Stimme auf seine unausgesprochene Frage. Sie hasste sich selbst dafür, dass sie es ihnen beiden so schwer machte. Tränen stiegen in ihr auf und schnürten ihr den Hals zu. Bevor sie die Fassung verlieren konnte, schlang Rhys beide Arme um sie und zog sie fest an sich. Die Wärme seines Körpers besänftigte ihre aufgewühlten Gefühle, während seine Berührung ihren Puls zugleich in ungeahnte Höhen trieb. »Es tut mir so leid!«, murmelte sie und schmiegte sich an ihn. »Zuerst rufe ich dich mitten in der Nacht an und erzähle dir, wie sehr ich dich vermisse, und dann …«

»Sch …« Sie spürte seine Hand, die ihr beruhigend übers Haar strich. »Es gibt nichts, wofür du dich entschuldigen müsstest. Außerdem habe ich dich auch vermisst.«

»Ehrlich?« Blinzelnd schaute sie zu ihm auf, worauf er ihr lächelnd eine Haarsträhne hinters Ohr schob.

»Was hast du denn gedacht?« Ihre Haut stand in Flammen, wo seine Fingerspitzen sie berührten. »Wie wäre es, wenn wir die Sache mit uns langsam angehen würden? Du triffst die Entscheidungen. Und wenn du noch Zeit brauchst, ist das für mich völlig okay. Mir genügt es, in deiner Nähe zu sein.«

Charlene schluckte. Rhys musste sie wirklich mögen, wenn er ihr ein derart selbstloses Angebot machte. Die Männer, die sie bisher kennengelernt hatte, waren weniger geduldig gewesen, und auch ihre Mutter hatte ihr immer wieder eingeschärft, einen Mann nicht zu lange hinzuhalten, wenn sie nicht riskieren wollte, ihn an eine andere zu verlieren.

»Dann sind wir Freunde?«

»Freunde – oder mehr, ganz wie du möchtest. Und was deinen Job angeht, kann ich nur hoffen, dass Luis unsere Freundschaft tatsächlich so entspannt sieht, wie du behauptest.« Er bedachte sie mit einem besorgten Blick.

»Lass Luis ruhig meine Sorge sein! Er würde es nicht wagen, mich zu feuern. Dann würde schließlich seine geliebte Schwester ihre Mitbewohnerin verlieren und müsste sich darüber hinaus eine neue Sängerin für ihre Band suchen.«

Rhys' Augen leuchteten auf. »Dann fängst du wieder an zu singen?« Die unüberhörbare Freude in seiner Stimme zauberte Charlene ein Lächeln auf die Lippen.

»Zuerst mal nur auf Probe.«

»Aber es hat dir Spaß gemacht?«

»Es war ein wahnsinnig tolles Gefühl!«

»Besser als unser Auftritt?«, hakte Rhys nach und legte den Kopf schräg, worauf ihm eine seiner Locken in die Stirn fiel. Wie gerne hätte Charlene sie zurückgestrichen, doch sie widerstand dem Impuls und schüttelte stattdessen lachend den Kopf.

»Auf keinen Fall! Aber es war nahe dran.«

KAPITEL 24

Rhys

Obwohl er in den vergangenen Nächten kaum geschlafen hatte, schnappte Rhys sich zu Hause seine Gitarre und setzte sich auf die Couch. Während seine Finger über die Saiten strichen, drehten sich seine Gedanken um Charlene.

Wo hatte er sich da bloß hineingeritten? Er war doch zu dem Schluss gekommen, dass eine Beziehung nicht für ihn infrage kam. Eine feste Freundin passte nicht zu seinem Leben. Am Ende saß er jedes Mal vor einem riesigen Scherbenhaufen und musste sich erneut eingestehen, dass er nicht in der Lage war, einer Frau so viel Zeit und Aufmerksamkeit zu schenken, wie nötig waren, um sich eine gemeinsame Zukunft aufzubauen.

Es war egoistisch und dumm von ihm, ausgerechnet Charlene Hoffnungen zu machen, die ganz offensichtlich ihr eigenes Päckchen mit sich herumtrug. Sie versuchte, in Vancouver neu anzufangen, und das Letzte, was sie gebrauchen konnte, war eine Beziehung mit ihm, die von Anfang an zum Scheitern verurteilt war.

Rhys griff härter und schneller in die Saiten und spürte, wie sich sein aufgewühltes Inneres dabei beruhigte. Er liebte es, die straff gespannten Stahlsaiten unter seinen Fingerkuppen zu spüren. Die Gitarre war wie eine natürliche Verlängerung seines Körpers, das perfekte Instrument, um seine Gefühle in Musik umzuwandeln.

Er dachte an seine letzte Freundin, die vielen Partys, bei denen sie ihn von anderen Frauen umringt hatte sehen müssen, die zahlreichen Nächte, in denen er auf Tour gewesen war, die langen Telefonate, die doch nie ausgereicht hatten. Würde Charlene das wollen? Und war er bereit, ihr so ein Leben überhaupt zuzumuten? Er hatte es am eigenen Leib erfahren und bei vielen seiner Kolleginnen und Kollegen beobachtet, wie hart es war, als Profimusiker eine Beziehung zu führen. Den wenigsten gelang es auf Dauer.

Er musste aufhören, dem Wunsch nach einer Partnerin Raum zu geben, mit der er sein Leben und seine Träume teilen konnte. Das wäre Charlene gegenüber nicht fair. Ob sie sich ebenso wie er eine Familie wünschte? Falls sie Kinder wollte, dann sicher nicht von jemandem, der ständig durch die Welt tourte.

Auf der anderen Seite war er nun nicht mehr Teil von *Renard*. Niemand konnte wissen, wie sich seine Solokarriere entwickelte, und obwohl er sich nach Erfolg, Ruhm und Anerkennung sehnte, lag es doch allein in seiner Hand. Er konnte entscheiden, wie viele Alben er herausbrachte und wie oft und wie lange er auf Tour war. Rhys spielte eine letzte Akkordfolge, bevor er die Gitarre zur Seite legte. Das hörte sich theoretisch gut an, doch Tatsache war, dass er sich an die Regeln halten musste. Wenn er erfolgreich sein wollte, sollte er alle zwei Jahre ein neues Album herausbringen, an das sich im Optimalfall eine Tour anschloss. Nur die ganz Großen wie *Renard* konnten sich gelegentliche Abweichungen erlauben, aber an dem Punkt war er noch lange nicht. Würde sich das Publikum überhaupt für ihn interessieren oder würde er sang- und klanglos in der Masse der ambitionierten Musiker untergehen? Wussten die Menschen, wer er war? Zwar hatten Millionen Zuschauerinnen und Zuschauer ihn im Laufe der Jahre auf der Bühne gesehen, aber kannten sie seinen Namen, oder war er einfach nur »der Gitarrist von *Renard*«?

Seufzend lehnte er sich zurück und fuhr sich mit einer Hand durch die widerspenstigen Locken. Er konnte hier sitzen bleiben und sich den Kopf zerbrechen, oder er konnte versuchen, etwas Schlaf nachzuholen und am nächsten Tag mit frischer Energie durchzustarten.

Als er im Bett lag und ihm die Lider schwer wurden, kehrten seine Gedanken erneut zurück zu Charlene. Er bewunderte sie dafür, dass sie alles hinter sich zurückgelassen hatte, um auf der anderen Seite des Landes ein neues Leben anzufangen. Vielleicht würde sie ihm eines Tages genug vertrauen, um ihm ihre Geschichte zu erzählen. Was sie dazu bewogen hatte, nach Vancouver zu kommen, und warum es ihr so schwerfiel, sich auf ihn einzulassen. Und bis es so weit war, würde er ihr einfach jeden Tag aufs Neue beweisen, dass sie sich auf ihn verlassen konnte und er es wert war, ihre Ängste zu bezwingen.

Nach einer kurzen Nacht nahm sich Rhys vor, die Planung seines Solokonzertes in Ruhe und mit System anzugehen. Doch bereits am Mittag musste er einsehen, dass es unmöglich war. Xavier hatte mit ihm am Vormittag alle nötigen Details besprochen und ihn im Anschluss an seine Eventmanagerin weitergereicht. Als sie hörte, dass Rhys keinen Manager hatte, entwich ihr ein gequältes Stöhnen. Doch dann riss sie sich zusammen und schenkte ihm ihr professionelles Lächeln.

»Keine Sorge – wir bekommen das alles hin. Ich werde meine Assistentin bitten, die Pressetermine für dich zu vereinbaren. Wir brauchen Fotos, Interviews, ein Feature wäre auch nicht schlecht, und ein, zwei Previews. Am besten buche ich einen Fotografen und ein Kamerateam, das den Soundcheck filmt. Daraus können sie sicher einen brauchbaren Teaser zusammenschneiden. Es wäre daher gut, wenn du dich in naher Zukunft mit Andrew, dem Toningenieur des Clubs, treffen könntest.«

Nach dem Videocall brummte Rhys der Schädel. Erst jetzt wurde ihm so richtig bewusst, welchen Berg an Aufgaben Henry Tag für Tag zu bewältigen hatte. Bei einem Blick auf die Notizen, die er sich während des Gesprächs gemacht hatte, verließ ihn für einen Moment der Mut. Doch dann atmete er einmal tief durch und stand auf. Er musste lediglich Punkt für Punkt auf der Liste abhaken, um am Ende auf der Bühne zu stehen und seine Songs zu performen. Wenn er sein Ziel ganz fest vor Augen hatte, würde er die nötige Energie aufbringen, sich all diesen Aufgaben zu stellen.

An den meisten Abenden kam Charlene vorbei, manchmal auch Lilly. Die beiden hatten sich auf Anhieb gut verstanden. Während Charlene am Tresen saß und sich während seiner Probedurchläufe fleißig Notizen machte, um ihn im Anschluss mit Verbesserungsvorschlägen zu bombardieren, lümmelte seine kleine Schwester gemütlich auf dem Sofa und genoss es, seinen Liedern zu lauschen und Zeit mit ihm zu verbringen. Sie fand alles »wahnsinnig aufregend« und betonte mehr als einmal, wie froh sie war, dass Rhys sich endlich traute, sein eigenes Ding durchzuziehen.

Seine Eltern sahen die Trennung von *Renard* und seine Pläne, sich als Solokünstler zu versuchen, etwas kritischer. Sie machten sich Sorgen um seine Zukunft, und obwohl Rhys ihnen mehrfach versicherte, dass er in der Vergangenheit genug Geld verdient hatte, um nie wieder arbeiten zu müssen, blieben sie misstrauisch. Sie waren zu lange arm gewesen, hatten jeden Cent drei Mal umdrehen müssen, und dennoch hatte es nie gereicht. Und obwohl es ihnen dank Rhys' großzügiger Unterstützung schon seit einigen Jahren sehr gut ging, sie in ein gutes Viertel umgezogen waren, in einem schönen Haus lebten und finanziell versorgt waren, saß die Angst tief. Rhys gab sein Bestes, indem er sie in regelmäßigen Abständen anrief, um ihnen von seinen Fortschritten zu berichten und ihnen jedes Mal aufs Neue zu versichern, dass alles nach Plan lief.

Xavier, mit dem er sich gelegentlich auf einen Drink traf, um über die guten alten Zeiten zu plaudern, riet ihm mehrfach, sich einen Manager zu suchen. Und obwohl Rhys täglich mit Anfragen von renommierten Managementfirmen überschüttet wurde, scheute er sich davor, diesen letzten Schritt zu gehen. Wer wusste schon, was die Zukunft bringen würde? Viele Bands hatten sich für eine Weile getrennt und waren später wieder zusammengekommen. Er hatte die leise Hoffnung, dass Pascal ihn als gleichberechtigten Musiker ansehen würde, wenn er ihn alleine auf der Bühne erlebt hatte. Wenn er Zeuge davon wurde, wie sein Album die Charts stürmte, und zugeben musste, dass auch er erfolgreich war. Würde er sich in die Hände eines ambitionierten Managements begeben, wäre eine Rückkehr zu *Renard* deutlich schwieriger. Ein Manager würde im großen Stil planen wollen, einen Vertrag mit einem namhaften Label aushandeln, die nächsten Alben und Tourneen organisieren, und dafür fühlte Rhys sich noch nicht bereit. Er wollte zuerst seinen Debütauftritt hinter sich bringen und sehen, wie es lief, bevor er weitere Entscheidungen traf.

Auch wenn er es genoss, sich endlich ausschließlich mit seiner Musik beschäftigen zu können, fehlten ihm der Zusammenhalt der Band, die provokanten Sprüche von Jared, der trockene Humor von Zac und Alex' Fähigkeit, mit einer einzigen Bemerkung direkt ins Schwarze zu treffen. Sogar Pascals perfektionistischen Anspruch, der ihn so oft in den Wahnsinn getrieben hatte, vermisste er, allem voran die nonverbale Art ihrer Konversation. Es hatte ein Blick genügt, um zu wissen, was der andere dachte, ein Lächeln, um sich eine gemeinsame Erinnerung ins Gedächtnis zu rufen. Es fiel ihm nicht leicht, auf den Menschen zu verzichten, der jahrelang sein bester Freund gewesen war. Aber jedes Mal, wenn er sein Handy in die Hand nahm, um ihn anzurufen, sagte ihm eine innere Stimme, dass er Geduld haben musste, wenn sich an der Dynamik ihrer Freundschaft etwas ändern sollte.

»Die Setliste steht. Magst du noch mal drüberschauen?«

Rhys nahm Charlene das lose Blatt Papier aus der Hand und überflog die Songtitel. »Ich bin mir immer noch nicht sicher, ob ich *Live Your Life* direkt hinter *Behind Our Words* spielen sollte.«

Charlene blickte ihn geduldig über den Rand ihres Wasserglases an. »Wir waren uns einig, dass *Behind Our Words* einen starken Kontrast braucht. Und was eignet sich da besser als ein Uptempo-Song, der die Menge wieder zum Rasen bringt?«

Rhys fuhr sich zweifelnd über die Stirn. »Und was ist, wenn den Leuten meine Balladen nicht gefallen? Wenn sie zu gefühlsduselig sind?«

Sie schüttelte entschieden ihren Kopf. »Wenn die Ersten ihre Handytaschenlampen schwenken, wirst du an meine Worte denken. Deine Musik ist alles andere als gefühlsduselig. Deine Texte mögen emotional sein, aber sie sind vor allem tiefgründig. Wenn du singst, bekomme ich eine meterdicke Gänsehaut. Du bringst mich dazu, all die Gefühle zu durchleben, von denen du erzählst. Deine Musik ist einzigartig, und es ist unmöglich, sich ihr zu entziehen!«

Rhys schaute sie einen Moment an, bevor er seine Hand auf ihre legte. »Ich glaube, das ist das schönste Kompliment, das ich je bekommen habe.«

»Dann warte mal die Kritiken zu deinem Debüt ab«, erwiderte sie, und das atemberaubende Lächeln, mit dem sie ihn bedachte, stellte sein Versprechen, es langsam angehen zu lassen, auf eine harte Probe. Charlene mochte die pure Versuchung sein mit ihren verführerischen Kurven und der schlanken Taille, aber viel mehr als ihre körperlichen Reize zog ihn ihre überwältigende Begeisterung in den Bann, mit der sie ihn trotz ihrer langen und anstrengenden Arbeitstage immer wieder aufs Neue ansteckte. Die Musik war ihre Leidenschaft ebenso sehr wie seine. Sie verstand, was es für ihn bedeutete, sich seinen Traum zu erfüllen, und war für ihn da – und das war mehr, als Rhys sich je von einer Beziehung zu erhoffen gewagt hätte.

KAPITEL 25

Charlene

»Sehen wir uns morgen?«, fragte Rhys, als Charlene aufstand und ihre Sachen zusammensuchte.

»Morgen probe ich mit der Band.«

»Du ziehst das wirklich durch.« Sie wich seinem Blick aus, da sie sich immer noch nicht sicher war, ob sie das Richtige tat.

»Für den Moment passt es ganz gut, und die Mädels verlassen sich auf mich. Suzanne freut sich, dass sie sich wieder mehr aufs Gitarrespielen konzentrieren kann, und Kyra und Linda brauchen jemanden, der zwischen ihnen vermittelt, wenn sie sich in die Haare geraten. Ich frage mich ernsthaft, wie sie es all die Jahre geschafft haben, sich nicht gegenseitig in den Wahnsinn zu treiben. Die beiden sind so unterschiedlich wie Tag und Nacht. Und trotzdem liegt da so eine gewisse Spannung in der Luft, sobald sie sich zusammen in einem Raum aufhalten. Ich vermute, dass eigentlich etwas ganz anderes hinter ihren Kabbeleien steckt.«

»Ich würde die Truppe zu gern mal kennenlernen.«

Charlene rang einen Moment mit sich, doch dann beschloss sie, zur Abwechslung einmal mutig zu sein. »Du könntest mich morgen Abend abholen.«

Rhys, der zu ahnen schien, wie viel es sie kostete, ihn einen weiteren Schritt in ihr Leben zu lassen, nickte vorsichtig. »Wenn es für dich okay ist. Aber bevor du gehst, hab ich noch etwas für dich.« Er nahm sie an der Hand und zog sie zu der Wand, an der seine Gitarren hingen. Charlene konnte immer noch nicht glauben, dass ein einzelner Mensch so viele Instrumente besitzen konnte. Andererseits war es Rhys' Beruf, und sie hatte im Lauf ihrer abendlichen Sessions zu verstehen gelernt, warum er für den einen Song eine Stratocaster nahm und für den nächsten eine Telecaster bevorzugte. Am liebsten spielte er jedoch auf seiner Gibson, deren einprägsamer Klang perfekt zu seinem rockigen Stil passte.

Rhys ging zu dem Ständer, auf dem seine Westerngitarren aufgereiht waren, und wählte zielsicher eine aus. Ihr Corpus war von einem satten Grün, das sich zu den Saiten hin verdunkelte. Auffordernd hielt er sie Charlene entgegen, die sie zögerlich ergriff und ein paar Akkorde anschlug.

»Wow! Was für ein Sound!« Liebevoll strich sie mit der Hand über das lackierte Holz.

»Das war eine meiner allerersten Gitarren. Sie hat mir immer Glück gebracht.« Charlene wusste, wie viel Rhys seine »Babys« bedeuteten, und fühlte sich geehrt, dass er sie ihr zeigte.

»Ein wunderschönes Instrument!«

»Wenn du willst, gehört sie dir.«

Sie schaute ungläubig zu ihm auf. »Was? Nein! Das kann ich unmöglich annehmen. Sie ist viel zu wertvoll.« Sein dunkles Lachen drang bis in ihr Innerstes.

»Ich habe sie mit sechzehn bei einem Pfandleiher gekauft. Er hat sie mir zu einem mehr als fairen Preis überlassen.«

Charlene bedachte ihn mit einem tadelnden Blick. »Es gibt unterschiedliche Formen von Wert. Außerdem möchte ich mir gar nicht vorstellen, was sie heute auf einer Versteigerung einbringen würde – eine Gitarre von Rhys McLeod, die ihn auf seinen Tourneen begleitet und ihm zu seinem Weltruhm verholfen hat.«

»Du übertreibst!«

»Ich weiß dein Angebot zu schätzen, aber …«

»Wie wäre es, wenn ich sie dir leihe?«, fragte er und verschränkte demonstrativ die Arme vor der Brust, anstatt die Gitarre, die Charlene ihm hinhielt, entgegenzunehmen. »Du hast doch gesagt, dass eure Band eine zweite Gitarristin braucht, und da du mir mehr als einmal bewiesen hast, wie versiert du mit einer Gitarre umgehen kannst, musst du sie annehmen. Es sei denn, du hast vor, weiterhin nur zu singen.«

Charlene knabberte unschlüssig auf ihrer Unterlippe herum. Rhys kannte sie mittlerweile verdammt gut. Er wusste genau, an welchen Hebeln er ziehen musste, um sie dahin zu bekommen, wo er sie haben wollte. Eigentlich sollte es ihr Angst machen, aber zu ihrer Verwunderung fand sie es schön, einen Freund zu haben, der sie derart gut verstand. Dennoch schaute sie ihn entschlossen an und bemühte sich um einen möglichst strengen Tonfall.

»Eine Leihgabe – kein Geschenk!« Er nickte, und obwohl er sich sehr anstrengte, ernst zu bleiben, sah Charlene das Zucken seiner Mundwinkel. »Und nur so lange, bis ich mir eine eigene leisten kann.«

»Alles, was du willst.« Sie gab sich Mühe, seinen letzten Satz nicht zu sehr an sich ranzulassen, denn darin schwang unüberhörbar mit, dass es ihm um viel mehr ging als nur um eine Gitarre.

Es fiel Charlene schwer, sich zu konzentrieren. Ihre Gedanken schweiften immer wieder zu der Gitarre, die in ihrem Zimmer auf sie wartete. Am liebsten hätte sie sie mit zur Arbeit genommen, um in ihrer Pause ein wenig zu spielen, doch das würde nur unnötige Diskussionen auslösen. Schließlich war davon auszugehen, dass die Bandmitglieder, allen voran Pascal, Rhys' Glücksbringer sofort erkennen würden. Zum Glück schien niemandem ihre Zerstreutheit weiter aufzufallen.

Alex stieß ein zufriedenes Seufzen aus, als er sich von der Liege erhob. Nachdem er sich sein Shirt wieder übergestreift hatte, blieb er in der offenen Tür stehen.

»Hast du was von Rhys gehört?«

Charlene wäre bei der Erwähnung seines Namens beinahe zusammengezuckt und schaffte es nur unter größtmöglicher Anstrengung, eine neutrale Miene aufzusetzen.

»Wie kommst du darauf?«, wich sie aus und fragte sich, ob Alex, der ein sehr genauer Beobachter war, vielleicht doch mitbekommen hatte, dass sie seit dem gestrigen Abend nicht mehr aufhören konnte zu lächeln, und daraus die falschen Schlüsse gezogen hatte. Oder die richtigen, je nachdem wie man es betrachten wollte.

»Ich dachte nur, weil ihr euch gut verstanden habt.«

Sie blickte ihm in die Augen und versuchte herauszufinden, ob mehr hinter seinen Worten steckte.

»Im Gegensatz zu dir kenne ich Rhys seit fünf Minuten. Und wenn du wissen willst, wie es ihm geht, solltest du dein Handy in die Hand nehmen und ihn anrufen.« Charlene hörte selbst, wie vorwurfsvoll sie klang.

Alex schaute betreten zu Boden. »Du hast recht. Das sollte ich tun.« Er grinste sie schief an. »Sag ihm trotzdem schöne Grüße, wenn du ihn siehst.« Ehe sie widersprechen konnte, hatte er den Raum verlassen.

»Charlene, jetzt komm endlich! Wir müssen los!«, drängte Suzanne und klimperte auffordernd mit den Schlüsseln. Charlene kam aus ihrem Zimmer gestoben, raste in die Küche und faltete im Rekordtempo leere Saft- und Milchkartons zusammen, bevor sie sie in den Müll beförderte und ihren Blick ein letztes Mal prüfend durch die Wohnung wandern ließ.

»Du musst dringend aufhören, hinter mir herzuräumen! Niemand erwartet, dass du alleine die ganze Arbeit machst.«

»Ich soll nicht aufräumen?«, fragte Charlene verwirrt.

»Es wäre gelogen, wenn ich behaupten würde, es nicht zu genießen, dass ich quasi nichts mehr machen muss, seit wir zusammenwohnen – aber so geht das nicht! Wenn es dir Spaß macht, ständig zu putzen, oder du es brauchst, um dich wohlzufühlen, nur zu! Aber wenn du es tust, weil du glaubst, dass ich es von dir erwarte, dann vergiss es! In Zukunft teilen wir uns die Hausarbeit. Einverstanden?« Charlene nickte. »Allerdings muss ich dich warnen. Bei mir kann es schon mal ein paar Tage dauern, bevor ich einsehe, dass es dringend an der Zeit ist, Geschirr zu spülen oder das Bad zu putzen.«

Suzanne wollte gerade hinter ihnen abschließen, als Charlene in ihr Zimmer rannte und wenige Sekunden später mit dem Gitarrenkoffer zurückkam.

»Was ist das denn? Hast du dir eine Gitarre gekauft? Zeig her!«

»Ich denke, wir haben es eilig?«

»So viel Zeit haben wir auf jeden Fall!« Suzanne tippte ungeduldig mit der Fußspitze auf den Boden, während Charlene den Koffer abstellte, ihn öffnete und das Instrument herausnahm. Suzannes Augen weiteten sich überrascht.

»Ist das etwa Rhys' *Martin*?«

Es wunderte sie nicht, dass Suzanne als großer Fan von *Renard* und Gitarristin Rhys' Schätzchen auf den ersten Blick erkannte. Als sie nickte, bekam ihre Miene etwas geradezu Ehrfürchtiges.

»Du musst ihm viel bedeuten, wenn er dir seine Lieblingsgitarre anvertraut.«

»Er hat sie mir nur geliehen«, erklärte sie und spürte, wie sie errötete.

»Ich kenne Rhys nicht so gut wie du, aber ich weiß, dass er seine Instrumente nicht willkürlich verleiht. Und seine *Martin* liebt er ganz besonders. Er hat mal in einem Interview erzählt, wie er sie bei einem Pfandleiher entdeckt und ihn jeden Tag bequatscht hat, sie für ihn aufzuheben, bis er das Geld zusammenhatte. Der Typ hätte sie schon x-Mal verkaufen können, aber ihm hat Rhys' Hartnäckigkeit imponiert, und so hat er Wort gehalten und sie fast ein Jahr für ihn aufbewahrt.«

»Ein Jahr?« Charlene konnte kaum fassen, dass Rhys ihr den entscheidenden Teil der Geschichte vorenthalten hatte. Sie würde bei nächster Gelegenheit mit ihm darüber reden. Auf der anderen Seite schien es ihm wichtig zu sein, sie zu unterstützen. Und er hatte richtig erkannt, dass sie die Gitarre niemals angenommen hätte, wenn sie gewusst hätte, welchen emotionalen Wert sie für ihn besaß. Sie fluchte leise, als ihr wieder auffiel, dass sie Rhys viel zu nahe an sich herangelassen und ihre Vorsätze, sich von Männern fernzuhalten, die ihre Gefühle durcheinanderbrachten, längst in den Wind geschrieben hatte.

KAPITEL 26

Rhys

Rhys setzte mit einem erleichterten Seufzen einen Haken hinter den letzten Punkt auf seiner To-do-Liste, als es an der Tür klingelte. Nach einem Blick auf den Monitor der Überwachungskamera drückte er auf den Summer. Er wartete, bis der Aufzug im obersten Stockwerk eintraf. Nachdem die Türen sich geöffnet hatten, trat Alex heraus, bewaffnet mit einem Sechserpack Bier und zwei Pizzakartons.

Rhys blieb einen Moment in der Tür stehen und sah seinen Freund an, ehe er einen Schritt zur Seite ging und ihn hereinließ. Alex stellte die Getränke und das Essen auf dem Tresen ab, bevor er sich zu Rhys umwandte.

»Hey, Mann! Gut siehst du aus!« Als Rhys nichts erwiderte, fuhr er fort: »Es tut mir leid! Ich hätte mich eher bei dir melden sollen.«

»Und da dachtest du, du kommst einfach mit Bier und Pizza vorbei, so wie früher, und alles ist wieder gut?« Unter Rhys' scharfen Worten zog Alex den Kopf ein. Ihm stand das schlechte Gewissen förmlich ins Gesicht geschrieben, worauf Rhys seinem Freund auf die Schulter schlug und ihn von seinen Qualen erlöste. »Eine verdammt gute Idee! Ich sterbe nämlich vor Hunger!« Verdutzt blickte Alex ihn an.

»Dann bist du nicht sauer?«

Rhys klappte den Pizzadeckel auf und nickte zufrieden. »Peperoni, Pilze, Speck und extraviel Käse!« Dann öffnete er zwei Bierflaschen und bedeutete Alex, sich zu ihm an die Bar zu setzen. Nachdem Rhys das erste Pizzastück verschlungen hatte, ging er auf Alex' Frage ein. »Du vergisst, dass ich Pascal länger kenne als ihr. Ich kann mir vorstellen, dass ihr erst mal etwas Zeit gebraucht habt, um euch neu zu sortieren.«

»Trotzdem hätte ich anrufen können, um zu fragen, wie es dir geht.«

Rhys legte ihm eine Hand auf den Arm. »Du bist jetzt hier. Das ist alles, was für mich zählt.« Erleichtert stieß Alex den Atem aus.

»Danke, Mann!« Sie aßen in einvernehmlichem Schweigen, ehe sie sich mit einer zweiten Flasche Bier auf die Couch setzten. »Wie läuft's bei dir?«

»Ich habe jede Menge Zeit, an meinen Songs zu arbeiten. Lilly kommt mehrmals in der Woche vorbei, und ohne Char…« Er hielt mitten im Wort inne. Beinahe hätte er Alex verraten, wer dafür verantwortlich war, dass er nicht aufgab, wenn seine Selbstzweifel ihn zu überwältigen drohten oder ihm die Planung des Konzerts über den Kopf wuchs.

Doch als er wieder aufsah, trug Alex' ein breites Grinsen im Gesicht. »Also doch! Ich habe sie heute darauf angesprochen. Sie hat meine Frage nur mit einer Gegenfrage beantwortet und mir danach den Kopf gewaschen, dass ich gefälligst selbst herausfinden soll, wie es dir geht. Ziemlich schlau! Aber das ist für dich vermutlich nichts Neues.«

Rhys tat, als könnte er den Gedankengängen seines Freundes nicht folgen. »Von wem redest du?«

Alex' Grinsen vertiefte sich. »Sehr nobel von dir, dass du sie schützen willst, aber selbst ein Blinder würde bemerken, wie sehr sie sich in den vergangenen Wochen verändert hat. Nachdem du weg warst, ist Charlene eine Zeit lang wie ein Schatten durch die Villa gehuscht, als würde sie versuchen, mit den Wänden zu verschmelzen. Sie war völlig übernächtigt, ist bei dem kleinsten Geräusch zusammengezuckt und hat den Eindruck gemacht, als würde sie jeden Moment die Flucht ergreifen. Aber in letzter Zeit ist sie richtig gut drauf. Sie summt während der Massage leise vor sich hin, ihr Lächeln reicht von einem Ohr zum anderen, und abends kann sie es kaum erwarten, die Villa zu verlassen. Also, wenn du mich fragst, würde ich jede Wette eingehen, dass ein Mann dahintersteckt.«

»Kann schon sein«, antwortete Rhys ausweichend, worauf Alex amüsiert die Arme vor der Brust verschränkte.

»Du willst also behaupten, dass du mit ihrem Stimmungswandel nichts zu tun hast?«

»Das habe ich nicht gesagt.«

»Verstehe. Dann lass es mich anders formulieren: Wer auch immer es ist, mit dem Charlene ihre Abende verbringt, ist ein verdammter Glückspilz! Sie ist eine tolle Frau, ein bisschen zu verschlossen vielleicht, aber du bist ja noch nie vor einer Herausforderung zurückgeschreckt.«

Wie gern hätte Rhys seinem Freund erzählt, dass es auch für ihn nicht immer leicht war, Charlenes Verhalten nachzuvollziehen. Er spürte, dass sie sich zu ihm hingezogen fühlte, und fragte sich, warum sie ihn dennoch auf Abstand hielt. War es sein Beruf, der sie abschreckte? Oder fürchtete sie etwa, er könnte ihr Vertrauen missbrauchen? Entschlossen drängte er die Fragen zurück und nahm stattdessen einen Schluck von seinem Bier, ehe er das Thema wechselte.

»Wie läuft es mit dem neuen Album?«

»Willst du das wirklich wissen?« Alarmiert von Alex' besorgtem Tonfall blickte er auf. Interessierte es ihn, wie es seiner ehemaligen Band ging? Auch wenn er fürchtete, dass es ihm wehtun könnte, zu hören, dass sie auch ohne ihn zurechtkamen, brannte er darauf, zu erfahren, was sich seit seinem Weggang ereignet hatte.

Alex atmete tief durch. »Wir proben seit einer Woche wieder in voller Besetzung.« Rhys' Hand, die noch immer die Bierflasche hielt, begann zu zittern. Langsam setzte er sie auf dem gläsernen Couchtisch ab, wobei er trotz aller Vorsicht ein klirrendes Geräusch verursachte. Obwohl er wusste, dass Pascal einen Ersatz für ihn gefunden hatte, traf ihn die Realität härter als erwartet. Schweigend ließ er den Kopf hängen und strich sich mit einer Hand über die Stirn. Die bloße Vorstellung, dass jemand anderes neben Pascal, Alex, Jared und Zac auf der Bühne stand und seinen Part übernahm, löste ein Gefühl der Übelkeit in ihm aus. »Wir werden es morgen der Presse mitteilen.«

»Bist du deswegen hier?«

»Ich wollte, dass du es von einem von uns erfährst.« Er seufzte. »Keiner hätte sich je vorstellen können, dass du mal nicht mehr zu uns gehörst. Du warst der Kitt, der uns zusammengehalten hat. Niemand weiß, wie *Renard* in Zukunft ohne dich funktionieren soll.«

»Ihr bekommt das schon hin«, murmelte Rhys und trank sein Bier aus. »Es war nett von dir, dass du vorbeigeschaut hast.«

»Wie gesagt, ich hätte viel früher kommen sollen.« Rhys wollte widersprechen, doch Alex hob abwehrend eine Hand. »Pascal ist unser Bandleader, und das macht er die meiste Zeit über verdammt gut, aber er sollte nicht allein darüber entscheiden, was wir spielen. Wer weiß, wenn wir uns geschlossen hinter dich gestellt hätten, wäre die Sache vielleicht ganz anders ausgegangen.«

»Oder wir würden jetzt alle ohne Job dastehen.«

Rhys erhob sich und begleitete seinen Freund zur Tür, wo Alex zögernd stehen blieb. »Es gefällt mir nicht, dich so niedergeschlagen zu sehen. Was hältst du davon, wenn wir eine Runde um die Häuser ziehen – wie in alten Zeiten?«

Rhys dachte nach. »Da habe ich eine bessere Idee!«

Alex stellte keine Fragen, als er seinem Freund durch den schlecht beleuchteten Korridor eines heruntergekommenen Gebäudes folgte, das sich auf einem ehemaligen Fabrikgelände befand. Aus den Räumen, die links und rechts abgingen, schlug ihnen ohrenbetäubender Lärm entgegen. Rhys checkte noch einmal die Nachricht auf seinem Handy, ging dann zielstrebig auf die letzte Tür am Ende des Gangs zu und trat ein.

Als Charlene ihn sah, wurde das Leuchten in ihren Augen noch heller. Rhys stockte der Atem. Sie hatte noch niemals so schön ausgesehen wie in diesem Moment. Ihre Wangen waren gerötet, und auf ihren Lippen lag ein umwerfendes Lächeln, das ihn vergessen ließ, dass sie sich erst seit wenigen Wochen kannten. Sie strahlte ein Selbstbewusstsein aus, als stünde sie kurz davor, hinauszustürmen, um die Welt zu erobern. Rhys schluckte, da sein Hals sich mit einem Mal ungewohnt trocken anfühlte. Er wollte gerade seinen Mund öffnen, um die Frauen zu begrüßen, als ihm eine harsche Stimme zuvorkam.

»Wer seid ihr? Und wie kommt ihr auf die Idee, dass ihr hier einfach so reintrampeln könnt?« Rhys' Blick glitt zu der schwarzhaarigen Schlagzeugerin, die aufgestanden war und ihn und Alex empört ansah, ehe ein hohes Quietschen seine Konzentration auf die Bassistin lenkte. Ihr Alter war schwer zu schätzen, da sie mit ihrer verspielten Kleidung und der raffinierten Flechtfrisur vermutlich jünger wirkte, als sie tatsächlich war.

»Oh mein Gott! Ihr seid … Ich kann es nicht glauben!« Er tauschte mit Alex einen kurzen Blick, mit dem er sich gleichzeitig entschuldigte und ihn bat, nett zu sein. Sie liebten und brauchten ihre Fans, aber manchmal konnte es auch gewaltig nerven, wenn allein ihre Anwesenheit dazu führte, dass ihr Gegenüber keine ganzen Sätze mehr zustande brachte und kurz davor war, zu hyperventilieren.

Die Gitarristin schien sich als Erste wieder zu fassen. Sie ging einen Schritt auf Alex zu und streckte ihm die Hand hin.

»Ich bin Suzanne. Cool, dass ihr vorbeischaut! Und von dir, Rhys, habe ich schon so einiges gehört.«

Fragend sah er zu Charlene, deren Wangen noch eine Spur röter wurden.

»Hi, ich bin Linda. Ich bin ein Riesenfan und liebe eure Musik! Jedes Mal, wenn ihr einen neuen Song rausbringt, höre ich ihn mir so oft an, bis ich ihn auswendig spielen kann.« Alex, den ihre Begeisterung eher zu amüsieren als zu nerven schien, hob skeptisch eine Augenbraue, worauf Linda blass um die Nasenspitze wurde. »Natürlich spiele ich längst nicht so gut wie du. Deine Basslines sind der Wahnsinn! Bei manchen Parts hab ich ewig gebraucht, um sie rauszuhören. Vor allem der Einstieg bei *Phoenix From the Ashes* ist so genial!«

»Dafür ist das Schlagzeugsolo in *Dusty Roads* umso grottiger. Jemand sollte Zac mal zeigen, wie man einen Beat hält. Und dann dieses testosterongeladene Posing – echt peinlich!«

Suzanne lachte auf. »Das ist Kyras Art, euch zu sagen, dass sie sich ebenfalls freut, euch kennenzulernen.« Rhys tippte sich kurz mit zwei Fingern an einen imaginären Hut, bevor er wieder zu Charlene blickte.

»Sind wir zu früh? Wenn ihr noch nicht fertig seid, können wir solange draußen warten.«

»Oder ihr spielt uns etwas vor!«, schlug Alex vor, wobei Rhys weder der provozierende Tonfall noch der herausfordernde Blick entging, mit dem er Kyra fixierte. Sie schnaubte und nahm ihren Platz hinter dem Schlagzeug ein.

Nachdem die Frauen sich kurz beratschlagt hatten, begannen sie mit dem Intro einer Up-Tempo-Nummer. Rhys fiel direkt der satte und perfekt ausbalancierte Klang auf. Nicht nur Suzanne, sondern auch Kyra und Linda erwiesen sich als äußerst versiert an ihren Instrumenten und boten das perfekte Fundament für Charlene. Als sie anfing zu singen, nahm er nur noch ihre warme, ein wenig raue Stimme wahr, die ihn umschmeichelte und in ihre Welt lockte. Sie sang mit geschlossenen Augen und schien sich ganz in der Musik zu verlieren. In der zweiten Strophe steigerten sie die Dynamik, bis Charlene im Refrain alle Ketten sprengte und mit einer rückhaltlosen Leidenschaft aus sich herausging, die jede Faser seines Körpers zum Schwingen brachte. Bei ihrem gemeinsamen Auftritt hatte sie anscheinend nur einen winzigen Bruchteil ihrer stimmlichen Fähigkeiten gezeigt und sich sehr zurückgehalten, doch nun konnte er endlich das wahre Ausmaß ihres Talents erleben.

Nachdem die Band den Song beendet hatte, brauchte er ein paar Sekunden, um in die Realität zurückzufinden, so sehr hatte ihn Charlenes Stimme in ihren Bann gezogen. Alex, der während der Performance lässig mit einem Bein mitgewippt hatte, nickte anerkennend.

»Gar nicht schlecht! Das Rockige liegt euch, aber wie sieht es mit langsamen Stücken aus?«

Rhys musste bei Alex' Frage sofort an Pascal denken. Er hatte ihm bestimmt an die hundert Mal erklärt, dass man die Qualität einer Band immer an ihren Balladen erkannte. Schnell und laut könne jeder, aber leise und gefühlvoll sei eine Kunst, bei der man herausfinden konnte, ob man es mit sehr guten oder mit außergewöhnlichen Musikern zu tun hatte.

Kyra schien seine Frage als Herausforderung anzusehen. Und da Alex offenbar Spaß daran gefunden hatte, sie zu reizen, machte Rhys es sich auf dem Sofa bequem und aktivierte unauffällig die Aufnahmefunktion seines Handys. Auch wenn er wusste, dass es gegen alle Regeln verstieß, konnte er der Versuchung, Charlenes Stimme festzuhalten, damit er sie sich immer wieder anhören konnte, nicht widerstehen.

Nach dem fünften Song ließ Kyra gekonnt ihre Sticks durch die Finger wirbeln, ohne dabei den Blick von Alex abzuwenden, der sich in der Zwischenzeit zu Linda gesellt hatte und mit ihr in eine lebhafte Diskussion über die Vor- und Nachteile diverser Gitarrenmarken vertieft war.

»Reicht das oder müsst ihr noch mehr hören, um zu begreifen, wie fantastisch unsere Musik ist?«

Alex' amüsiertes Lachen hallte von den Wänden wider.

»Ihr habt uns restlos überzeugt, nicht wahr, Rhys? Wenn ihr das nächste Mal auftretet, sagt Bescheid, dann sind wir dabei!«

Linda, die bis eben mit glänzenden Augen zu Alex aufgeschaut hatte, senkte den Blick. »Wir treten zurzeit nicht auf.«

»Warum nicht?«, hakte er nach, obwohl sich die Stimmung im Raum mit einem Mal merklich abgekühlt hatte.

»Wir arbeiten alle viel. Und bis vor Kurzem habe ich die Vocals übernommen«, fügte Suzanne erklärend hinzu. »Das war okay, aber nicht überragend. Doch da wir jetzt eine richtige Sängerin haben, die darüber hinaus auch noch fantastisch Gitarre spielt, hätten wir eine echte Chance.«

Alle Blicke richteten sich auf Charlene, die mit zusammengebissenen Zähnen die gegenüberliegende Wand fixierte. »Keine Auftritte – sonst bin ich raus.«

»Hast du Lampenfieber? Das sah auf dem Video von eurem Spontanauftritt gar nicht so aus.« Als sie nichts erwiderte, fuhr Alex fort: »Hey, das ist nichts, wofür man sich schämen muss. Das passiert den Besten unter uns. Aber das Gute ist, dass man dagegen etwas machen kann. Am besten, du redest mal mit Natalie. Sie hat bei Pascal echte Wunder gewirkt.«

Charlene schüttelte den Kopf. »Das ist nicht der Grund, aber ich kann trotzdem nicht. Tut mir leid!«

»Das müssen wir ja auch nicht heute entscheiden. Wie wäre es, wenn wir noch was trinken gehen?«, warf Suzanne in die Runde. Alex stimmte begeistert zu. An die Gefahr, dass jemand sie erkennen und es daraufhin zu einem Fan- oder Presseauflauf kommen könnte, dachte er offenbar nicht.

»Wir könnten auch hier was trinken.« Rhys warf Charlene, die seine Gedanken erraten haben musste, einen dankbaren Blick zu. Sie legte ihre Gitarre beiseite und ging zum Kühlschrank. »Wir haben Bier, Limonade und Wasser.«

»Für mich ein Bier«, sagte Alex und schlenderte zur Couch, wobei er Linda einen einladenden Blick zuwarf, die sich mit hochroten Wangen zu ihm setzte. Kyra legte ihre Sticks zur Seite und schaute mit finsterer Miene zu den beiden hinüber. Rhys tauschte mit Charlene ein wissendes Lächeln. Anscheinend hatte sie recht gehabt mit ihrer Vermutung, dass Kyra und Linda sich nicht grundlos regelmäßig in die Wolle kriegten.

KAPITEL 27

Charlene

Charlene fand in der Nacht keinen Schlaf. Aufgeputscht von der Probe hatte sie sich in ihrem Bett hin und her geworfen, bis sie es schließlich aufgegeben und sich mit einer Decke auf dem Balkon eingeigelt hatte. Der Anblick der Sterne hatte schon immer eine beruhigende Wirkung auf sie gehabt.

Es fühlte sich nicht richtig an, den anderen falsche Hoffnungen zu machen. Sie würde nicht auftreten können, weder in naher Zukunft noch in sechs Monaten oder in einem Jahr – es sei denn, sie würde den Mut finden, nach Toronto zurückzukehren und einen endgültigen Schlussstrich zu ziehen. Alleine bei dem Gedanken wurde ihr Brustkorb eng. Sie wusste, dass sie wehrlos wäre, sobald sie in Kontakt mit ihrem früheren Umfeld käme, und niemals die Kraft aufbringen würde, für sich einzustehen. Und das bedeutete, dass sie die Band wieder aufgeben musste. Schon die Vorstellung schmerzte. Sie hatten sich gerade erst gefunden und sollten sich direkt wieder trennen? Von Anfang an hatte eine Verbindung zwischen ihnen bestanden, wie Charlene es bisher nur ein Mal erlebt hatte. Es fühlte sich an, als könnte sie die Gedanken der anderen erahnen, als wüsste sie im Voraus, wie sich die Dynamik des Songs entwickeln würde. Es hatte etwas Magisches. Sie hatte Suzanne,

Linda und Kyra in der kurzen Zeit, die sie nun schon zusammen probten, ins Herz geschlossen. Aber es wäre nicht fair, weiter mit ihnen Musik zu machen. Sie hatten Rhys und Alex erzählt, dass sie davon träumten, ihre Jobs aufzugeben, um als professionelle Musikerinnen ihr Geld zu verdienen. Die Branche war hart, und das Letzte, was sie brauchten, war eine Sängerin, die sie im entscheidenden Moment im Stich ließ. Dennoch war der Abend einfach perfekt gewesen, das gemeinsame Proben ebenso wie das lockere Zusammensein danach. Es hatte sich angefühlt wie früher, bevor sie alles in ihrem Leben aufgegeben hatte, das ihr etwas bedeutete, um einem Traum, einer idealen Vorstellung vom Glück hinterherzujagen, die nichts als seelische Qualen und bittere Enttäuschung für sie bereitgehalten hatte.

Charlene holte tief Luft und nahm sich vor, baldmöglichst mit ihren Bandkolleginnen zu reden, auch wenn es ihr das Herz brechen würde. Andererseits hatte sie von Anfang an mit offenen Karten gespielt. War es wirklich so verwerflich, wenn sie noch ein bisschen weitermachte und das Gefühl genoss, Teil eines großen, fantastischen Ganzen zu sein? Vielleicht würde sie danach ab und an mit Rhys spielen können. Doch sie wusste selbst, dass ihr das auf Dauer nicht genügen würde. Sie übernahm gerne die zweite Stimme und half anderen bei ihren Songs, aber es war nicht vergleichbar damit, als Frontfrau auf der Bühne zu stehen und die eigenen Texte zu singen.

Auf einmal bereute sie es, dass sie bei einer Aufräumaktion all ihre Notizen und Leadsheets weggeworfen hatte, weil sie sich hatte einreden lassen, dass sie nicht gut genug war. Dass sie es nie sein würde und wie peinlich es war, dass sie ihre Freizeit damit verbrachte, eine Horde betrunkener Männer in einem zu knappen Outfit mit ihrem schrägen Gesang zu belästigen. Sie hatte diese Worte geglaubt, hatte zugelassen, dass das Gift, das ihr das Gefühl gab, sich falsch zu verhalten, nicht ordentlich, nicht diszipliniert, nicht attraktiv, nicht entspannt genug zu sein, sich mit jedem Tag weiter in ihrem Körper ausbreitete. Und obwohl sie ihr Bestes gegeben hatte, den Erwartungen zu entsprechen, war es nie genug gewesen – *sie* war nie genug gewesen.

Einer spontanen Idee folgend stand sie auf, holte Rhys' Gitarre und nahm sich einen Block und einen Stift. Sie schloss die Augen und horchte in sich hinein. In ihr tobte ein wilder Gefühlscocktail aus Bedauern, Angst, Unsicherheit, Wut auf sich selbst und den Menschen, der ihr all den Schmerz zugefügt hatte. Sie spürte Hoffnung, Zuneigung zu ihren neuen Freunden, die sie so nahmen, wie sie war, und ihr niemals das Gefühl gegeben hatten, sich ändern zu müssen. Ihre Gedanken schweiften zu Rhys, während ihre Finger an den Saiten zupften. In seinen Augen hatte sie immer nur echtes Interesse und Verständnis gelesen, wenn sie ihm etwas anvertraut hatte. Noch nie hatte er sie mit diesem harten, eisigen Blick bedacht, den sie fürchten gelernt hatte und unter dem ihr Selbstbewusstsein sich auflöste und nichts übrig blieb als Unsicherheit und lähmende Angst. Er hatte warme, gütige Augen, die an den Seiten von kleinen Lachfältchen eingerahmt wurden und die zeigten, dass er immer versuchte, allem etwas Positives abzugewinnen. In der ganzen Zeit hatte sie ihn nicht einmal jammern hören. Er hatte die Situation mit Pascal analysiert, sich gewünscht, dass die Dinge anders gelaufen wären, aber er hatte sich nie beklagt, sondern einen Weg gesucht, den er nun gehen und mit dem er glücklich werden konnte. Sie hörte sein Lachen, spürte die Berührung seiner Fingerspitzen auf ihrer Haut, während sich die Akkorde aneinanderreihten und sich eine Melodie in ihrem Kopf zu formen begann.

Doch ehe sie sie zu fassen bekam, wurde sie von den Schatten der Vergangenheit überwältigt. Ihre Ängste gewannen die Oberhand. Was, wenn wieder alles nur Schein war und sie im Begriff stand, die nächste große Dummheit zu begehen? Sie hatte ihre letzte Beziehung noch nicht verarbeitet und war gerade erst dabei, sich wiederzufinden. Wie konnte sie da an etwas Neues denken? Sie musste sich schützen, denn es gab sonst niemanden, der auf sie aufpasste. Oder doch? Suzanne war seit ihrem Einzug für sie da gewesen, hatte sie vorbehaltlos aufgenommen und nie bedrängt, sich ihr zu öffnen, obwohl sie mit Sicherheit vermutete, dass Charlene etwas vor ihr verbarg. Würde sie sie auffangen, wenn sie fiel? Und wäre sie weiterhin für sie da, sollte sie die Band im Stich lassen?

Charlene lächelte in sich hinein, als sie bemerkte, dass ihre Gedanken sich im Kreis drehten und sie wieder am Ausgangspunkt ihrer Grübeleien angekommen war. Die Musik hatte ihr schon immer geholfen, das Chaos in ihrem Kopf zu ordnen. Vermutlich würde es dieses Mal etwas länger dauern – doch das war okay. Wie auch immer ihre Zukunft aussehen mochte, sie hatte Freunde an ihrer Seite. Und das war mehr, als sie zu hoffen gewagt hatte, als sie in den neu erworbenen Chevy gestiegen war, um sich von den Fesseln ihres bisherigen Lebens zu befreien.

Charlene hatte den Entschluss gefasst, mit Bryan O'Neill, dem neuen Gitarristen von *Renard*, nur das Nötigste zu reden. Auch wenn es ihm gegenüber nicht fair war, verübelte sie ihm, dass er Rhys' Platz einnahm. Doch immer wenn er sich auf den Massagetisch legte und mit ihr zu plaudern begann, schmolz ihr Widerstand dahin. Er war nett, und obwohl er sich locker gab, konnte sie die Anspannung in seiner Muskulatur deutlich spüren. Vermutlich war er sich der Verantwortung nur allzu bewusst, die mit Rhys' Ausscheiden aus der Band auf ihn übergegangen war. Er war der Neue in einer Gruppe, die schon seit Jahren zusammen Musik machte und die perfekt aufeinander eingespielt war, und das in einer Phase, in der volle Konzentration verlangt wurde und in der alle hypernervös waren. Charlene konnte sich gut in ihn hineinversetzen, da sie ahnte, welchem Druck er ausgesetzt war, und tat ihr Bestes, um ihm ein wenig von seiner Anspannung zu nehmen.

Ihre Mittagspausen verbrachte sie nun häufiger mit Alex. Sie mochte seine ruhige und besonnene Art. Im Gegensatz zu den anderen hatte er sie nicht auf ihre Angewohnheit, einen Smoothie zum Mittagessen zu trinken, angesprochen oder sich gar darüber lustig gemacht. Stattdessen hatte er ihr den Becher aus der Hand genommen und einen großen Schluck davon probiert, ehe er ihn in hohem Bogen wieder ausgespuckt hatte. Das Lachen, in das sie beide daraufhin ausgebrochen waren, hatte etwas Befreiendes gehabt und war der Anfang einer Freundschaft gewesen, bei der Charlene sich von Tag zu Tag mehr traute, sie selbst zu sein.

Als Natalie am Abend den Behandlungsraum betrat und sich unter Schmerzen auf die Liege quälte, schüttelte Charlene missbilligend den Kopf.

»Lass mich raten! Du kommst gerade von Eric. Wieso tut ihr euch das an? Ich versteh's nicht!«, ließ sie ihrem Unmut freien Lauf.

»Manchmal muss man Opfer bringen.«

»Glaubst du allen Ernstes, du tust deinem Körper damit etwas Gutes?« Bisher hatte Natalie auf Charlene immer den Eindruck gemacht, als würde sie gut auf sich achten. Sie schien ausgeglichen zu sein, wurde selten laut und äußerte sich niemals abfällig oder wertend über andere. Wieso setzte sich jemand, der so bewundernswert mit sich selbst im Reinen war, Erics Foltermethoden aus?

»Pascal mag es, wenn wir zusammen trainieren.« Bei Charlene begannen alle Alarmglocken zu schrillen. »Eric ist nachsichtiger mit ihm, wenn ich dabei bin. Und als Dankeschön für mein selbstloses Opfer wird er sich heute Abend dafür revanchieren.« Sie stieß ein sehnsüchtiges Seufzen aus. Ihre Wangen, die von dem anstrengenden Training bereits gerötet waren, wurden noch eine Spur dunkler. Charlene, die wenig über die Beziehung zwischen Pascal und ihr wusste, musste sich ein Grinsen verkneifen. Natalie war offensichtlich bis über beide Ohren verliebt. Bei dem Gedanken an die bevorstehende Nacht lockerte sich auch direkt ihre verspannte Nackenpartie.

»Woher hast du eigentlich gewusst, dass Pascal der Richtige ist?«

Natalie brach in schallendes Gelächter aus und brauchte eine Weile, bis sie sich wieder so weit eingekriegt hatte, dass sie Charlenes Frage beantworten konnte. »Wenn du mir vor anderthalb Jahren gesagt hättest, dass ich einmal eine Beziehung mit Pascal Girard führen würde, hätte ich dich für verrückt erklärt! Du kannst dir nicht vorstellen, wie in den ersten Wochen zwischen uns die Fetzen geflogen sind! Er hat mich in den Wahnsinn getrieben mit seiner selbstgerechten und arroganten Art. *Mister Ich-bin-es-gewöhnt-dass-mir-alle-Frauen-zu-Füßen-liegen-und-denke-nicht-daran-mir-irgendetwas-sagen-zu-lassen.*«

»Aber wie seid ihr dann zusammengekommen?«

Natalie überlegte. »Alle haben mir immer erzählt, wie schwer Pascal es als kleiner Junge hatte, dass er nie gelernt hat zu vertrauen, dass ihn jeder im Stich gelassen hat – außer Rhys. Und irgendwie habe ich gespürt, dass sich hinter seiner rauen Schale eine verletzte Seele verbirgt. Die Frage war nur, ob er mutig genug ist, sich ins Ungewisse vorzuwagen.«

»Hattest du keine Angst, verletzt zu werden?«

»Und wie! Vor allem, weil die Männer, mit denen ich vor Pascal zusammen war, sich nicht groß um meine Gefühle geschert haben.«

Nachdenklich ließ Charlene ihre Hände mit streichenden Bewegungen über Natalies Rücken gleiten. »Und woher hast du dann den Mut genommen, dich auf ihn einzulassen?«

Natalie öffnete die Augen und hob ihren Kopf, sodass sie Charlene ansehen konnte. »Ich habe auf mein Herz gehört, und das hatte sich schon für Pascal entschieden, als ich noch zu Hause in L. A. war und mir seine Videos angesehen habe. Ein

Mann, der derart mitreißende Lieder schreibt und sie mit atemberaubender Leidenschaft mit dem Publikum teilt, konnte nicht so kalt und hartherzig sein, wie er sich mir gegenüber gegeben hat.«

Charlene bewunderte die Klarheit, mit der Natalie auf ihre Beziehung blickte, auch wenn sie sich gut vorstellen konnte, dass es Zeiten gegeben haben musste, in denen der temperamentvolle Sänger sie an den Rand der Verzweiflung gebracht hatte.

Am Ende der Massage blieb Natalie in der Tür stehen und bedachte Charlene mit einem nachsichtigen Blick. »Rhys ist einer von den Guten. Wenn ich jemandem mein Herz bedenkenlos anvertrauen würde, dann ihm.«

»Wie kommst du darauf, dass …« Natalies wissendes Lächeln ließ Charlene abrupt verstummen.

»Ich habe Augen im Kopf. Es ist gut und richtig, Angst zu haben, denn sie zeigt uns, was uns wirklich wichtig ist im Leben. Doch manchmal muss man mutig sein, wenn man sich nicht ständig im Kreis drehen will. Der Einsatz mag dir hoch erscheinen, aber der mögliche Gewinn ist es allemal wert.«

Als Charlene nach Hause kam, erwartete sie ein riesiger Strauß bunter Sommerblumen in ihrem Zimmer. Lächelnd vergrub sie ihre Nase darin, ehe sie zu Suzanne in die Küche ging, die gerade eine tiefgekühlte Pizza in den Ofen schob.

»Möchtest du auch eine?«, fragte sie und öffnete das Eisfach. »Es gibt noch Spinat mit Schafskäse oder Salami mit Pilzen.«

Charlene zögerte. Sie hatte seit dem Abend mit Rhys keinen Sport mehr gemacht. Es wäre vernünftiger, sich ihre Turnschuhe zu schnappen und eine Runde laufen zu gehen, anstatt sich eine Riesenmenge Kohlenhydrate reinzupfeifen. Irritiert schüttelte sie den Kopf und versuchte, die störenden Gedanken, die nicht ihre waren, zu vertreiben und stattdessen in sich hineinzuspüren. Hatte sie Hunger? Ja! Hatte sie Lust auf Pizza? Ja! Hatte sie Lust, joggen zu gehen? Verdammt noch mal, nein!

»Spinat klingt super!«

Charlenes Handy vibrierte. Sie öffnete den Messenger und spürte, wie ein Lächeln ihre Lippen umspielte, als sie sah, von wem die Nachricht war.

»Wie kommt es, dass du heute Abend nicht bei Rhys bist?«, fragte Suzanne und beobachtete Charlene neugierig.

»Er ist schon den ganzen Tag im Club. Soundcheck, Videoaufnahmen, Pressefotos, Interviews.«

»Und zwischen all dem Stress findet er Zeit, dir zu schreiben.«

»Wie kommst du darauf …«, begann Charlene ihre Frage und schaute dann von ihrem Handy, das abermals vibrierte, zu ihrer Freundin. Sie spürte, wie ihre Wangen warm wurden, und konnte sich vorstellen, wie das auf Suzanne wirken musste.

»Wir sind nur Freunde.«

»Klar. Freunde.«

»Ja! Menschen, die sich mögen, gerne Zeit zusammen verbringen und sich gegenseitig bei ihren Träumen unterstützen.« Charlene stieß einen halb amüsierten, halb genervten Seufzer aus, ehe sie das Thema wechselte. »Vielen Dank übrigens für die schönen Blumen! Aber du weißt, dass du sie wegen mir nicht binden musst.«

»Oh, der Strauß ist nicht von mir. Den hat vorhin ein Bote vorbeigebracht. Hast du die Karte nicht gesehen?« Charlene spürte, wie ihr Blut ins Stocken geriet und eine lähmende Kälte von ihr Besitz ergriff. Es kostete sie all ihre Kraft, in ihr Zimmer zu gehen. Jetzt war es so weit. Ihre Vergangenheit hatte sie eingeholt. Wie vermessen von ihr, dass sie angenommen hatte, sie hätte das Recht, glücklich zu sein!

Mit zitternden Fingern zog sie die Karte aus dem Strauß und klappte sie auf. Beim Anblick der vertrauten Handschrift schlug eine Welle der Erleichterung über ihr zusammen.

Für eine umwerfende Sängerin, deren Stimme mich nicht mehr loslässt! Ein kleines Dankeschön für alles, was du für mich getan hast. R.

Es dauerte einige Minuten, bis sie den Schock überwunden und ihr Herz zu seinem normalen Rhythmus zurückgefunden hatte.

»Du siehst aus, als hättest du ein Gespenst gesehen. Ist alles in Ordnung?« Suzanne war ihr gefolgt und lehnte mit besorgter Miene im Türrahmen.

Charlene nickte schwach. »Ich dachte für einen Moment, die Blumen seien von …« Sie stockte. »Von jemandem aus Toronto. Aber sie sind von Rhys.«

»Er schenkt dir Blumen? Willst du mir immer noch weismachen, dass ihr nur Freunde seid?« Zum Glück klingelte in dem Moment der Wecker, worauf Suzanne zurück in die Küche eilte und die Pizzen aus dem Ofen holte.

Da es schon den ganzen Abend in Strömen regnete, blieben die beiden im Wohnzimmer. Suzanne schaltete eine Serie an, ehe sie sich über ihre Pizza hermachte. Hin und wieder leuchtete das Display von Charlenes Handy auf, doch sie ignorierte es.

»Willst du nicht wissen, was er schreibt?«, fragte Suzanne, der die Neugier deutlich anzusehen war.

»Schon, aber fändest du es nicht ziemlich unhöflich, wenn ich nebenbei mit Rhys chatten würde?«

»Wegen mir kannst du ruhig nachschauen.«

Als hätte sie nur auf die Erlaubnis gewartet, schnappte Charlene sich ihr Handy und überflog die neuen Nachrichten.

»Er schreibt, dass ihm gerade alles zu viel wird, und fragt, ob ich Lust habe, übers Wochenende mit ihm wegzufahren. Es gäbe einen Ort, der ihm sehr viel bedeutet und den er mir gern zeigen würde. Allerdings wäre er etwas abgelegen.«

Suzannes Grinsen war immer breiter geworden. Doch als sie Charlenes hilflosen Gesichtsausdruck sah, riss sie sich sofort wieder zusammen.

»Und? Was meinst du?«

Charlene seufzte. »Ich weiß nicht. Es ist schön, Zeit mit ihm zu verbringen, aber gleich übers Wochenende?«

Suzanne strich sich mit einer Hand über ihre kurzen Rastazöpfe. »Hast du Angst, dass er das ausnutzen könnte?«

»Nein, Rhys würde niemals etwas gegen meinen Willen tun.« Da war sie sich sicher.

»Warum zögerst du dann?« Suzannes ehrliches Interesse brachte Charlene dazu, ihr einen Bruchteil ihrer widersprüchlichen Gefühle zu offenbaren.

»Vielleicht traue ich *mir* nicht.« Das spontane Lachen ihrer Freundin löste ein wenig von Charlenes Anspannung.

»Okay, dann frage ich anders: Was könnte im schlimmsten Fall passieren?«

»Dass wir zusammen im Bett landen?«

»Und das darf nicht geschehen, weil ...?«

Obwohl Charlene sich den Kopf zerbrach, fiel ihr kein überzeugendes Argument ein.

»Willst du wissen, wie ich die Sache sehe? Rhys mag dich! Allein, wie er dich bei der Probe angesehen hat. Und wenn mich meine Sinne nicht völlig im Stich lassen, magst du ihn auch. Also stellt sich die Frage, warum du es euch so schwer machst.«

Charlene lehnte sich seufzend zurück. »Das ist nicht so einfach zu erklären.« Suzanne beugte sich näher zu ihr und legte eine Hand auf ihre.

»Du kannst mir vertrauen. Wenn du darüber reden willst, bin ich für dich da.«

»Dann meinst du, ich sollte mitfahren?«

»Wenn mich einer aus der Band zu einem Wochenendausflug einladen würde, wüsste ich, was ich tun würde. Aber es zählt nicht, wie ich mich entscheiden würde, sondern nur, was du denkst. Du musst das tun, womit du dich wohlfühlst.«

Charlene blickte nachdenklich auf ihr Handy. Dann begann sie zu tippen. Als kurz darauf das Display aufblinkte, fing ihr Gesicht an zu strahlen, ehe es zu einer Maske des Entsetzens erstarrte.

»Er freut sich – aber er will mich um sieben abholen.«

Suzannes Grinsen wurde noch breiter. »Der Mann hat Mut, so viel steht fest. Dann hast du zugesagt?«

»Unter der Bedingung, dass wir als Freunde fahren.«

Suzannes lautes Jubeln ließ Charlene zusammenzucken.

»Das ist so aufregend! Du hast ein Date …« Sie unterbrach sich, als sie Charlenes erschrockene Miene sah. »Ich meine, eine freundschaftliche Verabredung mit Rhys McLeod. Der Wahnsinn! Wenn er schon um sieben kommt, müssen wir sicherstellen, dass du morgen nicht im Halbschlaf in eines deiner sackartigen Outfits schlüpfst. Was hältst du davon, wenn ich dir beim Packen helfe?«

»Habe ich denn eine Wahl?«

»Nein.« Enthusiastisch zog Suzanne Charlene von der Couch hoch.

»Wieso kommt er überhaupt so früh? Er weiß doch, wie schwer es mir fällt, so früh aufzustehen, und das auch noch an meinem freien Tag«, murrte Charlene. Widerstrebend ließ sie sich von Suzanne zu ihrem Kleiderschrank schieben, und obwohl sie weiter herumnörgelte, was ihre Freundin nicht im Geringsten aus der Ruhe brachte, spürte sie Vorfreude in sich aufsteigen.

Wesentlich besorgniserregender als die engen Jeans und anliegenden Tops, die Suzanne für sie raussuchte, fand sie das nervöse Flattern in ihrem Bauch, das bei dem Gedanken an Rhys nur noch intensiver wurde. An diesem Wochenende würde ihre Vernunft auf eine harte Probe gestellt werden.

KAPITEL 28

Rhys

Rhys war auf jede erdenkliche Reaktion gefasst, als er am nächsten Morgen pünktlich bei Charlene klingelte. Wie erwartet dauerte es eine kleine Ewigkeit, bis die Tür aufging und sie, ohne ein Wort zu sagen, an ihm vorbeistapfte. Sie trug trotz der morgendlichen Temperaturen nur ein T-Shirt zu hellblauen Jeans. Ihre Augen waren hinter einer überdimensional großen Sonnenbrille verborgen.

Grinsend nahm er ihr den Rucksack ab und verstaute ihn auf dem Rücksitz des Geländewagens, den er sich von einem Kumpel für den Trip ausgeliehen hatte. Ganz Gentleman hielt er Charlene die Tür auf und sah, wie ein Lächeln an ihren Mundwinkeln zupfte, als sie den Smoothie entdeckte, den er extra für sie besorgt hatte.

Aufatmend umrundete er den Wagen und startete gut gelaunt den Motor. Er war ein gewisses Risiko eingegangen, sie um diese Uhrzeit abzuholen, aber so wie es aussah, schien sie es ihm nicht übel zu nehmen.

»Ich weiß, dass du nicht gern so früh aufstehst. Deshalb darfst du als kleine Wiedergutmachung die Musik auswählen. Oder du machst noch mal die Augen zu und schläfst eine Runde. Es wird eine Weile dauern, bis wir da sind.«

Charlenes Lächeln wurde breiter und hatte etwas Maliziöses an sich, das ihn leicht beunruhigte. Sie griff nach ihrem Handy und schloss es an die Soundanlage. Kurz darauf erfüllten tibetische Gebetsgesänge den Wagen. Rhys warf ihr einen fragenden Blick zu, sagte aber nichts, worauf Charlene die Lautstärke hochdrehte. Offenbar war das ihre Art, sich zu rächen, weil er sie vor sieben aus dem Bett gescheucht hatte. Doch falls sie auf Beschwerden seinerseits hoffte, würde er ihr diesen Wunsch nicht erfüllen.

Immer noch grinsend, fädelte er sich in die Spur zum Highway ein, der sie nach Norden brachte. Unzählige Erinnerungen stiegen in ihm auf, als sie die Lions Gate Bridge überquerten. Er hätte nicht sagen können, wie oft er die Strecke zur Villa zurückgelegt hatte. Als er an der Abzweigung vorbeifuhr, die zu Pascal führte, spürte er einen dicken Kloß im Hals.

Charlene, die ihn aus dem Augenwinkel beobachtet hatte, wechselte zu entspannter Lounge-Musik.

Um auf andere Gedanken zu kommen, begann er ein Gespräch oder vielmehr einen Monolog. Er rechnete nicht damit, dass Charlene sich an der Unterhaltung beteiligen würde, was für ihn vollkommen in Ordnung war.

»Danke, dass du mich begleitest. Ich war mir ehrlich gesagt nicht sicher, wie du auf meinen Vorschlag reagieren würdest, und hatte zumindest erwartet, mit dir über die Uhrzeit verhandeln zu müssen.«

»Suzanne hat mir geraten, zuzusagen.«

»Du hast eine kluge Freundin.«

»Ich weiß. Wie kommt es, dass du wegfährst – so kurz vor deinem Auftritt? Solltest du nicht proben oder dich mental vorbereiten?«

Ein tiefes Seufzen entwich ihm. Er wusste selbst, dass es vernünftiger gewesen wäre, zu Hause zu bleiben und an seiner Performance zu arbeiten. Immerhin ging Xavier ein großes Risiko ein, indem er ihn auftreten ließ.

»Ich musste einfach mal raus.«

Charlene nahm einen Schluck von ihrem Smoothie. »Du hast dir das Interview angesehen.« Obwohl sie es nicht als Frage formuliert hatte, nickte er. Es hatte ihn beinahe umgebracht, den neuen Gitarristen, Bryan O'Neill, an Pascals Seite zu sehen, zu hören, wie gut sie sich verstanden, mitzuerleben, wie Pascal ihm auf die Schulter klopfte und den Reportern erzählte, dass er Großes von ihm erwartete. Sein Brustkorb war bei jedem Wort, das Pascals Mund verlassen hatte, enger geworden, bis das Gefühl, keine Luft mehr zu bekommen, ihn dazu gezwungen hatte, die Aufnahme auszuschalten.

Er spürte Charlenes Hand auf seinem Arm, nahm den sanften Druck ihrer Fingerspitzen wahr und war froh, dass sie sich dazu entschlossen hatte, mitzukommen.

Als er sich in die Schlange zur Fähre einordnete, sah sie ihn überrascht an.

»Wir fahren nach Vancouver Island?«

Rhys schaute ihr tief in die Augen. »Dort befindet sich der ganz besondere Ort, den ich dir zeigen möchte.«

Obwohl der scharfe Wind ihr die Tränen in die Augen trieb, stand Charlene die ganze Fahrt über an der Reling und hielt nach Walen und Delfinen Ausschau. Rhys, der sich Sonnenbrille und Baseballkappe aufgesetzt hatte, um nicht erkannt zu werden, genoss es, ihre ansteckende Begeisterung mitzuerleben, die auch dann nicht abflaute, als sich keiner der Meeresbewohner blicken ließ.

In Nanaimo gingen sie von Bord und fuhren noch eine halbe Stunde, bis sie den kleinen Hafen am Cowichan Lake erreichten, in dem sein Motorboot lag. Er lud ihr Gepäck und die Vorräte ein, ehe er Charlene seine Hand reichte, um ihr beim Einsteigen zu helfen.

Die Sonnenstrahlen glitzerten auf dem Wasser des Sees. Charlene schien die Fahrt zu genießen, sodass er das Tempo ein wenig beschleunigte und zielstrebig auf die kleine Insel zuhielt, die in der Mitte des Sees vor ihnen aufragte. Eine halbe Seemeile vor dem Ziel drosselte er den Motor, um das Gefühl der Vorfreude voll auszukosten, das ihn durchströmte. Charlene musste es ähnlich gehen. Ihre Augen wurden immer größer, als sie den Holzsteg betrat, an dem er sorgfältig das Boot vertäut hatte. Noch verbargen hohe Bäume und Büsche, die das Ufer säumten, die Sicht auf das Haus.

»Wow, wir sind auf einer Insel!«, stellte sie fest. Mit einer Mischung aus Neugier und kindlicher Freude lief sie los und folgte dem gewundenen Pfad, den vor Jahren ein Team aus engagierten Landschaftsgärtnern aus einzelnen Holzbohlen angelegt hatte.

Als Charlene das Haus sah, das vielmehr eine etwas größere Hütte war, klappte ihr vor Staunen der Mund auf. Rhys überließ ihr den Vortritt. Interessiert betrachtete sie die Pfahlkonstruktion, die das Fundament für die hölzerne Plattform bildete, auf der die Hütte errichtet war.

Von der Terrasse hatte man einen weiten Blick über den See. Während Charlene die Aussicht bewunderte, schloss er die Tür auf und öffnete die Fenster, um frische Luft reinzulassen.

Ihm entging nicht, dass sie mit einem gewissen Zögern die Hütte betrat, die aus einem übersichtlichen Raum, der in Schlaf-, Wohn,- und Kochbereich unterteilt war, und einem Badezimmer bestand. Als ihr Blick auf das breite Bett fiel, von dem man durch ein Panoramafenster auf den See hinausblicken konnte, blieb sie stehen.

»Das ist mein Rückzugsort«, erklärte er in der Hoffnung, ihr so ein wenig von ihrer Befangenheit zu nehmen. »Ich habe die Hütte vor einigen Jahren zusammen mit meinem Vater und meinen beiden Brüdern gebaut. Sie ist recht einfach, aber sie erfüllt ihren Zweck. Hier komme ich her, wenn ich Ruhe brauche oder wieder zu mir finden muss. Der perfekte Ort, um zu entspannen. Und wir haben alles Nötige zum Leben. Die Solarpanels sorgen für ausreichend Strom, und für den Notfall gibt es einen Generator. Du wirst sehen, zwei Tage ohne den üblichen Stress können wahre Wunder bewirken!«

»Mhm.« Sie wirkte mit einem Mal ziemlich distanziert. Bereute sie etwa, dass sie sich bereit erklärt hatte, das Wochenende mit ihm auf einer abgelegenen Insel zu verbringen?

»Hey.« Er kam langsam näher und musste den Impuls unterdrücken, ihre Hand zu nehmen. »Wenn du dich nicht wohlfühlst, können wir jederzeit wieder umkehren. Oder falls du etwas mehr Privatsphäre brauchst, dann fahren wir heute Abend nach Victoria und suchen uns dort ein Hotel.«

Sie blickte ihn mit glänzenden Augen an, worauf er den Abstand zwischen ihnen überwand und sie an seine Brust zog. Während Charlene sichtlich um Fassung rang, strich er ihr sanft übers Haar und murmelte beruhigende Worte. Es tat ihm in der Seele weh, sie so aufgelöst zu sehen. War es ein Fehler gewesen, sie herzubringen? Hätte er ihr vorher genauer erklären sollen, was sie erwartete?

»Es tut mir leid!«, murmelte sie in sein Shirt. »Du musst mich für verrückt halten, weil mich die Vorstellung, mit dir hierzubleiben, derart in Panik versetzt.«

Er legte einen Arm um ihre Taille und geleitete sie zum Sofa hinüber. Dann wartete er, bis sie seinen Blick erwiderte, bevor er mit ernster Miene den Kopf schüttelte. »Auf keinen Fall! Ich glaube nur, dass dir jemand mal sehr wehgetan haben muss, wenn dir der Gedanke, mit mir allein zu sein, solche Angst macht.« Tränen stiegen ihr in die Augen, doch Charlene wischte sie mit einer hastigen Handbewegung weg.

»Das ist absurd, oder? Wir sind Freunde, die ein Wochenende zusammen an einem traumhaften Ort verbringen. Nichts, weswegen man ausflippen müsste!«

Es brach Rhys das Herz, mitzuerleben, wie sehr sie mit sich kämpfte. »Ängste sind selten rational. Und wegen mir musst du nicht tapfer sein. Wenn du wieder fahren willst, genügt ein Wort von dir.«

Charlene schaute ihn an, als wollte sie prüfen, ob er es ernst meinte. »Und du wärst nicht sauer auf mich?«

Er schnaubte ungläubig. »Wenn, dann müsste ich eher auf mich selbst wütend sein, dass ich dich überhaupt erst in diese Lage gebracht habe. Ich hätte wissen müssen, dass die Hütte zu klein und die Insel zu abgelegen ist. Dafür kennen wir uns einfach noch nicht gut genug. Es tut mir leid, Charlene! Ich war egoistisch, weil ich gerne mit dir hier sein wollte, und habe nicht nachgedacht.« Er sah, wie sie ihre Optionen gegeneinander abwägte, ehe sie einmal tief durchatmete und ihre Lippen dann zu diesem unwiderstehlichen Lächeln hob, das ihn jedes Mal beinahe um den Verstand brachte.

»Vielleicht zeigst du mir erst mal deine Insel, und wir entscheiden später, ob wir über Nacht bleiben?«

Eine Welle der Erleichterung durchströmte ihn, ehe er ihr Lächeln aus vollem Herzen erwiderte. »Alles, was du willst.«

Von der Hütte gingen drei Wege ab, der eine, der sie vom Steg hinaufgebracht hatte, und zwei weitere, die zu kleinen Buchten führten. Rhys überließ Charlene die Führung und achtete darauf, ihr genug Raum zu geben. Am Ufer tauchte sie vorsichtig einen Zeh ins Wasser, zog ihn jedoch sofort wieder zurück. Die Wassertemperatur überstieg auch im Sommer selten die sechzehn Grad, was Rhys allerdings nicht davon abhalten konnte, so oft wie möglich schwimmen zu gehen. Er liebte das Gefühl, getragen zu werden und alle Schwere in seinem Leben für den Moment abzustreifen. Als er sah, dass Charlene sich auf einem Felsen niedergelassen hatte und gedankenversunken auf den See hinausblickte, kehrte er zur Hütte zurück und machte sich daran, alles für ein Picknick vorzubereiten. Er würde tun, was nötig war, um ihr zu zeigen, dass sie ihm vertrauen konnte.

Es wurde ein entspannter Tag. Sie aßen zusammen und redeten über die unterschiedlichsten Themen, wobei Rhys sich zwingen musste, Charlene nicht nach ihrer Vergangenheit zu fragen. Am Nachmittag machten sie sogar ein wenig Musik. Rhys hatte Charlene die ganze Zeit über aufmerksam beobachtet. Sie schien entspannt zu sein und sich in seiner Nähe wohlzufühlen. Als die Sonne allmählich zu sinken begann, legte er die Gitarre zur Seite und schaute sie fragend an.

»Ist es okay für dich, wenn wir hierbleiben? Oder würdest du dich in einem Hotel mit eigenem Zimmer wohler fühlen?«

Sie ließ ihren Blick durch die weit offen stehenden Verandatüren ins Innere der Hütte schweifen.

»Wir bleiben – unter einer Bedingung: Ich bekomme das Bett, und du schläfst auf der Couch.«

»Bist du dir wirklich sicher?« Das Letzte, was er wollte, war, dass sie sich zu irgendetwas verpflichtet fühlte.

»Es geht mir gut – wirklich. Das vorhin war … Es hatte nichts mit dir zu tun. Ich weiß, dass du niemals versuchen würdest, mich zu etwas zu überreden, für das ich noch nicht bereit bin. Wir kennen uns vielleicht noch nicht lange, aber wir haben viel Zeit miteinander verbracht, und ich habe mich noch nie mit jemandem so wohl und sicher gefühlt wie mit dir.«

Rhys wünschte sich aus tiefstem Herzen, dass sie wusste, wie viel ihm ihre Worte bedeuteten. Als sie die Hand ausstreckte und ihre Finger mit seinen verflocht, erfüllte eine wohlige Wärme seine Brust, und er hegte die leise Hoffnung, doch nicht alles falsch gemacht zu haben.

Nachdem die Sonne hinter den Bäumen am westlichen Ufer des Sees verschwunden war, wurde es merklich kühler. Charlene schlug vor, hineinzugehen, und Rhys bot ihr an, sich schon mal aufs Sofa zu setzen, während er sich daranmachte, ein Feuer im Kamin zu entzünden.

Unter anderen Umständen wäre es das perfekte Setting für einen romantischen Abend gewesen: eine abgelegene Hütte, knisternde Flammen, ein breites Bett …

Rhys bemühte sich, ausreichend Abstand zu halten, was ihm extrem schwerfiel, weil er sich mit jeder Faser seines Körpers zu Charlene hingezogen fühlte. Wie gern hätte er sie in seine Arme genommen, um ihr zu zeigen, dass er für sie da war, ihr beistehen wollte, was auch immer sie zu bewältigen hatte. Aber er wusste, dass der erste Schritt von ihr ausgehen musste. Und bis es so weit war, würde er weiterhin sein Bestes geben, um ihr zu beweisen, wie viel sie ihm bedeutete, dass er ihr Wohl über seine Bedürfnisse stellte und es sein größter Wunsch war, sie entspannt und glücklich zu sehen.

Bevor er sich zu ihr setzte, räumte er noch schnell die Reste des Abendessens in den Kühlschrank. Viel war nicht übrig geblieben, denn im Gegensatz zu sonst hatte Charlene sich geradezu auf das Essen gestürzt. Vermutlich hatte der Tag an der frischen Luft ihren Appetit angeregt.

Mit einem leisen Stöhnen ließ er seine Schulter kreisen. Zwar waren die Schmerzen schon viel erträglicher geworden, seit Charlene ihn regelmäßig massierte, machten ihm aber dennoch gelegentlich zu schaffen, besonders wenn der Druck so hoch war wie momentan.

»Möchtest du eine Massage?«, fragte Charlene, die ihn mit besorgter Miene beobachtet hatte.

»Ich habe dich nicht mitgenommen, um dich am Wochenende arbeiten zu lassen.«

»Das Angebot steht. Nimm es an oder lass es bleiben – deine Entscheidung.«

Rhys überlegte. Dann verzog er seine Lippen zu einem herausfordernden Lächeln. »Wie wäre es, wenn ich zur Abwechslung mal dich massieren würde?«

Ihr nervöses Kichern verriet, dass sein Vorschlag sie überrascht hatte. »Das musst du nicht. Mir geht es gut.«

»Wie lange bist du schon in Vancouver? Zwei Monate? Und in der Zeit hattest du wie viele freie Tage, in denen du dich um dich kümmern konntest oder einfach mal entspannt hast?«

»Es stimmt, ich habe meistens gearbeitet. Aber ich liebe meinen Job, und es ist wirklich nicht nötig …«

Rhys sah ein, dass er so nicht weiterkam. Wenn er sie von seiner Idee überzeugen wollte, brauchte er eine andere Taktik. »Dann traust du es mir nicht zu? Höchstwahrscheinlich gehst du davon aus, dass meine Massagekünste deinen Ansprüchen nicht gerecht werden können.« Zu seiner Freude sah er, wie ihre Augen lebhaft zu funkeln begannen.

»So etwas würde ich nie denken, und das weißt du.«

»Dann beweis mir, dass du dir nicht zu schade bist, dich von einem Amateur massieren zu lassen.« Sie lieferten sich ein stummes Blickduell, ehe Charlene nachgab.

»Na gut. Dann zeig mal, was du kannst!« Er wandte sich taktvoll ab, als sie ihren Pulli und das Top auszog und sich auf den Tisch legte, den er zuvor mit Kissen ausgepolstert hatte. Beim Anblick ihrer nackten Haut musste er hart schlucken. Ob sie wusste, wie wunderschön sie war?

Er begann mit langsamen, streichenden Bewegungen. Zuerst spannte sie sich unter seiner Berührung an, aber es dauerte nicht lange, bis sie sich ihm mit einem leisen Seufzen überließ. Als er die ersten Verspannungen aufspürte, nahm er ein wenig Öl zu Hilfe und genoss es, sie zu verwöhnen.

»Für einen Amateur stellst du dich gar nicht mal schlecht an.«

»War das etwa ein Lob aus dem Mund der großen Meisterin?« Charlene spannte ihre Armmuskeln an, als wollte sie ihn für seine freche Bemerkung bestrafen, besann sich dann jedoch anders und entspannte sich wieder.

»Woher kannst du so gut massieren?«

»Pascal war es von Anfang an wichtig, dass es uns an nichts fehlt. Sobald wir die ersten größeren Einnahmen verbuchen konnten, hat er eine Köchin, Masseurin und einen Fitnesscoach eingestellt. Er hielt das für eine gute Investition in unsere Zukunft.« Charlene gab einen wohligen Laut von sich, den Rhys als Zustimmung interpretierte.

»Und wenn man über Jahre in den Genuss exzellenter Massagen kommt, schaut man sich einiges ab.«

Sie schien sich mit der Antwort zufriedenzugeben. Ihr Körper sank noch ein bisschen tiefer in die Kissen. Rhys konnte nicht verhindern, dass Bilder in ihm aufstiegen, wie er Charlene noch auf ganz andere Weise verwöhnen könnte, doch er drängte sie entschlossen zurück. Hier ging es nicht um eine schnelle Eroberung, sondern darum, sich ihr Vertrauen zu verdienen. Diese Massage war ein erster Schritt, um ihr zu zeigen, dass sein Interesse an ihr weit über eine rein körperliche Beziehung hinausging.

»Das war überraschend angenehm!«, gab sie zu, als sie sich mit schläfrigem Blick langsam aufsetzte.

»Jederzeit wieder!« Seine Worte entlockten ihr ein scheues Lächeln.

»Vielleicht komme ich darauf zurück.«

Während sie sich im Bad für die Nacht zurechtmachte, schlug Rhys sein Lager auf dem Sofa auf. Wahrscheinlich würde er in ihrer Nähe kein Auge zubekommen. Wie sollte er Schlaf finden, solange sich die Frau, nach deren Nähe er sich geradezu schmerzlich verzehrte, im selben Raum befand?

Als Charlene zurückkam, hatte er sich bereits hingelegt und hielt die Augen geschlossen. Er hörte das leise Knarzen des Bettgestells, das Rascheln ihrer Bettdecke, dann ein zufriedenes Seufzen, ehe Ruhe einkehrte. Sein Herz hämmerte gegen seine Rippen, so sehr sehnte er sich danach, sie in seinen Armen zu halten, ihr zärtliche Worte ins Ohr zu flüstern und ihr die Angst zu nehmen, er könnte ihr wehtun. Noch niemals zuvor hatte er eine solch heftige Zuneigung zu einer Frau empfunden. Rasende Leidenschaft, fieberhaftes Verlangen, ja, doch Charlene löste tiefer gehende Gefühle in ihm aus und weckte seinen Beschützerinstinkt. Er verspürte das unbändige Bedürfnis, alles Schlechte von ihr fernzuhalten. Er wollte für sie da sein, ihr Mut machen und ihr jeden Tag aufs Neue sagen, wie großartig und liebenswert sie war – so lange, bis sie selbst daran glaubte.

Mit einem unterdrückten Stöhnen drehte er sich auf die Seite. Er konnte nur hoffen, dass sie spürte, dass sie bei ihm sicher war.

KAPITEL 29

Charlene

Sonnenlicht kitzelte auf ihrer Haut, als Charlene am nächsten Morgen erwachte. Ein Blick auf ihr Handy verriet ihr, dass es erst kurz nach acht war, dennoch fühlte sie sich überraschend erholt und ausgeruht. Ob das an Rhys' Massage oder an seiner rücksichtsvollen Art lag, mit der er sie am Vortag umsorgt hatte, konnte sie nicht sagen.

Auch wenn sie eingewilligt hatte, über Nacht zu bleiben, hatte sie unbewusst wohl doch damit gerechnet, dass er auf die ein oder andere Weise versuchen könnte, die Situation auszunutzen. Aber das war nicht geschehen. Er hatte sich den ganzen Tag über höflich und aufmerksam ihr gegenüber verhalten und ihre Grenzen bedingungslos respektiert.

Sie schaute zum Sofa hinüber, auf dem nur noch das Kissen und die zusammengefaltete Decke verrieten, dass jemand darauf geschlafen hatte. Gemächlich stand sie auf und wollte sich gerade auf den Weg ins Bad machen, als sie Rhys auf die Hütte zulaufen sah. Er trug nur eine Badehose und hatte sich ein Handtuch lässig um den Nacken gelegt. Für eine Sekunde stockte ihr der Atem. Obwohl sie ihn schon des Öfteren mit bloßem Oberkörper gesehen hatte, bot er an diesem Morgen einen besonders bewundernswerten Anblick. Die nassen Locken, die ihm frech in die Stirn hingen, die Wassertropfen, die an seiner muskulösen Brust hinabrannen, die durchtrainierten Beine ... Energisch schüttelte sie den Kopf, als könnte sie so die unerwünschten Gedanken vertreiben.

Ein breites Lächeln erhellte sein Gesicht, als sie auf die Terrasse hinaustrat.

»Du bist schon wach! Ich hatte nicht damit gerechnet, dass du vor zwölf aufstehst.«

Da sein Anblick es ihr unmöglich machte, einen klaren Gedanken zu fassen, stellte sie die erste Frage, die ihr in den Sinn kam – auch wenn die Antwort offensichtlich war. »Warst du schwimmen?«

»Das ist das Beste an einer eigenen Insel! Jede Menge Wasser, um sich auszutoben. Was ist mit dir? Hast du Lust?«

»Auf gar keinen Fall!«

»Wenn ich es mir recht überlege, bist du streng genommen dazu verpflichtet. Bei uns ist es Tradition, dass die Gäste am nächsten Morgen ein Bad im See nehmen.«

»Eine Tradition, die du dir gerade eben ausgedacht hast.« Sie hob abwehrend die Hände, als er mit einem diabolischen Grinsen auf sie zukam.

»Kann schon sein, aber das macht die Idee nicht weniger reizvoll.« Bevor sie reagieren konnte, nahm er sie auf den Arm und trug sie im Laufschritt den Pfad hinunter. Sie quietschte laut, als er mit ihr in den See rannte und die ersten Wassertropfen auf ihre Haut trafen.

»Lass mich sofort runter!«

»Dein Wunsch ist mir Befehl.« Er machte Anstalten, sie ins Wasser zu werfen, doch sie krallte sich Halt suchend an ihm fest.

Rhys lachte aus vollem Hals, ehe er zum Ufer zurücklief und sie dort absetzte.

»Das war nicht lustig!«, ließ sie ihn wissen und versetzte ihm einen kräftigen Hieb gegen den Oberarm.

»Wenn du keine Lust hast, baden zu gehen, was hältst du dann von einem Frühstück? Ich meine ein richtiges Frühstück mit Brot, Butter, Eiern und frisch gebratenem Speck.«

Charlene wollte schon ablehnen, als eine Erinnerung an die wöchentlichen Verabredungen zum Brunch mit ihren Freundinnen sie zögern ließ. Sie hatten sich am Wochenende in einem gemütlichen Café in der Nähe des Campus getroffen und von Pancakes über Rührei alles bestellt, was die Karte zu bieten hatte – und sie hatte es geliebt.

»Das ist definitiv eine bessere Idee, als mich bei eisigen Temperaturen in den See zu werfen.«

»Das Wasser ist höchstens ein wenig kühl. Wenn du es eisig haben möchtest, müssen wir im Winter wiederkommen. Da liegt ein ganz besonderer Zauber über der Insel, wenn überall Schnee liegt und die Bäume aussehen, als wären sie mit Zucker bestäubt.«

»Das klingt schön!« Er nahm ihre Hand, was augenblicklich dieses prickelnde Flattern in ihr weckte, das fast schon zum Normalzustand geworden war, sobald Rhys sich in ihrer Nähe aufhielt. Und obwohl Charlene wusste, dass es vernünftiger wäre, sie ihm zu entziehen, ließ sie seine Berührung zu.

»Willst du einen Nachschlag?«, fragte Rhys und deutete auf die Pfanne, in der noch ein letzter Streifen Speck und etwas Rührei lagen.

»Es war sehr lecker! Aber wenn ich noch mehr esse, platze ich.« Charlene lehnte sich zufrieden seufzend auf ihrem Stuhl zurück.

»Worauf hast du Lust? Wollen wir den Tag über hierbleiben oder willst du lieber etwas unternehmen?«

»An was hast du gedacht?« Das neugierige Funkeln in ihren Augen brachte ihn zum Schmunzeln.

»Ich habe mir ein bisschen was überlegt, aber die finale

Entscheidung triffst du.« Er legte seine Gabel zur Seite und sah sie erwartungsvoll an. »Bist du bereit?« Als sie nickte, feuerte er die erste Frage auf sie ab. »Stadt oder Natur?«

»Natur.«

»Gute Wahl!«, lobte er. »Wasser oder Land?«

»Land.«

»Das war vorhersehbar. Oberirdisch oder unterirdisch?«

Sie legte irritiert den Kopf schief. »Was soll das hier werden? Ein Quiz?«

»Eine Überraschung. Deine Antwort?«

»Oberirdisch?«

»Erde oder Luft?«

»Luft – nein, Erde!«

»Die spontane Antwort ist immer die richtige – außer, du hast Höhenangst.«

»Nein, habe ich nicht, aber ich stehe trotzdem lieber mit beiden Beinen auf sicherem Boden.«

»Zu spät!« Unter anderen Umständen hätte sie sein zufriedenes Grinsen unwiderstehlich gefunden, doch gerade kämpfte sie gegen den Impuls an, ihr Gesicht in den Händen zu vergraben. Worauf hatte sie sich da bloß eingelassen?

»Aktiv oder passiv?«

»Aktiv«, nuschelte sie, sodass Rhys ihr die Hände vom Gesicht zog und sie bat, ihre Antwort zu wiederholen.

»Liebst du Herausforderungen?«

»Nein!« Auch diese Antwort war ihr ohne zu zögern über die Lippen gekommen. Seit wann war sie denn so ängstlich? Sie musste nicht lange darüber nachdenken. Bis vor drei Jahren hatte sie gern neue Sachen ausprobiert. Sie wünschte sich so sehr, dass sie wieder zu ihrem früheren Selbstbewusstsein zurückfinden könnte. Rhys, der sie aufmerksam beobachtet hatte, kam ein Stück näher, sodass sie sich im warmen Braunton seiner Augen verlor, der sie an diesem Morgen an flüssiges Karamell erinnerte.

»Vertraust du mir?« Der Kloß in ihrer Kehle hinderte sie daran, ihm zu antworten. Daher beschränkte sie sich auf ein Nicken, was Rhys für den Moment zu genügen schien.

»Wo fahren wir hin?«, fragte Charlene zum gefühlt hundertsten Mal, doch Rhys bedachte sie nur mit einem entschuldigenden Lächeln. Nachdem sie die Hütte aufgeräumt und alles zusammengepackt hatten, waren sie mit dem Boot in den kleinen Hafen zurückgekehrt. Die Autofahrt zu dem geheimnisvollen Ausflugsziel dauerte bereits über zwei Stunden. Die Straße hatte sie durch die Berge zur Westküste von Vancouver Island gebracht. Von dort waren sie der Küstenlinie Richtung Süden gefolgt. Charlene genoss den Anblick der weitgehend unberührten Natur um sich herum.

Auf einem Parkplatz mitten im Wald hielt Rhys schließlich an. Vor einem rustikalen Holzhaus, das ein Schild als *Expedition Center* auswies, erwartete sie ein hochgewachsener Mann, den Charlene auf Mitte dreißig schätzte. Er trug typische Outdoorkleidung: stabile Schuhe und eine kakifarbene Wanderhose zu einem passenden T-Shirt mit grauer Weste. Rhys und er schienen sich gut zu kennen, denn der Guide, der sich als Tom vorstellte, zog ihn zur Begrüßung an seine Brust und klopfte ihm freundschaftlich auf die Schulter. Charlene schüttelte er mit einem freundlichen Lächeln die Hand, ehe er auf einen offenen Geländewagen zuging und ihnen bedeutete, ihm zu folgen.

Der holprige Weg führte stetig bergauf. Charlene hatte im Gegensatz zu Rhys Mühe, ruhig sitzen zu bleiben. Sie wollte unbedingt wissen, was er für sie geplant hatte. Ihre Neugier schlug in Besorgnis um, nachdem Tom das Fahrzeug geparkt hatte und ihr gleich darauf einen Klettergurt samt Helm in die Hand drückte.

Ein schmaler Trampelpfad führte sie noch ein Stück weiter den Berg hinauf, bevor er auf einer hölzernen Plattform endete. Das nervöse Kribbeln in Charlenes Magen verstärkte sich, als sie das Stahlseil sah, das sich quer über eine Schlucht spannte. Zögernd trat sie ans Geländer und blickte mit Schaudern hinunter auf einen reißenden Fluss.

»Hast du schon mal Ziplining ausprobiert?«, riss sie Toms Stimme aus ihrer Erstarrung. Sie schüttelte den Kopf und fragte sich, wie man auf die Idee kommen konnte, mit rasender Geschwindigkeit in schwindelerregender Höhe eine derart tiefe Schlucht überqueren zu wollen. Dafür brauchte man schon eine gewisse Todessehnsucht.

Tom überprüfte gewissenhaft, dass sie den Gurt richtig anlegte, und stellte sicher, dass der Helm fest saß.

»Am besten lässt du dich rückwärtsfallen. Das ist am einfachsten«, riet er ihr und zwinkerte ihr aufmunternd zu.

Ihr Körper schien nur ein Ziel zu haben: Flucht! Nichts würde sie dazu bringen, sich dieser wahnwitzigen Herausforderung zu stellen. Rhys, der ihre entsetzte Miene richtig gedeutet zu haben schien, trat so nahe an sie heran, dass sie ungestört reden konnten.

»Wir können auch etwas anderes machen, wenn dir das zu krass ist.« Sie atmete ein, um erleichtert zuzustimmen, als sich Widerstand in ihr regte. War sie aus Toronto weggegangen, um ein Leben zu führen, das nur aus Arbeit und oberflächlichen Beziehungen bestand? Hatte sie sich nicht noch vor wenigen Stunden gewünscht, ihr früheres Selbstbewusstsein wiederzuerlangen? Dann war das ihre Chance! Wenn sie ihrer Angst ins Auge sah und sie überwand, könnte sie im Anschluss stolz auf sich sein. Sie würde sich die gesamte Gefühlspalette zurückerobern, wollte Freude, Begeisterung und Adrenalin spüren und sich den Luxus gönnen, intuitive und spontane Entscheidungen zu treffen. Nur so würde sie sich endlich wieder lebendig fühlen. Und dazu gehörte auch, dass sie Dinge tat, die auf den ersten Blick unmöglich schienen, dass sie mutig war – denn nur dann würde sie irgendwann auch aus ganzem Herzen lieben können.

Sie blickte Rhys entschlossen an. »Ich habe mich nicht von dir hier raufschleppen lassen, um jetzt einen Rückzieher zu machen.«

»Du hast es gehört, Kumpel, die Lady will die Schlucht bezwingen. Ich schlage vor, dass du vorausfährst, Rhys, und deine Freundin auf der anderen Seite in Empfang nimmst.«

Mit einem flauen Gefühl im Magen beobachtete Charlene, wie Tom Rhys am Seil einhakte. Doch anstatt an den Rand der Plattform zu treten, kam er erneut zu ihr und schloss sie in seine Arme. Sie spürte den gleichmäßigen Schlag seines Herzens und fragte sich, wie zum Teufel er so ruhig bleiben konnte. Dann wurde sie jedoch von seinen Lippen abgelenkt, die sanft ihr Ohr streiften.

»Vergiss nicht: Ob dir etwas gelingt oder nicht, entscheidest allein du! Niemand außer dir selbst kann dich aufhalten, wenn du etwas wirklich willst.« Obwohl sie sich am liebsten weiter an ihn geklammert hätte, ließ sie zu, dass er sich von ihr löste. »Wir sehen uns drüben.«

Er nahm mit drei großen Schritten Anlauf, sprang von der Plattform und sauste in irrer Geschwindigkeit am Seil entlang. Auf der gegenüberliegenden Seite angekommen, hob er den Daumen zum Zeichen, dass alles okay war.

»Du bist dran.« Tom griff nach dem Haken, hängte ihn am Seil ein und prüfte sorgfältig, ob alles sicher miteinander verbunden war. Dann trat er einen Schritt zurück.

»Irgendwelche letzten Tipps?«, krächzte Charlene, die vor Angst kaum Luft bekam.

»Schau am besten nicht nach unten, sondern konzentrier dich stattdessen auf dein Ziel. Bereit?«

Im wirren Nebel ihrer panischen Gedanken konnte Charlene sich zwar vage erinnern, dass sie sich eben noch vorgenommen hatte, mutig zu sein, dennoch hätte sie die Sache am liebsten abgeblasen. Unentschlossen stand sie da und kämpfte gegen den Drang an, in die Tiefe zu blicken. Sie wäre vermutlich noch

Stunden wie erstarrt dagestanden, hätte sie nicht Rhys' Stimme in ihrem Kopf vernommen:

Ob dir etwas gelingt oder nicht, entscheidest allein du!

Entschlossen richtete sie den Blick zu der vertrauten Gestalt auf der anderen Seite der Schlucht. Wenn Rhys an sie glaubte, sollte sie das ebenfalls tun. Sie musste sich nur überwinden!

Bevor sie es sich anders überlegen konnte, ließ sie sich fallen und wurde augenblicklich vom Schwung mitgerissen. Ein hemmungsloser Schrei brach aus ihr heraus, der sich in ihren Ohren nach einer Mischung aus Todesangst und purer Lebensfreude anhörte. Der Wind tanzte auf ihrer Haut, während Bäume, Felsen und ungebändigte Wassermassen unter ihr vorbeirasten. Sie breitete ihre Arme aus und ließ alles los, ihre Angst, die Ohnmacht, die sie davon abgehalten hatte, sich beizeiten zu befreien, das zerstörerische Gefühl, nicht gut genug zu sein. Die Sonne schien auf sie herunter und hüllte sie in einen Kokon aus Wärme und Sicherheit. So fühlte es sich also an, wenn man sein Leben voll auskostete! Die Erkenntnis vertrieb die quälenden Erinnerungen und ermöglichte ihr eine neue Perspektive. Wenn sie doch nur von nun an mutige Entscheidungen treffen könnte! Wenn sie sich erlauben würde, ihr Leben in vollen Zügen zu genießen, und in der Lage wäre, ihre Angst zu überwinden.

Als die gegenüberliegende Plattform näher kam, erkannte sie Rhys, der bereitstand, um sie sicher aufzufangen. Obwohl sie sich große Mühe gegeben hatte, möglichst elegant zu landen, prallte sie doch mit zu viel Schwung gegen ihn, sodass es ihr für einen Moment den Atem verschlug. Sie spürte seine kräftigen Arme, die ihr Halt gaben, und lauschte seiner melodischen Stimme, die allmählich durch den Adrenalinrausch zu ihr durchdrang.

»Du bist unglaublich! Weißt du das?«

Sie versuchte, den Kopf zu schütteln, musste dann aber lachen, während ihr gleichzeitig Tränen der Freude und Erleichterung über die Wangen liefen, so überwältigt war sie von der rasanten Fahrt und den Gedanken, die sie in schwindelerregender Höhe überkommen hatten. Bevor sie auch nur eine Sekunde darüber nachdenken konnte, legte sie ihre Lippen auf seine und ließ für einen wundervollen Moment das brennende Verlangen und die alles verzehrende Hingabe zu, die sie seit Wochen unterdrückt hatte.

»Danke!«, flüsterte sie, nachdem sie es irgendwie geschafft hatte, diesen scheinbar harmlosen und dennoch absolut umwerfenden Kuss zu beenden.

»Wofür?« Seine Stimme klang auffällig rau, und als ihre Blicke sich trafen, wusste sie, dass er verstanden hatte, was der Kuss für sie bedeutete. Es war ihr nicht darum gegangen, ihren Triumph auf diese Weise mit ihm zu feiern, sondern ihm zu zeigen, dass sie bereit war für den nächsten Schritt. Zwar würde sie noch Zeit brauchen, um sich endgültig von ihrer Vergangenheit zu lösen, aber sie würde alles versuchen, damit sie beide eine echte Chance hatten.

Die Ziplining-Tour dauerte etwa zwei Stunden und führte sie noch weitere fünf Mal von einer Seite der Schlucht zur anderen. Charlene sauste mit wachsender Begeisterung über die Abgründe hinweg und verlor mit jeder Fahrt ein wenig mehr von ihrer Angst.

»Nur so aus Neugier: Was wären die alternativen Ausflugsziele gewesen?«, fragte sie, als sie am späten Nachmittag etwas außerhalb von Tofino am Strand saßen und sich eine Portion Poutine teilten.

Rhys setzte ein verschmitztes Lächeln auf, bevor er sich zu ihr hinüberbeugte und ihr im verschwörerischen Flüsterton zuraunte:

»Sightseeing in Victoria mit einem Abstecher ins *Fairmont Empress*, eine Schnupperstunde im Kitesurfen mit meinem guten Freund Ethan Gold, eine Wanderung zu einem der spektakulären Wasserfälle, ein Flug mit einem Segelflugzeug über die Insel oder eine Tour durch eine unterirdische Höhle.«

Charlene starrte ihn ungläubig an. »Willst du mir sagen, dass ich den Tag auch gemütlich in einem Sessel bei einer Tasse Earl Grey mit frischen Scones und Short Bread hätte verbringen können?«

Seine amüsierte Miene hätte sie warnen sollen. »Hättest du das denn gewollt?«

Entschieden schüttelte sie den Kopf. »Nein! Der Tag war perfekt – genau so, wie er war.« Ihr Blick verschmolz mit seinem, und sie brauchte all ihre Willenskraft, um sich von ihm loszureißen. »Bist du oft auf der Insel?«, wechselte sie das Thema, um das aufgeregte Kribbeln zu beschwichtigen, das ihren Körper bei seinem intensiven Blick und dem Gefühl von tiefer Vertrautheit erfasst hatte.

»Nicht so oft, wie ich es gerne wäre. Meine Eltern kommen jeden Sommer her, ebenso wie meine Geschwister. Für meine Nichten und Neffen ist die Insel das reinste Paradies.«

Charlene nickte. Sie hatte sich immer Geschwister gewünscht und träumte davon, irgendwann eine eigene Familie zu haben. Aber dafür musste sie es zuerst schaffen, ihre Vergangenheit hinter sich zu lassen.

»Ich hätte gedacht, dass ein berühmter Rockmusiker wie du eher eine Villa an einem exotischen Ort besitzt statt eine winzige Insel mitten in einem kanadischen See.«

Rhys spießte ein paar Pommes auf seine Gabel und steckte sie sich gedankenverloren in den Mund. Während er kaute, nutzte Charlene ihre Chance, sich selbst ein paar Pommes zu schnappen. Sie war zuerst zurückhaltend gewesen, weil sie wusste, wie fett- und kalorienhaltig Fast Food war, aber sie hatte vergessen, wie sündhaft gut es schmeckte.

»Wenn du monatelang auf Tour bist, willst du in deiner wenigen Freizeit kein Flugzeug besteigen. Als wir damals berühmt wurden, war das alles neu und aufregend für uns. Statt eines verranzten Tourbusses hatten wir plötzlich einen schicken Privatjet. Wir wohnten in exklusiven Luxushotels, bekamen das feinste Essen, kauften uns teure Klamotten und schnelle Autos. Es hat eine Weile gedauert, bis ich verstanden habe, dass es nicht auf das glitzernde Rockstarleben ankommt, sondern dass es die kleinen Momente sind, die mich glücklich machen: ein Tag wie heute, zu sehen, wie du mit einem lauten Jubelschrei über den Canyon rast, eine Portion Poutine am Strand, ein Sonnenuntergang, ein gutes Gespräch. Manchmal ist man davon überzeugt, etwas Bestimmtes erreichen zu wollen, nur um dann zu merken, dass es nicht das ist, was man eigentlich will.« Belustigt sah er zu, wie Charlene mit einem extralangen Käsefaden kämpfte.

»Das nächste Mal bekommst du eine eigene Portion.« Sie zuckte unter seinen Worten zusammen, ehe sie seinen liebevollen Blick sah und sich wieder entspannte. »Was ist dein Traum?«

Charlene richtete ihren Blick aufs Meer. »Ich möchte einfach nur ein gutes Leben, einen Job, der mir Spaß macht, einen Mann, der mich liebt, Kinder und genug Zeit, um gemeinsam schöne Dinge zu erleben.«

»Das klingt sehr weise.« Rhys faltete die leere Poutineverpackung zusammen und legte sie neben sich in den Sand. »Also hast du nie davon geträumt, reich und berühmt zu werden?«

Sie ließ eine ihrer Haarsträhnen vor ihr Gesicht fallen und musste sich das Lachen verkneifen, da sie gerade mal bis zu ihrem Wangenknochen reichte. In diesem Moment wünschte sie sich ihre langen Haare zurück, hinter denen sie sich früher bei Bedarf hatte verstecken können.

»Als Teenager habe ich davon geträumt, irgendwann mit meiner Band im Central Park aufzutreten. Ich wollte wissen, wie es sich anfühlt, unter freiem Himmel für Tausende von Menschen zu singen und dabei in die Sterne zu schauen.«

»Und warum hast du deinen Traum aufgegeben?«

Charlene legte schützend die Arme um ihren Oberkörper und

lächelte Rhys an. »Der Tag ist zu schön, um ihn mit schmerzlichen Erinnerungen zu verderben.«

»Solltest du es dir anders überlegen, bin ich für dich da.«

Sie spürte die Wärme, die ihren Körper bei seinen Worten durchströmte.

»Ich weiß«.

KAPITEL 30

Rhys

Die nächsten Tage probte Rhys von früh bis spät, als könnte er auf diese Weise sein schlechtes Gewissen beruhigen. Obwohl er es besser wissen müsste, nagte es an ihm. Er warf sich vor, dass es unverantwortlich gewesen sei, sich so kurz vor seinem Solokonzert eine Auszeit zu erlauben, auch wenn er spürte, dass das Wochenende auf Vancouver Island ihm geholfen hatte, seine innere Ruhe wiederzufinden.

Abends kam Charlene vorbei und hörte sich seine Korrekturen an. Sie reagierte zunehmend ungeduldiger, wenn er zu hart mit sich ins Gericht ging, und versicherte ihm, dass seine Songs perfekt wären und er sich lieber auf den Auftritt freuen sollte, anstatt sich komplett verrückt zu machen. Obwohl sie ihm ordentlich zusetzte, machte es ihn glücklich, dass sie sich in seiner Gegenwart nicht mehr zurückhielt.

Seit dem Wochenende auf der Insel hatte sich etwas zwischen ihnen verändert. Er konnte regelrecht spüren, wie der Eispanzer, den Charlene um ihr Herz errichtet hatte, schmolz und sie ihm Tag für Tag ein wenig mehr vertraute und dabei immer selbstbewusster wurde. Und obwohl es ihm unheimlich schwerfiel, sie abends gehen zu lassen, wusste er, dass sie noch nicht so weit war, sich ganz auf ihn einzulassen.

Am Tag des Konzerts war die Hölle los. Xaviers Eventmanagerin hatte ihm eine Reihe Last-Minute-Interviews reingeknallt, die seine volle Konzentration erforderten. Die Journalistinnen und Journalisten stellten ihm unzählige Fragen zu seinem Verhältnis zu Pascal, ob er bei seinem Auftritt dabei sein und ob ihre Freundschaft sein Ausscheiden aus der Band überstehen würde. Es kostete ihn all seine Kraft, freundlich und diplomatisch zu bleiben, auch wenn es ihn maßlos enttäuschte, dass sich selbst kurz vor seinem Debüt alle nur für Pascal zu interessieren schienen.

Als er die Tür zu seiner Garderobe hinter sich schloss, atmete er erleichtert auf, nur um im gleichen Moment von einem lauten Klopfen gestört zu werden. Die Tür flog auf und gab den Blick frei auf eine ausgelassene Gruppe, die lachend in den Raum polterte. Jared war der Erste, der ihn in seine Arme riss und ihm alles Gute für seinen Auftritt wünschte, dicht gefolgt von Alex und Zac. Hinter den Jungs sah er Natalie und Amy, die lächelnd darauf warteten, ihn ebenfalls zu begrüßen.

Amy plapperte ungefiltert drauflos und schien aufgeregter zu sein als er selbst. Obwohl Rhys bewusst war, wie unrealistisch sein Wunsch war, spähte er über ihre Schulter hinweg zur Tür. Natalie, die seinen Blick aufgefangen hatte, schüttelte bedauernd den Kopf, worauf sich sein Magen verkrampfte. Er hatte versucht, sich darauf vorzubereiten, dass Pascal vielleicht nicht kommen würde, doch nun in seiner Befürchtung bestätigt zu werden, tat mehr weh, als er sich je hätte vorstellen können.

Natalie schloss ihn fest in ihre Arme. Er hörte ihre leise Stimme dicht an seinem Ohr. »Ich habe ihm gesagt, dass er es bitter bereuen wird, wenn er sich deinen Auftritt entgehen lässt, aber er wollte nicht auf mich hören.«

Rhys nickte. Er atmete ein weiteres Mal tief durch und zwang sich, die Enttäuschung zu verdrängen. Ihm stand eine Show bevor. Und er würde sein absolut Bestes geben. Für die Menschen, die heute Abend hier waren, weil sie an ihn glaubten. Für

Xavier, der seinen guten Ruf aufs Spiel setzte, indem er ihm eine Chance gab. Und für seine Freunde, die ihm bei seinem Debütkonzert zur Seite standen. Langsam löste er sich aus Natalies Umarmung und blickte in die Runde.

»Es bedeutet mir viel, dass ihr alle gekommen seid!«, stieß er hervor und kämpfte gegen die Rührung an, die ihm die Tränen in die Augen trieb.

»Um nichts in der Welt würden wir uns deinen Auftritt entgehen lassen! Noch dazu an diesem magischen Ort, wo für euch damals alles angefangen hat«, erklärte Alex.

»Mega, dass Xavier dich auftreten lässt!« Jared boxte ihm anerkennend gegen die Schulter.

»Du rockst das, Alter! Wir zählen auf dich!«, rief Zac, ehe er zusammen mit den anderen die Garderobe verließ. Natalie blieb als Einzige zurück.

»Kann ich noch etwas für dich tun? Ein Einsingen oder eine kurze Power-Visualisierung?«

Rhys lächelte sie dankbar an. »Das ist lieb, aber ich glaube, ich bin bereit.«

»Du hast hart dafür gearbeitet. Geh da raus und zeig ihnen, was in dir steckt!« Er legte salutierend seine Hand an die Stirn, womit er Natalie ein leises Lachen entlockte. In der Tür blieb sie stehen und wandte sich noch einmal zu ihm um. »Es wird der Tag kommen, an dem er seinen Fehler erkennt und versteht, dass er dich niemals hätte gehen lassen dürfen.«

Rhys spürte den Kloß in seinem Hals und schluckte ihn entschlossen hinunter. Jetzt war nicht die Zeit, um wütend, enttäuscht oder traurig zu sein. Jetzt galt es, eine gute Show abzuliefern.

Es fühlte sich eigenartig an, allein hinter der Bühne zu stehen und auf das Zeichen zum Auftritt zu warten. Normalerweise lenkte Jared sie ab, indem er bis zur letzten Sekunde einen Witz nach dem anderen riss.

Rhys und Pascal hatten immer ihr eigenes Ritual gehabt, bevor sie auf die Bühne gegangen waren, eine schnelle Abfolge von Gesten, die sie sich als Kinder ausgedacht hatten. Wie von selbst führte seine Hand den Bewegungsablauf aus, während sein Herz sich schmerzhaft zusammenzog. Seine Lunge verkrampfte, und er hatte das Gefühl, keine Luft mehr zu bekommen. Was tat er hier überhaupt? Wie war er bloß auf die Idee gekommen, er könnte ohne die anderen ein Konzert geben?

Er versuchte, entspannt ein- und langsam wieder auszuatmen, und wartete ungeduldig, dass die Panik abflaute. Das war seine Chance, zu zeigen, was in ihm steckte! Er sah den hochgereckten Daumen des Tontechnikers und spürte, wie sein Herz doppelt so schnell schlug. Vor seinem inneren Auge stürmte Zac die Bühne, seine Schlagstöcke hoch über dem Kopf haltend. Dann Alex, der immer wirkte, als wäre er die Ruhe in Person, wie er lässig zu seinem Bass ging und ihn sich umhängte, während Jared mit einem wilden Tarzanschrei hinausrannte und meistens schon in die Tasten haute, wenn Rhys seinen Platz einnahm.

Noch ein bewusster Atemzug, dann straffte er die Schultern und hob seine Lippen zu einem selbstbewussten Lächeln, wie er es schon Tausende Male zuvor getan hatte. Der Applaus schwoll an, als das Licht der Scheinwerfer ihn erfasste. Er hob grüßend eine Hand und hörte Amys unverwechselbare Jubelrufe unter den begeisterten Schreien der Menge heraus. Es war ein gutes Gefühl, seine Freunde an seiner Seite zu haben. Er nahm seine Gitarre und zog sich den Gurt über den Kopf, ehe seine Finger wie von selbst die ersten Akkorde spielten. Das Publikum hörte auf zu klatschen. Sein Blick schweifte über die Menge, bis er Charlene fand, die neben Natalie stand und erwartungsvoll zu ihm aufsah. Sie nickte ihm zu, und auf einmal ergab alles einen Sinn. Das war der Moment, den er all die Jahre herbeigesehnt hatte, die Chance, seine Songs mit anderen Menschen zu teilen und sie mit in seine innere Welt zu nehmen. Er spürte, wie sich seine Schultern entspannten und seine Zweifel einem Gefühl der Dankbarkeit wichen.

Es war seine Bühne, sein Abend, und er würde verdammt noch mal alles geben, um der Welt zu zeigen, dass seine Musik es wert war, gehört zu werden.

Sein Körper war schweißüberströmt, als er nach der dritten Zugabe an die Rampe trat, um sich vor dem rasenden Publikum zu verbeugen. Mit klopfendem Herzen schaute er zu seinen Freunden und wünschte sich, sie würden mit ihm zusammen auf der Bühne stehen, um gemeinsam den Erfolg zu feiern. Und obwohl er umgeben war von begeisterten Menschen, fühlte er sich seltsam isoliert.

Als hätte Charlene seine trüben Gedanken erahnt, schob sie sich durch die Menge nach vorne und strahlte ihn mit leuchtenden Augen an. Sie hatte niemals zuvor schöner ausgesehen als in diesem Moment. Obwohl Rhys noch stundenlang hätte weiterspielen können, hob er einen Arm und winkte seinen Fans zu, bevor er abging und beinahe in Xavier hineingelaufen wäre, der ihn hinter der Bühne erwartete.

»Das nenne ich eine perfekte Show! Ich wusste, dass ich es nicht bereuen würde, dich bei mir auftreten zu lassen.«

»Danke, Xavier! Ich weiß dein Vertrauen zu schätzen.«

»Du kannst dich revanchieren, indem du dein nächstes Album in meinem Club präsentierst.«

Rhys musste laut lachen. Xavier war schon immer ein ausgebuffter Geschäftsmann gewesen. Ohne zu zögern, ergriff Rhys seine ausgestreckte Hand und schlug ein.

Nach einer schnellen Dusche stürzte Rhys sich ins Getümmel. Es war nicht damit getan, den Auftritt erfolgreich hinter sich zu bringen. Er konnte erst aufatmen, wenn er alle Hände geschüttelt, alle Gratulationen entgegengenommen und alle Fragen beantwortet hatte. Es waren nicht nur die CEOs diverser

Plattenfirmen, Musikproduzenten, Toningenieure und Musikmanager anwesend, die sich um seine Gunst stritten und ihn mit Visitenkarten überhäuften, sondern auch Leute von der Presse. Nicht zu vergessen seine Fans, die darauf brannten, ein paar Worte mit ihm zu wechseln, ein Autogramm zu bekommen oder ein Selfie mit ihm zu machen. Er ließ alles lächelnd über sich ergehen und tröstete sich damit, hin und wieder zu Charlene zu schauen und ihren atemberaubenden Anblick zu genießen. Sie trug ein silbern schimmerndes Minikleid zu hellgrauen Pumps mit schwindelerregend hohen Absätzen, die seinen Blick wie automatisch auf ihre unglaublichen Beine lenkten. Die dunkel geschminkten Augen bildeten einen starken Kontrast zu ihrem hellen Haar, dessen kurze Strähnen sie frech in Form gestylt hatte. Eifersüchtig beobachtete er, wie einige Männer ihr Glück bei ihr versuchten, und stieß jedes Mal erleichtert die angehaltene Luft aus, wenn sie freundlich, aber bestimmt den Kopf schüttelte.

Es war nach vier, als der Barkeeper die letzte Runde ausrief und Xavier Rhys ein Zeichen gab, dass er sich zurückziehen konnte. In seiner Garderobe sank er auf die Couch und schloss erschöpft die Augen. Ein leises Klopfen ertönte, worauf er stöhnend »Herein« rief, auch wenn er lieber für einen Moment allein gewesen wäre. Doch als er erkannte, wer zu ihm wollte, streckte er einladend einen Arm aus. Charlene schloss die Tür hinter sich und ging langsam auf ihn zu. Er umfasste ihre Hand mit seiner und zog sie neben sich aufs Sofa.

»Auch wenn du es heute Abend bestimmt schon eine Million Mal gehört hast: Du warst unglaublich! Das Publikum ist voll auf deine Songs abgefahren!« Ihr Lob entlockte ihm ein glückliches Lächeln.

»Danke, aber du weißt, dass ich es ohne dich niemals geschafft hätte!«

Sie schüttelte leicht ihren Kopf. »Das stimmt nicht. Du bist viel stärker, als du glaubst.«

»Kann sein, aber dich an meiner Seite zu wissen, hat mir die nötige Kraft gegeben, es bis zum Ende durchzuziehen. Du bist mein Glücksbringer, meine Muse.« Ihr tiefes Lachen ging ihm durch und durch. Er beugte sich näher zu ihr, bis er ihren Atem auf seiner Haut spürte, und umfasste zärtlich ihr Gesicht. In ihren Augen erkannte er die gleiche brennende Sehnsucht, die ihn seit ihrem gemeinsamen Wochenende auf Vancouver Island Tag und Nacht gequält hatte. Er hatte versucht, sich einzureden, dass sie alle Zeit der Welt hätten und es klüger wäre, es langsam angehen zu lassen. Doch nun fragte er sich, warum zum Teufel sie sich das antaten! Er neigte seinen Kopf und hielt erneut wenige Millimeter vor ihrem Mund inne, um ihr die Chance zu geben, ihn aufzuhalten. Doch sie schaute ihn nur erwartungsvoll an.

Mit einem befreiten Seufzen überwand er den letzten Abstand, bis er ihre weichen Lippen unter seinen spürte. Es war ein hauchzarter, vorsichtiger Kuss, der dennoch in jeder Faser seines Körpers nachhallte. Ihm wurde erst jetzt in vollem Ausmaß bewusst, wie sehr er sich gewünscht hatte, ihr endlich näherzukommen. Charlene schien es ähnlich zu gehen. Sie legte ihre Finger in seinen Nacken und schmiegte sich an ihn. Als sie mit ihrer Zungenspitze sanft über seine Lippen fuhr, öffnete er bereitwillig seinen Mund. Sein Körper, der immer noch von Adrenalin durchströmt wurde, erbebte, als ihre Zungen aufeinandertrafen und ihr leises Stöhnen an sein Ohr drang. Sie tastete nach dem Saum seines Shirts, strich quälend langsam über seine erhitzte Haut, womit sie ihn beinahe um den Verstand brachte. Er verfluchte die Stimme der Vernunft, die ihn ausgerechnet in diesem Moment daran erinnern musste, dass jederzeit jemand die Garderobe betreten konnte. Unter Aufbietung all seiner Willenskraft gelang es ihm, den Kuss vorübergehend zu unterbrechen. Charlene schwankte leicht, als er seine Lippen von ihren löste, und blickte ihn mit halb geschlossenen Lidern verunsichert an. Am liebsten hätte er sie direkt wieder in seine Arme gezogen, um ihre Zweifel ein für alle Mal auszulöschen, um ihr zu zeigen, wie sehr er das hier wollte, wie sehr er sie wollte.

»Lass uns gehen!«, schlug er mit rauer Stimme vor und griff nach ihrer Hand, als sie nickte.

Charlene hatte während der Fahrt beinahe ununterbrochen geredet. War es ihre Begeisterung, die sie in höchsten Tönen von seinem Auftritt schwärmen ließ? Oder hatte sich in der Zwischenzeit ihr Verstand eingeschaltet, der ihr nun riet, ihn auf Abstand zu halten, und sie dazu brachte, jeden weiteren Anflug von Intimität durch ein intensives Gespräch zu unterbinden? Bereute sie etwa, dass sie sich geküsst hatten?

Erst beim Betreten seiner Wohnung verstummte sie. Unschlüssig blieb sie mitten im Raum stehen, als würde sie darüber nachdenken, ob es die richtige Entscheidung gewesen war, ihn zu begleiten. Rhys trat zu ihr, umfasste ihre Hände mit seinen und wartete geduldig, bis sie ihn ansah.

»Du entscheidest, was heute Nacht geschieht. Ich bin schon glücklich, wenn du einfach nur bei mir bist.« Er sah, wie sie aufatmete, und zog sie in eine lockere Umarmung. Der dünne Stoff ihres Kleides ließ ihn jede ihrer Regungen spüren, ihren beschleunigten Atem, das leichte Beben, das ihren Körper erfasste, sobald er sie berührte. Er hatte keine Ahnung, wie er es schaffen sollte, dem Drang, ihr so nahe wie möglich zu sein, zu widerstehen, aber für ihn stand fest, dass sie die Regeln bestimmte und er sich danach richten würde. »Möchtest du, dass ich auf dem Sofa schlafe?« Sein Herz machte einen Sprung, als sie den Kopf schüttelte. Mit einem vorsichtigen Lächeln löste sie sich von ihm und ließ sich eines seiner Shirts geben, bevor sie im Bad verschwand.

Er musste schlucken, als er die Badezimmertür hinter sich schloss und Charlene in seinem Bett liegen sah. Auch wenn sie in dieser Nacht nichts anderes tun würden als nebeneinander zu schlafen, war das einer dieser Momente, an die er sich für den Rest seines Lebens erinnern würde. Die Erkenntnis, dass sie ihm mittlerweile genug vertraute, um mit ihm das Bett zu teilen, erfüllte ihn mit einem unbändigen Glücksgefühl.

Obwohl er sich nach ihrer Nähe sehnte und am liebsten da weitergemacht hätte, wo sie im Club aufgehört hatten, legte er sich auf die andere Seite und war damit zufrieden, sie anschauen zu können, ihre vor Aufregung glänzenden Augen, die zarten Sommersprossen auf der gebräunten Haut und die geschwungenen Lippen. Die bloße Erinnerung an das überwältigende Gefühl, das ihr Kuss in ihm ausgelöst hatte, entfachte seine Leidenschaft aufs Neue.

Als sie ihren Arm ausstreckte und ihre Finger mit seinen verschränkte, überkam ihn mit einem Mal die Gewissheit, dass alles gut werden würde. Was auch immer Charlene davon abhalten mochte, sich ganz auf ihn einzulassen, sie würden es überwinden.

Am nächsten Morgen wurde er von einem weichen Körper geweckt, der sich vertrauensvoll gegen seinen schmiegte. Der zarte Duft nach Jasmin und einem Hauch von Vanille stieg ihm in die Nase und versetzte ihn in einen freudigen Erregungszustand. Er versuchte, ein wenig von ihr abzurücken, doch sie hielt seine Hände fest umschlossen, als wollte sie sichergehen, dass er sie nicht alleine ließ. Rhys, der erst jetzt bemerkte, dass er die Luft angehalten hatte, tat sein Möglichstes, um sich zu entspannen. Seine Ahnung hatte ihn nicht getrogen. Charlene suchte seine Nähe, und zumindest ihr Unterbewusstsein war sich darüber im Klaren, dass sie ihm bedingungslos vertrauen konnte.

Um sie nicht in Verlegenheit zu bringen, löste er sich vorsichtig von ihr und schlüpfte in seine Laufsachen. Ehe er die Wohnung verließ, schrieb er ihr eine kurze Nachricht.

Bei seiner Rückkehr war das Bett leer. Aus dem Bad hörte er das Rauschen der Dusche.

Er hatte gerade das mitgebrachte Frühstück aus dem nahe gelegenen Café auf zwei Tellern angerichtet, als Charlene aus dem Bad kam. Sie trug wieder das T-Shirt, das er ihr am Vorabend gegeben hatte, dazu eine seiner Jeans, die sie mit einem Gürtel in der Taille zusammenhielt und deren Beine sie mehrfach umgeschlagen hatte. Ihr Haar war noch feucht und sah leicht verwuschelt aus, als wäre sie lediglich einmal mit den Fingern hindurchgefahren. Und obwohl sie nur wenig geschlafen hatten, blickte sie ihn aus erstaunlich wachen Augen an. Einem spontanen Impuls folgend trat er zu ihr, legte eine Hand an ihre Wange und küsste sie auf die Stirn.

»Ich hab uns Frühstück mitgebracht. Bedien dich!«

Im Bad drehte er das Wasser kalt, um seine aufgewirbelten Hormone, die sich nach weit mehr als einem flüchtigen Kuss sehnten, in Schach zu halten.

Als er in den Wohnbereich zurückkehrte, knabberte Charlene an einem Croissant. Das Bett war ordentlich gemacht und verriet nicht mehr, dass sie die Nacht eng aneinandergeschmiegt darin verbracht hatten.

Rhys, der ihr gerade anbieten wollte, sich einen Mixer anzuschaffen, damit sie sich ihre geliebten Smoothies zubereiten konnte, hielt inne, als er ihren ernsten Blick sah.

»Ich fürchte, ich kann das nicht.« Innerlich erstarrt setzte er sich ihr schräg gegenüber und wollte nach ihrer Hand greifen, doch Charlene zog sie zurück.

»Was genau kannst du nicht?«

Sie machte eine vage Geste, die ihn und sein Apartment miteinschloss. »Ich weiß nicht genau, was du dir vorstellst, aber ich kann nicht mit dir zusammen sein.«

Rhys versuchte, den Druck, der sich bei ihren Worten auf seine Brust gelegt hatte, zu ignorieren. »Gibt es etwas, das ich tun kann, damit du dich in meiner Nähe wohlfühlst?« Der Stuhl verursachte ein kratzendes Geräusch, als Charlene abrupt aufstand und unruhig auf und ab zu laufen begann.

»Das ist es ja!«, rief sie aufgebracht. »Ich fühle mich wohl mit dir, so sehr, dass ich alles vergesse, was ich mir für meinen Neuanfang in Vancouver vorgenommen habe. Ich riskiere, dass du mir wehtust und mich am Ende zerstörst.«

Sein Herz zog sich mitfühlend zusammen, als ihre Angst ihn ungefiltert traf. Zugleich verletzte es ihn, dass sie immer noch davon ausging, sie könnten nicht glücklich werden. Hatte er nicht alles getan, um ihr zu beweisen, dass sie sich auf ihn verlassen konnte und er sie niemals im Stich lassen würde?

»Findest du es nicht etwas pessimistisch, über ein mögliches Ende zu spekulieren, wo wir eben erst einen Anfang gefunden haben?«, fragte er und bemühte sich, seiner Stimme einen scherzhaften Unterton zu verleihen.

Sie hielt inne und blickte ihn aus ihren rauchblauen Augen an. »Vielleicht hast du es noch nicht gemerkt, aber wir stecken längst mittendrin.« Die offene Verletzlichkeit in ihrem Blick berührte ihn zutiefst. Er streckte seine Hand aus, worauf sie zaghaft auf ihn zuging und sich auf seinen Schoß ziehen ließ.

»Ich kann dir nicht sagen, wie es laufen wird, aber ich verspreche dir, dass ich dich niemals absichtlich verletzen werde. Noch nie zuvor konnte ich so sehr ich selbst sein wie bei dir. Du kannst nachfühlen, was die Musik mir bedeutet, und weißt, welche Anstrengungen es erfordert, sich auf eine Bühne zu stellen. Und egal, was du dir für deine eigene Zukunft wünschst, ich werde dich in allem, was du dir vornimmst, unterstützen.« Mit Tränen in den Augen blickte sie zu ihm auf. »Du bist alles, was ich mir je erträumt habe. Gib uns nicht auf, bevor ich die Chance hatte, dir zu zeigen, wie viel du mir bedeutest.«

Er sah, wie die erste Träne ihre Wange hinabrann. Ohne zu zögern beugte er sich vor und fing sie mit einem zärtlichen Kuss auf. Sie drehte leicht ihren Kopf, bis ihre Lippen sich fanden.

Und dieses Mal hielt Rhys sich nicht zurück, sondern ließ all seine Liebe in diesen Kuss fließen, den Charlene ebenso leidenschaftlich erwiderte.

»Aber wie soll das funktionieren?«, flüsterte sie beinahe unhörbar, als sie sich kurz voneinander lösten, um wieder zu Atem zu kommen. »Ich bin Masseurin, und du bist Rockmusiker. Wenn dein Album raus ist, wirst du auf Tournee gehen, und dann werden wir uns monatelang nicht sehen.«

»Du vergisst, dass ich nicht mehr Teil von *Renard* bin. Ich entscheide selbst, wann ich auf Tour gehe und für wie lange.« Er nahm ihre Hand und hielt sie fest. »Weißt du, was ich glaube?« Sie schüttelte den Kopf. »Dass zwei Menschen, die sich aus tiefstem Herzen lieben, alle Hürden überwinden können, solange sie ehrlich und aufrichtig zueinander sind.«

Ihr Schweigen, das sich daraufhin im Raum ausbreitete, verunsicherte ihn. Er hoffte, sie würde ihn ansehen, doch stattdessen entzog sie ihm ihre Hand und stand auf. »Das klingt gut, aber ich fürchte, in mir ist einfach zu viel kaputt.«

Bevor er fragen konnte, was genau sie damit meinte, hatte sie sich ihr Kleid und ihre Schuhe geschnappt und war gegangen.

KAPITEL 31

Charlene

Charlene atmete erleichtert auf, als sie in ihre Wohnung zurückkehrte und feststellte, dass sie allein war. So konnte sie in Ruhe ihre Gedanken ordnen. Obwohl sie längst eingesehen hatte, dass sie ebenfalls alles riskieren würde, um mit Rhys zusammen zu sein, wusste sie auch, dass sie keine Chance hatten, solange ihre Angelegenheiten in Toronto nicht geklärt waren. Sie hatte in einer Nacht-und-Nebel-Aktion alles hinter sich zurückgelassen, hatte sich für den feigen Weg entschieden, war einfach gegangen ohne eine Erklärung, ohne ein Wort des Abschieds.

Damals schien es die einzige Möglichkeit zu sein. Es hatte sie unendlich viel Kraft gekostet, sich überhaupt so weit aus dem Korsett aus Abhängigkeit und Zwängen zu befreien, dass sie in der Lage gewesen war, sich von ihrem alten Leben und von *ihm* zu lösen.

Nason. Der Mann, mit dem sie drei Jahre lang eine Beziehung geführt und von dem sie einst geglaubt hatte, er würde sie aufrichtig lieben.

Wie oft hatte er ihr gedroht, dass er sie überall finden und zurückholen würde, wenn sie es wagen sollte, ihn zu verlassen? Sein lautes Lachen, mit dem er sich über sie lustig gemacht hatte, wenn sie eigene Wünsche geäußert hatte oder gar anderer Meinung gewesen war als er, hallte noch immer in ihren Ohren nach.

Und dabei war am Anfang alles so perfekt gewesen. Ihre Freundinnen hatten sie um den gut aussehenden Bewunderer beneidet, der sie auf Händen getragen und so lange umworben hatte, bis sie zu einer Beziehung mit ihm bereit gewesen war.

Es hatte ein Jahr gedauert, bis er sein wahres Gesicht gezeigt hatte. Zu dem Zeitpunkt hatte er ihr Selbstbewusstsein schon so sehr geschwächt, dass sie nicht mehr an sich glaubte. Er hatte ihr eingeredet, dass es besser wäre, wenn sie sich von ihren Freundinnen abwandte, da sie angeblich einen schlechten Einfluss auf sie ausübten. Sie hatte die Musik für ihn aufgegeben und sich so weit von ihm abhängig gemacht, dass sie am Ende keinen anderen Ausweg mehr gesehen hatte, als die Flucht zu ergreifen.

Sie musste den Mut finden, Nason zu sagen, dass es endgültig vorbei war. Danach würde sie sich endlich guten Gewissens auf eine Bühne stellen können, ohne Angst haben zu müssen, sein Gesicht in der Menge zu entdecken oder ihm auf der Straße in die Arme zu laufen. Erst wenn sie einen klaren Schlussstrich gezogen hatte, durfte sie über eine gemeinsame Zukunft mit Rhys nachdenken.

Doch allein bei der Vorstellung, nach Toronto zu fahren und Nason gegenüberzutreten, gefror ihr das Blut in den Adern. Er hatte schon immer diese unbegreifliche Macht über sie gehabt. Ein Wort hatte genügt, dass sie sich schwach und klein gefühlt hatte. Erschöpft sank sie auf ihr Bett und verbarg ihr Gesicht in den Händen.

Das Klingeln der Türglocke ließ sie zusammenfahren. Ein Blick auf ihr Handy zeigte ihr an, dass Rhys mehrere Male versucht hatte, sie zu erreichen. Bestimmt machte er sich nach ihrem abrupten Abgang Sorgen um sie und war gekommen, um zu sehen, ob sie zurechtkam. Seine selbstlose Fürsorglichkeit war eine seiner Eigenschaften, wegen der sich Charlene so stark zu ihm hingezogen fühlte.

Sie drückte auf den Summer und verschwand kurz im Bad, um sich ein wenig zurechtzumachen.

Als sie ins Wohnzimmer zurückkehrte, war niemand da. Sie wollte gerade in ihrem Zimmer nachsehen, als eine Stimme, die sie unter Tausenden wiedererkannt hätte, ihr Herz für einen Schlag aussetzen ließ.

»Vancouver also – nette Stadt. Hätte ich eigentlich von selbst drauf kommen können, immerhin hast du mir oft genug damit in den Ohren gelegen, wie gern du am Meer leben würdest.«

»Nason«, stieß sie tonlos hervor.

»Hast wohl geglaubt, ich finde dich nicht, Prinzessin.«

Der Klang ihres alten Kosenamens jagte ihr einen Schauer über den Rücken. Wie in Trance drehte sie sich um und schaute zu dem Mann, der ihr das Leben zur Hölle gemacht hatte. Er lehnte lässig in der Tür zum Balkon und musterte sie mit ausdrucksloser Miene. Sein Äußeres hatte sich nicht verändert. Er trug ein eng anliegendes Shirt, das seinen muskulösen Oberkörper perfekt in Szene setzte, zu einer ausgewaschenen Jeans und Markensneakern. Sein kurzes braunes Haar war akkurat geschnitten und das kühle Blau seiner Augen bestechend wie eh und je. Die Intensität seines Blicks, die ihr den Eindruck beschert hatte, er könnte ihr bis auf den Grund ihrer Seele schauen, war damals das Erste gewesen, das ihr an ihm aufgefallen war. Wenn er gut gelaunt war, hatten seine Augen die Farbe eines Kornblumenfelds. Erst später hatte sie gelernt, was es bedeutete, wenn sie sich passend zu seiner Stimmung verdunkelten.

»Wie ich sehe, hast du in meiner Abwesenheit sowohl deine Ernährung als auch dein Sportprogramm vernachlässigt. Aber keine Sorge, sobald wir zu Hause sind, werde ich mich persönlich darum kümmern, dich wieder in Form zu bringen. Wofür hat man schließlich einen Fitnesstrainer als Freund. Und die überflüssigen Kilos werden wir im Nu wieder los.« Seine Worte trafen sie hart. Instinktiv wollte sie den Bauch einziehen, hob dann aber trotzig ihr Kinn, was Nason mit einer hochgezogenen Braue quittierte.

»Ich würde sagen, du hast dich genug amüsiert. Wie lange

brauchst du, um zu packen?« Da Charlene noch immer nicht in der Lage war, etwas zu sagen, schnalzte er ungeduldig mit der Zunge. »Zehn Minuten müssten reichen. Ich warte unten im Wagen auf dich.«

»Wie hast du mich gefunden?«, wisperte sie, als er auf die Tür zuging.

Mit einem bitteren Lachen blieb er stehen. »Das ist eine lustige Geschichte. Ein Kunde hat mir ein Video gezeigt, auf dem eine blonde Frau, die verblüffende Ähnlichkeit mit dir hatte, zusammen mit dem Gitarristen von *Renard* gesungen hat, einem gewissen Rhys McLeod. Es hat mich viel Geschick gekostet, ihn davon zu überzeugen, dass das unmöglich meine Freundin sein konnte. Schließlich habe ich allen erzählt, du wärst bei deiner Mutter, um dich um sie zu kümmern. Außerdem gehe ich davon aus, dass all unseren Freunden, Bekannten und Kollegen bewusst ist, dass du mich niemals derart hintergehen würdest.« Charlene hörte die unterdrückte Wut hinter seinen Worten und wusste, dass sie ihre Entscheidung, ihn zu verlassen, noch bitter bereuen würde. Er war ihr gegenüber zwar niemals handgreiflich geworden, aber er hatte andere Mittel, sie zu bestrafen, sei es durch stetige Sticheleien, subtile Beleidigungen oder Liebesentzug. Wie oft hatte er sie, nachdem er seine Befriedigung gefunden hatte, kurz vor dem Höhepunkt mit der Erklärung hängen lassen, dass sie sich ihre Belohnung erst verdienen musste.

»Da das Video in einer Bar in Vancouver aufgenommen worden war, wusste ich, wo ich suchen musste. Also habe ich Urlaub genommen und bin ins nächste Flugzeug gestiegen. Dank zahlreicher Presseberichte wusste ich, dass dein lieber Rhys nicht mehr Teil von *Renard* ist. Ich habe trotzdem vor Girards Villa Posten bezogen, und rate, wer schon am nächsten Morgen in einem verbeulten Chevy angetuckert kam? Von da an war es leicht herauszubekommen, wo du wohnst und mit wem du dich so herumtreibst.«

»Wie lange bist du schon hier?«

»Lange genug, um zu wissen, dass es an der Zeit ist, dich daran zu erinnern, wo du hingehörst.«

Charlenes Herz krampfte sich bei seiner Drohung zusammen. Nason machte einen weiteren Schritt auf die Tür zu, doch laute Stimmen aus dem Korridor ließen ihn innehalten. Ein Schlüssel wurde im Schloss gedreht, und kurz darauf betrat Suzanne die Wohnung, dicht gefolgt von Rhys. Charlene sank der Mut.

»Schau mal, wen ich auf der Straße getroffen habe!«, rief Suzanne, ehe sie Nason sah und überrascht innehielt. »Oh, du hast Besuch.«

Nason sah auffordernd zu seiner Freundin, als erwartete er, von ihr vorgestellt zu werden. Als sie nicht reagierte, ging er selbstbewusst auf Suzanne zu und reichte ihr die Hand. »Du musst Charlenes Mitbewohnerin sein. Sie hat mir viel von dir erzählt. Freut mich, dass wir uns endlich kennenlernen.«

Suzanne erwiderte seinen Händedruck, schaute dabei jedoch verwirrt zu Charlene, die ihrem Blick auswich und sich am liebsten in Luft aufgelöst hatte, ahnte sie doch, was als Nächstes geschehen würde.

»Freut mich ebenfalls. Und du bist?«

»Ich bin Nason – Charlenes Freund.« Die Stille, die sich daraufhin im Raum ausbreitete, war ohrenbetäubend.

Rhys war der Erste, der das Schweigen brach. »Charlene?«

Sie sah auf und zuckte bei dem Ausdruck in seinen Augen zusammen, die trotz Nasons Worten voller Hoffnung und Vertrauen auf sie gerichtet waren. Sie wollte etwas sagen, irgendetwas, das die Situation erklärte, doch Nason kam ihr zuvor.

»Hat meine Kleine dir etwa Versprechungen gemacht? Das ist typisch für sie! Sieh es als eine Art Spiel zwischen uns an. Alle paar Jahre muss sie sich beweisen, dass sie auf eigenen Beinen stehen kann. Sie geht für eine Weile weg, verdreht ein paar Männern den Kopf und genießt das Leben, aber am Ende kehrt sie immer wieder zu mir zurück.« Charlene verschlug es bei seinen dreisten Lügen die Sprache.

Rhys durchquerte mit verschlossener Miene den Raum, nahm ihre Hand und ging mit ihr auf den Balkon hinaus. Ehe sie sich überlegen konnte, wie sie die verfahrene Situation am besten erklärte, hatte Rhys die eine Frage gestellt, die sie am meisten gefürchtet hatte: »Sag mir nur eins: Ist er dein Freund?«

Charlene schaffte es nicht, ihm in die Augen zu schauen, und ihr kurzes Zögern schien ihm Antwort genug zu sein. Er ließ ihre Hand los, als hätte er sich verbrannt, und trat einen Schritt zurück. In seinem Blick erkannte sie abgrundtiefen Schmerz und bittere Enttäuschung, und es tat ihr in der Seele weh, dass sie der Grund dafür war.

»Ich habe ihn verlassen«, flüsterte sie, nachdem Rhys sich längst abgewandt und die Tür hinter ihm ins Schloss gefallen war.

Kurz darauf hörte sie Nasons Stimme aus dem Wohnzimmer. »Du solltest langsam mit dem Packen anfangen. Wir wollen demnächst los.« Charlene ballte die Hände zu Fäusten und versuchte, gegen die Welle von Hilflosigkeit anzukämpfen, die sie in ihrer Zeit mit Nason zu einem wehrlosen Opfer hatte werden lassen und die sie nun erneut zu ersticken drohte. Zu gern hätte sie sich ihm entgegengestellt und ihn einen Lügner geschimpft, doch sie wusste, dass sie seiner subtilen boshaften Art nichts entgegenzusetzen hatte.

Wortlos schlich sie an ihm vorbei in ihr Zimmer, während Nason hinunterging, um im Wagen auf sie zu warten. Suzanne kam ihr nach und beobachtete schweigend, wie sie ein Kleidungsstück nach dem anderen in ihren Rucksack packte.

»Das war's dann also? Du gehst?« Charlene wusste, dass Suzanne ihre Entscheidung nicht nachvollziehen konnte.

»Ich gehöre zu ihm«, wiederholte sie die Phrase, die Nason ihr unzählige Male eingetrichtert hatte.

»Aber ist es das, was du willst? Du siehst nicht glücklich aus.«

Ein tiefes Seufzen entrang sich Charlenes Brust. »Mein Platz ist in Toronto – bei Nason.«

Suzannes Gesichtsausdruck verdüsterte sich. »Wenn das so ist, wie konntest du dann zulassen, dass Rhys sich Hoffnungen macht? Ist es dir egal, dass du mit deinem Egotrip die Gefühle anderer verletzt?« Charlene musste sich fest auf die Lippe beißen, um die Tränen zurückzuhalten. Ihr war bewusst, dass sie von Anfang an ehrlich hätte sein müssen. Aber sie hatte solche Angst gehabt, dass Rhys sie nicht mehr mit diesem Blick anschauen würde, der ihr das Gefühl gab, liebenswert zu sein, wenn er wüsste, wie schwach sie in Wirklichkeit war. Als sie nichts erwiderte, verzog Suzanne traurig ihren Mund. »Leg den Schlüssel auf die Anrichte, wenn du gehst. Und den Mixer kannst du mitnehmen. Du brauchst ihn dringender als ich.«

Charlene zuckte zusammen, als Suzanne die Wohnungstür hinter sich zuknallte. Ihr Blick fiel auf die Fotos an der Wand über ihrem Bett, Schnappschüsse von Suzanne und ihr, den anderen aus ihrer Band sowie einige Fotos von Vancouver Island. Wie sie neben Rhys am Rande des Canyons stand, mit geröteten Wangen und vor Freude strahlenden Augen. Er hatte einen Arm um ihre Taille gelegt und schaute sie voller Stolz an. Sie wandte den Kopf und blickte zu der Gitarre hinüber, die er ihr geliehen hatte.

Für einen kurzen, kostbaren Augenblick erlaubte sie sich, sich auszumalen, wie ihre Zukunft aussehen könnte, wenn sie einen Weg finden würde, hierzubleiben. Sie stellte sich vor, wie sie zusammen musizierten, ihre freien Wochenenden auf der Insel verbrachten und sie seine Eltern und Geschwister kennenlernte.

Mit zitternden Fingern strich sie über die Saiten, als ihr Rhys' Worte in den Sinn kamen:

Niemand außer dir selbst kann dich aufhalten, wenn du etwas wirklich willst.

Sie erinnerte sich an das Gefühl von Freiheit und Unbesiegbarkeit, das sie erfasst hatte, als sie an der Zipline über den Canyon geflogen war, an die Sicherheit, die Rhys ihr vermittelte, und das unbändige Prickeln, das ihren Körper in Aufregung versetzte, sobald er in ihrer Nähe war.

Wie konnte sie von ihm weggehen, wenn sie sich doch mit ganzem Herzen danach sehnte, bei ihm zu sein?

War ihre Liebe es nicht wert, dass sie dafür kämpfte? Sie hatte auf Vancouver Island erkannt, wie anders ihr Leben aussehen könnte, wenn sie mutig wäre, und jetzt war der Moment, diese Erkenntnis für sich zu nutzen.

Entschlossen stellte sie die Gitarre zurück auf den Ständer und packte ihren Rucksack um, bevor sie in die Küche ging und den Mixer anstellte.

Nason stand auf der anderen Straßenseite im Halteverbot und winkte sie ungeduldig aus dem offenen Fenster eines grauen Dodge zu sich heran. Auf einmal fiel ihr der Abend ein, an dem sie das Gefühl gehabt hatte, verfolgt zu werden. Sie schluckte und zwang ihre Lippen zu einem Lächeln, als sie auf ihn zuging.

»Ich habe dir einen Smoothie für die Fahrt gemacht«, säuselte sie in dem unterwürfigen Tonfall, den sie ihm gegenüber so oft angeschlagen hatte in dem Versuch, ihn zu besänftigen. Nason wollte ihr den Becher abnehmen, doch sie kam ihm zuvor, indem sie einen Schritt vortrat und ihm den Inhalt ins Gesicht goss.

»Was soll das? Bist du verrückt geworden?«, schrie er außer sich vor Zorn und wischte sich den Saft aus den Augen.

Charlene zog den Reißverschluss ihres Rucksacks auf und pfefferte ihm die übergroßen Kleidungsstücke entgegen, die er sie gezwungen hatte zu tragen, wenn sie ohne ihn unterwegs war.

»Die Zeiten, in denen ich mir von dir habe vorschreiben lassen, was ich zu essen habe oder anziehen soll, sind ein für alle Mal vorbei! Von nun an entscheide ich, wo ich lebe und mit wem ich zusammen bin. Du hast jedes Recht auf meine Zuneigung oder mein Verständnis für dein sadistisches Verhalten verspielt. Wir beide sind fertig miteinander! Und wenn du es noch einmal wagen solltest, auch nur in meine Nähe zu kommen, nehme ich mir einen Anwalt und erwirke eine einstweilige Verfügung.« Sie stand stolz und aufrecht vor ihm und hielt seinem arroganten Blick selbstbewusst stand. Und obwohl sie innerlich vor Angst zitterte, fühlte es sich großartig an, ihm endlich all das entgegenschleudern zu können, was sie sich bisher nie zu sagen getraut hatte.

»Ach ja?«, ächzte Nason und versuchte, mit einem ihrer Shirts die grüne Flüssigkeit von seinem Oberteil zu reiben, womit er die Sache jedoch nur schlimmer machte.

»Du willst doch bestimmt nicht riskieren, dass dein Chef oder deine Kunden mitbekommen, dass du in einen hässlichen Rechtsstreit verwickelt bist?« Charlene sah an seinem Gesichtsausdruck, dass sie mit ihrer Frage ins Schwarze getroffen hatte. Nichts war Nason wichtiger als sein guter Ruf.

»Das würdest du nicht wagen.«

»Da wäre ich mir an deiner Stelle nicht so sicher.«

Er maß sie aus zusammengekniffenen Augen, ehe sich seine Miene verwandelte und zu der ausdruckslosen Maske wurde, die Charlene so lange gefürchtet hatte.

»Soll ich dir was sagen? Du bist es nicht wert! Eine wie dich finde ich an jeder Straßenecke. Aber du wirst dir noch wünschen, mich nicht aufgegeben zu haben. Ohne mich bist du ein Nichts, ein Niemand, hilflos und verloren.«

Charlene lachte ein tiefes und ehrliches Lachen, das Nason zum Verstummen brachte. »Immerhin war ich stark genug, mir auf der anderen Seite des Landes ein neues Leben aufzubauen – und zwar ohne deine Hilfe.«

Er stieß ein abfälliges Schnauben aus und wollte zu einer gehässigen Bemerkung ansetzen, doch sie kam ihm zuvor: »Aber das Allerwichtigste ist, dass ich echte Freunde gefunden habe. Menschen, die mich so lieben, wie ich bin, mit all meinen Fehlern; die sich freuen, wenn ich über mich hinauswachse und meine Ängste überwinde, anstatt sich meine Unsicherheit zunutze zu machen, wie du es all die Jahre getan hast.« Sie trat einen Schritt zurück und versuchte, ihr rasendes Herz mit einem tiefen Atemzug zu beruhigen. »Vielleicht schaffst du es irgendwann, zu erkennen, dass wahre Größe sich nicht darin zeigt, dass man andere schwächt, sondern indem man wahrhaftig und aufrichtig liebt, ohne an den eigenen Vorteil zu denken. Indem man auch mal zurücksteckt, um den anderen zu unterstützen. Indem man auf die Stimme seines Herzens hört und sein Ego in die Schranken weist. Aber das würde voraussetzen, dass man sich seines Wertes bewusst ist – und das ist dein eigentliches Problem. Du hältst dich für wertlos und erträgst es nicht, wenn andere in deiner Nähe erstrahlen.« Nason öffnete den Mund, und Charlene machte sich schon auf einen Schwall Beleidigungen gefasst, aber dann klappte er ihn wortlos wieder zu. »Denk darüber nach!« Ohne einen weiteren Blick an Nason zu verschwenden, wandte sie sich ab und ging zurück in ihre Wohnung.

Als sie die Tür hinter sich geschlossen hatte, ließ sie sich mit weichen Knien an der Wand hinabgleiten und kauerte sich am Boden zusammen. Das Zittern, das sie während ihres Gesprächs mit Nason mühsam unterdrückt hatte, brach nun wie eine Welle über ihr zusammen. Eine Weile kämpfte sie noch gegen die Tränen an, musste dann jedoch einsehen, dass sie nicht länger die Kraft hatte, sie zurückzuhalten. Laut schluchzend weinte sie um die verlorenen Jahre, in denen sie nicht in der Lage gewesen war, für sich einzustehen, und zugelassen hatte, dass Nason über ihr Leben entschied. Sie wusste, dass es Zeit brauchen würde, bis ihre Wunden heilten und sie sich selbst vergeben konnte. Doch vorher musste sie zu Rhys und alles versuchen, um die Dinge zwischen ihnen wieder in Ordnung zu bringen.

Charlene zögerte, als sie die Reporter sah, die den Eingang von Rhys' Haus belagerten, um ein Foto oder ein Statement zu seinem erfolgreichen Debütkonzert am Vortag und seinen Plänen für die Zukunft zu ergattern. Sie parkte am Straßenrand und beschloss spontan, nicht den Hintereingang zu nehmen.

Gemurmel setzte ein, sobald sie näher kam. Kameras klickten, Mikrofone wurden ihr unter die Nase gehalten, Fragen prasselten auf sie ein, doch Charlene blendete alles aus und schritt stur auf die Tür zu. Sie drückte auf die Klingel und griff zugleich nach ihrem Handy, um Rhys eine kurze Nachricht zu schreiben.

Lässt du mich rein?

Es dauerte eine kleine Ewigkeit, bis der Summer ertönte und Charlene sich ins Foyer flüchten konnte. Erleichtert atmete sie durch, auch wenn sie ahnte, dass ihr der schwierige Teil erst noch bevorstand.

Rhys stand mit verschränkten Armen in seiner Wohnungstür. Bei seinem finsteren Gesichtsausdruck hätte sie beinahe alle Hoffnung auf eine leichte Aussprache begraben.

»Wenn du hier bist, um dich zu verabschieden, kannst du dir die Mühe sparen.« Charlene zuckte unter seinem eisigen Tonfall zusammen. Sie spürte, wie sich ihr Innerstes vor Angst zusammenzog und der Impuls zu fliehen in ihr aufkam, doch sie kämpfte ihn entschlossen nieder. Dieses Mal würde sie sich nicht für den einfachen Weg entscheiden.

»Ich bin gekommen, um dich um Entschuldigung zu bitten und dir zu erklären, warum ich nicht ehrlich zu dir war.« Sein Zögern schmerzte sie. »Bitte, Rhys! Wenn du mich danach nicht mehr sehen willst, akzeptiere ich das, aber gib mir wenigstens die Chance, dir meine Version der Geschichte zu erzählen.« Sie sah, wie er mit sich kämpfte, ehe er einen Schritt zurücktrat und sie vorbeiließ.

Charlene entspannte sich ein wenig, als sie den vertrauten Raum betrat. Ihr Blick glitt zur Couch, auf der sie so viele Stunden verbracht und zusammen an seinen Songs gefeilt hatten. Anstatt sich in die weichen Polster sinken zu lassen, ging sie zur Theke und setzte sich auf einen der Hocker. Rhys blieb mitten im Raum stehen und sah sie auffordernd an.

»Ich habe Nason kennengelernt, kurz nachdem ich meine Ausbildung abgeschlossen hatte. Er war Trainer in dem Fitnessstudio, in dem ich damals verschiedene Kurse besucht habe. Es war sein Vorschlag gewesen, mein Workout mit Krafttraining zu ergänzen, und obwohl ich wusste, dass mir das Trainieren an Geräten keinen Spaß macht, habe ich mich überreden lassen. Das war der erste Fehler von vielen, was mir jedoch erst im Nachhinein bewusst geworden ist. Vier Wochen später hat er mich um ein Date gebeten. Danach fingen wir an, regelmäßig auszugehen.« Charlene versuchte, einen Funken Interesse an Rhys' Miene abzulesen, wurde jedoch enttäuscht. »In der ersten Zeit lief es super. Ich habe weiterhin in meiner WG gewohnt und mich regelmäßig mit den Mädels zum Proben getroffen. An den Wochenenden sind wir in verschiedenen Bars aufgetreten. Nason war immer dabei und hat mir zugejubelt. Ich habe erst viel später verstanden, dass er nur mitgekommen ist, um mich zu überwachen.« Sie schluckte bei der Erkenntnis, wie falsch sie ihn eingeschätzt hatte. »Auch nachdem ich zu ihm gezogen bin, blieb er der perfekte Freund. Aber nach einigen Monaten hat er sich verändert. Es fing mit beiläufigen Bemerkungen an: ob es mir etwas ausmachen würde, nicht zu singen, weil er Kopfschmerzen hatte oder müde war von der Arbeit. Dann ist er dazu übergegangen, das leichtlebige Verhalten meiner Freundinnen zu kritisieren. Er hat mich gebeten, mich etwas dezenter zu kleiden, wenn ich ohne ihn unterwegs war, da er sich sonst Sorgen machen würde, dass jemand meinen gewagten Stil als Aufforderung verstehen könnte. Ich sollte mein Haar offen tragen, wenn wir ausgingen, und es hochbinden, wenn er nicht dabei war. Er hat kontrolliert, was ich esse, mir erklärt, wie gesund es sei, den Tag mit frischem Obst und Gemüse zu beginnen. Seiner Meinung nach gibt es nichts Schädlicheres für einen gesunden und fitten Körper als Kohlenhydrate und Fette. Nach und nach hat er in all meinen Lebensbereichen die Kontrolle übernommen – und ich habe es zugelassen.« Sie lachte und hörte selbst die Verzweiflung darin. »Wenn ich das jetzt erzähle, wird mir bewusst, wie absurd sich das alles für einen Außenstehenden anhören muss. Aber damals habe ich so tief dringesteckt, dass ich nicht einschätzen konnte, ob er tatsächlich Grenzen überschritten hat oder ich einfach nur überempfindlich war, wie er mir immer wieder vorgeworfen hat. Als ich dann endlich bemerkt habe, dass ich so nicht weitermachen kann, dass ich an ihm zerbreche, wenn ich mich nicht von ihm trenne, war der Kontakt zu meinen Freundinnen längst abgebrochen. Und ich habe es nicht gewagt, sie nach Monaten des Schweigens um Hilfe zu bitten. Also habe ich mir von meinem Ersparten den Chevy gekauft, heimlich meine Sachen gepackt und bin abgehauen, ohne mich zu verabschieden. Ich hatte wohl die Hoffnung, dass Nason irgendwann das Interesse an mir verliert und seine Worte, dass er mich immer und überall finden würde, sollte ich ihn eines Tages verlassen, nur so dahergesagt waren.«

»Wolltest du deswegen nicht mit der Band auftreten? Weil du Angst hattest, er findet dich, wenn jemand darüber berichtet?« Charlene nickte. »Aber warum hast du dann an dem Abend in der Karaokebar mit mir gesungen?«

Sie spürte, wie sich ihre Lippen bei der Erinnerung zu einem Lächeln hoben. »Weil ich für einen kurzen Moment so tun wollte, als würde ich ein normales Leben führen – frei von selbst auferlegten Regeln und ohne Angst.«

»Und hat zu diesen Regeln auch gehört, dass du dir nicht erlaubst, eine Beziehung einzugehen?« Wieder konnte Charlene nur nicken, worauf Rhys sich seufzend durch die Haare fuhr, ehe er auf sie zukam und sich neben sie setzte.

»Ich hatte Angst, dass ich mich wieder verliere, sobald ich mich auf jemanden einlasse.«

»Und wie geht es jetzt weiter?«

»Das kommt darauf an, ob du mir verzeihen kannst.« Rhys' Hand lag neben ihrer auf der Theke. Wie gern hätte Charlene sie ergriffen, doch sie wusste, dass sie nichts übereilen durfte.

»Was ist mit Nason?«, fragte er, und sie hörte den Schmerz in seiner Stimme, den die Erinnerung an die Begegnung mit ihrem

Ex-Freund in ihm auslöste. Sie hätte alles getan, um diese Situation rückgängig machen zu können. Aber sie konnte die Vergangenheit nicht ändern, sondern nur aus ihren Fehlern lernen und zukünftig bessere Entscheidungen treffen.

»Ich habe ihn endgültig verlassen.« Rhys schaute sie an, als wollte er prüfen, ob sie die Wahrheit sagte. »Mir ist klar, dass ich dir das alles viel früher hätte erzählen müssen, aber ich wollte nicht, dass du mich dann mit anderen Augen siehst, und als du mir gesagt hast, wie wichtig dir Ehrlichkeit ist, habe ich Angst bekommen. Ich wusste nicht, wie du reagieren würdest, wenn ich dir sage, dass es in Toronto jemanden gibt, der mich sucht, weil er vielleicht denkt, dass wir immer noch zusammen sind. Du hättest mich bestimmt gebeten, dass ich das kläre, und dafür hat mir der Mut gefehlt. Nason hatte von Anfang an diese starke Wirkung auf mich. Ich hatte das Bedürfnis, alles zu tun, um ihn glücklich zu machen. Jetzt weiß ich, dass das weder normal noch gesund ist, aber ich dachte, dass ich das tun muss, um ihn nicht zu verlieren. Und ich konnte nicht einschätzen, was geschehen würde, wenn ich ihm erneut gegenüberstehe, so unsicher und verwirrt, wie ich in der ersten Zeit hier in Vancouver war.«

»Und warum bist du dieses Mal stark genug gewesen?« Charlene schaute ihn irritiert an. »Wie konntest du Nason davon überzeugen, dass es aus ist, wenn er eine derartige Wirkung auf dich hat?«

Wärme breitete sich in ihrer Brust aus, während sich der Sturm in ihrem Inneren beruhigte. »Ich habe an dich gedacht – und auf mein Herz gehört.« Als er nichts erwiderte, fuhr Charlene fort: »Außerdem hast du mich dazu gebracht, an einem Stahlseil hängend einen Canyon zu überqueren, da werde ich es doch wohl schaffen, meinen Ex-Freund in die Wüste zu schicken.« Ein Funken Hoffnung glomm in ihr auf, als seine Mundwinkel zuckten. Sie legte vorsichtig ihre Hand auf seine und atmete erleichtert auf, als er sie nicht wegzog. »Ich kann verstehen, dass wir nicht einfach weitermachen können, als sei nichts geschehen.

Aber ich will, dass du weißt, was ich für dich empfinde.« Sie schluckte und musste all ihren Mut zusammennehmen, um die nächsten Worte auszusprechen: »Du bist der wichtigste Mensch in meinem Leben. Dir verdanke ich, dass ich tue, was ich am meisten auf der Welt liebe, dass ich wieder singe. Ohne dich wäre ich nie in dieser Karaokebar aufgetreten. Ohne dich hätte Suzanne nie erfahren, dass ich singen kann, und mich nicht dazu gedrängt, sie zur Bandprobe zu begleiten.« Rhys wollte widersprechen, doch Charlene bat ihn mit einer Geste, sie ausreden zu lassen. »Du hast mir mein Selbstbewusstsein zurückgegeben, hast von Anfang an an mich geglaubt und meine Grenzen respektiert, auch wenn es dir bestimmt nicht immer leichtgefallen ist.«

Er senkte den Kopf. Charlenes Finger zuckten, da sie sie am liebsten in seinen Locken vergraben hätte. »Du bist der Mann, mit dem ich zusammen sein möchte. Ich habe mich in dich verliebt, obwohl ich mich so sehr dagegen gewehrt habe. Wenn du uns noch eine Chance gibst, verspreche ich dir, dass ich von nun an immer absolut ehrlich zu dir sein und nicht zulassen werde, dass jemals wieder etwas zwischen uns steht.«

Das Schweigen, das sich nach ihrem Bekenntnis im Raum ausbreitete, hatte etwas Erdrückendes. Charlene nahm verunsichert ihre Hand von seiner und konnte sich nur mit Mühe davon abhalten, unruhig auf ihrem Stuhl hin und her zu rutschen. Hatte sie ihn überzeugen können, oder hatte ihre Heimlichtuerei alles zwischen ihnen zerstört? Als er schließlich den Mund öffnete, wusste sie, noch ehe er etwas gesagt hatte, dass ihre Bemühungen vergebens gewesen waren.

»Ich glaube nicht, dass ich dir nach dieser Sache so schnell wieder vertrauen kann.«

Charlene sackte in sich zusammen. Es war ihr gelungen, Nason aus ihrem Leben zu verbannen, sie hatte sich durch die Reporter gekämpft und den Mut gefunden, Rhys ihre Gefühle zu gestehen, doch nun hatte sie keine Kraft mehr.

»Es fällt mir schwer, nachzuvollziehen, warum du nicht mit mir geredet hast, und es tut verdammt weh, dass du mir nicht zugetraut hast, dass ich deine Situation verstehe. Wir hätten gemeinsam eine Lösung gefunden, ich hätte dich nach Toronto begleitet und dir Beistand geleistet, wenn du mit Nason sprichst.«

»Dann wäre ich nur in eine neue Abhängigkeit gerutscht. Es war wichtig für mich, die Situation allein zu klären, denn jetzt bin ich in der Lage, selbstbewusst eine neue Beziehung einzugehen. Rhys, ich bedauere zutiefst, dass nicht ich diejenige war, die dir von Nason erzählt hat, und es tut mir unendlich leid, dass ich dich durch meine Unentschlossenheit und mein Misstrauen verletzt habe.«

In seinem Blick spiegelte sich der Schmerz, den sie ihm zugefügt hatte. Ihr Herz zog sich zusammen bei der Vorstellung, dass er sie niemals wieder so liebevoll betrachten würde, wie er es noch am Vorabend getan hatte, als sie sich zum ersten Mal voller Leidenschaft geküsst hatten. Oder heute Morgen, als er ihr seine Gefühle gestanden und ihr gesagt hatte, dass sie einen Weg finden würden. Könnte sie nur die Zeit zurückdrehen!

»Wenn du mir nicht verzeihen kannst, dann lass uns wenigstens Freunde bleiben«, schlug sie schließlich vor, da sie an seiner verschlossenen Miene erkannte, dass er seine Meinung nicht ändern würde.

Er atmete tief durch, ehe er eine Entscheidung traf. »Okay, dann also Freunde.« Obwohl seine Worte sie wie Dolche trafen, zwang sie sich zu einem tapferen Lächeln. Sie spürte, wie die Tränen in ihr aufstiegen.

»Wunderbar!«, presste sie hervor, während er sein Handy aus der Tasche zog und einen genervten Blick auf das Display warf.

»Ich werde wohl besser mal ein paar dieser Anrufe beantworten.«

Charlene, die den Wink verstand, nickte und wandte sich zur Tür. Wenn sie noch länger in seiner Nähe blieb, lief sie Gefahr, weinend zusammenzubrechen und ihn anzuflehen, ihre Liebe nicht aufzugeben. Sie wusste, dass sie dankbar sein sollte, dass Rhys bereit war, weiterhin mit ihr befreundet zu sein. Dennoch schrie jede Faser ihres Körpers nach seiner Nähe. Sie sehnte sich danach, in seiner Umarmung zu versinken, seine Lippen auf ihren zu spüren, der Grund für sein Lachen zu sein, doch sie verstand, dass er Abstand brauchte. Er konnte ihr im Moment nicht vergeben, würde es vielleicht nie können, und sie würde lernen müssen, damit zu leben.

Ihre Hand legte sich auf die Klinke, als Rhys' Stimme sie innehalten ließ. »Danke, dass du hergekommen bist und mir alles erzählt hast. Ich kann mir vorstellen, wie schwer das für dich war.«

Sie spürte, dass sie kurz davor stand, den Kampf gegen die Tränen zu verlieren. Daher drehte sie sich nicht noch einmal zu ihm um, sondern nickte nur. Rhys und sie waren Freunde. Das würde ihr von nun an genügen müssen.

KAPITEL 32

Rhys

Die nächsten Tage hing Rhys von morgens bis abends an seinem Handy. Er hörte sich Anfragen von Musikmanagern an, die ihn vertreten wollten, und von Labels, die daran interessiert waren, sein erstes Soloalbum herauszubringen, und die ihm ausführlich erklärten, warum gerade ihre Firma die richtige für ihn war. Kollegen, von denen er seit Jahren nichts mehr gehört hatte, setzten sich mit ihm in Verbindung und baten ihn, Teil seiner Band werden zu dürfen. Dabei hatte er sich noch gar nicht entschieden, ob er jemanden mit ins Boot holen wollte. Er gab ein Interview nach dem anderen und navigierte mehr schlecht als recht um die Frage herum, wie er sich seine Zukunft vorstellte.

Charlene kam gelegentlich nach der Arbeit vorbei und gab sich große Mühe, möglichst unbeschwert zu erscheinen. Dennoch registrierte er ihre sehnsüchtigen Blicke, wenn sie sich unbeobachtet glaubte, und es zerriss ihm das Herz, sie nicht einfach in seine Arme nehmen und ihr vergeben zu können. Aber er war nun einmal fest davon überzeugt, dass jede Art von Beziehung, auch eine Freundschaft, auf Vertrauen basierte. Und nach dem, was Charlene ihm über ihre Vergangenheit erzählt hatte, konnte er nicht einmal mehr behaupten, dass er wusste, wer sie war.

Er hatte sie als selbstbewusst in ihrem Beruf kennengelernt. Ab und an mochte es ihr schwerfallen, Nein zu sagen, aber das ging vielen Menschen so, die mitfühlend und hilfsbereit waren. Ihm war klar gewesen, dass sie eine maßlos übertriebene Vorstellung von gesunder Ernährung hatte. Aber er wäre niemals auf die Idee gekommen, dass ein Mann dahinterstecken könnte, der systematisch ihr Selbstbewusstsein unterminiert und ihr eingeredet hatte, sie wäre nicht gut genug, so wie sie war. Auch die übergroße Kleidung, die so gar nicht zu ihr passen wollte, ergab nun Sinn.

Am meisten beschäftigte ihn, dass Nason es geschafft hatte, ihr die Musik zu nehmen. Er würde nie verstehen, wieso manche es nicht ertrugen, wenn andere Erfolg hatten. Auch er hatte diverse Partnerinnen gehabt, die sich zuerst von seinem Talent und seiner Begabung angezogen gefühlt hatten, nur um ihm im Laufe ihrer Beziehung ständig Vorwürfe zu machen, wenn er Zeit in Proben investierte oder auf Tour ging. Sollte man nicht den Menschen, den man über alles liebte, bei seinen Träumen und Plänen unterstützen, anstatt ihm ein schlechtes Gewissen einzureden, wenn er seiner Leidenschaft nachging?

Als Rhys an diesem Abend von einem Live-Interview in einer Late-Night-Show zurückkam, fand er Charlene an seinem Esstisch vor. Sie hatte den Kopf auf die Hände gebettet. Ihr Mund stand leicht offen, die wirren Strähnen ihres kurzen Haares fielen ihr ins Gesicht. Um sie herum lagen Unmengen an losen Blättern. Beim Näherkommen erkannte Rhys seine Mitschriften der Telefongespräche in den vergangenen Tagen. Neben einem leeren Wasserglas lag sein Tablet. Als er das Display aktivierte, entdeckte er eine Reihe von Excel-Tabellen, die Charlene angelegt haben musste. Offenbar hatte sie die Angebote sortiert und nach ihrer persönlichen Favorisierung angeordnet. Neben den Informationen, die Rhys bereits bekannt waren, fand er weitere nützliche Details über die Größe der Firmen, deren Klienten und bisherige Erfolge. Charlene musste stundenlang recherchiert haben, um all die Daten, Fakten und Zahlen zusammenzutragen.

Als er sie an der Schulter berührte, um sie zu wecken, gab sie lediglich einen knurrenden Laut von sich, der ihm ein Lächeln entlockte. Nach zwei weiteren Versuchen, bei denen Charlene im Schlaf nach ihm schlug, gab er es auf, sie aufwecken zu wollen. Er rückte den Stuhl, auf dem sie saß, vom Tisch ab und nahm sie auf seine Arme. Der Duft ihrer Haut, die nach Sommer und Meer roch, vermischte sich mit ihrem Vanilleshampoo und benebelte seine Sinne. Kurz entschlossen trug er sie zu seinem Bett und legte sie sanft darauf ab. Sie schlang ihren Arm um das Kissen und vergrub mit einem zufriedenen Seufzen ihre Nase im weichen Stoff. Am liebsten hätte er sich neben sie gelegt und sie an sich gezogen. Obwohl die Entscheidung, dass sie von nun an nur Freunde waren, von ihm ausgegangen war, bedeutete das nicht, dass sein Herz damit einverstanden war. Er vermisste ihr unbeschwertes Lachen und das Leuchten ihrer Augen, die ihn in der letzten Zeit immer mit einem Hauch von Traurigkeit ansahen, auch wenn sie sich große Mühe gab, ihre Gefühle zu überspielen. Vielleicht würde es mit der Zeit einfacher werden, sich in ihrer Nähe aufzuhalten, ohne ständig daran denken zu müssen, was sie verloren hatten.

Obwohl er erst in den frühen Morgenstunden eingeschlafen war, stand er um kurz nach sieben auf, um eine Runde laufen zu gehen. Das Wissen, dass Charlene nur wenige Meter entfernt von ihm schlief, hatte ihn nicht zur Ruhe kommen lassen.

Auf dem Rückweg machte er bei einem Supermarkt Halt und besorgte frisches Obst, Gemüse und eine Tüte Bagels.

Charlene kam ihm blinzelnd entgegen, als er die Tür aufschloss.

»Guten Morgen, Sonnenschein«, begrüßte er sie und musste sich beim Anblick ihres zerknautschten Gesichts ein Grinsen verkneifen. Offenbar war sie gerade erst aufgestanden.

»Wieso bin ich heute Morgen in deinem Bett aufgewacht?«, murmelte sie, und er sah einen Funken Hoffnung aufglimmen, der sofort wieder erlosch, als sie sein Bettzeug auf der Couch erblickte. »Du hättest mich wecken können.«

»Das habe ich versucht, aber du warst nicht wach zu bekommen.«

»Ich wollte dir keine Umstände machen.« Rhys, der ihren schuldbewussten Ausdruck nicht länger ertrug, stellte seine Einkäufe auf der Theke ab, ging zu ihr und legte seine Hände auf ihre Schultern.

»Dir mein Bett zu überlassen, war das Mindeste, was ich tun konnte, nachdem du deinen freien Abend damit verbracht hast, meine Notizen zu ordnen. Das war wirklich lieb von dir.«

Sie winkte ab. »Kein Problem. Ich fand die Recherche spannend. Wenn du Lust hast, zeige ich dir beim Frühstück mein Ranking.«

Ihre Begeisterung rührte ihn. Das Thema musste ihr wirklich am Herzen liegen, wenn sie es um diese Uhrzeit schaffte, in zusammenhängenden Sätzen zu sprechen. »Ich habe dir frische Zutaten für deinen Smoothie besorgt«, wechselte er das Thema. »Und falls du es noch nicht gesehen hast, ich bin seit Kurzem auch stolzer Besitzer eines Mixers.«

Charlene warf einen ungläubigen Blick von der Tüte auf der Theke hin zu dem nagelneuen Küchengerät, das Rhys auf die Anrichte gestellt hatte.

»Das ist sehr aufmerksam von dir, aber meine Smoothiephase ist offiziell beendet.«

Rhys musterte sie eingehend. »Bist du dir sicher?« Ihr offenes Lächeln wärmte sein Herz. Als sie nickte, schaute er unschlüssig zu dem Mixer. »Und was machen wir damit?«

Grinsend nahm sie ihm die Tüte ab. »Magst du Milchshakes?«

»Ich finde, du solltest dir zuerst einen Manager suchen, bevor du einen Vertrag mit einem Label unterschreibst.« Sie rief eine Tabelle auf. »Das sind meine Top Five. Bleibt die Frage, ob du lieber von einer großen Managementfirma vertreten werden möchtest, die weltweit agiert und über jede Menge Erfahrung verfügt, oder ob du dich wohler fühlst, wenn es etwas familiärer gehalten ist. Ist es dir wichtig, dass die Firma in Kanada ansässig ist, oder wärst du auch mit einem amerikanischen Manager einverstanden? Lieber New York oder Los Angeles? Oder möchtest du vielleicht doch eher …«

Rhys hob eine Hand, worauf Charlene mitten in ihrem Redefluss innehielt. »Ich brauche noch etwas Zeit, bevor ich eine endgültige Entscheidung treffen kann.«

Sie legte ihren Kopf schief, während sie in ihren Bagel biss. »Wie wäre es dann, wenn du dir ein paar Leute zum Proben einlädst und schaust, ob du jemanden findest, mit dem du dir vorstellen könntest, dauerhaft Musik zu machen?« Sein Herz krampfte sich bei ihren Worten zusammen. »Du hast die freie Auswahl: jede Menge Sängerinnen und Sänger, die gern mit dir arbeiten würden, mindestens ebenso viele Gitarristen und eine Unzahl an Keyboarderinnen. Bei den Bassisten sieht es etwas mau aus, dafür hast du einige Top-Schlagzeuger an der Hand. Ich habe mir Videos angeschaut und Notizen gemacht. Ein paar von denen sind wirklich gut!« Sie machte eine Pause, als sie seinen abwesenden Gesichtsausdruck sah. »Aber vielleicht ist es dafür noch etwas zu früh.«

Rhys seufzte schwer und griff instinktiv nach ihrer Hand, ließ sie jedoch sofort wieder los, als er die Gänsehaut sah, die seine Berührung bei ihr ausgelöst hatte. »Ich weiß deine Mühe zu schätzen, Charlene, wirklich, aber bevor ich über den nächsten Schritt nachdenke, muss ich erst mal rausfinden, was ich will.«

Der Rest des Frühstücks verlief in einvernehmlichem Schweigen. Er war Charlene dankbar, dass sie ihn nicht drängte, sondern verstand, dass er momentan nicht in der Lage war, eine Entscheidung zu treffen, die Auswirkungen auf sein ganzes weiteres Leben haben würde.

Nachdem Charlene gegangen war, legte Rhys sich in sein Bett, um etwas Schlaf nachzuholen, doch ihr Duft hing noch in den Kissen und ließ ihn nicht zur Ruhe kommen. Stöhnend erhob er sich und wechselte zurück aufs Sofa. Aber auch dort quälten ihn seine Gedanken.

Wieso fiel es ihm so schwer, den Weg weiterzugehen, den er eingeschlagen hatte? Auswahl hatte er schließlich genug. Lag es daran, dass er in den letzten Jahren selten eine Entscheidung allein getroffen hatte? Wenn wichtige Themen anstanden, hatten sie immer gemeinsam mit der Band beratschlagt, was am besten für ihre Zukunft war – wobei im Zweifel Pascal das letzte Wort gehabt hatte. Manchmal fiel es Rhys schwer, zu begreifen, dass er nicht mehr Teil der Band war, sondern an seiner Stelle nun Bryan O'Neill auf der Bühne stehen würde.

Das Klingeln seiner Türglocke durchbrach seine Überlegungen. Kurz spielte er mit dem Gedanken, den Besucher oder die Besucherin einfach zu ignorieren, doch dann erhob er sich und drückte nach einem kurzen Blick auf das Display der Überwachungskamera auf den Summer. Wenig später spazierte Alex zur Tür herein und schlug ihm zur Begrüßung auf die Schulter. Sein Blick fiel auf Rhys' Bettzeug auf dem Sofa.

»Hast du es dir mit Charlene verscherzt oder warum schläfst du auf der Couch?«

»Wir sind nur Freunde«, erklärte Rhys wenig überzeugend und ging zum Kühlschrank. »Willst du was trinken?«

»Eine Coke wäre super.«

Rhys schnappte sich eine Flasche und zwei Gläser und kehrte zum Sofa zurück. Alex hatte es sich in der Zwischenzeit in einem der Sessel gemütlich gemacht.

»Wenn ihr nur Freunde seid, hast du sicher nichts dagegen, wenn ich sie um ein Date bitte.«

In Rhys' Augen trat ein gefährliches Funkeln. »Charlene kommt gerade aus einer schwierigen Beziehung. Das Letzte, was sie braucht, ist eine Verabredung mit einem Typen, der jede Woche eine andere hat.«

Alex' volles Lachen erfüllte den Raum. »Und du bist sicher, dass das der einzige Grund ist, warum du nicht willst, dass ich mit ihr ausgehe?« Rhys knirschte mit den Zähnen. »Dachte ich's mir. Du musst dir keine Sorgen machen, es ist mehr als offensichtlich, dass Charlene nur Augen für dich hat.«

Rhys lag eine Erwiderung auf der Zunge, doch dann wechselte er abrupt das Thema »Du siehst ziemlich fertig aus.«

Er schenkte ihnen ein, und Alex trank sein Glas in wenigen Zügen leer. »Pascal zieht seinen Pre-Concert-Wahnsinn mit uns durch. Du weißt, was das bedeutet.«

»Proben von morgens bis spät in die Nacht, unzählige Wiederholungen, weil irgendwelche Minidetails, die nur er hört, noch nicht perfekt klingen, miese Stimmung und jede Menge Druck von allen Seiten.«

»Ich schwör dir, wenn Natalie ihn nicht ab und an dazu überreden würde, uns eine Pause zu gönnen, hätte einer von uns ihn mittlerweile …«

Rhys, der sich nur zu gut an Pascals unermüdlichen Arbeitseifer vor dem Beginn einer Tournee erinnerte, nickte. »Das neue Album ist doch gut gestartet. Ihr habt fünf Songs in den Charts, und Bryan scheint einen guten Job zu machen.«

»Er ist in Ordnung«, gab Alex zu und schielte dabei zu seinem Freund, als wollte er sich vergewissern, dass es für ihn okay war, über seinen Nachfolger zu sprechen. »Trotzdem wäre es schön gewesen, nach dem Albumrelease ein paar Tage frei zu haben, bevor wir auf Tour gehen.«

»Wie lange werdet ihr unterwegs sein?«

»Mindestens ein Jahr. Kanada, USA, dann Europa, und wenn es gut läuft und Pascals Stimme dem Stress standhält, versucht Henry, noch Australien und Asien dranzuhängen.«

»Einmal um die ganze Welt.« Rhys rang sich ein Lächeln ab,

auch wenn sich bei der Vorstellung, dass seine Freunde ohne ihn loszogen, sein Magen schmerzhaft verkrampfte.

»Ich hab dir Karten für das Eröffnungskonzert im BC Place Stadium mitgebracht. Wir würden uns freuen, wenn du kommst.« Alex legte zwei VIP-Tickets vor sich auf den Couchtisch. Rhys schluckte hart. Auch wenn er die Geste zu schätzen wusste, glaubte er nicht, dass er die Kraft hatte, das Konzert aus der Zuschauerperspektive zu erleben.

»Ich sehe, was ich machen kann«, murmelte er unverbindlich, worauf Alex aufstand und ihn zum Abschied umarmte.

»Ich kann immer noch nicht glauben, dass du nicht mehr zu uns gehörst, aber ich freue mich, dass es für dich so gut läuft. Wie man hört, überschlagen sich die Plattenfirmen mit Angeboten. Es laufen schon Wetten, für wen du dich entscheidest. Lass mich wissen, wo du untergekommen bist, und sag mir Bescheid, wenn ich irgendwas für dich tun kann.«

Nachdem Alex gegangen war, nahm Rhys die Tickets in die Hand und fixierte sie so lange, bis die Schrift vor seinen Augen verschwamm. Dann ging er in die Küche und warf sie in den Müll. Er wusste, dass er es seinen Freunden schuldig war, zu ihrem Konzert zu kommen, aber der Tag, an dem er über genug innere Stärke verfügte, Bryan O'Neill an der Seite seiner Freunde zu sehen, war noch nicht gekommen.

KAPITEL 33

Charlene

»Was genau läuft da eigentlich zwischen dir und Rhys?«, wollte Suzanne wissen und musterte Charlene, die in Unterwäsche vor ihrem Kleiderschrank stand und mit finsterer Miene den Inhalt betrachtete.

»Wir sind nur Freunde.«

Ihre Mitbewohnerin zog skeptisch die Augenbrauen nach oben. »Und warum genau überlegst du dann seit einer geschlagenen halben Stunde, was du anziehen sollst?«

Charlene warf einen hektischen Blick auf die Anzeige ihres Weckers und begann lautstark zu fluchen, worauf Suzanne laut lachte.

Wahllos schnappte sie sich eine Jeans und schlüpfte in eine ärmellose Bluse, die sie bei ihrer letzten Schnäppchenjagd ergattert hatte.

»Ich wollte dich gestern schon fragen, was für ein Song das war, den du ungefähr eine Million Mal gespielt hast. Aber du warst so in der Musik versunken, dass du mich nicht mal bemerkt hast.«

»Nur eines meiner neuen Lieder.«

Suzanne arrangierte beiläufig die Blumen um, die auf Charlenes Tisch standen. »Was hältst du davon, es den anderen bei der nächsten Probe vorzuspielen? Ich finde, dass es gut in unser Programm passt.«

Charlene, die gerade dabei war, sich die Wimpern zu tuschen, hielt mitten in der Bewegung inne. »Es ist total düster und deprimierend.«

»Genau deshalb gefällt es mir so gut. Weil es echt ist. Man kann den Schmerz fühlen, von dem du singst.«

Charlene knabberte unentschlossen an ihrer Unterlippe. »Eigentlich habe ich den Song mehr für mich geschrieben. Die Therapeutin, bei der ich vor zwei Tagen meine erste Sitzung hatte, meinte, es könnte mir helfen, die Vergangenheit aufzuarbeiten.«

Suzanne kam zu ihr und legte ihr einen Arm um die Schultern. »Fühl dich bitte nicht gedrängt. Ich finde es großartig, wie du dich verhältst, dass du den Mut hattest, dir Hilfe zu suchen, und wie sehr du Rhys unterstützt, aber mir ist es auch wichtig, dir zu zeigen, dass wir hinter dir stehen. Du bist mehr als eine Bandkollegin für uns. Du bist eine Freundin, und wir nehmen dich genau so, wie du bist, mit allen Narben, Ängsten und Zweifeln.«

Charlene gab sich Mühe, den dicken Kloß, der sich bei Suzannes Worten in ihrem Hals gebildet hatte, hinunterzuschlucken, konnte aber nicht verhindern, dass ihr eine einzelne Träne über die Wange kullerte. Gerührt zog sie ihre Freundin in eine feste Umarmung.

»Danke! Das bedeutet mir sehr viel. Ich spiele euch gern meine Songs vor, wenn ihr mir versprecht, mich nicht in Watte zu packen.«

Suzanne stieß ein kehliges Lachen aus. »Kannst du dir vorstellen, dass Kyra mit ihrer Meinung hinterm Berg hält, wenn ihr deine Lieder nicht gefallen?« Charlene, die immer noch mit den Tränen kämpfte, musste ebenfalls lachen und bekam prompt Schluckauf. »Auf die Gefahr hin, dass ich zu weit vorpresche: Hast du noch mal darüber nachgedacht, mit uns aufzutreten?«

Charlene, die seit Tagen auf die richtige Gelegenheit wartete, die Neuigkeit zu verkünden, hickste.

»Da ich jetzt keine Angst mehr haben muss, dass Nason mich findet, bin ich zu allem bereit.«

Suzanne riss ungläubig die Augen auf, ehe sie ihre Arme um Charlenes Mitte schlang und sie wild herumwirbelte. »Wir werden berühmt! Mit dir haben wir eine echte Chance! Und ich muss keine Blumen mehr verkaufen, auch wenn der Job nicht schlecht ist.«

»Mir werden die Sträuße fehlen, die du nach Feierabend immer mitbringst.«

Über Suzannes Gesicht wanderte ein breites Grinsen. »Wart's ab! Unsere Wohnung wird auch weiterhin vor Blumen überquellen, nur dass sie in Zukunft von unseren Fans kommen werden!«

Als Charlene ihren Chevy auf dem Vorplatz parkte, kam ihr Natalie entgegen. Sie trug ihre Laufsachen und hatte die Haare zu einem hohen Pferdeschwanz gebunden. Noch so eine Verrückte, die morgens unsinnig durch die Gegend rannte.

»Bitte verrat niemandem, dass ich schon wieder zu spät dran bin.«

Natalie wischte sich mit einer Hand den Schweiß von der Stirn und zwinkerte ihr verschwörerisch zu. »Meine Lippen sind versiegelt. Kommst du von Rhys?«

Charlene kniff die Augen zusammen. »Wieso denkt eigentlich jeder, dass Rhys und ich ein Paar sind?« Aufgebracht wollte sie an Natalie vorbeistapfen, doch die griff nach ihrem Ellbogen und hielt sie auf.

»Wie geht es ihm?«

Charlene blieb stehen. »Es geht ihm bestens. Er wird von Managern und Plattenfirmen umschwärmt und hat die Qual der Wahl.«

»Dann hat er sich noch nicht entschieden?« Wieder einmal fiel Charlene auf, dass Natalie eine ausgezeichnete Zuhörerin war.

»Er lässt sich Zeit.«

Natalie richtete ihren Blick in die Ferne. »Alex hat mir erzählt, dass er letzte Woche bei ihm war und ihn zum Konzert eingeladen hat. Weißt du, ob Rhys vorhat zu kommen?«

Charlene schüttelte den Kopf. »Ich glaube nicht, dass er es erträgt, die Musik seiner Band zu hören, ohne selbst mitspielen zu dürfen.«

»Das denke ich auch. Wie wäre es, wenn wir beide heute zusammen zu Mittag essen? Es gibt etwas, das du wissen solltest.«

Am Abend schwirrte Charlene der Kopf. Es fiel ihr schwer, den Druck und die Anspannung, die in der Luft lagen, nicht an sich herankommen zu lassen und darüber hinaus ihr Bestes zu geben, die erregten Gemüter zu besänftigen.

Luis, der sie seit zwei Wochen ganztägig unterstützte, kam aus seinem Raum, als sie gerade die Tür hinter sich schloss. Gemeinsam gingen sie zum Parkplatz.

»Ich bin froh, wenn die Truppe das erste Konzert erfolgreich überstanden hat«, seufzte er, während er seinen Wagen aufschloss. »Henry war die Tage bei mir und hat sich sehr lobend über dich geäußert.«

Charlene spürte, wie ihre Wangen erröteten. »Das freut mich.«

»Vergiss nicht, deine Überstunden aufzuschreiben«, erinnerte er sie und machte Anstalten, in seinen BMW zu steigen. »Ach, und Charlene, grüß Rhys von mir, wenn du zu ihm fährst.«

»Das mache ich.« Noch bevor die Worte ganz ihren Mund verlassen hatten, hielt sie in der Bewegung inne und hätte sich am liebsten auf die Lippe gebissen. Luis hatte ihr eine Falle gestellt, und sie war blind hineingetappt. Sie atmete zitternd ein, ehe sie sich zu ihm umwandte. Doch statt der strengen Miene, die sie erwartet hatte, grinste ihr Boss sie amüsiert an.

»Woher weißt du …«,

»Ich erkenne eine verliebte Frau, wenn ich eine sehe.« Sie legte skeptisch den Kopf schief, worauf Luis ihrem Blick auswich. »Kann sein, dass Suzanne sich neulich verplappert hat.

Aber zu ihrer Verteidigung muss gesagt werden, dass sie mir angedroht hat, nie wieder mit mir zu reden, sollte ich dir daraus einen Strick drehen.«

Charlene, die immer noch nicht abschätzen konnte, welche Konsequenzen sie zu erwarten hatte, atmete dennoch erleichtert auf.

»Auch wenn ich zu Beginn nicht glücklich darüber war, dass du zwischen die Fronten geraten bist und damit den Ruf meines Salons gefährdet hast, sehe ich keinen Grund, warum ihr eure Beziehung länger geheim halten solltet. Pascal hat einen neuen Gitarristen, mit dem er sehr zufrieden zu sein scheint, und Rhys ist dabei, sich eine eigene Karriere aufzubauen.«

»Wieso glaubt mir eigentlich niemand, dass Rhys und ich nur Freunde sind?«

»Na, dann würde ich mich an deiner Stelle ranhalten, bevor ihn dir eine andere wegschnappt.«

Charlene sah Luis nach, als er schwungvoll wendete und wenig später die Auffahrt hinabbrauste.

»Wenn das so einfach wäre …«

KAPITEL 34

Rhys

»Solltest du nicht längst im Stadion sein?«, begrüßte Rhys Charlene verwundert, als sie am Samstagabend unerwartet bei ihm auftauchte.

»Du möchtest doch, dass wir ehrlich zueinander sind.« Rhys, der nicht wusste, worauf sie hinauswollte, nickte. Trotz seiner Bestätigung schien sie mit sich zu ringen, ehe sie entschlossen Luft holte und aussprach, was ihr ganz offensichtlich auf der Seele brannte. »Ich denke, dass du einen Fehler machst, wenn du nicht zum Konzert gehst.«

Obwohl sie das Thema gemieden hatten, spürte er nun, wie die aufgestaute Anspannung aus seinen Schultern wich. Unbewusst schien ihn die Frage weiterhin beschäftigt zu haben, und tief in seinem Inneren ahnte er, dass sie recht hatte. Aber allein die Vorstellung, Pascal, Alex, Jared und Zac zusammen mit Bryan O'Neill zu sehen, schnürte ihm die Luft ab.

»Hey«, ihre Finger schlossen sich sanft um seine. »Ich kenne dich inzwischen ein bisschen, und du wirst es dir nie verzeihen, wenn du deine Freunde im Stich lässt. Sie sind deine Familie.«

»Nicht mehr.« Er lief aufgebracht einige Schritte hin und her, hielt inne, versuchte, das Gefühlschaos in sich zu ordnen, spürte Hilflosigkeit und Wut. Wieso tat Charlene ihm das an? Er hatte seine Entscheidung getroffen. Vielleicht war es die falsche, aber zumindest hatte er nicht mehr von morgens bis abends darüber nachdenken müssen, ob es okay war, dass er den einfachen Weg nahm und zu Hause blieb. Genauso schnell, wie die Wut in ihm hochgekocht war, verpuffte sie jedoch wieder, als er erkannte, dass Charlene es nur gut meinte. Das eigentliche Problem lag in ihm selbst. »Ich schaffe das nicht«, gestand er mit leiser Stimme.

»Ich habe dir schon mal gesagt, dass du viel stärker bist, als du glaubst. Außerdem hast du mich an deiner Seite.«

Sie blickte ihn geduldig aus ihren wunderschönen rauchblauen Augen an, als wüsste sie bereits, wie er sich entscheiden würde.

Ein tiefes Seufzen entrang sich seiner Kehle. »Du ziehst das mit mir durch?«

»Ich bleibe den ganzen Abend bei dir, und wenn du dich unwohl fühlst, gehen wir wieder – ohne Erklärung oder Diskussion. Versprochen!«

»Okay.« Mehr als dieses eine Wort brachte er nicht über die Lippen.

Mit wild hämmerndem Herzen lief er hinter Charlene durch die Menschenmenge, die angeheizt von der Vorband auf den Hauptact wartete.

Charlene gab einer der Securitys ein Zeichen, die ihnen daraufhin Zutritt zu einem Podest gewährte, auf dem Ian und zwei weitere Toningenieure an den Mischpulten saßen und letzte Einstellungen vornahmen. Als Ian Rhys sah, stand er auf und zog ihn in eine Umarmung.

»Gut, dich zu sehen, Mann!« Rhys beschränkte sich auf ein Nicken, da er seiner Stimme nicht vertraute. Als kurz darauf Zac die Bühne stürmte, dicht gefolgt von Jared, Alex und Bryan, ging ein ohrenbetäubendes Kreischen durch die Menge. Sie begannen mit dem Intro des ersten Songs, und Rhys erkannte *Dusty Roads*. Instinktiv legten sich seine Finger auf die imaginären Saiten. Sein Blick flog zu Bryan, der routiniert neben Alex stand und Spaß zu haben schien. Nebel hüllte die Bühne in diffuses Licht. Zuerst war nur Pascals Stimme zu hören, ehe seine eindrucksvolle Gestalt Schritt für Schritt ins Scheinwerferlicht trat. Die Menge flippte vollkommen aus. Pascal hatte sein Publikum von der ersten Sekunde an im Griff. Er rannte an der Rampe auf und ab, flirtete mit seinen Fans, die sich einen Platz nahe an der Bühne erkämpft hatten, und sang, als ginge es um sein Leben. Niemand, der ihn an diesem Abend erlebte, würde vermuten, dass er noch vor einem Jahr mit ernsthaften Stimmproblemen gekämpft hatte.

Für die zweite Nummer brachte einer der Roadies Pascal eine Gitarre. Er stellte sich neben Bryan, und sie performten Seite an Seite einen der neuen Songs, als würden sie schon seit Jahren zusammen musizieren. Im Refrain übernahm Bryan die zweite Stimme, und mit jedem seiner Töne wurde Rhys' Hals enger. Sein Herz zog sich schmerzhaft zusammen, und er fragte sich, warum zum Teufel er sich das antat. Er wollte seinen Freunden beistehen, aber sie machten ihre Sache hervorragend. Würden sie wirklich von ihm erwarten, dass er sich dieser Folter aussetzte?

Am Ende des Songs neigte er sich zu Charlene, um ihr zu sagen, dass er gehen wollte, als Pascals Stimme durch das Stadion schallte:

»Seid ihr gut drauf?« Ohrenbetäubender Jubel war die Antwort. »Einen großen Applaus für Bryan O'Neill an der Gitarre!« Wieder brandete Beifall auf, dieses Mal etwas verhaltener. »Es gibt viele Gerüchte über die Gründe, warum unser Gitarrist, Rhys McLeod, die Band verlassen hat. Die Wahrheit ist, dass er weder seine eigenen Bedürfnisse über die Interessen der Band gestellt hat, noch war ihm seine Solokarriere wichtiger, wie böse Zungen behauptet haben. Er ist gegangen …«, Pascal holte tief Luft, »weil ich ihn im Stich gelassen habe.« Ein Raunen ging durch die Menge. »Ich habe nicht zugehört, als er mit mir reden wollte, und meine Meinung für wichtiger gehalten als seine Wünsche. Und für diesen Fehler habe ich teuer bezahlt, denn ich habe nicht nur einen der besten Gitarristen aller Zeiten verloren, sondern vor allem meinen engsten Freund, der immer zu mir gehalten hat, egal, wie viel Mist ich gebaut habe. Bedauerlicherweise habe ich eine Weile gebraucht, um zu verstehen, dass ich derjenige bin, der sich entschuldigen muss.« Er ließ seinen Blick suchend über die Köpfe der Zuschauerinnen und Zuschauer wandern, ehe sich ein trauriges Lächeln auf seinem Gesicht ausbreitete. »Rhys, dieser Song ist für dich.«

Rhys blickte wie hypnotisiert zur Bühne, auf der Pascal alleine mit seiner Gitarre vor einem Mikro im Scheinwerferlicht stand. Die sanften Klänge des Intros rauschten über ihn hinweg, während er mit seinen Gefühlen kämpfte. Erst als Pascal mit der ersten Strophe begann, gelang es ihm, sich so weit zusammenzureißen, dass er sich auf den Text konzentrieren konnte.

No dream was too big,
No gang too strong,
No penality too high,
When we were together.

You were always there for me
Standing in front of me,
protecting me.
You gave me shelter
Defended me from my enemies.

Pascals Worte riefen lang zurückliegende Kindheitserinnerungen in ihm wach: wie er Pascal vor seinem betrunkenen Vater schützte, ihn auf der Suche nach seiner Mutter begleitete, die sich auf der Straße anbot, um sich das Geld für einen weiteren Schuss zu verdienen. Zwei schwache, verlorene kleine Jungen, die sich gegen eine Gruppe älterer Schüler zur Wehr setzten, auch wenn sie wussten, dass sie keine Chance hatten. Sie beide gegen den Rest der Welt.

You are my rock,
The kindness to my anger,
The laughter that takes away my despair.
How could I expect you to forgive me?
Even though I know how big your heart is.
So I call out to you from afar:
Find your way! Go and conquer the world!

Sein Puls beschleunigte sich erneut, als Pascal zur zweiten Strophe ansetzte.

You have shown me my mistakes
Because no one knows me like you do.
You have always supported me,
while putting your own wishes aside.

We wrote songs together,
Made music all around the world.
We had the same goals,
Always wanted to be the best.

Obwohl Rhys wusste, dass Pascal ihn in all den Jahren immer als Freund geschätzt hatte, überraschte es ihn, wie gut es ihm tat, dass er laut aussprach, was er empfand. Auch in der Bridge schonte Pascal sich nicht.

When you asked me for help,
I went away and left you alone.
I took your friendship for granted,
Put my interests ahead of yours.

Rhys spürte, wie seine Füße sich in Bewegung setzten und ihn näher zur Bühne trugen. Als die Ersten ihn erkannten, wich die Menge zurück, um ihm Platz zu machen. Charlenes Hand lag in seiner. Er musste instinktiv nach ihr gegriffen haben.

Nachdem Pascal ein letztes Mal den Refrain performt hatte, reduzierte er die Begleitung auf eine Abfolge von leisen Akkorden. Rhys lief ein Schauer über den Rücken, als ihre Blicke sich trafen. Sofort war die Verbindung wieder da, die sie all die Jahre über zusammengeschweißt hatte. Er ignorierte den Aufruhr, der in seiner Brust tobte, und lauschte Pascals Stimme, die eine letzte Botschaft an ihn in die Stille der Nacht hinaussandte.

And even if it is too late,
I will make up for my mistakes,
I can be the friend you deserve,
all I need is one last chance.

Nach dem letzten Akkord erfüllte eine spannungsgeladene Stille das Stadion. Alle Blicke waren auf Rhys gerichtet, als hinge das Wohl der Anwesenden von seiner Reaktion ab. Auch Pascal ließ ihn nicht aus den Augen. Von seiner Miene glaubte Rhys eine Mischung aus Reue und Unsicherheit abzulesen. Und obwohl er von der Geste tief berührt war, brauchte es doch mehr als einen Song, um die Kluft zu überbrücken, die sich in den letzten Wochen zwischen ihnen aufgetan hatte. Als Pascal erneut ans Mikro trat, wandte sich das Publikum ihm zu.

»Ich weiß, dass ein Lied nicht wiedergutmachen kann, dass ich nicht für dich da war, und auch wenn ich jedes Recht auf deine Freundschaft verloren habe, möchte ich dich noch um eines bitten: Lass uns einen letzten Song zusammen spielen – um der alten Zeiten willen.«

Rhys wich einige Schritte zurück. Er fühlte sich nicht bereit, auf die Bühne zu gehen, war emotional zu aufgewühlt, um sich dem Publikum zu stellen. Und dennoch schrie jede Faser seines Körpers danach, sich seinen Freunden anzuschließen, seiner Band. Er wollte dorthin zurückkehren, wohin er gehörte – auch wenn es nur für ein allerletztes Mal war.

Die Menschen vor ihm bildeten eine Gasse, die ihn auf direktem Weg zur Bühne bringen würde. Charlene verstärkte den Griff um seine Finger.

»Geh!« Applaus setzte ein, als er den ersten Schritt machte. Die Fans feuerten ihn an, als wollten sie ihn wissen lassen, dass sie auf seiner Seite waren. Charlene begleitete ihn bis zur Absperrung, an der Tyron sie erwartete und unter dem Jubel der Menge zur Bühne geleitete.

Ehe Charlene sich zu Natalie und Amy auf die Seitenbühne stellte, drückte sie ihm einen Kuss auf die Wange. Wie in Trance ging Rhys zu seinem Platz und nickte Pascal zu. Ein Roadie kam mit einer Gitarre zu ihm, doch auf halber Strecke trat Bryan ihm in den Weg, nahm ihm das Instrument ab und schritt damit auf Rhys zu, der ihm angespannt entgegensah. Aber Bryan reichte ihm mit einem freundlichen Lächeln die Gitarre und schlug ihm aufmunternd auf die Schulter.

Zac, Alex und Jared kehrten auf die Bühne zurück, nicht ohne ebenfalls bei Rhys vorbeizukommen und ihn in eine feste Umarmung zu ziehen.

Fragend sah er zu Pascal, um in Erfahrung zu bringen, welches Lied sie spielen würden. Instinktiv griff er den ersten Akkord von *Phoenix From The Ashes*, da er davon ausging, dass Pascal es sich nicht nehmen ließ, ihren aktuell größten Hit in alter Formation zu spielen. Doch als Jared mit dem Intro begann, begleitet von Alex am Bass, fuhr Rhys herum und starrte seine Freunde perplex an. Pascal griff in die Saiten seiner Gitarre, während er langsam vom Mikrofon zurücktrat. Rhys brauchte eine kleine Ewigkeit, bis ihm klar wurde, dass er nicht träumte. Die Band spielte seinen Song – *I'm On My Way*. So exakt konnte nur Pascal jede noch so winzige Feinheit herausgehört haben. Und das bedeutete, dass er doch bei seinem Konzert gewesen sein musste!

Die Erkenntnis sandte eine Welle der Erleichterung durch seinen Körper und dämpfte die bittere Enttäuschung, die ihn während der letzten Wochen fest in ihren Krallen gehabt hatte.

Erst bei der dritten Wiederholung des Intros gelang es ihm, sich von der Flut an Emotionen zu distanzieren und auf die Musik zu konzentrieren. Pascal überließ ihm die Hauptgitarrenstimme und wechselte zu einer improvisierten Begleitung, die perfekt mit Rhys' Klängen harmonierte. Das Publikum, das seit dem ersten Akkord vor Begeisterung tobte, geriet völlig außer Kontrolle, als Rhys ans Mikro trat und zu singen begann.

Sometimes you have to leave, even if it tears your heart apart.
Sometimes you have to listen to your inner voice,
that whispers through your fears.
Sometimes you have to burn all bridges behind you,
and take a leap of faith.

Sein Herz schwoll an vor Freude, als er begriff, dass es tatsächlich geschah, dass sein Traum wahr geworden war: Er stand auf einer Bühne vor Tausenden von begeisterten Fans und sang zusammen mit den Menschen, die er liebte, einen seiner Songs. Eine unbändige Energie durchströmte seinen Körper, als er die Überleitung zum Refrain spielte.

I'm on my way
I know my time is near.
I'm on my way
I realize why I am here.
I take step by step,
I live day by day,
Cause only if you go on,
you will know what is waiting for you
beyond the horizon.

Er sang von der Ungewissheit, mit der er sich in neue Gefilde vorwagte, der Angst, zu scheitern und sich von allem abzuwenden, was ihm vertraut war, von den Menschen, die ihm begegnet waren und die stets an ihn glaubten. Und egal, was der nächste Tag auch bringen mochte – er war auf seinem Weg und würde so lange weitergehen, Schritt für Schritt, bis er am Ziel angelangt war, denn er war nicht allein.

Im Zwischenspiel schaute er zu Charlene, die mit glänzenden Augen zwischen Amy und Natalie auf der Seitenbühne stand. Ihr Anblick gab ihm die Kraft, seine Botschaft in die Welt zu tragen.

Believe in yourself!
Trust yourself!
Only courage can show you the way.
Go on and on!
Look for the sun,
Let its light always brighten your day.

Er hoffte, dass Charlene verstand, dass die Worte nicht allein an all die Menschen dort draußen, sondern auch an sie gerichtet waren. Und obwohl er gerade dabei war, seine Träume zu verwirklichen, wie auch immer sie konkret aussehen mochten, war sie die wahre Heldin, die das Land durchquert hatte, um sich ein neues Leben aus dem Nichts aufzubauen. Er konnte ihr gar nicht oft genug sagen, wie sehr er sie für ihren Mut und ihre Entschlusskraft bewunderte.

Als der Song zu Ende war, hielt Pascal sich weiterhin im Hintergrund und überließ Rhys den wohlverdienten Applaus. Das Adrenalin rauschte durch seinen Körper, und es fiel ihm immer noch schwer zu glauben, dass Pascal ihm tatsächlich die Bühne überlassen hatte. Das Publikum feierte ihn, und niemanden schien es zu stören, dass sein Song nicht ganz dem Stil von *Renard* entsprach. Wehmütig winkte er in die Menge und versuchte zu verdrängen, dass es der letzte Auftritt mit seiner Band war und er von nun an seinen eigenen Weg finden musste.

Er wollte abgehen, doch da begann Zac bereits den nächsten Song einzuzählen. Rhys schaute sich nach Bryan um, der bei Amy stand und keinerlei Anstalten machte, auf die Bühne zurückzukehren. Für einen kurzen Moment war Rhys unsicher, was er tun sollte, doch dann entschied er, alles zu geben, um diesen Auftritt unvergesslich zu machen.

Sein Herz trommelte übermütig gegen seine Rippen, als er die Arme um Pascal und Alex schlang. Gemeinsam mit Zac und Jared gingen sie an den Bühnenrand für eine finale Verbeugung. Der Applaus wollte kein Ende nehmen, da die Menschen überglücklich waren, ihre Lieblingsband wieder vereint zu sehen.

Die After-Show-Party war der übliche Wahnsinn aus Gratulationen, Komplimenten und neugierigen bis aufdringlichen Fragen zu ihrer Zukunft. Doch im Gegensatz zu früheren Veranstaltungen wurde nicht nur Pascal bestürmt, sondern auch Rhys. Manager und Plattenfirmen lieferten sich ein Rennen um seine Gunst, doch Rhys hielt sich vorerst bedeckt und beschränkte sich darauf, erneut Stapel von Visitenkarten einzusammeln, was Pascal und seine Bandkollegen mit angespannten Mienen beobachteten.

Alle atmeten auf, als Henry schließlich das Zeichen gab, dass sie der Höflichkeit Genüge getan hatten und sich zurückziehen konnten. Alex legte einen Arm um Rhys' Schultern und führte ihn zu den Garderoben, wo Pascal, Jared und Zac sie bereits erwarteten.

Rhys wollte die Gelegenheit ergreifen, um sich zu bedanken, aber Pascal kam ihm zuvor.

»Bevor du etwas sagst, möchte ich dich bitten, mir zuzuhören.« Er deutete zum Sofa und wartete, bis Rhys sich gesetzt hatte, ehe er ihm gegenüber Platz nahm. »Ich war ein Idiot, dass ich dein Talent in all den Jahren nicht erkannt und deinen unermüdlichen Einsatz für die Band als selbstverständlich hingenommen habe. Aber am meisten bedaure ich, dass ich dich nicht unterstützt habe, als du mich darum gebeten hast.«

Es klopfte, und kurz darauf betrat Henry den Raum. Er blickte von Rhys zu Pascal und nickte zufrieden.

»Henry und ich haben uns etwas überlegt. Wenn wir in Zukunft die Pausen zwischen den Alben etwas ausdehnen, könntest du dich in der Zeit deiner Solokarriere widmen. Außerdem habe ich mit Zac, Alex und Jared gesprochen, und wir sind uns einig, dass wir einige deiner Lieder in unser Programm integrieren wollen. Das Label ist einverstanden, dich als Songwriter unter Vertrag zu nehmen.«

Rhys' Augen weiteten sich erstaunt. »Ihr wollt, dass ich wieder Teil der Band werde? Was ist mit Bryan?«

»Er wusste von Anfang an, dass er in dem Moment raus ist, in dem du dich entscheidest, zurückzukommen. *Renard* ist unsere Band. Wir beide haben sie zusammen gegründet. Und das bedeutet, dass ich dich gar nicht erst hätte gehen lassen dürfen.«

Rhys, der noch immer nicht ganz glauben konnte, was er da hörte, blickte in Pascals hoffnungsvolles Gesicht, sah von Alex, der ihn aufmunternd angrinste, zu Jared und Zac, die aussahen, als könnten sie es nicht abwarten, dass er endlich einwilligte.

Er ließ sich bewusst noch einen Moment Zeit, um über das Angebot nachzudenken, bevor er sich Pascal zuwandte. »Ich bin dabei – allerdings unter gewissen Bedingungen.«

Pascal nickte anerkennend. »Ich höre!«

»Das Wichtigste ist eine perfekte zeitliche Abstimmung«, schaltete Henry sich ein. »Dein Management müsste eng mit mir zusammenarbeiten, wenn wir nicht wollen, dass die Sache im Chaos endet. Oder«, er zögerte eine Sekunde, bevor er sich aufrichtete und dabei die Schultern straffte, »du engagierst mich als deinen Manager. Dann könnten wir sicher sein, dass nichts schiefgeht.«

Rhys zwang sich, sein bestes Pokerface aufzusetzen und Henry streng ins Visier zu nehmen. »Wenn ich dich als meinen Manager engagiere, wer garantiert mir, dass die Belange von *Renard* nicht weiterhin an erster Stelle stehen?«

»Wir würden natürlich alles vertraglich festhalten.«

Pascal schaute Rhys eindringlich an. »Glaubst du, ich würde ein weiteres Mal riskieren, dich zu verlieren? Was hältst du davon, wenn wir gemeinsam einen Zeitplan erstellen, mit dem wir beide zufrieden sind? Und im Zweifel hast du das letzte Wort.« Rhys war mehr als erstaunt über Pascals Entgegenkommen. »Was sagst du? Entscheidest du dich dafür, wieder bei uns mitzuspielen und obendrein noch den weltbesten Manager zu bekommen, dessen Loyalität und Arbeitseifer außer Frage stehen, oder müssen wir dir noch mehr Anreize bieten, um dich wieder ins Boot zu holen?«

»Auch wenn es verlockend ist, herauszufinden, wie weit ihr bereit wärt zu gehen, verzichte ich.« Er wandte sich an Henry. »Hätte ich die Wahl zwischen allen Managementfirmen der Welt, würde ich mich mit Herz und Seele für dich entscheiden.« Sein Gesicht begann vor Freude zu glühen. Er streckte Rhys seine Hand entgegen, der jedoch zögerte. »Bist du sicher, dass du dir die Doppelbelastung zumuten möchtest? Man sollte meinen, du hast mit Pascal und seinen Launen schon genug zu tun.« Pascal machte Anstalten, Rhys einen Hieb zu versetzen, aber er wich ihm geschickt aus.

»Ich habe alles genau durchdacht. Paul ist so weit eingearbeitet, dass er eigenständig Aufgaben übernehmen kann. Außerdem hat mein Team weiteren Zuwachs bekommen.« Da Henry nicht weitersprach, sondern eine geheimnisvolle Miene aufsetzte, schaute Rhys fragend zu Pascal, der übers ganze Gesicht grinste.

»Was soll ich sagen? Du hast einiges verpasst! Während zwischen uns beiden Funkstille war, hat unser lieber Henry still und heimlich Amy davon überzeugt, ihren Lebensmittelpunkt nach Vancouver zu verlegen und als freie Mitarbeiterin in seine Management-Firma einzusteigen.«

»Amy? Wollte sie nicht Schmuckdesignerin werden?«

Henry schüttelte den Kopf. »Das hat sie aufgegeben. Ihr wahres Talent liegt im Umgang mit Menschen. Sie muss nur einen Raum betreten, und alle liegen ihr zu Füßen. Und wie ihr wisst, kann sie sehr überzeugend sein, wenn sie etwas wirklich will. Mit anderen Worten, sie ist ein riesengroßer Gewinn für mich.«

»Und was machen wir, wenn sie nach ein paar Wochen genug hat und ihre Koffer packt?«

»Das ist das Gute an unserem Job«, erklärte Henry. »Wir touren durch die ganze Welt. Die Chance, dass Amy sich langweilt, ist äußerst gering. Außerdem kann sie so in der Nähe von Natalie bleiben und hat ständig jede Menge Menschen um sich herum. Wenn du mich fragst, ist dieses Leben perfekt für sie.«

»Dann musst du sie nur noch davon überzeugen, dass du der perfekte Mann für sie bist.«

Henry schaute verlegen auf einen imaginären Punkt auf der gegenüberliegenden Wand. »Das wäre dann der nächste Schritt.«

»Was ist mit dir und Charlene?«, wechselte Pascal das Thema und schaute seinen Freund neugierig an. Rhys seufzte.

»Ich schätze, das werde ich bald herausfinden.«

Rhys fand Charlene bei Natalie und Amy. Sie saßen auf einer der Sofagarnituren im VIP-Bereich und schienen sich prächtig zu amüsieren. Vor ihnen stand eine leere Flasche Champagner. Rhys wollte Amy gerade zu ihrem neuen Job gratulieren, als sie aufsprang und ihn umarmte.

»Du warst unglaublich heute Abend! Und jetzt sag uns bitte, dass du dich mit Pascal ausgesöhnt hast und zur Band zurückkehrst! Wir halten diese Ungewissheit keine Sekunde länger aus!«

Rhys brachte Amys Hang zur Übertreibung zum Schmunzeln. »Jep! Henry hat einen neuen Klienten, und ich bin wieder bei *Renard* dabei.«

»Rhys, das ist wundervoll! Herzlichen Glückwunsch!« Natalies selbstzufriedene Miene bestärkte ihn in seiner Ahnung, dass in Wirklichkeit sie die Fäden im Hintergrund gezogen hatte, auch wenn Pascal und Henry so getan hatten, als wäre der großartige Plan allein ihre Idee gewesen.

Während Amy und Natalie über die bevorstehende Tour sprachen, setzte er sich zu Charlene und war froh, endlich in Ruhe ein paar Worte mit ihr wechseln zu können.

»Danke, dass du mich überredet hast, zum Konzert zu gehen. Ohne dich wäre es nicht so schnell zu einer Aussöhnung gekommen – vielleicht auch nie.«

Charlene nahm seine Hand und verschränkte ihre Finger mit seinen. »Dafür sind Freunde da.«

»Pascal hat sich mal wieder selbst überboten«, unterbrach Amy ihre Unterhaltung. »Ich meine, er hätte Rhys auch einfach besuchen und die Sache direkt mit ihm klären können.«

Natalie schüttelte lachend den Kopf. »Das wäre viel zu einfach gewesen. Wieso sollte er das Gespräch mit dir suchen, wenn er auch einen Song schreiben und sich vor Tausenden von Menschen bei dir entschuldigen kann?«

»Oder wie in deinem Fall seine Liebe erklären«, fügte Charlene hinzu.

»Und dabei geht es ihm noch nicht einmal darum, sich in den Vordergrund zu spielen«, erklärte Natalie. »Ich glaube inzwischen, dass er nur so in der Lage ist, seine Gefühle auszudrücken – über Musik. Und er scheint der Meinung zu sein, dass seine Worte bedeutsamer sind, wenn er sie vor Zeugen ausspricht.«

»Dann kannst du dich ja noch auf einiges gefasst machen, wenn er dir jedes Mal einen Song schreibt, sobald ihr einen neuen Meilenstein in eurer Beziehung erreicht habt«, witzelte Charlene und strich sich eine Haarsträhne hinters Ohr.

»Ich fürchte, damit könntest du recht haben.« Natalie rollte in gespieltem Entsetzen mit den Augen, ehe sie sich bei Amy unterhakte und sie gemeinsam loszogen, um Pascal und Henry zu suchen.

»Dann ist jetzt alles wieder gut zwischen euch?«, fragte Charlene, als sie alleine waren. Rhys nickte.

»Pascal und Henry wollen die Termine so koordinieren, dass ich zwischen den einzelnen Alben meine eigenen Songs veröffentlichen kann.«

Charlene rang sich ein Lächeln ab. »Das freut mich für dich.« Obwohl sie sich große Mühe gab, ihre Gefühle zu unterdrücken, nahm Rhys den Schmerz in ihrer Stimme wahr.

»Warum hast du mir geholfen, wenn du mit der Möglichkeit rechnen musstest, dass ich zu *Renard* zurückkehre und damit die Chance, dass wir uns eine gemeinsame Zukunft aufbauen können, zerstört wird?« Ihre Augen weiteten sich überrascht. Anscheinend hatte sie nicht mit einer derart direkten Frage gerechnet.

»Weil ich wusste, dass du nie wirklich glücklich sein würdest, solange du dich nicht mit Pascal versöhnst und wieder Teil der Band wirst.« Tränen schimmerten in ihren Augen, doch sie blinzelte sie tapfer zurück.

Rhys stieß ein leises Stöhnen aus, legte eine Hand in ihren Nacken und zog sie an seine Brust. Ihr vertrauter Duft nach Vanille und Jasmin stieg ihm in die Nase. »Und ich dachte, ich wäre derjenige, der sein eigenes Glück zurückstellt, damit andere das Leben führen können, das sie sich wünschen.«

Sie schniefte. »Offenbar haben wir mehr gemeinsam, als uns bewusst ist.«

Rhys strich ihr sanft über den Rücken. Die Zuneigung, die er in den letzten Wochen unterdrückt hatte, brach wie eine Welle über ihn herein. Und in diesem Moment erkannte er, dass er ihr ihre Unehrlichkeit nicht länger nachtrug. Sie hatte aus Angst gehandelt, weil sie ihn nicht verlieren wollte, und auch wenn er sich gewünscht hätte, sie wäre von Anfang an ehrlich zu ihm gewesen, konnte er sie nicht dafür verantwortlich machen, dass sie nach allem, was sie mit Nason hatte durchmachen müssen, eine Mauer um ihr Herz errichtet hatte.

»Was wird aus uns, wenn ich mit der Band auf Tour gehe?«

Charlene löste sich von seiner Brust und blickte ihn tapfer aus verweinten Augen an. »Wir bleiben Freunde. Du schickst mir Postkarten und Videos, wir telefonieren …«

Er spürte, wie sein Herz bei ihren Worten förmlich entzweigerissen wurde. Wieder Mitglied der Band zu sein und nebenbei seine eigenen Songs zu veröffentlichen, war sein großer Traum, aber er fühlte sich merkwürdig schal an, wenn er Charlene dafür aufgeben musste.

»Ich weiß nicht, ob ich ohne dich gehen kann«, flüsterte er, worauf sie ihm heftig widersprach.

»Oh doch, das kannst du! Die Musik ist dein Leben, und ich werde nicht die Frau sein, die dich davon abhält, deiner Berufung zu folgen. Genauso wenig wie du der Mann bist, der mich dazu überredet, meine Unabhängigkeit aufzugeben, um mit dir auf Tour zu gehen.«

Ihre Verzweiflung legte sich wie eine schwere Decke um ihn. Er neigte seinen Kopf und hielt wenige Millimeter vor ihren Lippen inne. Charlene zögerte nur einen winzigen Moment, bevor sie ihre Lippen auf seine presste und ihn all ihre Gefühle, ihre Liebe ebenso wie ihren Schmerz, spüren ließ.

Atemlos löste Rhys sich von ihr und griff nach ihrer Hand. »Wenn wir schon nicht zusammen sein können, dann lass uns wenigstens die Zeit nutzen, die uns noch bleibt.«

KAPITEL 35

Charlene

Charlene versuchte, ihre Gedanken auszublenden, als sie zusammen mit Rhys zu ihrem Wagen lief und die kurze Strecke zu seiner Wohnung fuhr. Schweigend nahmen sie die Treppe nach oben. Der Mond schien durch die breite Fensterfront herein und tauchte den Wohnbereich in silbernes Licht. Rhys legte seine Arme um ihre Taille und strich sanft mit seinen Lippen über ihre. Ihr Atem ging schneller und ihr Herz stand kurz davor, jeden Geschwindigkeitsrekord zu brechen. Sie schob ihre Hände unter sein Shirt und fuhr über seinen kräftigen Rücken. Obwohl sie ihn schon so viele Male massiert hatte und mit jedem einzelnen Muskel vertraut war, fühlte es sich in diesem Moment besonders an, denn zum ersten Mal erlaubte sie sich, all ihre Gefühle in die Berührung zu legen. Auch Rhys schien die Veränderung wahrzunehmen. Er unterbrach den Kuss und betrachtete sie mit einer Mischung aus selbst auferlegter Zurückhaltung und purem Verlangen, bei der ihre Knie weich wurden. Während er sie rückwärts zu seinem Bett dirigierte, hinterließen seine Lippen eine flammende Spur auf ihrem Hals. Sie spürte seine Hände, die einen Weg unter ihr Oberteil gefunden hatten und nun provozierend langsam über ihre Haut strichen. Eine prickelnde Gänsehaut überzog ihren Körper. Es war so lange her, dass sie auf diese Art berührt worden war. Seufzend legte sie eine Hand in Rhys' Nacken und vergrub ihre Finger in seinem Haar.

Der Wirbelsturm der Gefühle, die seine Küsse und Berührungen in ihr auslösten, verhinderte, dass ihr Verstand sich einschalten und ihre Entscheidung infrage stellen konnte. Ab morgen würde sie genug Zeit haben, darüber nachzudenken, ob sie richtig gehandelt hatte. Doch in dieser Nacht wollte sie nicht vernünftig sein, sich nicht damit auseinandersetzen, dass Rhys und sie keine Zukunft hatten, und den Schmerz verdrängen, der ihr bevorstand. Denn alles in ihr sehnte sich danach, endlich wieder zu leben, zu fühlen und aus ganzem Herzen zu lieben. Sie wollte Rhys spüren lassen, was sie für ihn empfand, auch wenn sie wusste, dass es ihnen nach dieser Nacht umso schwerer fallen würde, sich voneinander zu verabschieden.

Als hätte er geahnt, wohin ihre Gedanken abgedriftet waren, kehrten seine Lippen zurück zu ihren und rissen sie in einen leidenschaftlichen Taumel.

Sie unterbrachen den Kuss erst, als Charlene ihm in fiebrigem Eifer das Shirt über den Kopf streifte und sich im gleichen Atemzug von ihrem Top befreite. Sein Blick glitt beinahe ehrfürchtig über ihren Körper, erkundete jeden Zentimeter ihrer Haut. Obwohl sie sich oft Gedanken wegen ihrer Oberweite gemacht hatte, verspürte sie keinerlei Scham oder Unsicherheit, denn der brennende Ausdruck in seinen Augen verriet ihr, wie sehr er sie wollte. Sie hatte ihm ihr Innerstes gezeigt, ihre Ängste ebenso wie ihre Träume, und er war immer noch da und schaute sie so voller Liebe und Begehren an, dass Charlene ihn am liebsten für alle Zeit festgehalten hätte. Doch wie könnte sie so egoistisch sein und ihn bitten zu bleiben, wenn er die Chance hatte, mit seiner Musik die Welt zu erobern?

Ungeduldig wartete sie, bis er seine Jeans ausgezogen hatte. Als seine Hände den Knopf ihrer Hose öffneten und dabei die empfindliche Haut ihres Bauches streiften, sog sie scharf die Luft ein.

»Bist du dir sicher?«, raunte er dicht an ihrem Ohr. »Wir können jederzeit aufhören, wenn du …«

Charlene legte ihm einen Finger auf die Lippen, bevor sie ihre Hände unter seine schob und wortlos aus ihrer Hose schlüpfte. Als ihre Körper sich berührten, entzündete sich ein Feuer in ihr, das sich lodernd auf jede einzelne Zelle ausbreitete. Seine unmittelbare Nähe drohte ihr den Verstand zu rauben. Bevor der Strudel der Gefühle sie mit sich fortreißen konnte, hob sie den Kopf und schaute Rhys vertrauensvoll in die Augen. Sie wusste, dass sie sich bei ihm fallen lassen konnte, denn er würde da sein und sie auffangen.

»Ich war mir noch nie in meinem Leben so sicher.«

Das sanfte Streicheln von Rhys' Fingerspitzen auf ihrer empfindsamen Haut weckte sie aus ihren Träumen. Seufzend schmiegte sie sich enger in seine Umarmung und ließ die Bilder von letzter Nacht vor ihrem inneren Auge vorüberziehen. Wenn sie geglaubt hatte, sich und ihren Körper zu kennen, hatte Rhys sie in den vergangenen Stunden eines Besseren belehrt. Er hatte auf jede kleinste ihrer Regungen geachtet, sie aufgefordert, ihm zu zeigen, was ihr gefiel, und geduldig gewartet, bis es ihr gelungen war, die Schatten der Vergangenheit hinter sich zu lassen. Im Gegensatz zu Nason hatte Rhys es nicht nötig, Spielchen mit ihr zu spielen oder ihr seine Macht über sie zu demonstrieren, sondern ihr gezeigt, wie viel es ihm bedeutete, dass sie die Kontrolle aufgegeben und sich ihm anvertraut hatte. Niemals zuvor hatte sie sich so sicher und geliebt gefühlt.

»Guten Morgen, Sonnenschein!«, hörte sie seine warme Stimme dicht an ihrem Ohr, die ein erwartungsvolles Kribbeln in ihrem Unterleib auslöste. Seine Lippen, die mit sanften Küssen den empfindlichen Punkt an ihrem Hals liebkosten, fachten ihr Verlangen zusätzlich an.

Charlene drehte sich in seinen Armen um und fuhr ihm mit den Fingern durch die ungezähmten Locken.

»Guten Morgen«, murmelte sie, worauf er amüsiert den Kopf schräg legte.

»Du scheinst gar keine schlechte Laune zu haben, obwohl du letzte Nacht kaum Schlaf bekommen hast.«

»Das könnte daran liegen, dass ich mich selten so unglaublich gut gefühlt habe!« Ein verheißungsvolles Lächeln breitete sich auf seinem Gesicht aus.

»Was hältst du dann davon, wenn wir genau da weitermachen, wo wir vor einigen Stunden aufgehört haben?«

Er knabberte zärtlich an ihrer Ohrmuschel, womit er Charlene einen lustvollen Schauer über den Rücken jagte. Wie gern hätte sie sich ihm hingegeben und den unabwendbaren Abschied bis zur letzten Sekunde hinausgezögert.

»Das wäre wundervoll! Aber musst du nicht noch tausend Dinge erledigen, bevor ihr heute Abend zu eurer Tour aufbrecht?«

Er schien ihre Frage zuerst ignorieren zu wollen, aber dann hielt er doch inne und ließ sich mit einem leisen Fluch in die Kissen zurückfallen. Charlene schälte sich aus den Laken und suchte ihre Sachen zusammen. Rhys sah schweigend zu, wie sie sich anzog.

»Ich will nicht, dass du gehst.« Der raue Klang seiner Stimme machte es ihr nicht leichter, vernünftig zu sein.

»Und ich will nicht gehen.« Sie schluckte. »Aber ich kann dir nicht beim Packen zusehen. Das schaffe ich nicht.« Tränen traten ihr in die Augen und rollten lautlos über ihre Wangen. Rhys fuhr hoch und war mit zwei Schritten bei ihr. Seine Hände schlossen sich um ihr Gesicht. Mit den Daumen fing er ihre Tränen auf, während sich ihr Schmerz in seinem Blick spiegelte.

»Kommst du nachher zur Villa, um dich zu verabschieden?« Sie schüttelte langsam den Kopf. »Dann endet es hier und jetzt?« Charlene nickte unter Tränen und zwang sich zu einem Lächeln.

»Ich wünsche dir allen Erfolg, den du dir erträumt hast. Zieh los und teile deine wundervolle Musik mit der Welt!«

Er schloss seine Arme um sie, als wollte er sie für immer festhalten.

»Das mach ich, aber nur wenn du mir versprichst, dich ebenfalls nicht länger zu verstecken.« Ein leises Lachen entwich ihrer Kehle.

»Keine Angst – dafür werden schon Suzanne, Linda und Kyra sorgen. Wenn es nach ihnen ginge, würden wir bereits heute Abend auf der Bühne stehen.« Sie presste ihre Lippen ein letztes Mal voller Leidenschaft auf seine und wünschte sich, dass dieser Kuss nie enden würde. »Pass gut auf dich auf – und vergiss mich nicht.«

»Niemals. Du wirst immer bei mir sein.«

Seine Abschiedsworte hallten in ihrem Kopf nach, als sie die Straße entlang zu ihrem Auto ging. *Du wirst immer bei mir sein.* Das klang wunderschön und war sehr romantisch, doch was nutzte es ihr, wenn Rhys und sie vom morgigen Tag an für Monate getrennt sein würden?

Mit zitternden Fingern öffnete sie die Tür ihres Chevys und ließ sich hinters Steuer gleiten. Ihr Kopf sank aufs Lenkrad, während heiße Tränen über ihre Wangen strömten und der bodenlose Schmerz ihr den Atem raubte. Laute Schluchzer ließen ihren Körper erbeben.

Das Piepsen ihres Handys riss sie für einen kurzen Moment aus ihrer Verzweiflung. Eine Nachricht von Natalie. Charlene öffnete den Chat und musste mehrmals blinzeln, bis sie die Worte erkennen konnte.

Hör auf dein Herz! Wenn du ihn liebst, dann findet ihr eine Möglichkeit, zusammen zu sein.

Zitternd atmete Charlene ein und stoßweise wieder aus, bis sich ihr rasender Puls ein wenig beruhigt hatte. Natalie hatte gut reden. Nur weil sie und Pascal es geschafft hatten, zusammen zu sein, bedeutete das noch lange nicht, dass es für Rhys und sie ebenfalls ein Happy End gab. Dennoch konnte sie nicht verhindern, dass sich ein Funken Hoffnung in ihrem Inneren entzündete. Und wenn es doch einen Weg gab? Hatte sie zu schnell aufgegeben? Konnte Natalie recht haben?

Eines stand fest: Sie liebte Rhys von ganzem Herzen, und zu lieben bedeutete, für denjenigen, den man liebte, zu kämpfen und nicht bei der ersten Schwierigkeit den Kopf in den Sand zu stecken. Sie musste nur eine Möglichkeit finden, wie sie eine Beziehung mit Rhys führen konnte, ohne sich selbst dabei zu verlieren! Sie wollte eigenständig sein und weiterhin den Dingen nachgehen, die sie glücklich machten: singen, skaten, sich mit ihren Freundinnen treffen. Es war so ein Glück, dass sie Suzanne, Linda und Kyra gefunden hatte, und sie wollte, dass sie Teil ihres Lebens blieben. Andererseits konnte sie vielleicht nicht alles haben und musste Kompromisse eingehen.

Allmählich formte sich in ihrem Kopf eine Idee. Je länger sie darüber nachdachte, desto aufgeregter schlug ihr Herz. Allerdings hing das nicht von ihr allein ab. Sie würde viel Überzeugungsarbeit leisten müssen, wenn sie ihren Plan in die Tat umsetzen wollte. Entschlossen wischte sie sich die Tränen von den Wangen und fuhr los.

Vier Stunden später saß sie erneut im Auto und trommelte nervös mit den Fingern auf dem Lenkrad herum. Die Ampel stand schon seit einer Ewigkeit auf Rot. Als sie endlich auf Grün schaltete, drückte Charlene das Gaspedal durch, worauf der Motor protestierend erstarb.

»Nein, bitte nicht! Tu mir das jetzt nicht an!«, beschwor sie ihren geliebten Chevy und drehte den Schlüssel im Schloss, doch nichts geschah. Hinter ihr ertönte lautes Hupen. Charlene spürte, wie ihr der Schweiß ausbrach.

»Komm schon! Wenn du mich noch ein letztes Mal ans Ziel bringst, verspreche ich dir, dich in Rente zu schicken.« Die Beschwörung schien zu wirken, denn dieses Mal sprang der Motor an. Charlene stieß erleichtert den angehaltenen Atem aus und fuhr weiter.

Sie brauchte eine gefühlte Ewigkeit, bis sie West Vancouver erreichte und Wesley sie das Tor passieren ließ. Kaum hatte sie auf dem Vorplatz geparkt, als Rhys ihr entgegengelaufen kam. Er öffnete ihr die Autotür und riss sie in seine Arme. Charlene schloss die Augen und atmete den vertrauten Geruch seiner Haut ein. Ihr Herz, das in den vergangenen Stunden jedes erdenkliche Gefühl durchlebt hatte, klopfte in einer wilden Mischung aus freudiger Erregung und Nervosität.

»Ich habe versucht, dich anzurufen.«

»Mein Akku hat unterwegs den Geist aufgegeben.«

Auch wenn sie Rhys am liebsten nie mehr losgelassen hätte, trat sie einen Schritt zurück und hob leicht ihren Kopf, um ihm in die Augen schauen zu können. Die Luft um sie herum flirrte vor Anspannung.

»Ich habe nachgedacht«, begann er, doch Charlene legte ihm einen Finger auf die Lippen.

»Lass mich zuerst!« Er schien zu spüren, dass sie die Neuigkeiten keine Sekunde länger für sich behalten konnte, und nickte ihr auffordernd zu. »Ich habe auch nachgedacht und bin zu dem Schluss gekommen, dass wir nicht einfach aufgeben dürfen.« Sie nahm sich einen Moment, um sich zu sammeln, bevor sie fortfuhr. »Deswegen war ich bei Luis und habe ihn gebeten, Pascal zu fragen, ob ich euch auf der Tour begleiten kann. Ich weiß, dass Henry normalerweise den Service der jeweiligen Hotels bucht, aber es wäre doch viel praktischer, wenn ihr eure eigene Masseurin dabeihättet. Jemanden, der euch gut kennt, der euch zu den Auftritten begleitet und bei Bedarf eine Extrasession anbieten kann.« Da Rhys nichts erwiderte, sondern sie nur stumm anstarrte, sprach Charlene weiter: »Was hältst du davon?«

»Du willst uns begleiten? Als unsere Masseurin? Und Luis war einverstanden?« Charlene nickte, worauf Rhys in ein trockenes Lachen ausbrach. Leider klang es mehr fassungslos als glücklich, was Charlene zutiefst verunsicherte. Hatte sie vorschnell gehandelt? Vielleicht hätte sie erst mit Rhys reden müssen. Am

Ende wollte er nicht, dass sie mit auf Tour ging. Ehe sie weitere Vermutungen über seine unerwartete Reaktion anstellen konnte, erlöste er sie von ihren Qualen.

»Während du mit Luis gesprochen hast, war ich bei Pascal. Ich habe Henry und ihm die Aufnahme vorgespielt, die ich bei eurer Probe mitgeschnitten habe, und sie überredet, euch als Vorband zu engagieren.«

Charlene spürte, wie ihre Knie weich wurden und ihr den Dienst zu verweigern drohten. »Du hast was?«, brachte sie hervor und lehnte sich Halt suchend gegen ihren Chevy. Verwirrt und überfordert versuchte sie, ihre Gedanken zu ordnen. Offenbar war sie nicht die Einzige gewesen, die nicht akzeptieren wollte, dass Rhys und sie keine Chance hatten. Aber dass er einen derart großen Schritt wagte und sie als Vorband von *Renard* vorschlug? Das würde bedeuten, dass sie vor ausverkauften Stadien spielen würden. Fühlte sie sich dafür bereit?

Rhys fuhr sich aufgebracht durchs Haar. »Ich dachte, ich tue euch damit einen Gefallen. Wir wären zusammen, du könntest wieder singen, und Suzanne, Linda und Kyra könnten ihre Jobs kündigen und hauptberuflich Musik machen, wie sie es sich immer erträumt haben. Wenn ich gewusst hätte, dass du lieber weiterhin …« Charlene schlang ihre Arme um seinen Nacken, zog seinen Kopf zu sich heran und verschloss seine Lippen mit einem leidenschaftlichen Kuss.

Als sie sich voneinander lösten, sah Rhys sie verwundert an. »Heißt das, dass du meine Idee gut findest?«

»Sie ist zwar vollkommen verrückt, aber gleichzeitig absolut genial! Danke, Rhys, dass du dich so für uns eingesetzt hast! Die Mädels werden ausflippen, wenn sie das hören. Wir als Vorband von *Renard*!«

»Kein schlechter Einstieg!«, erwiderte er grinsend, ehe er wieder ernst wurde. »Du glaubst nicht, wie erleichtert ich bin, dass du einverstanden bist! Innerlich hatte ich mich schon darauf eingestellt, etwas mehr Überzeugungsarbeit leisten zu müssen.«

Ihre Lippen verzogen sich zu einem neckischen Lächeln. »Ich werde dich nicht davon abhalten.«

Als er seinen Kopf zu ihr herabneigte, um sie erneut zu küssen, entdeckte Charlene Natalie, Pascal, Henry, Amy und den Rest der Band, die offenbar schon eine ganze Weile in der Eingangstür standen und die Szene mit großem Interesse beobachteten. Rhys folgte ihrem Blick und stieß ein leises Stöhnen aus, als lauter Jubel und anzügliche Pfiffe ertönten.

»Wir haben schon gedacht, ihr bekommt es nicht mehr hin«, verkündete Jared, worauf Amy ihn empört in die Seite boxte.

»Du vielleicht. Ich war mir sicher, dass sie es schaffen!«

Natalie löste sich von den anderen und trat auf sie zu. »Ich freue mich für euch! Und dass ihr beide so hart darum gekämpft habt, zusammenzubleiben, beweist, wie wichtig ihr einander seid.«

Charlene nickte und spürte, wie ihr erneut die Tränen kamen. »Vielen Dank für deine Nachricht. Deine Ermutigung kam genau zur rechten Zeit. Ich weiß nicht, ob ich sonst …«

»Ach was! Das war nur eine kleine Erinnerung an etwas, das du tief in deinem Inneren schon wusstest.«

»Und wer massiert uns jetzt, wenn Charlene als Sängerin Karriere macht?«, warf Zac in die Runde.

Amy räusperte sich und zwinkerte Henry zu. »Für Ersatz ist bereits gesorgt. Ich habe Luis erzählt, dass Charlene die einmalige Chance hat, uns mit ihrer Band zu begleiten. Zuerst war er ziemlich überrascht, doch dann hat er sich einverstanden erklärt, uns seinen zweitbesten Mann mit auf Tour zu schicken, da er einsehen muss, dass er gegen die Musik keine Chance hat.«

Charlene lächelte Amy gerührt an und wollte gerade zu Pascal gehen, um sich bei ihm zu bedanken, als ein roter Volvo auf den Vorplatz fuhr, der bis unters Dach mit Koffern, Taschen und Rucksäcken beladen war. Die Türen sprangen auf, und ehe Charlene begriff, was vorging, war sie von Suzanne, Linda und Kyra umringt.

»Ist es wirklich wahr? Wir dürfen mit auf Tournee?«, sprudelte Suzanne los.

Ehe Charlene antworten konnte, stieß Linda ein hohes Quietschen aus. »Oh mein Gott! Das wird fantastisch! Einmal durch Kanada, dann durch die USA und weiter nach Europa! Ich war noch nie in Europa!«

Charlene, die sich von der Begeisterung ihrer Freundinnen anstecken ließ, spürte, wie ihr Körper in freudiger Erwartung zu kribbeln begann. Es war eine Sache, sich dafür zu entscheiden, die Band als Masseurin zu begleiten, aber eine ganz andere, selbst auf der Bühne zu stehen. Statt in schummrigen Kneipen und zweitklassigen Clubs würden sie vor Millionen von Menschen spielen. Allein der Gedanke ließ sie vor Aufregung erzittern. Sie blickte zu Kyra, die als Einzige eine skeptische Miene zur Schau trug. »Was ist los? Freust du dich nicht?«

»Doch, schon.« Sie deutete mit einer Kopfbewegung zu Linda. »Aber das bedeutet auch, dass ich von nun an jeden Tag ihre gute Laune ertragen muss.«

Linda kicherte und versetzte ihr einen liebevollen Stoß mit dem Ellbogen. »Als ob du dich nicht genau danach sehnen würdest!«

»Träum weiter!«, brummte sie, konnte es sich jedoch nicht verkneifen, Lindas Hand zu nehmen.

»Und Pascal ist wirklich einverstanden, dass wir vor ihnen auftreten?«, flüsterte Linda, deren Wangen einen zarten Rosaton angenommen hatten. »Er soll ja gelegentlich etwas launisch sein, wenn man der Klatschpresse glauben darf.« Unauffällig schielte sie zu Pascal hinüber, der seine einschüchternde Miene aufgesetzt hatte und nun einen Schritt auf sie zu machte.

»Ich bin durchaus einverstanden – allerdings unter einer Bedingung!« Charlene konnte spüren, wie ihre Freundinnen um sie herum den Atem anhielten. »Ihr braucht einen neuen Namen. Als *Cherry Blossom Girls* werdet ihr kaum Erfolg haben.«

»Aber der Name gehört zu unserer Geschichte! Bei unserem ersten Auftritt haben wir …«, setzte Linda zu einer Erklärung an, ehe Suzanne sie mit einem strengen Blick unterbrach.

»Ich hätte da eine Idee!«, rief Kyra und erntete, noch ehe sie weitersprechen konnte, ein einstimmiges *Nein* von Suzanne, Charlene und Linda, die sich einig waren, dass *Devil's Daughters* keine Alternative darstellte.

Pascal schaute etwas verdutzt von einer zur anderen, ehe er mit den Schultern zuckte. »Ihr habt achtundvierzig Stunden, um euch einen klangvollen Namen auszudenken. Er sollte eure zukünftigen Fans davon überzeugen, dass sie euch unbedingt hören müssen, und ihnen anschließend in Erinnerung bleiben.«

Während die Anderen Natalie und Pascal heftig diskutierend in die Villa folgten, legte Rhys seine Arme um Charlenes Taille und zog sie zu sich heran.

»Dann ist es dir wirklich ernst mit uns?« Sie strich mit ihren Lippen über seine und seufzte wohlig auf bei dem Gedanken, dass sie ihn von nun an jeden einzelnen Tag ihres Lebens würde küssen können. »Du hast keine Angst mehr, dich auf eine Beziehung mit mir einzulassen, auch wenn du dafür dein Leben auf den Kopf stellen musst?«

»Ein guter Freund hat mir mal gesagt, dass er daran glaubt, dass zwei Menschen, die sich lieben, alle Hürden überwinden können, solange sie ehrlich und aufrichtig zueinander sind.«

Er schenkte ihr sein atemberaubendes Lächeln. »Und davon bin ich immer noch fest überzeugt.«

KAPITEL 36

Charlene & Rhys

Drei Wochen später

Unter dem begeisterten Jubel der Menge verließen Charlene und ihre Bandkolleginnen nach der letzten Zugabe die Bühne. Rhys erwartete seine Freundin backstage und fing sie auf, als sie sich stürmisch in seine Arme warf.

»Hast du den Applaus gehört? Die Leute haben gar nicht mehr aufgehört zu klatschen«, rief Charlene, ehe sie ihre Lippen auf seine drückte. Sofort schlug sein Herz schneller.

»Dein neuer Song ist gut angekommen«, bemerkte er, als sie sich eine Atempause gönnten. »Sei froh, dass Suzanne dich überredet hat, ihn ins Programm zu nehmen.«

Charlene grinste. »Und er hat perfekt zum Setting gepasst. Schließlich handelt er von New York.«

Lächelnd strich Rhys ihr eine Haarsträhne hinters Ohr. »Und? Was war das für ein Gefühl, im Central Park zu singen und dabei in die Sterne zu blicken?«

Sie lehnte ihre Stirn an seine. »Vollkommen überwältigend und absolut unvergesslich! Und ohne dich wäre das alles nicht möglich gewesen.«

Eine wohlige Wärme breitete sich in seinem Magen aus. »Da

sich dein größter Traum nun erfüllt hat, musst du dir einen neuen überlegen.«

Nachdenklich blickte sie zum Himmel hinauf. »Ich glaube, ich weiß schon, was ich mir als Nächstes wünsche.«

»Und das wäre?«, fragte er und fuhr mit seinen Lippen über die empfindliche Stelle unterhalb ihres Ohrs, was Charlene leise aufkeuchen ließ. Sie löste sich vom Anblick der Sterne und schaute ihm tief in die Augen.

»Da unsere Band nun *Beyond the World* heißt, möchte ich dem Namen auch gerecht werden. Wie wäre es, wenn wir gemeinsam einmal um die Welt reisen und schauen, welche Abenteuer uns noch erwarten?«

Er zog sie liebevoll an sich und konnte kaum begreifen, wie unfassbar glücklich es ihn jeden Tag aufs Neue machte, mit der Frau zusammen zu sein, die er über alles liebte, und dafür die Musik nicht vernachlässigen oder gar aufgeben zu müssen. Wie oft hatten sie nächtelang gemeinsam im Tourbus an ihren Songs gefeilt, sich gegenseitig bei ihren Auftritten unterstützt und anschließend ihre Performance analysiert.

Und er hatte nicht nur die tollste Freundin der Welt an seiner Seite, sondern auch seinen besten Freund Pascal, seinen fantastischen Manager Henry und seine wundervollen Bandkollegen Alex, Jared und Zac.

Als die Roadies sich daranmachten, die Bühne umzubauen, ließ Rhys Charlene widerstrebend los. »Es wird Zeit, mich vorzubereiten. Wirst du da sein, wenn wir spielen?«

Ihr hinreißendes Lächeln raubte ihm den Atem. »Wo sollte ich sonst sein, wenn nicht bei dir?«

Er umfasste ihr Gesicht und strich mit seinen Daumen zärtlich über ihre Wangen. »War das dein Ernst? Wir beide – einmal um die ganze Welt?« Charlene nickte, während seine Berührung einen Schauer über ihren Rücken jagte. Zu gern würde sie ihn spüren lassen, *wie* ernst es ihr war – doch das musste warten.

Rhys verschloss ihre Lippen mit einem Kuss, der ihren Körper zum Beben brachte und ihr zeigte, wie viel sie ihm bedeutete. »Das trifft sich gut, denn ich habe nicht vor, dich so schnell wieder gehen zu lassen.«

DANKSAGUNG

Das ist immer ein ganz besonderer Moment für mich, wenn ich auf die vergangenen Monate zurückblicke und all den einzigartigen Menschen aus tiefstem Herzen danken darf, die mich inspiriert und mir beim Entstehen dieser Geschichte zur Seite gestanden haben.

Es fällt mir nicht leicht, mich von Charlene & Rhys zu verabschieden. Ich hatte eine wundervolle Zeit mit den beiden und habe es sehr gefeiert, wie sie ihren Träumen folgen und dabei ihre Ängste überwinden. Und ich hoffe, dass *Beyond the Horizon* euch dazu ermutigt, ebenfalls den Weg zu gehen, für den euer Herz schlägt.

Vielen Dank, liebe Leserin, lieber Leser, dass du Charlene & Rhys auf ihrer Reise begleitet und ihnen deine Zeit geschenkt hast. Ohne deine Unterstützung und dein Vertrauen wäre all das nicht möglich!

Ein riesengroßes Dankeschön an das gesamte Team von MIRA Taschenbuchverlag:

Liebe Monika, es bedeutet mir sehr viel, dass du meinen Ideen so viel Begeisterung und Vertrauen entgegenbringst und dich mit voller Energie für mich einsetzt.

Liebe Eva, du bist eine ganz großartige und sehr feinfühlige Lektorin! Deine konstruktiven Anmerkungen haben mich sehr dabei unterstützt, die beste Version der Geschichte zu erzählen.

Ein weiteres Dankeschön an Sophie, Svenja, Carola, Johanna, Ev und Insa für eure Unterstützung und die tolle Zusammenarbeit!

Mein besonderer Dank geht an meine Wunderagentin Cristina! Vielen Dank für deine fantastische Arbeit, deinen Glauben an mich und deine herzliche Art. Ich bin so glücklich, dich gefunden zu haben!

Ein großes Dankeschön an euch, liebe Clara, Laura J., Elli, Laura T. und Ingrun für die unterhaltsamen Plotsessions. Ich hatte großen Spaß, mir zusammen mit euch zu überlegen, wie ich Charlene & Rhys das Leben schwer machen kann.

Herzlichen Dank an meine Testleserinnen Laura J., Luise und Christin. Euer Feedback ist für mich unendlich wertvoll!

Vielen Dank an Torsten, der mir alle meine Fragen zum Gitarrespielen, zu verschiedenen Gitarrentypen, Einspieltechniken, Auftrittsroutinen und Lieblingsgitarristen beantwortet und mich bei den Liedtexten unterstützt hat.

Vielen Dank an Sarah und Malin für euer Fachwissen zum Thema Massage und an Patrick für die spannenden Details zu diversen Autotypen und deren Reparatur. Sollten sich dennoch Fehler eingeschlichen haben, liegt das allein in meiner Verantwortung.

Ein großes Herzensdankeschön geht an meine Familie und meine Freunde. Danke, dass ihr für mich da seid und mich gerade in der letzten Zeit so selbstlos unterstützt habt.

Liebe Mama, ich weiß, wie sehr du dich darüber gefreut hast, dass ich meinen Weg gehe, und ich bin dir so unendlich dankbar für alles, was du für mich getan hast. Du hast mich ermutigt, meinen Träumen zu folgen, und mich bestmöglich dabei unterstützt.

Im Herzen bist du immer bei mir!

LIEDTEXTE

(Achtung: Spoiler!)
One Last Chance

No dream was too big,
No gang too strong,
No penality too high,
When we were together.

You were always there for me
Standing in front of me, protecting me.
You gave me shelter
Defended me from my enemies.

You are my rock,
The kindness to my anger,
The laughter that takes away my despair.
How could I expect you to forgive me?
Even though I know how big your heart is.
So I call out to you from afar:
Find your way! Go and conquer the world!

You have shown me my mistakes
Because no one knows me like you do.
You have always supported me,
while putting your own wishes aside.

We wrote songs together,
Made music all around the world.
We had the same goals,
Always wanted to be the best.

You are my rock,
The kindness to my anger,
The laughter that takes away my despair.
How could I expect you to forgive me?
Even though I know how big your heart is.
So I call out to you from afar:
Find your way! Go and conquer the world!

When you asked me for help,
I went away and left you alone.
I took your friendship for granted,
Put my interests ahead of yours.

You are my rock,
The kindness to my anger,
The laughter that takes away my despair.
How could I expect you to forgive me?
Even though I know how big your heart is.
So I call out to you from afar:
Find your way! Go and conquer the world!

And even if it is too late,
I will make up for my mistakes,
I can be the friend you deserve,
all I need is one last chance.

Übersetzung:

Eine letzte Chance

Kein Traum war zu groß,
keine Gang zu stark,
keine Strafe zu hoch,
wenn wir zusammen waren.

Du warst immer für mich da,
hast dich vor mich gestellt und mich beschützt.
Du hast mir Zuflucht geboten,
mich vor meinen Feinden verteidigt.

Du bist mein Fels,
die Freundlichkeit zu meiner Wut,
das Lachen, das meine Verzweiflung vertreibt.
Wie könnte ich erwarten, dass du mir vergibst?
Auch wenn ich weiß, wie groß dein Herz ist.
So rufe ich dir aus der Ferne zu:
Finde deinen Weg! Geh und erobere die Welt!

Du hast mir meine Fehler gezeigt,
denn niemand kennt mich so gut wie du.
Du hast mich immer unterstützt,
während du deine eigenen Wünsche zurückgestellt hast.

Wir haben zusammen Lieder geschrieben,
haben Musik gemacht auf der ganzen Welt.
Wir hatten die gleichen Ziele,
wir wollten immer die Besten sein.

Du bist mein Fels,
die Freundlichkeit zu meiner Wut,
das Lachen, das meine Verzweiflung vertreibt.
Wie könnte ich erwarten, dass du mir vergibst?
Auch wenn ich weiß, wie groß dein Herz ist.
So rufe ich dir aus der Ferne zu:
Finde deinen Weg! Geh und erobere die Welt!

Als du mich um Hilfe gebeten hast,
bin ich weggegangen und habe dich allein gelassen.
Ich habe deine Freundschaft als selbstverständlich angesehen,
habe meine Interessen über deine gestellt.

Du bist mein Fels,
die Freundlichkeit zu meiner Wut,
das Lachen, das meine Verzweiflung vertreibt.
Wie könnte ich erwarten, dass du mir vergibst?
Auch wenn ich weiß, wie groß dein Herz ist.
So rufe ich dir aus der Ferne zu:
Finde deinen Weg! Geh und erobere die Welt!

Und selbst wenn es zu spät ist,
werde ich meine Fehler wiedergutmachen.
Ich kann der Freund sein, den du verdienst,
alles, was ich brauche, ist eine letzte Chance.

I'm On My Way

Sometimes you have to leave, even if it tears your heart apart.
Sometimes you have to listen to your inner voice,
that whispers through your fears.
Sometimes you have to burn all bridges behind you,
and take a leap of faith.

I'm on my way
I know my time is near.
I'm on my way
I realize why I am here.
I take step by step,
I live day by day,
Cause only if you go on,
you will know what is waiting for you
beyond the horizon.

You need courage to face your demons,
But you also need friends to guide you through the darkness.
You need faith that you can accomplish anything you set your mind to,
And when doubts come, you light the flame in your heart and fight for your dreams.

I'm on my way
I know my time is near.
I'm on my way
I realize why I am here.
I take step by step,
I live day by day,
Cause only if you go on,
you will know what is waiting for you
beyond the horizon.

Believe in yourself!
Trust yourself!
Only courage can show you the way.
Go on and on!
Look for the sun,
let its light always brighten your day.

I'm on my way
I know my time is near.
I'm on my way
I realize why I am here.
I take step by step,
I live day by day,
Cause only if you go on,
you will know what is waiting for you
beyond the horizon.

Übersetzung:

Ich bin auf dem Weg

Manchmal musst du gehen, auch wenn es dir das Herz zerreißt.
Manchmal musst du auf deine innere Stimme hören,
die durch deine Ängste flüstert.
Manchmal musst du alle Brücken hinter dir abbrechen
und den Sprung ins kalte Wasser wagen.

Ich bin auf dem Weg,
ich weiß, meine Zeit ist nah.
Ich bin auf dem Weg,
ich verstehe, warum ich hier bin.
Ich gehe Schritt für Schritt,
ich lebe Tag für Tag,

denn nur wenn du weitergehst,
wirst du wissen, was auf dich wartet
jenseits des Horizonts.

Du brauchst Mut, um dich deinen Dämonen zu stellen,
aber du brauchst auch Freunde, die dich durch die Dunkelheit führen.
Du brauchst den Glauben, dass du alles erreichen kannst, was du dir vornimmst,
und wenn Zweifel kommen, entzündest du die Flamme in deinem Herzen und kämpfst für deine Träume.

Ich bin auf dem Weg,
ich weiß, meine Zeit ist nah.
Ich bin auf dem Weg,
ich verstehe, warum ich hier bin.
Ich gehe Schritt für Schritt,
ich lebe Tag für Tag,
denn nur wenn du weitergehst,
wirst du wissen, was auf dich wartet
jenseits des Horizonts.

Glaube an dich!
Vertraue dir!
Nur der Mut kann dir den Weg zeigen.
Geh weiter und weiter!
Halte Ausschau nach der Sonne,
lass ihr Licht immer deinen Tag erhellen.

Ich bin auf dem Weg,
ich weiß, meine Zeit ist nah.
Ich bin auf dem Weg,
ich verstehe, warum ich hier bin.
Ich gehe Schritt für Schritt,

ich lebe Tag für Tag,
denn nur wenn du weitergehst,
wirst du wissen, was auf dich wartet
jenseits des Horizonts.

TRIGGERWARNUNG

(Achtung: Spoiler!)

Liebe Leserin, lieber Leser,

Beyond the Horizon enthält potenziell triggernde Inhalte:

Toxische Beziehung
Psychische Abhängigkeit
Angstzustände
Ungesundes Essverhalten